mare

Laura Spence-Ash

Und dahinter das Meer

Roman

Aus dem
amerikanischen Englisch
von Claudia Feldmann

mare

Die Originalausgabe erschien 2023
unter dem Titel *Beyond That, the Sea* bei Celadon Books,
einem Imprint von Macmillan Publishers, New York.

Copyright © 2023 by Laura Spence-Ash

Seite 7:
Der Satz aus William Trevor, *Turgenjews Schatten*,
ist nach der 2011 bei Hoffmann und Campe erschienenen
Übersetzung von Thomas Gunkel zitiert.
Der Satz aus Virginia Woolf, *Die Wellen*, wurde von
Claudia Feldmann für die vorliegende Ausgabe übersetzt.

Der Verlag behält sich die Verwertung der urheberrechtlich
geschützten Inhalte dieses Werkes für Zwecke
des Text- und Data-Minings nach § 44b UrhG ausdrücklich vor.
Jegliche unbefugte Nutzung ist hiermit ausgeschlossen.

4. Auflage 2024
© 2024 by mareverlag, Hamburg
Lektorat Angela Volknant, Hamburg
Typografie Iris Farnschläder / mareverlag
Schrift Jenson
Druck und Bindung CPI books GmbH, Germany
ISBN 978-3-86648-702-4

www.mare.de

Für M und D

»Die Gegenwart ist kaum vorhanden; die Zukunft existiert nicht. In den kurzen Augenblicken eines Menschenlebens zählt nur die Liebe.«

William Trevor, *Turgenjews Schatten*

»Am Anfang war da das Kinderzimmer mit Fenstern, die auf einen Garten hinausgingen, und dahinter das Meer.«

Virginia Woolf, *Die Wellen*

Inhalt

Prolog: Oktober 1963
11

Erster Teil: 1940–1945
19

Zweiter Teil: August 1951
161

Dritter Teil: 1960–1965
217

Epilog: August 1977
353

Prolog

Oktober 1963

Beatrix

Damals saß Beatrix am liebsten neben Mr G, wenn er sie alle zum Festland ruderte. Sie verfolgte, wie die Stadt allmählich in Sicht kam, die Gebäude langsam größer wurden, der weiße Kirchturm leuchtend vor dem tiefblauen Himmel. Das war in Maine, wo die Familie stets den Sommer verbrachte, und es war während des Krieges, obwohl sie das fast vergaßen, wenn sie dort waren. Mrs G trug meist ein ärmelloses Kleid in Rosa oder Gelb, dazu die kurze Perlenkette, und sie kreischte auf, wenn William und Gerald sich gegenseitig mit Wasser bespritzten und sie dabei auch etwas abbekam. Mr G verdrehte die Augen und schimpfte halbherzig mit den Jungen, die Brille mit Meersalz gesprenkelt, während sich seine gebräunten Arme in gleichmäßigem Rhythmus vor und zurück bewegten. Sobald sie nah genug waren, gab er Beatrix ein Ruder, und dann legten sie das letzte Stück bis zum Ufer gemeinsam zurück.

Einmal im Jahr aßen sie in dem kleinen Restaurant in der Stadt, das am Ende des Kais lag. Sie saßen jedes Jahr am gleichen Tisch, einem Ecktisch mit fünf Plätzen mit direktem Blick aufs Wasser. So, erklärte Mrs G, konnten sie alle zuschauen, wie der Himmel sich beim Sonnenuntergang über der Insel – ihrer Insel – verfärbte, wie sich die Spitzen der Nadelbäume erst deutlich von dem Orange-Rosa abhoben und dann immer mehr verschwammen, je dunkler der Himmel wurde. Kein einziges Mal in den Jahren, als Beatrix dort war, enttäuschte sie das Wetter an diesem Abend. Und immer wenn sie die Insel vom Festland aus sah, war sie überrascht, wie anders sie aus der Ferne wirkte. Sie war wunderschön, ein unscharfer grüner

Fleck zwischen Meer und Himmel. Und sie war so klein, dass Beatrix sie auf ihrer Handfläche halten konnte. Doch wenn sie sich auf der Insel befanden, war sie es, Beatrix, die klein war. Die Insel war ihre ganze Welt, als existierte gar nichts anderes.

Sie bestellten Clam Chowder, gegrillte Maiskolben und Hummer, dazu Backkartoffeln in Alufolie, oben aufgeschnitten, sodass sie dampften. Im ersten Sommer, als Beatrix mit dabei war, machten die Jungen sich über die harten roten Panzer her, sobald die Teller vor ihnen standen. Gerald war so aufgeregt, dass es ihn nicht auf seinem Stuhl hielt, und William, der als Erster Fleisch fand, legte den Kopf in den Nacken, um die tropfende Butter aufzufangen. Beatrix band sich langsam die Serviette um, beobachtete alles genau und trank einen Schluck Wasser. Mr G gab Mrs G, die neben ihr saß, ein Zeichen, und Mrs G tätschelte ihr beruhigend das Bein, begann dann, ihren Hummer auseinanderzunehmen, wobei sie immer wieder innehielt, damit Beatrix sehen konnte, was sie tat, und es ihr nachmachen konnte.

Doch all das liegt in der Vergangenheit. An diesem Abend sitzt Beatrix allein in einem Restaurant am Meer, und sie bestellt Hummer, während die Kellnerin die Kerze in dem kleinen Glas anzündet. Als der Hummer kommt, bindet sie sich die Serviette um und betrachtet ihr Spiegelbild im dunklen Fenster. Im August ist sie vierunddreißig geworden. Über zwanzig Jahre sind vergangen. Es fällt ihr schwer, das Mädchen von damals mit der Erwachsenen in Einklang zu bringen, die sie jetzt ist. Als wären sie zwei verschiedene Menschen. So viele Jahre lang hat sie versucht zu vergessen. Sie schnuppert am Ärmel ihrer Jacke; das Meer hat sich in ihren Kleidern eingenistet. Sie kann die Wellen hören, die ans Ufer schlagen. Dieser Ort – eine Stadt am Firth of Forth, kurz hinter Edinburgh – ist flach, der

Wind rau. Aus dem Wasser ragen Felsen und kleine Inseln. Das Ganze hat etwas Wildes, das sie an Maine erinnert. Wenn sie die Augen schließt, ist es fast so, als wäre sie dort.

Anfang September ist sie von ihrer Reise nach Amerika zurückgekommen und hat sich sofort in die Arbeit gestürzt. Das neue Schuljahr begann turbulent, ständig wollte jemand etwas von ihr, und es gab Tage, an denen hätte sie genauso gut in ihrem Büro schlafen können, so wenig Zeit verbrachte sie in ihrer Wohnung. Im Oktober, als es endlich etwas ruhiger wurde, spürte sie, wie verloren sie sich fühlte. Haltlos.

Die Gregorys in Amerika wiederzusehen, mit ihnen auf dem Friedhof zu stehen, hatte sie aufgewühlt, und alles war zurückgekommen – die fünf Jahre, die sie dort verbracht hatte, die Familie, die für diese kurze Zeit zu ihrer geworden war. Die Trauer, als sie sie verloren hatte. Die Trauer, die so schwer zu begraben gewesen war. Auf einmal fand sie sich in dem Haus wieder, das sich so vertraut anfühlte, in der Küche, die nach Zitrone und Zimt und Butter roch; spürte Mrs Gs Arme um sich, hörte, wie sie ihr etwas ins Ohr flüsterte. Wieder hatte sie nicht gehen wollen, und doch hatte sie es wieder getan. Sie hatte sie alle ein zweites Mal verloren.

Mum hatte sie ermuntert, ein paar Tage Urlaub zu machen, um aus ihrem Alltag herauszukommen, sich ein bisschen frischen Wind um die Nase wehen zu lassen. Vielleicht würde das helfen. Sie hatte ihr diese Stadt empfohlen, weil sie als kleines Mädchen dort gewesen war und es ihr dort sehr gefallen hatte. Sie sagte etwas von Stränden und Vögeln, der entspannenden Zugfahrt von London in den Norden. Der Ort war recht hübsch, aber wohl nicht mehr die pittoreske viktorianische Stadt, die ihre Mutter im Kopf hatte. Beatrix fragte sich, ob ihre Mutter sich der Ähnlichkeit mit Maine überhaupt bewusst gewesen war. Schließlich war sie ja nie dort gewesen. Sie selbst hätte vorher auch nicht damit gerechnet.

Sie isst ein wenig Hummer, doch ihr wird klar, dass es ihr damals vor allem deshalb so gefallen hat, weil sie es zusammen gemacht haben. Sie kommt sich töricht vor, wie sie allein in diesem müden, leeren Speisesaal mit ihm ringt, und fühlt sich noch schlechter. Sie schiebt den Teller weg und bestellt einen Kaffee. Der Strahl des Leuchtturms ist jetzt zu sehen, in gleichmäßigen Abständen streift er über das schwarze Meer. In manchen Nächten hatte sie mit Gerald und William im Wald gezeltet, und obwohl sie sich nie weit vom Haus entfernten, hatten sie sich vollkommen allein gefühlt, als wären sie auf einer Insel gestrandet, die einzigen Überlebenden. Die Dunkelheit fast greifbar. Mithilfe ihrer Taschenlampen gingen sie hinunter zum Wasser, setzten sich auf einen der großen Felsen, ließen ihre Lichtstrahlen hierhin und dorthin wandern und schalteten die Lampen dann aus, um die schwarze Nacht zu betrachten, die Sternenwelt, die auf das Meer herabschien. Am glücklichsten war sie, wenn sie in der Mitte saß und die beiden zu ihren Seiten spüren konnte.

Das Abendessen in der Stadt wurde stets gekrönt von einem Schokoladenkuchen, von Mrs G gebacken und vorab hinübergebracht, mit ein paar Kugeln Pfefferminzeis. Es gab drei dicke Kerzen, die ausgepustet werden mussten: eine für William, eine für Gerald und eine für Beatrix; und ihre Namen standen in schnörkeliger blauer Schrift auf dem Zuckerguss. *Meine August-Geburtstagskinder*, sagte Mrs G. *Schon wieder ein Jahr vorbei.* Das ganze Restaurant sang *Happy Birthday*, wenn der Kuchen mit den brennenden Kerzen aus der Küche gebracht wurde. Sobald er auf dem Tisch stand, erhoben sich die drei und beugten sich darüber, und Mrs G hielt Beatrix' Haar zurück, damit es nicht in die Flammen geriet. Zu dem Zeitpunkt war es bereits dunkel, da die Sonne untergegangen war, und ihre Gesichter wurden von den Kerzen erleuchtet. Gerald mit seinem roten Haar und den Sommersprossen, dem ansteckenden Lächeln. William mit seinen von der Sonne gebleichten blonden Locken und dem ernsten Gesicht. Was sahen sie, wenn sie sie anschauten? Beatrix weiß es nicht, aber sie nimmt an, dass sie die Freude, die sie empfand, auch ausstrahlte. Wenn sie daran zurückdenkt, dann hat sie den Moment vor Augen, wie sie alle drei über die Kerzen gebeugt Luft holen, überlegen, was sie sich wünschen sollen, und einander in die Augen sehen.

In jenem letzten Sommer hatte sie sich gewünscht zu bleiben. Für immer mit ihnen allen zusammen zu sein. Jetzt beugt sie sich vor, pustet die Kerze in dem Glas aus und schließt die Augen.

Erster Teil

1940–1945

Reginald

Am Abend lässt Reginald die Jungs im Pub wissen, wie stolz er ist. Jedem, der hereinkommt, erzählt er von Neuem davon, wie es war, als Beatrix weggefahren ist. Sie stellen Fragen, wollen Einzelheiten wissen. Diejenigen, deren Kinder schon fort sind, kennen die Geschichte bereits, oder eine Variante davon. Wie heiß und schwül es morgens gewesen war. Wie sie im Ballsaal des Grosvenor Hotel gestanden haben und wie er sich vor sie hingekniet hat, als es Zeit war zu gehen. Wie Beatrix zu seinen Abschiedsworten genickt hat, das Gesicht zu ihm geneigt, aber den Rücken ganz gerade. Wie tapfer sie gewesen ist; sie hat nicht geweint, obwohl er Tränen in ihren Augen gesehen hat.

Einen Tag später kann er sich nicht mehr genau erinnern, was er zu ihr gesagt hat, als er vor ihr auf dem Boden kniete. Im Stillen sorgt er sich, dass er das Wichtigste vergessen hat. Aber an dem Abend erzählt er allen im Pub, wie stark sie gewesen ist. Mein tapferes elfjähriges Mädchen. Er erfindet die Worte, die sie zueinander gesagt haben. Und er verschweigt, dass er und Millie sich mit aller Kraft zusammengerissen haben, als sie sich von Beatrix abwandten und durch die Menge nach draußen gingen, dass er eigentlich noch nicht bereit dazu war. Er glaubt nicht, dass er je bereit dazu sein wird.

Immer wieder hat er denselben Traum: Er geht in voller Montur ins Meer, die nassen Kleider schwer an seinem Körper. Er schiebt die Wellen beiseite, geht tiefer hinein, und dann ist er mit einem Mal wieder in dem Ballsaal, auf dem Weg nach draußen, während andere hineinstreben. Er streift sie mit den Schultern und vermeidet es, in ihre Gesichter zu blicken, denn er weiß, dass in ihren Augen dieselbe Fassungslosigkeit steht wie in seinen, weil sie hier sind, weil sie die Entscheidung getroffen haben, ihre Kinder weit fortzuschicken. Allein, übers Meer. Erst als sie auf der Straße vor dem Hotel waren, in der schwülen Luft, unter den schweren grauen Wolken, fing Millie an zu weinen und flehte ihn an, umzukehren und ihr Mädchen zurückzuholen. Er hat ihre Hand genommen und sie weggezogen. In seinem Traum streckt er beide Hände aus und wünschte, er könnte das Schiff packen, auf dem sein Kind jetzt ist, und es drehen, seinen Kurs ändern. Und er reckt die Arme und versucht, das Land zu berühren, wo sie von nun an leben wird.

Die Geschichte, die er den Jungs erzählt, ist nur die halbe Wahrheit. Beatrix hat geweint, sich an ihn geklammert, die Arme um seine Taille geschlungen. Sie hat Millie die Schuld an allem gegeben, hat sich geweigert, sich von ihr zu verabschieden, war die ganzen vierundzwanzig Stunden – von dem Moment an, als sie es ihr gesagt haben, bis zum Aufbruch – wütend auf sie. Dabei war es Reginald, der darauf bestanden hatte, sie müsse weg, weil er wusste, dass die Bomben immer näher kamen und es keine Möglichkeit gab, Beatrix oder überhaupt jemanden von ihnen davor zu beschützen. Sein älterer Bruder war im letzten Krieg gewesen, deshalb wusste Reginald, was auf sie zukam. Der Krieg hatte einen langen Schatten über seine Kindheit geworfen, hatte ihn die schneidende Angst gelehrt. Es war eine schwere Entscheidung für ihn und Millie gewesen. Besser, sie geht nach Amerika, hatte er gedacht, da wird der Krieg sie nicht so leicht zu fassen bekommen. Aber er hatte Beatrix nie erzählt, dass er Millie keine andere Wahl gelassen hatte. Er ließ sie in dem Glauben, dass es Millies Entscheidung gewesen war.

Millie

Millie wird die Wut nicht los. Die von Beatrix auf sie, weil sie sie zum Weggehen gezwungen hat, und ihre eigene auf Reg, weil er ihrem Flehen nicht nachgegeben hat. *Lass mich mit ihr gehen*, hat sie gesagt. Und dann später, mitten in der Nacht, als sie beide, schlaflos und ohne sich zu berühren, an die Decke starrten: *Lass sie hierbleiben. Wir haben den Luftschutzkeller und die U-Bahn. Wir können zu meinen Eltern aufs Land. Ich kann sie beschützen*, flüsterte sie immer wieder. *Ich kann sie beschützen.* Aber Regs Entschluss stand fest.

Sie hat sich nie für einen wütenden Menschen gehalten. Gefühlsbetont, ja. Stur, auf jeden Fall. Doch jetzt fließt sie über von Kummer und Zorn. Sie kann sich nicht vorstellen, dass sie Reg jemals verzeihen wird. Und sie weiß, dass sie sich selbst niemals verzeihen wird. Wieder und wieder steht sie im Ballsaal, durchlebt die letzten Augenblicke, spürt die warme Wange ihrer Tochter.

Sie heftete Beatrix das Schild an die Brust, das der Mann ihr gegeben hatte. Trotz der Hitze an diesem Tag waren ihre Hände eiskalt, und sie rieb sie mehrmals fest aneinander, bevor sie in Beatrix' Kleid griff, um die Sicherheitsnadel vorsichtig zu befestigen. Auf dem Schild stand außer dem Namen eine lange Nummer, und Millie prägte sie sich ein, damit sie sie niemals wieder vergaß. Vielleicht wäre das die einzige Möglichkeit, ihre Tochter wiederzufinden. Auf dem Heimweg überkam sie Panik, weil sie nicht mehr genau wusste, ob die letzte Zahl eine Drei oder eine Sechs war.

Am Abend davor hatte sie Beatrix in der kleinen Küche die

Haare gewaschen und geschnitten, mit einem Handtuch als Unterlage. Beatrix trug nur ihre Unterwäsche. Millie kämmte das nasse Haar vor dem Schneiden aus und staunte, dass die dicken Strähnen Beatrix schon fast bis zur Taille reichten. Als sie ihre Tochter umdrehte, um die Vorderseite auszukämmen, fiel ihr auf, dass deren Brüste zu sprießen begannen, und begriff, dass sie sich verändert haben würde, wenn sie einander wiedersahen. Sie würde kein kleines Mädchen mehr sein. Und da war die Wut wieder, doch jetzt war sie in ihren Händen, und so schnitt sie, ohne nachzudenken, ihrer Tochter das Haar bis zum Kinn ab. Die Schere schnippte, lange Locken fielen zu Boden, das weiße Handtuch wurde braun, und Beatrix weinte. Millie schnitt den dichten, dunklen Pony zu einer strengen Linie quer über die Stirn. Diesen Haarschnitt hatte sie ihr, als sie klein war, alle drei Wochen verpasst.

Jetzt kann sie nicht mehr schlafen. Sie liegt in Beatrix' Bett, die Knie an die Brust gezogen. Sie versucht sich vorzustellen, wo ihr Mädchen jetzt ist, irgendwo mitten auf dem Atlantik. Hat sie Hunger? Ist sie einsam? Was für eine Angst sie haben muss, mit all dem tiefen Wasser, das das Schiff umschlingt. Die hohen Wellen. Das endlose Meer. Millie schnuppert an einer Haarlocke, die sie in einen kleinen Pergaminumschlag geschoben und in ihrem Buch versteckt hat.

Beatrix

Beatrix hasst die neue Frisur. Sie sieht aus wie ein Kind. Wenn sie nach ihrem Haar greift, ist da nur ihr Hals. Alle Mädchen in der Kabine teilen sich einen kleinen Handspiegel, den eine von ihnen im Koffer mitgenommen hat. Beatrix streicht sich den Pony mithilfe von Wasser und Spucke aus der Stirn und verflucht lauthals ihre Mutter, zur Freude der Jüngeren unter ihnen.

Ihre Tage sind ausgefüllt. Sie ziehen sich an, helfen einander, die Rettungswesten aus Kork anzulegen, und gehen zum Frühstück, wo sie Schokoladeneis essen dürfen. Sie laufen in einer Horde von einem Ende des Schiffes zum anderen, wobei Beatrix sich immer am Handlauf festhält und, wenn möglich, an der Innenseite bleibt. Das Schiff fährt kaum geradeaus, sondern schlängelt sich zwischen den silbrigen Eisbergen hindurch, die in der Sonne glitzern. An Bord gibt es auch eine Horde Jungen, aber die sind wilder als die Mädchen, und Beatrix geht ihnen meist aus dem Weg. Nachmittags gibt es Zuckerkekse, die größer sind als ihre Hände. Die Spuckerei ist weniger geworden. In den ersten Tagen mussten sie sich ständig übergeben: in die kleinen Waschbecken, in die Mülleimer, in Kaffeedosen. Nachts, wenn Beatrix nicht schlafen kann, wenn die Jüngste im Bett unter ihr weint, geht sie an Deck und sieht hoch zu den Sternen. Sie wickelt sich in ihre Decke und legt sich in einen Liegestuhl, weit weg vom Rand. Es ist kalt und dunkel, und doch ist es vielleicht mit das Schönste, was sie je gesehen hat. Sie hätte sich nie vorstellen können, dass der Himmel so voll, so lebendig sein kann. Dass er eine solche Tiefe hat. Die Luft ist ganz klar. Sie fragt sich, ob sie jemals in Amerika ankommen. Es fühlt sich an, als würden sie sich nicht von der Stelle bewegen, obwohl das Schiff vorwärtsstampft. Was passiert wohl, falls der Krieg vorbei ist, während sie noch auf See sind? Werden sie umkehren und zurückfahren? Wie werden ihre Eltern davon erfahren?

Anfangs hat Beatrix Angst gehabt. Der verdunkelte Zug voller Kinder. Die Begleiterin, die »There'll Always Be an England« sang und eine kleine britische Flagge schwenkte. Die langen Feldbettenreihen in dem Fischereilager in Liverpool. Das riesige, mit einer schwarzen Plane bedeckte Schiff. Die Gangway, die bei jedem Schritt schwankte. Sie waren alle still und verängstigt, unsicher, wem sie vertrauen konnten. Fast alle Mädchen weinten. Beatrix nicht. Dad hatte gesagt, sie müsse stark sein.

Das ist nur ein paar Tage her, aber wenn Beatrix an die Abreise zurückdenkt, sind da nur noch Bruchstücke: Sie sitzt im Schneidersitz auf dem Fußboden in ihrem Zimmer, weigert sich zu helfen, sieht zu, wie ihre Mutter den kleinen braunen Koffer packt. Kleider, dreifach gefaltet, Socken, zu Bällen geschlungen, und obenauf ein flattriger, geblümter Schal, ein Geschenk für die Frau in Amerika. Beatrix sieht die Hände ihres Vaters, der Ehering locker am Finger, sieht, wie sie ein paar Fotos in eine Seitentasche schieben und dann die Gurte um den Koffer festzurren. Der handgeknüpfte Läufer mit dem Blumenmuster in Rosa und Blau, der seit jeher neben ihrem Bett gelegen hat, in der einen Ecke ein Fleck, der aussieht wie ein Hundekopf. Der ungewohnte Duft nach Pfannkuchen, der Zucker von den Nachbarn geborgt, damit das letzte Frühstück etwas Besonderes ist.

Einen Monat zuvor hatte ihre Mutter sie beim Heimkommen allein im Wohnzimmer auf dem Fußboden vorgefunden, wo sie Solitär spielte, die Gasmaske vor dem Gesicht. Beatrix trug sie jetzt immer, wenn sie allein war, obwohl sie das Gefühl und vor allem den Geruch schrecklich fand, wie Teer auf einer heißen Straße. Die Jungen in der Schule trugen sie während der Pause und jagten einander über den Hof, ihre Grunzgeräusche gedämpft durch die Maske. Doch Beatrix wusste, dass sie ihr das Leben retten konnte. Ihr Onkel war im ersten Krieg verbrannt worden, über seine Arme liefen Flüsse aus dunkelroter Narbenhaut. Ihre Mutter hatte die Einkäufe fallen gelassen, als sie sie mit der Maske erblickte, und ein kostbares Ei war auf dem Dielenboden zerbrochen. Beatrix weiß, dies war der Moment, als ihre Mutter beschlossen hat, dass die Tochter nicht bleiben konnte.

Schon verblassen ihre Erinnerungen an den Ballsaal. Nur spätnachts tauchen einzelne Schnipsel davon auf. Die großen Buchstaben des Alphabets, die durch den Raum gereicht werden. Ein dunkler Balkon voller Erwachsener, die nach unten schauen und winken. Eine Frau, die weint. Fremdartige amerikanische Akzente.

Die Rücken ihrer Eltern, als sie davongehen. Die Hand ihres Vaters auf der Schulter ihrer Mutter. Eine Laufmasche im Strumpf ihrer Mutter.

Beatrix

Beatrix steht allein in Boston auf dem Kai. Alle anderen sind abgeholt worden. Es ist schon heiß, obwohl es noch früh ist. Der Mond hängt wie mit Kreide gemalt am blassblauen Himmel.

Sie hat ihr Lieblingskleid an, aus roter Wolle mit weißem Kragen und Paspeln an den Ärmelbündchen. Sie hat es extra angezogen, weil ihre Mutter gesagt hat, sie soll sich so hübsch wie möglich machen, aber es ist viel zu warm dafür, und ihr läuft der Schweiß über den Rücken.

Die Frau, die die anderen Kinder ihren Gastfamilien zugewiesen hat, sieht dauernd auf ihre Uhr und ihre Liste. *Die Gregorys*, sagt sie wieder, und ihre Stimme klingt mit jedem Mal schärfer. *So heißen sie doch, oder?* Beatrix nickt. Die Sonne wandert höher, duckt sich hinter eine Wolke, und Beatrix tritt von einem Fuß auf den anderen. Sie berührt das Schild, das sie jeden Morgen an ihre Brust geheftet hat, seit sie London verlassen haben. Die Ränder beginnen auszufransen.

Es kommt Beatrix so vor, als hätte sie ihr Zuhause schon vor Jahren verlassen, als wäre das Mädchen, das sie dort gewesen ist, ein ganz anderes als das, was jetzt hier steht. So viel ist passiert, obwohl es nur zwei Wochen waren, und zugleich ist es wie eine Geschichte aus einem Buch, als hätte das alles jemand anders erlebt. Der Zwischenstopp in Kanada, wo sie sich von den meisten ihrer neuen Freundinnen verabschieden musste. Noch ein Zug und danach eine kleine Fähre, die sich durch die rauen Wellen kämpfte. Dann endlich ruhigeres Wasser, als sie den Bostoner Hafen erreichten. Auf einer kleinen Insel drei barfüßige Kinder mit Angeln auf einem Anleger, die winkten, als die Fähre vorbeifuhr. Willkommen in Amerika, dachte Beatrix.

Sie blickt nach unten, vergewissert sich, dass ihr Koffer und ihre Gasmaske noch da sind, und als sie den Kopf wieder hebt, steht ein Junge vor ihr. Es ist fast so, als hätte sie ihn mit ihrem Willen herbeigezaubert. Er ist größer als sie, mit lockigem blondem Haar, das ihm fast bis zum Kragen reicht. Er hebt den Arm, weil ihn die Sonne blendet. Das ist William, denkt sie, nein, sie weiß es. Aus dem Brief, den sie von ihnen bekommen haben, in dem das Haus und die Familie beschrieben waren; auf dem Schiff hat Beatrix ihn jeden Abend gelesen. Einige Abschnitte kennt sie auswendig. Gerald ist der jüngere von den beiden Jungen, er ist gerade neun geworden, und William ist dreizehn. *Er ist schlauer, als ihm guttut*, hat Mrs Gregory geschrieben. *Will Baseballspieler werden, wenn er groß ist.* Beatrix dachte, er hätte braunes Haar. Sie hat nicht damit gerechnet, dass er so groß ist und dass er grüne Augen hat. Aber trotzdem muss er es sein.

Beatrix, sagt er mit überraschend tiefer Stimme. Fast lächelt er. Sie nickt, und dann kommt noch ein Junge herbeigelaufen, mit erhitztem Gesicht, breitem, schiefem Grinsen und rotblondem Haar, das in der Sonne schimmert. Das ist eindeutig Gerald. *Du bist Beatrix, stimmt's*, sagt er. *Du musst es sein, ich weiß es. Ja*, sagt sie und lächelt nun auch, denn er hat einen komischen Akzent und Unmengen von Sommersprossen, und er ist ein offener, herzlicher amerikanischer Junge.

Nancy

Nach dem Abwasch bereitet Nancy den Teig für die Frühstücksmuffins zu, verquirlt Butter und Zucker zu einer gleichmäßigen Masse. Im Haus wird es allmählich ruhig. Ethan hat sich in sein Büro zurückgezogen. William ist in seinem Zimmer. Selbst Gerald, der bereits gebadet hat und längst im Bett liegen sollte, aber noch dreimal wieder heruntergekommen ist, scheint eingeschlafen zu sein. Dies ist normalerweise ihre liebste Tageszeit, wenn alles still ist und sie für sich sein kann, backen, lesen oder einen Tee trinken. Durchatmen.

Doch jetzt ist das Mädchen mit dem Baden dran. Nancy war erschrocken, als sie Beatrix am Kai erblickt hat, so blass, die schmutzigen weißen Socken, die halb in den schweren Stiefeln verschwanden, die dunklen, wachsamen Augen. Worauf hatten sie sich da bloß eingelassen? Und wie mochte es erst für sie sein? Von zu Hause fortgeschickt zu werden, ganz allein? Nancy fragt sich, was das für Eltern sein müssen, die eine solche Entscheidung treffen, obwohl ihr bewusst ist, dass sie keine Ahnung hat, wie es ist, einen Krieg mitzuerleben. Aber sie glaubt nicht, dass sie es fertigbrächte; sie kann sich nicht vorstellen, William oder Gerald allein auf ein Schiff zu bringen. Nicht auszudenken, was passiert, wenn die Vereinigten Staaten in den Krieg eintreten. Sie betet jeden Abend, dass es nicht so weit kommt, oder falls doch, dass ihre Söhne dann noch zu jung sind.

Als der Teig fertig ist, holt Nancy den Karton heraus, den sie in die Abseite im Flur gestellt hat. Sie hat ihn letzte Woche auf dem Heimweg von Maine bei ihrer Schwester abgeholt, und darin sind lauter Mädchensachen: Puppen, Bücher, ein kleines Teegeschirr. Einige von den Sachen haben ihr als Kind gehört, andere, wie diese eleganten Porzellanpuppen, sind von ihren Nichten. Beatrix wirkt nicht wie ein Puppenmädchen, und sie selbst ist auch keines gewesen. Sie nimmt jedes Teil heraus und legt es auf den Küchentisch. Die winzigen Puppen ihrer Mutter mit den viktorianischen Kleidern. Eine angeschlagene Teetasse, die früher mal zu einem Set gehört hat. Die *What Katy Did*-Bücher, die sie so geliebt hat. Doch sie sind alt und abgegriffen, die Seiten lösen sich aus dem Einband, und Nancy bezweifelt, dass sie Beatrix gefallen. Andererseits kennt sie das Mädchen ja noch gar nicht. Sie packt die Sachen wieder in den Karton und stellt ihn zurück in die Abseite. Sie erscheinen ihr so kindisch für jemanden, der aus einem Land kommt, wo Krieg herrscht. Ihr geht eine Stelle aus dem ersten Brief der Eltern nicht aus dem Kopf: *In ihrem Zimmer haben wir einen Stapel Zeitungsartikel über Nervengas gefunden. Sie hatte den Satz unterstrichen: »Bereits zwei Minuten Kontakt mit dem Gas sind tödlich.«*

Nancy geht leise nach oben. Die Tür des Gästezimmers ist einen Spalt geöffnet. Das Mädchen sitzt in der Ecke, die Knie an die Brust gezogen, und spricht mit einer gerahmten Fotografie. *Dad*, sagt sie. *Ich hab's geschafft. Ich bin hier.* Nancy tritt einen Schritt zurück und wischt sich mit dem Schürzenzipfel übers Gesicht.

Beatrix

Die Badewanne mit den Klauenfüßen steht in einem Erker mit drei Fenstern, die alle auf den Garten hinausgehen. Doch jetzt ist es dunkel, sodass man nichts sehen kann, und Mrs Gregory zieht nacheinander die weißen Rollos herunter. Wasser läuft in die Wanne, und sie hält immer wieder die Hand hinein und dreht an den Hähnen. Sie nimmt ein Handtuch, faltet es auseinander und schüttelt es aus, dann faltet sie es wieder in der Mitte und streicht über die weiche Oberfläche. Ihr großer Saphirring funkelt im Licht. Ihr Lippenstift ist leuchtend rot, und ihre Zähne sind weiß.

Sie sieht ganz anders aus als Beatrix' Mutter, die groß und dunkel und schlank ist. Diese Frau ist rundlich und riecht nach Zitrone. Am Kai kam sie hinter den Jungen herbeigelaufen, hat Beatrix in die Arme geschlossen und sie erst auf die eine Wange geküsst und dann auf die andere. Beatrix hat ganz still dagestanden, während die Frau sie umarmte. Dann hat die Frau das Schild abgemacht und es in ihre Handtasche gesteckt. *Das brauchst du jetzt nicht mehr, Liebes,* hat sie gesagt. *Du gehörst jetzt zu uns.*

Beatrix, sagt sie, die Hand im warmen Wasser, *ich weiß nicht, was ich tun soll.* Sie sieht Beatrix an, die Brauen zusammengezogen, und Beatrix sieht darin Geralds Lächeln und Williams Stirnrunzeln. *Soll ich dir helfen, oder möchtest du lieber allein baden?* Die Linien in ihrem Gesicht vertiefen sich, und dann streicht sie Beatrix eine Haarsträhne hinters Ohr und legt ihr die schwere, fleischige Hand auf die Schulter. *Du musst mir beibringen, wie man mit einem Mädchen umgeht,* sagt sie mit einem Lachen und einem Seufzer. *Ich bin so lange nur von Jungs umgeben gewesen.* Sie verstummt und wartet.

Beatrix antwortet nicht. Sie versteht nicht so recht, was die Frau von ihr will, sie weiß nur, dass sie nicht gehen soll, deshalb zieht sie sich aus, bis sie nackt vor dieser Frau steht, spürt die weiche Matte unter ihren Füßen, einen leichten Luftzug, der durch die Fenster hereinweht, die Rollos, die gegen die Rahmen klopfen. Sie steigt auf den Hocker und taucht die Füße vorsichtig in das heiße Wasser, und dann, als sie sich an die Temperatur gewöhnt hat, setzt sie sich und lehnt sich zurück, bis alles außer ihrem Kopf unter Wasser ist. Es fühlt sich himmlisch an. Mrs Gregory seift einen Waschlappen ein, hebt Beatrix' Arm und reibt ihn sanft ab. Beatrix schließt die Augen und schläft fast ein. Sie hebt die Beine, sodass sie schweben.

Später im Bett, das so hoch ist, dass sie wieder auf einen Hocker steigen muss, riecht Beatrix die Zitronenseife an jedem ihrer Finger.

Beatrix

Die Treppe windet sich in einem Halbkreis nach unten in die Eingangshalle mit dem Fußboden aus weißen und schwarzen Marmorfliesen. Beatrix geht langsam hinunter, die Hand auf dem Geländer aus Mahagoni, und ihre Schuhe machen kein Geräusch auf dem orientalischen Läufer, der die Stufen bedeckt. An der Wand neben der Treppe hängen riesige Porträts in goldenen Rahmen. So muss sich Prinzessin Margaret fühlen, wenn sie morgens zum Frühstück nach unten geht. Beinahe hätte sie laut gelacht. Das Haus ist lichtdurchflutet. Auf dem Tisch in der Eingangshalle steht eine prächtige Kristallvase voll üppiger Blumen in Rosa und Gelb.

Beatrix kann Stimmen hören – es klingt nach Mrs Gregory und Gerald –, aber für einen Moment bleibt sie allein in der Halle stehen. Das Wohnzimmer ist ein paar Stufen hinunter zu ihrer Rechten, und sie ist ziemlich sicher, dass ihre ganze Wohnung zu Hause in den einen Raum passen würde. Gestern Abend hat Gerald ihr eine Geheimtreppe gezeigt, die hinter einem Regal voll unechter Bücher verborgen ist. Und es gibt eine ganze zweite Etage, die sie noch gar nicht gesehen hat. Sie blickt hinaus in den Garten. King, der Schäferhund der Gregorys, liegt schlafend auf der Terrasse, den Kopf auf der großen Vorderpfote. Direkt am Haus sind Blumenbeete, ein Stück weiter gibt es einen Gemüsegarten, und dahinter erstreckt sich Rasen bis zu einer Reihe von Kiefern in der Ferne. Alles hier ist riesengroß. Wie weit ist es wohl bis zum Meer? In welcher Richtung liegt ihr Zuhause?

Ethan

Ethan sitzt bei fast geschlossener Tür in seinem Arbeitszimmer und versucht, den Stundenplan für die ersten Schultage nach den Ferien zusammenzustellen, lauscht stattdessen jedoch auf die Geräusche, die aus der Küche nebenan herüberdringen. Das Mädchen ist zum Frühstück heruntergekommen. Er kann die Aufregung in Nancys Stimme hören, sie ist lauter und höher als sonst, und er weiß, dass sie zu viel Eier mit Speck auf den Teller füllt. Gerald lässt immer wieder einen Gummiball auf dem Boden springen, und Ethan muss an sich halten, um nicht zu brüllen.

Er war dagegen gewesen, das Mädchen aufzunehmen. Allein schon die Kosten. Nancy hatte seine Bedenken mit einer Handbewegung beiseitegefegt. *Was macht denn ein kleiner hungriger Mund mehr schon aus, Ethan*, hatte sie gesagt. *Wir müssen alle unseren Teil beitragen.* Doch etwas anderes beschäftigt ihn fast genauso sehr: Er kennt sich mit Mädchen nicht aus. Er ist – hier, in diesem Haus – ohne Geschwister aufgewachsen. Sein Vater war Fachbereichsleiter für Mathematik an der Jungenschule gewesen, und er selbst war nach seinem Abschluss in Harvard hierhin zurückgekehrt, um unter seinem Vater zu arbeiten, und hatte später seine Nachfolge angetreten. Er denkt den ganzen Tag an nichts als Jungen: wie er sie am besten unterrichtet; wie er sie zu anständigen jungen Männern erzieht; wie er sie bestrafen soll, wenn sie über die Stränge schlagen. Seit er selbst Vater geworden ist, hat er eigenartigerweise an Selbstvertrauen verloren. Er hatte gedacht, er würde der führende Elternteil sein, derjenige, der immer wüsste, was zu tun wäre, derjenige, dem die Kinder folgen würden. Doch Strategien, die im Klassenzimmer aufgehen, sind zu Hause nicht zu gebrauchen. Was bei Gerald funktioniert, scheint bei William nicht zu funktionieren. Und beide stehen Nancy näher, die oft zu milde zu ihnen ist. Zu Hause ist es chaotischer, er hat weniger Kontrolle, und so zieht er sich immer öfter in die wohltuende Einsamkeit seines Arbeitszimmers zurück. Dennoch fühlt er sich in Gesellschaft von Jungen wohl, er weiß, wie er mit ihnen umgehen muss, worüber er mit ihnen reden kann. Abgesehen von Nancy und seiner Mutter und ein paar Cousinen ist sein Leben stets von Jungen und Männern bevölkert gewesen.

Aber ihm ist klar, dass Nancy darin eine Möglichkeit sieht, endlich ein Mädchen zu bekommen. Sie war enttäuscht, als William zur Welt kam, und bei Gerald erneut. Sie haben es weiter versucht, aber nach der dritten Fehlgeburt meinte der Arzt, jetzt sei es genug. Sie hat nie etwas gesagt – über ihre Enttäuschung, dass es beide Male ein Junge geworden ist, über die Fehlgeburten, über die Anordnung des Arztes –, weil sie ein von Grund auf positiver Mensch ist. Und genau das hat ihm von Anfang an so gefallen. Er hat gehofft, ihr Wille, stets das Gute zu sehen, würde ihm helfen, aus sich herauszukommen, ein besserer Mensch zu werden als der, der er seiner Meinung nach ist.

Es klopft leise an der Tür. *Ja*, sagt er mit bemüht sanfter Stimme, denn er weiß, es ist weder Nancy noch einer von den Jungs. Das Mädchen drückt die Tür auf, bleibt jedoch draußen stehen. *Hallo*, sagt sie. *Entschuldigen Sie, dass ich Sie störe, Sir.* Sie wagt es kaum, ihn anzusehen, und beide blicken sofort wieder weg. *Mrs Gregory lässt fragen, ob Sie bitte zum Frühstück in die Küche kommen können.* Ethan nickt, raschelt mit seinen Papieren. Er sollte sie fragen, ob sie gut geschlafen hat oder ob sie irgendetwas braucht, aber als er wieder aufsieht, ist sie verschwunden.

Millie

Das Telegramm ist unter der Tür durchgeschoben worden, und Millie tritt darauf, als sie in die Wohnung kommt. BEATRIX WOHLBEHALTEN ANGEKOMMEN STOP BEZAUBERNDES MÄDCHEN STOP GEWÖHNT SICH GUT EIN STOP. Sie hat seit dem Tag, als Beatrix weggefahren ist, nicht mehr geweint, aber jetzt sackt Millie mit dem Telegramm in der Hand auf die Dielen, rollt sich auf die Seite und krümmt sich zusammen. Die Tränen laufen an ihrem Gesicht herunter und tropfen auf den Boden. Da ist Erleichterung, aber vor allem Reue. Sie hätte Beatrix sagen sollen, dass sie sie lieber dabehalten hätte. Sie hätte Reg zwingen sollen, seine Meinung zu ändern. Es ist dunkel, als sie schließlich aufsteht, um sich umzuziehen und das Abendessen vorzubereiten. Reg wird bald da sein. Jeden Abend hat er bei seiner Rückkehr gefragt, ob ein Telegramm gekommen ist.

Doch an diesem Abend fragt er nicht, obwohl sie bemerkt, wie er die Post auf dem Tisch im Flur durchsieht. Und so sagt sie es ihm noch nicht. Sie versteckt das Telegramm, zweimal vorsichtig gefaltet, im Reißverschlussfach ihrer Handtasche.

Eine Woche geht vorüber, und sie liest das Telegramm immer wieder, auf dem Weg zur Arbeit und auf dem Heimweg. Die Ecken reißen schon langsam ein. Druckerschwärze von ihren Fingern verschmutzt das gelbe Papier. Die Blockbuchstaben verblassen allmählich. Sie weiß nicht, ob sie es Reg jetzt noch zeigen kann. Er wird vermuten, dass sie es schon eine ganze Zeit gehabt hat.

Nancy

Am ersten Schultag leuchtet der Himmel blau und weit. Nancy hat den Kindern ihre Lunchpakete vorbereitet und in braune Papiertüten gepackt: hart gekochte Eier, Tomatensandwiches, Haferkekse mit Rosinen. Sie macht ein Foto von ihnen auf der Veranda, dann gibt sie William und Gerald einen Kuss auf die Stirn und drückt Beatrix' Schulter. Sie weiß, dass das Mädchen Berührungen nicht immer mag, aber sie kann einfach nicht anders, als die Arme um den mageren kleinen Körper zu legen. Beatrix versteift sich, doch dann spürt Nancy zu ihrer Überraschung, wie ein Kuss ihre Wange streift.

In den zwei Wochen seit ihrer Ankunft ist Beatrix' Gesicht ein bisschen voller geworden, aber ihre Augen blicken nach wie vor ängstlich. Sie ist stets höflich, antwortet auf jede Frage, hilft in der Küche und räumt ihr Zimmer auf, spricht jedoch nie von sich aus. Aber sie lacht über Geralds Kaspereien und scheint sich in Williams Gesellschaft wohlzufühlen. Nancy ist stolz auf ihre Jungs, darauf, wie sie das Mädchen aufgenommen haben. *Einen schönen Tag*, sagt Beatrix. *Danke für das Lunchpaket.* Nancy stupst Gerald an. *Von Beatrix' guten Manieren könntest du dir mal eine Scheibe abschneiden*, sagt sie. *Und jetzt ab mit euch.* Sie kann es kaum erwarten, dass sie aus dem Haus sind, aber sie weiß, dass sie den ganzen Tag auf ihre Rückkehr warten wird.

Gerald

Wir laufen zusammen zur Schule, Mum, sagt Gerald und springt von den Verandastufen auf die Erde. Er ahmt begeistert die Art nach, wie Beatrix redet. Sie klingt immer so klug. Deshalb nennt er seine Mutter jetzt Mum, sagt *Cheerio,* wenn er ins Zimmer kommt, und gestern beim Abendessen hat er behauptet, Vater mache viel Wind um nichts. Er weiß, dass es William nervt – ein Grund mehr, es zu tun –, aber es zaubert den Hauch eines Lächelns auf Beatrix' Gesicht. *Und dass du mir ja nicht auf die andere Straßenseite gehst, bevor sie drinnen ist, William,* sagt Mutter noch einmal, und William nickt und deutet mit dem Kinn auf Bea. Ganz der Vater, sagen alle über William. Gerald weiß, das bedeutet, dass er selbst anders ist.

Die drei folgen dem Weg, der durch die Wiese führt, die an die Rückseite der Schule grenzt. Einen Trampelpfad nennt Vater so etwas. Der beste Weg, um von hier nach da zu kommen. William geht vorneweg, und Gerald bildet die Nachhut. Das Haar, das ihnen beiden bis zum Kragen reichte, ist jetzt weg; seit dem Friseurbesuch gestern haben sie einen rosigen Nacken und einen Bürstenhaarschnitt. Gerald mag es, über die Stoppeln zu streichen. Die Sonne wärmt bereits. Das Laub hat noch nicht begonnen, sich zu verfärben, und die Wiese ist voller Wildblumen. Er pflückt eine gelbe Blume und dann noch eine und noch eine und versteckt sie hinter seinem Rücken. An der Tür zur Grundschule bleiben sie alle stehen. Gerald umarmt Beatrix kurz. Wie dünn sie ist. Er kann ihre Rippen spüren. *Einen vorzüglichen Morgen wünsche ich,* sagt er grinsend, drückt ihr die Blumen in die Hand und verschwindet durch die schwere Tür.

Idiot, hört er William sagen. Als er sicher ist, dass sie weitergegangen sind, kommt er noch einmal nach draußen. Er sieht, wie sie bei der Mädchenschule stehen bleiben, beide den Blick zum Boden gerichtet, und dann geht Beatrix hinein, die Blumen in der Hand. Gerald sieht zu, wie William die Straße zur Jungenschule überquert. Bevor er das Gebäude betritt, blickt er noch einmal über die Schulter, und Gerald weiß, er vergewissert sich, dass sie wirklich drinnen ist. Gerald winkt ihm zu, aber William wendet sich um und geht hinein.

Im Unterricht sollen die Schüler einen Brief an den Lehrer schreiben, in dem sie das Aufregendste schildern, was sie während des Sommers erlebt haben. *Lieber Mr Thatcher*, schreibt Gerald, *Beatrix ist aus London zu uns gekommen, um vor Bomben sicher zu sein*. Als er den Stift hinlegt, merkt er, dass seine Handflächen vom Pollen ganz gelb sind.

Beatrix

Die Briefe treffen nicht regelmäßig ein, sondern schubweise. An manchen Tagen liegen zwei oder drei auf dem Küchentisch, wenn Beatrix aus der Schule kommt. Dann wieder gibt es Wochen ohne einen einzigen. Sie liest die Briefe nie gleich in der Küche, aber sie reibt das dünne Papier zwischen Daumen und Zeigefinger, während sie ihren Snack knabbert, voller Staunen, dass sie etwas berührt, das ihre Eltern vor nicht allzu langer Zeit berührt haben. Dass dieses Etwas es irgendwie von dort hierher geschafft hat. Später, in ihrem Zimmer, hinter der fast geschlossenen Tür liest sie den Brief mehrmals hintereinander. Er ist stets gleich aufgebaut. Zuerst schreibt Mummy, dann Dad, dessen Worte sich in den enger werdenden Platz quetschen und manchmal noch an den Rändern hoch- und runterwandern. Dads Schrift ist schwer zu entziffern; Mummys ist verschnörkelt. Sie erzählen ihr von den Nachbarn, von den Großeltern, was es zum Abendessen gab. Dad erzählt Witze. Beatrix versucht, sich ihre Stimmen vorzustellen, während sie liest.

Jedes Mal wenn sie mit dem Brief durch ist, reißt sie vorsichtig die Briefmarke für Gerald heraus und legt ihn danach zu den anderen in ihrer Schreibtischschublade. Manchmal liest sie sie nachts alle hintereinander. Und je öfter sie sie liest, desto mehr denkt sie an das, was nicht drinsteht. Sie weiß nicht, ob sie jede Nacht im Luftschutzkeller verbringen. Sie weiß nicht, wie oft die Bomben fallen. Sie fragt sich, ob sie ihren Stuhl am Küchentisch stehen gelassen haben.

Beatrix antwortet jede Woche; nach der Kirche und dem Sonntagsessen setzt sie sich an den kleinen Schreibtisch in ihrem Zimmer, das auf den Garten hinausgeht. Sie möchte ihnen von den Farben hier erzählen: von den gelben Blättern, die den Boden unter den Bäumen bedecken; von den kleinen lila Blumen auf der Tapete in ihrem Zimmer; von den leuchtenden Himbeeren, deren Saft beim Frühstück aus den Muffins läuft. Aber sie findet nie die richtigen Worte. Oder die Worte sind da, aber es fühlt sich falsch an, sie hinzuschreiben. Sie stellt sich vor, wie die beiden in der dunklen Wohnung auf dem Sofa sitzen und ihr Vater an dem Loch in der Armlehne pult, aus dem die weiße Füllung herausquillt. Oder wie sie in den Luftschutzkeller unter dem Haus laufen, zu ihrem Platz neben der wackeligen Holztreppe. Sie riecht den Uringestank, hört das leise Getrappel der Ratten. Alles dort kommt ihr düster vor, nur Grau und Braun. Deshalb erzählt sie ihnen lieber lustige Geschichten über Gerald. Wie gut sie in Latein ist. Dass William Ärger bekommen hat, weil er bei einer Geschichtsklausur geschummelt hat. Von ihrer neuen Freundin, die sie nach Boston ins Konzert eingeladen hat.

Sie erzählt ihnen nicht, dass sich Mr Gregory jeden Samstagmorgen eine alte, beerenfleckige Schürze umbindet und Pfannkuchen macht. Dass Mrs Gregory sie jeden Abend badet und zu Bett bringt. Dass sie die Sonntagnachmittage liebt, wenn sie mit den Gregorys in der Bibliothek sitzt und im Radio das New York Philharmonic Orchestra hört. Dass sie sich in manchen Nächten nicht mehr erinnern kann, wie die Eltern aussehen. Dann schaltet sie das Licht an und betrachtet die Fotos, versucht, sich die Einzelheiten einzuprägen. In solchen Nächten tauchen sie in ihren Träumen auf.

William

Beatrix ist anders als alle Mädchen, die William kennt. Sie ist klug, und sie ist ernst, außer wenn sie über Geralds alberne Scherze lacht. Eigentlich sollte sie Gerald nicht auch noch dazu ermutigen, aber trotzdem freut sich William über diese Momente, denn es ist, als würde sich etwas von ihr lösen, wie ein Vogel, der davonfliegt. Ihr Gesicht entspannt sich und scheint förmlich aufzublühen. Sie ist nicht hübsch, so wie Lucy Emery oder Marian Smith mit ihren blonden Locken und blauen Augen. Beatrix' Augen und Haare sind dunkel, und wenn sie sich Sorgen macht, werden ihre Augen fast schwarz. Man weiß nie, was sie denkt. Und wenn sie besonders ängstlich ist, reibt sie sich mit dem Daumen unter der Nase oder wickelt eine Haarsträhne um ihre Finger.

William hätte nichts dagegen, quer übers Meer weggeschickt zu werden, um bei einer anderen Familie zu leben. Er fragt sich, wie Beatrix ihr »Abenteuer«, wie seine Mutter es nennt, findet. Gegenüber der Familie spricht sie nie darüber – was sie wohl ihren neuen Freundinnen erzählt? Sie beantwortet Mutters und Vaters Fragen, aber sie sagt immer nur das Nötigste. Er weiß, dass für sie alles hier anders ist, und genau darüber wüsste er gerne mehr. Inwiefern ist es anders? Wie war es, in London zu leben, wo es jede Nacht Bombenalarm gab?

Er versucht sich ihre Wohnung in London vorzustellen. Er sieht bodentiefe Fenster und Kerzen auf dem Kaminsims. Gemälde in Blau- und Purpurtönen an den Wänden. Dunkle Samtvorhänge. Wenn sie nicht da ist, betrachtet er das Foto von ihren Eltern, das neben ihrem Bett steht. Ihr Vater gefällt ihm; er sieht aus, als wäre er immer zu Scherzen aufgelegt, im Gegensatz zu seinem eigenen Vater, der so gut wie keinen Humor hat. Ihre Mutter wirkt ein wenig kalt, distanziert. Doch den Ausdruck auf ihrem Gesicht – kein Lächeln, aber auch kein Stirnrunzeln – hat er schon oft bei Beatrix gesehen, wenn sie in Gedanken anderswo ist, bevor etwas sie in die Gegenwart zurückholt und sie daran erinnert, wo sie ist.

In der Woche vor Thanksgiving spannt seine Mutter sie alle nach der Schule ein, um den Garten und die Terrasse winterfertig zu machen, Pies und Kuchen zu backen und im Haus aufzuräumen. Sie feiern Thanksgiving abwechselnd hier und bei seinen drei Tanten, und dieses Jahr sind sie an der Reihe. William spürt eine kribbelnde Vorfreude, ist aber bemüht, sich nichts anmerken zu lassen. Gerald hingegen platzt förmlich vor Begeisterung. *Das wird so toll*, sagt er zu Beatrix, während sie die Terrasse sauber machen. *Es gibt lauter leckere Sachen. Klingt großartig*, sagt Beatrix und nickt, obwohl William weiß, dass sie das alles schon gehört hat. Sie recht einen weiteren Haufen Laub auf die schwarze Plane. Er musste ihr zeigen, wie man einen Rechen benutzt. Gerald wirft sich auf den Laubhaufen. *Ich kann's gar nicht erwarten*, ruft er in den strahlend blauen Himmel. *Ich liebe Thanksgiving!*

Beatrix schüttelt den Kopf über ihn, dann wendet sie sich William zu. *Was ist mit dir?*, fragt sie. *Liebst du es auch?* Wenn sie solche Fragen stellt, neigt sie den Kopf zur Seite, und sie will eine richtige Antwort, will wissen, was er wirklich denkt. Er ist sich nicht sicher, ob es sonst noch jemanden in seinem Leben gibt, der Fragen stellt, ohne schon eine Antwort im Sinn zu haben. *Es ist okay*, sagt er, recht das Laub aus dem Blumenbeet und wirft es auf Gerald. *Was daran gefällt dir am besten?*, fragt sie. *Die Verwandten? Das Essen? Das Danken?* Das Danken. Darüber hat er noch nie nachgedacht. Dass es eigentlich ein Fest des Dankens ist. Es ist ein Tag, ein schöner Tag, um mit allen zusammenzukommen. Ein Tag, an dem sein Vater zu abgelenkt ist, um sich über ihn zu ärgern. Aber er bezweifelt, dass seine Familie Dankbarkeit empfindet. Die Familie seiner Mutter lebt schon ewig hier, ihre Vorfahren lassen sich bis zu den Pilgervätern zurückverfolgen. Wahrscheinlich waren ein paar davon schon beim allerersten Thanksgiving dabei. Sollten sie dankbarer sein, als sie es sind? Die Frage hat er sich noch nie gestellt. Aber jetzt tut er es, wegen Beatrix. Vielleicht ist sein Bild von ihrem Zuhause ganz falsch.

Alles, sagt er. *Aber vor allem das Danken. Dafür, dass wir von den Briten weg sind. Dass wir unser eigenes Land haben.* Er grinst sie an, und sie verdreht die Augen. *Na, dann bin ich mal gespannt, was am 4. Juli passiert*, sagt sie. *Wahrscheinlich werde ich geteert und gefedert und ins Hafenbecken geworfen. O ja, wir sind schon bei der Planung*, sagt William und recht noch mehr Erde und Laub auf den zappelnden Gerald.

Seine Mutter ruft von der Hintertür, dass Gerald mit dem Unsinn aufhören und Beatrix ihr beim Tischdecken helfen soll, und Beatrix gibt William ihren Rechen, aber nicht ohne zuvor ebenfalls noch eine Handvoll Laub auf Gerald zu werfen. Als sie an William vorbeiläuft, schenkt sie ihm ein seltenes Lächeln, und er nimmt kurz ihren Duft wahr. Ihre Wangen sind leuchtend rot.

Beatrix

Auf dem Küchentisch liegen nach der Schule zwei persönlich überbrachte Einladungen. Edle, elfenbeinfarbene Umschläge, auf dem einen Beatrix' Name, auf dem anderen Williams, beide in kunstvoller Schrift. Mrs G lächelt, als Beatrix ihren vorsichtig öffnet, um ihn nicht zu zerreißen. Noch nie hat sie etwas so Elegantes mit ihrem Namen darauf gesehen. Gerald schaut vom anderen Tischende aus zu, das Kinn in die Hände gestützt. Eine Weihnachtsparty bei Lucy Emery, am Samstag vor Weihnachten. *Wir müssen dir ein Kleid kaufen, Kind*, sagt Mrs G. *Am Wochenende fahren wir in die Stadt.* Beatrix zieht die Stirn kraus. *Aber ich habe doch mein rotes Kleid*, sagt sie. *Mein Lieblingskleid.* Kurz herrscht Schweigen, dann dreht Mrs G sich um. *Nein, Liebes*, sagt sie sanft. *Bei den Emerys geht es nobel zu. Du brauchst ein richtiges Partykleid.*

Am Samstag fahren Beatrix und Mrs G zum Einkaufsviertel Downtown Crossing. Die Straßen sind voller Menschen, und Mrs G bleibt vor dem Kaufhaus Jordan Marsh stehen und schiebt sich, Beatrix' Hand fest in ihrer, durch das Gedränge. *Das musst du sehen*, sagt sie. Im Schaufenster feiert eine Familie Weihnachten. Der Vater sitzt in einem karierten Morgenmantel am Kamin und liest die Zeitung. Die Mutter, in einem hellblauen Nachthemd und passendem Morgenmantel, klatscht in die Hände, während die drei Kinder – zwei Jungen und ein Mädchen – ihre Geschenke auspacken. Der Fußboden ist mit Spielzeugen und Geschenkpapier übersät. Aus den außen angebrachten Lautsprechern tönen Weihnachtslieder. Beatrix gehen die Augen über. So etwas hat sie noch nie gesehen. Genau wie unsere Familie, denkt sie, der Vater, der liest, die Mutter, die sich kümmert, und zwei Jungen und ein Mädchen. Sie spürt, dass Mrs G sie anschaut, wie sie es immer tut, wenn sie sie gerne umarmen würde, aber das Gefühl hat, dass sie es besser lassen sollte.

Sie betreten das hell erleuchtete und geschäftige Kaufhaus, und Mrs G legt Beatrix die Hand auf den Rücken, dirigiert sie sanft zu den Fahrstühlen. Im zweiten Stock, wo sie aussteigen, reihen sich Kleider an den Wänden, die funkeln wie Edelsteine. *Oh, ist das herrlich*, sagt Mrs G voller Freude, während sie über Seide und Satin streicht. *Es ist Jahre her, dass ich in so ein Kleid gepasst habe. Aber mit deiner Figur? Du kannst alles tragen, was dir gefällt.* Beatrix nickt. Sie hat ihr Kleid schon entdeckt. Es ist aus blauem Satin mit einem Unterrock aus Tüll in einem helleren Blau, und schüchtern zeigt sie darauf. So eins hat Prinzessin Margaret letztes Jahr getragen. Mrs G winkt eine Verkäuferin herbei, und im Nu ist die Umkleide voller Kleider. Beatrix probiert eins nach dem anderen an, allein, und tritt dann in den schmalen Flur hinaus, damit Mrs G den Reißverschluss hochzieht und die Haken und Ösen schließt. Sie geht vor dem großen Spiegel auf und ab und lernt, sich schwungvoll zu drehen, sodass ein wunderbares Rascheln zu hören ist, wenn die Röcke aufwirbeln und ihre Beine und die Wand streifen.

Das blaue Kleid gefällt Beatrix am besten, obwohl Mrs G das smaragdgrüne bevorzugt. *Es passt gut zu deiner Haut und deinem Haar, Liebes, und es hat so etwas Weihnachtliches. Aber ich möchte, dass du glücklich bist und dich in deinem Kleid wohlfühlst, also nehmen wir das blaue, ja?* Beatrix nickt nur, weil sie Angst hat, dass sie weinen muss, wenn sie etwas sagt. Noch nie hat sie etwas so Elegantes angehabt. *Außerdem,* sagt Mrs G zu der Verkäuferin, *brauchen wir noch passende Schuhe und Handschuhe. Mach dir keine Gedanken wegen des Schmucks, Liebes,* sagt sie zu Beatrix, *ich habe eine Perlenkette, die genau die richtige Länge für den Ausschnitt hat.*

Als sie mit den Schachteln in der Hand zum Ausgang gehen, erblickt Beatrix in der Menge ein Paar Beine, die aussehen wie die ihrer Mutter, die Strumpfnaht in einer perfekten Linie auf der schlanken Wade. Im ersten Moment denkt sie, sie ist es, und streckt mit einem klagenden Laut die Hand aus, um ihre Mutter beim Ärmel zu fassen. *Was ist denn, Liebes?*, fragt Mrs G besorgt, und die Frau dreht sich um, und es ist gar nicht ihre Mutter. Natürlich nicht. Beatrix schüttelt den Kopf und spürt, wie ihr die Röte in die Wangen steigt, während Leute sich an ihnen und an den Ständen mit Make-up und Parfüm, Handtaschen und Schmuck vorbei Richtung Ausgang schieben. *Entschuldigung,* murmelt sie. *Ich dachte, ich hätte etwas gesehen, aber ich habe mich geirrt. Tut mir leid.* Ihr fällt auf, dass sie während dieser Einkaufstour kein einziges Mal an Mummy gedacht hat. Was hätte sie von alldem gehalten? Hätte sie das Kleid gebilligt? Soll sie anbieten, es selbst zu bezahlen, obwohl sie kein Geld hat?

Vielleicht kann Dad ja welches schicken. Mrs G kämpft sich neben ihr vorwärts. *Ach, Bea,* sagt sie, und Beatrix sieht, wie sich leise Sorge auf ihrem Gesicht abzeichnet, wie immer, wenn Beatrix sich zurückzieht, *hier gibt es ganz köstliche Blaubeermuffins. Sollen wir uns noch etwas gönnen, bevor wir gehen?* Beatrix schüttelt erneut den Kopf, mit einem Mal wütend auf diese Frau, die offenbar alles hat, der nichts fehlt. Sie merkt, dass sie sie verletzt hat, aber sie ist nicht in der Lage, ihr zu erklären, was sie beschäftigt. Dann nimmt Mrs Gs Gesicht wieder den gewohnten ruhigen Ausdruck an; eine Art Schutz, wie Beatrix weiß. Sie hat gelernt, dass jeder eine Maske trägt. *Dann lass uns zum Auto gehen, Liebes. Das hier war wirklich anstrengend.*

Auf dem Heimweg starrt Beatrix aus dem Seitenfenster. Zwei Tage zuvor hat es geschneit, und jetzt ist selbst das prächtige Boston grau und kalt und schmutzig. Sie fragt sich, ob zu Hause auch Schnee liegt. Wie kann es sein, dass dort Krieg herrscht? Oft kommt es ihr so vor, als würde sie in einem Märchenland leben, einem Land, wo man schöne Kleider kauft und auf Partys geht und Blaubeermuffins isst. Das Mädchen in dem Märchen ist ein anderes als das zu Hause. Es ist nur eine Fassade, sagt sie sich, bald wird sie wieder in ihrem richtigen Zuhause sein, und das hier wird zu etwas werden, das sie in einem Traum erlebt hat. Wie dumm von ihr zu glauben, dass die Familie im Schaufenster ihre wäre, dass sie hierhin gehörte. Sie sieht auf die Uhr, die sie auf Londoner Zeit eingestellt lässt. Zu Hause ist es jetzt acht Uhr abends. Ihre Eltern sitzen im Dunkeln, die Kerzen sind zu Stummeln heruntergebrannt, dann verlöschen sie.

Reginald

An Weihnachten trifft Reginald alle Vorbereitungen, um in der Fabrik einen Telefonanruf empfangen zu können. Er geht in seinem kalten, dunklen Aufseherbüro auf und ab und wartet darauf, dass es klingelt; Millie sitzt neben dem Apparat. *Sie haben es vergessen*, sagt Millie, als fünf Minuten vergangen sind. *Unsinn*, erwidert Reginald, *irgendwas klappt nicht mit der Verbindung. Heute rufen doch alle irgendwen an.* Wir hätten sie *anrufen sollen*, sagt Millie, und Reginald schließt die Augen. Es hat keinen Sinn, darauf zu antworten.

Als das Telefon schließlich klingelt, zucken sie beide zusammen, und Reg sieht Millie geradezu überrascht an. Sie nimmt den Hörer ab, bevor es ein zweites Mal klingeln kann. *Schätzchen*, sagt sie, *meine Süße*. Reg sieht trotz der Dunkelheit, wie sich ihr Gesicht verhärtet. *Ja, hallo, Nancy*, sagt sie. *Danke, Ihnen auch*. Millie klingt wie ihre Mutter, kalt und förmlich. Sie unterhalten sich ein paar Minuten, aber Reg nimmt nichts davon wahr, so sehr sehnt er sich danach, die Stimme seiner Tochter zu hören. Dann verändert sich Millies Tonfall, wird weicher. *Schätzchen*, sagt sie erneut, *meine Süße*. Und dann weint sie so sehr, dass sie nicht mehr sprechen kann. Reg nimmt ihr den Hörer aus der Hand und hält ihn zwischen sie beide. *Beatrix*, sagt er, *sprich mit uns*. Und das tut sie. Ihre liebe Stimme, die aus der Dunkelheit erklingt, die Worte unterbrochen von knisterndem Schweigen.

Auf dem Heimweg wirken die vertrauten Straßen fremd in der Dunkelheit. Millie ist still, distanziert, die Hände in den Taschen, die Lippen zusammengepresst.

Reg hat gemerkt, dass Beatrix anders geklungen hat, aber er kann nicht genau sagen, was es war. Wahrscheinlich der Akzent. Hier und da klang schon etwas Amerikanisches durch. Sie hat ausgiebig von einer Party erzählt, auf der sie mit William war – oder war es Gerald? Er kann sich nicht merken, wer wer ist –, und als er mit Ethan gesprochen hat, hat der sie Bea genannt. Da war eine Vertrautheit zu spüren, die Reginald eigentlich beruhigen sollte, ihm das Gefühl geben, dass sie dort gut aufgehoben ist, doch stattdessen spürt er, wie sich sein Magen zusammenkrampft.

Frohe Weihnachten, sagt Millie später und hebt in der dunklen, nur von Kerzenstummeln erleuchteten Wohnung ihr Glas. Reginald tut es ihr gleich, doch er bringt kein Wort heraus.

Gerald

Gestern Abend vorm Zubettgehen hat es angefangen zu schneien, und als Gerald aufwacht, entdeckt er begeistert, dass seine Fensterscheiben mit Eisblumen bedeckt sind, die aussehen wie Fichtenzweige. Keine zwei Schneeflocken sind gleich. Gerald überlegt staunend, wie viele Möglichkeiten es gibt. Der Schnee fällt immer noch, vom Wind umhergewirbelt, und die Welt ist ganz still geworden. Sonst ist noch niemand wach. Als er King zur Hintertür hinauslässt, verschwindet der Hund hinter einer Schneewehe und springt dann mit allen vieren zugleich über den schneebedeckten Rasen.

Gerald haucht seinen warmen Atem auf die Glasscheibe der Tür und schreibt mit dem Zeigefinger seine Initialen hinein:

GG, 9. Es reizt ihn nicht, hinauszugehen. Das Schöne an einem Tag wie diesem ist nicht, dass für ihn die Schule ausfällt. Er geht gern zur Schule, obwohl er gelernt hat, das für sich zu behalten. Aber bei diesem Wetter kann er zu Hause bleiben und herumpusseln. Er kann an seiner Briefmarkensammlung arbeiten oder seiner Mutter in der Küche helfen oder mit Bea ein Brettspiel machen. Willie will bestimmt raus, Schlitten fahren mit seinen Freunden, die Buckelpiste am Hügel hinunterjagen.

Hinter sich auf der Treppe hört er Schritte. Er dreht sich um. Es ist Bea, die wie immer leise und bereits fertig angezogen herunterkommt. Er hat sie noch nie im Nachthemd gesehen. Trägt sie überhaupt eines, wie Mutter? Vielleicht zieht sie ja auch einen Schlafanzug an, so wie er. *Morgen, G*, sagt sie mit offenem Gesicht und großen Augen. *Ich hab noch nie so viel Schnee gesehen.* Sie stellt sich zu ihm ans Fenster, und sie stehen schweigend da, Schulter an Schulter, und sehen zu, wie King draußen herumtobt. *Sieh mal*, sagt sie und zeigt auf etwas. *Was sind denn das für Spuren?*

Wahrscheinlich die von einem Kaninchen. Oder einer Katze. Bea nickt. *Winter in der Stadt ist ganz anders*, sagt sie schließlich. *Und unsere Wohnung ist im vierten Stock, deshalb habe ich noch nie so eine Welt ganz in Weiß gesehen.* Gerald erwidert nichts darauf. Er hat gelernt, dass man sie am besten zum Reden bekommt, wenn man nicht zu viele Fragen stellt, obwohl er Mühe hat, sich zurückzuhalten, so viele drängen sich in seinem Kopf.

Es gefällt ihm, sie um sich zu haben. Anfangs war es aufregend, aber jetzt gehört sie einfach zum Haushalt und füllt einen Platz aus, von dem er gar nicht gemerkt hat, dass er leer war. Er vergöttert Willie, aber er weiß, dass sein Bruder sich nicht mehr für ihn interessiert; bestenfalls duldet er ihn, und Gerald spürt, wie Willie sich immer weiter entfernt. Und in diese Lücke passt Bea perfekt. Er genießt es, dass sie ihn G nennt. Wie gerne würde er in diesem Moment ihre Hand halten oder den Arm um ihre Schulter legen oder sie auf die Wange küssen, aber er weiß, dass sie das nicht will, also begnügt er sich damit, sie neben sich zu spüren. Beatrix haucht ebenfalls auf die Scheibe und schreibt ihre Initialen direkt über seine: BT, 11. So stehen sie zusammen da, bis King wiederauftaucht, die Schnauze mit nassem Schnee bedeckt, und hereingelassen werden will.

Millie

Im Frühling räumt Millie eines Tages Beatrix' Schrank aus. Die Sachen werden ihr mittlerweile alle zu klein sein, denkt sie, und es sieht nicht so aus, als würde sie bald nach Hause kommen. Wozu hat sie nur die ganzen Kleider aufgehoben? Ihre stille Hoffnung, dass Beatrix vor Ablauf eines Jahres wieder zurück sein wird, schwindet mit jedem Tag. Und wenn, wird sie bestimmt ohnehin nichts davon mehr anziehen wollen. Sie ist so schick geworden. Vor einer Weile war ein Foto in der Post, von Beatrix vor einem riesigen, prächtig geschmückten Weihnachtsbaum. Der Engel auf der Spitze berührte die hohe Zimmerdecke. Auf den Zweigen erstrahlten echte Kerzen, und die Glaskugeln schimmerten in ihrem Licht. Die Haare reichten Beatrix bis zur Schulter, die Spitzen leicht gewellt, und der Pony war verschwunden oder vom Haarband verdeckt. Das Kleid kannte Millie nicht, es sah teuer aus, und sie fand es ein bisschen zu erwachsen, ein bisschen zu eng an der Brust, ein bisschen zu sehr ausgeschnitten. Und woher kamen die Perlen?

Was meinst du, sollten wir ihnen Geld für Kleidung schicken?, hat Millie Reg gefragt. *Darüber haben wir gar nicht gesprochen.* Reg zuckte die Achseln. *Ach, Mil, ich glaube, es macht ihnen Freude, ihr Sachen zu kaufen. Aber Perlen?*, sagte sie. *Sie kaufen ihr eine Perlenkette?* Reg schüttelte den Kopf. *Lass sie doch, wenn's ihnen Spaß macht. Sie scheinen genug Geld zu haben.*

Genau das beschäftigt Millie. Wie klein Beatrix das Leben erscheinen wird, wenn sie zurückkommt. Hier gibt es keine tollen Partys oder Baseballspiele oder Konzertbesuche. Natürlich freut sie sich, dass sie es dort so gut hat. Sie scheint nette Freundinnen gefunden zu haben. Aber dadurch wird die Rückkehr nur umso schwieriger. Sie wird kein kleines Mädchen mehr sein. Sie ist kein kleines Mädchen mehr. Sie haben sie fortgeschickt, damit sie eine Kindheit haben kann. Aber ihnen ist nicht klar gewesen, dass ihnen dadurch die Kindheit ihrer Tochter genommen werden würde. Millie ist, als wäre ihr etwas gestohlen worden, das sie niemals wiederbekommen wird.

Und so bleibt Millie eines schönen Samstagmorgens, als sie nach draußen hätte gehen sollen – denn der Winter ist endlich vorbei, die Straßen und Parks sind voller Menschen, und in der Luft schwebt ein Gefühl von Freiheit –, lieber zu Hause. Reg trifft sich mit Freunden zu einem Picknick. Die Luftangriffe haben in letzter Zeit nachgelassen, und alle freuen sich, wenigstens für ein paar Stunden vergessen zu können, dass Krieg ist. Millie füllt einen Müllsack nach dem anderen für wohltätige Zwecke und legt ein paar Sachen für die Nachbarn beiseite.

Ganz hinten in einer Schrankecke findet sie Beatrix' Lieblingshund von früher, als sie klein war. Es ist ein Steiff-Tier, und ein Ohr hat sich fast aufgelöst. Beatrix hat seine Augen geliebt und oft mit dem Daumen darübergestrichen, erst über das eine Auge und dann über das andere; das hat sie beruhigt. Millie wirft den Hund weg – denn was soll ein fast erwachsenes Mädchen mit einem abgewetzten Stofftier anfangen? –, doch auf dem Rückweg vom Luftschutzkeller, nach der Entwarnung, geht sie zu den Mülltonnen, öffnet den Sack und tastet darin herum, bis sie den kleinen Hund findet.

Sie stellt ihn auf ihre Kommode, aber sein vorwurfsvoller Blick lässt ihr keine Ruhe. Auch Reg beschwert sich. *Das Ding ist bestimmt voller Flöhe, Mil. Außerdem ist es deutsch. Ich will es nicht im Haus haben.* Als er nicht da ist, packt sie den Hund ganz hinten in ihre Nachttischschublade, zu dem Umschlag mit Beatrix' Haar und dem ersten Telegramm.

Beatrix' Schrank ist leer. Millie fegt ihn aus, wischt sogar den Staub obendrauf weg.

Reginald

Reginald will sich gerade vom Pub auf den Heimweg machen, als um kurz nach elf die ersten Bomben fallen. Alle im Pub laufen zum Luftschutzunterstand im Garten und drängen sich hinein; Männer sitzen auf dem Schoß von Männern, das Bierglas noch in der Hand. Ihr Lachen erstirbt, als sie merken, dass dies keine normale Nacht werden wird. Ein Einschlag folgt auf den anderen, ohne Pause dazwischen. Der Krach ist ohrenbetäubend. Feuerwehrwagen heulen vorbei. Pferde wiehern. Brian, einer von Regs Arbeitskumpeln, wird unruhig. *Wir müssen hier raus und helfen, Jungs. Heute ist Vollmond. Die Krauts können die ganze Stadt sehen, angestrahlt wie eine Show im West End.*

Reginald sagt, er müsse nach Hause, doch dann wird ihm

klar, dass Millie sicher schon im Luftschutzkeller ist. Es wird besser sein, wenn er bleibt und hilft. Er und Brian und ein paar andere laufen los und springen auf vorbeifahrende Pumpenwagen. *Gibt nicht viel Wasser*, sagt einer der Feuerwehrmänner zu Reg. *Ist grad Ebbe. Dagegen kommen wir nicht an.* Der Wagen hält, und die Männer stürzen hinaus. Reg hört einen Hilfeschrei, läuft zum nächststehenden ausgebombten Haus, wo Flammen aus den oberen Fenstern schlagen, und hilft einer Frau, ihren kleinen Sohn aus dem Schutt zu ziehen. *Gott sei Dank, er lebt*, sagt die Frau. *Ich dachte, dieser Horror wäre vorbei.*

Die ganze Nacht hilft Reg, wo er kann. Er geht in ein brennendes Haus, um ein Hochzeitsalbum zu retten. Er hebt einen Tisch von den Beinen einer Frau. Er setzt sich kurz auf den Gehsteig, um Luft zu holen, und ein Junge bietet ihm einen Keks an. *Bist du von hier?*, fragt Reg, und der Junge nickt. *Unser Haus ist vor ein paar Monaten bombardiert worden*, sagt er. *Ich wohne jetzt bei meiner Tante, da drüben. Und deine Eltern?*, fragt Reg, und noch während er spricht, weiß er die Antwort. *Tot*, sagt der Junge. *Aber meine Tante sorgt gut für mich.* Reg nickt nur, er bringt kein Wort heraus. Er hat oft ein schlechtes Gewissen, weil Beatrix weit weg und in Sicherheit ist. Eine Frau läuft vorbei, auf ein brennendes Haus zu. *Meine Lebensmittelkarte*, schreit sie. *Was machen wir denn jetzt?*

Am Ende der Nacht brennt die ganze Stadt. Später erfahren sie, dass die deutschen Bomber über 550 Einsätze geflogen haben; manche sind zwei- oder sogar dreimal zurückgekommen. Als Reginald schließlich nach Hause geht, um nach Millie zu sehen, blickt er Richtung Stadtzentrum. Erst denkt er, hinter dem dichten Rauch geht die Sonne auf, und ist froh, dass diese furchtbare Nacht vorbei ist. Dann erkennt er, dass der orange Schein vom Parlament kommt, das in Flammen steht.

Bea

Jeden Sommer Anfang Juni, wenn das Schuljahr vorbei ist, fährt die Familie nach Maine, wo sie bis Ende August bleibt. Auf zur Insel, sagen sie dann. Bea hat Monate gebraucht, um zu verstehen, dass die Insel tatsächlich ihnen gehört. Das Haus darauf hat Mrs Gs Vater gebaut, nun gehört es Mr und Mrs G, und eines Tages wird es William und Gerald gehören. Die beiden streiten jetzt schon darüber, wie sie die Sommermonate zwischen sich aufteilen werden, wenn sie älter sind und ihre eigene Familie haben. Beide wollen den Juli, damit sie am Nationalfeiertag ein Feuerwerk und ein großes Fest machen können.

Sie lieben die Insel, und Bea würde ihre Begeisterung gerne teilen, aber sie kann an nichts anderes denken als an das Wasser. Die Jungs reden unentwegt darüber, dass sie zum Dock rausschwimmen wollen, um die Insel herum – *Letztes Jahr habe ich es in unter einer Stunde geschafft*, verkündet William stolz – und bis zur Stadt. Bea kann nicht schwimmen, aber sie weiß nicht, wie sie es ihnen sagen soll. Sie scheinen sich alle im Wasser genauso wohlzufühlen wie an Land. Es kommt ihr wie etwas vor, das sie können sollte. Vielleicht ist es ja gar nicht so schwer, denkt sie, vielleicht kann ich einfach so tun. Aber bei dem Gedanken wird ihr ganz eng in der Brust.

Schließlich erzählt sie es Mrs G am Abend, bevor sie aufbrechen, als sie in der Badewanne sitzt und Mrs G ihr den Rücken einseift. *Ich muss Ihnen was sagen*, stößt sie unvermittelt hervor und schlingt die Arme um die Knie. *Ich kann nicht schwimmen.* Dann fängt sie an zu weinen, richtig laut und heftig. Sie kommt sich so dumm vor. *Oh, Schätzchen, Liebes*, sagt Mrs G und legt ihre trockenen Arme um Beas nassen Körper. *Deswegen musst du doch nicht weinen. Wir haben es einfach für selbstverständlich gehalten. Ich bin gar nicht auf die Idee gekommen zu fragen.* Sie schweigt einen Moment und beißt sich auf die Lippen. Bea muss an ihr erstes Bad zurückdenken, damals, vor bald einem Jahr, und spürt, dass Mrs G sie wieder ein klein wenig verurteilt. Es ist nie böse gemeint, das weiß sie, aber in ihren Worten, in den Linien um ihren Mund ist etwas, das auf sie herabsieht. *Dabei ist es gar nicht verwunderlich,* sagt sie dann. *Schließlich bist du in London aufgewachsen. Mach dir keine Sorgen. Das bringen wir dir im Handumdrehen bei.*

Bea ist sich da nicht so sicher. Während der Fahrt ist das Meer ab New Hampshire fast die ganze Zeit zu ihrer Rechten zu sehen. *Da,* ruft Gerald, als sie in der Stadt angekommen sind, *da ist die Insel,* und sein Finger zeigt auf ein grünes Fleckchen Land in der Bucht. Ein befreundeter Mann aus der Stadt wartet mit seinem großen Motorboot am Anleger und bringt sie, das Gepäck und die Lebensmittel sowie den Hund hinüber. Bea ist die Einzige, die sich eine Schwimmweste anzieht. Sie setzt sich neben King, der die Ohren anlegt und ganz große Augen macht, und nimmt an, dass sie genauso aussieht. Mr G hilft ihr aus dem schaukelnden Boot, und in dieser ersten Nacht kann sie lange nicht einschlafen, weil die Wellen unablässig unten gegen die Felsen schlagen.

Die Jungen können es nicht erwarten und schwimmen gleich am nächsten Morgen nach dem Frühstück zu dem hölzernen Dock hinaus. Bea sieht ihnen vom felsigen Ufer aus zu. Sie bückt sich und taucht ihre Finger in das eiskalte Wasser. Dies ist der Lieblingsort von Gerald und William, und ihr fällt auf, wie selten es vorkommt, dass sie beide dasselbe mögen. Dreimal schwimmen sie, vom Hund begleitet, um die Wette zum Dock und wieder zurück, und jedes Mal gewinnt William. Bea kann sie reden hören, während sie schwimmen und dann erschöpft auf dem sonnenbeschienenen Dock liegen, umgeben vom funkelnden blau-grünen Meer. Sie wünscht sich verzweifelt, auch dort zu sein. Sie fühlt sich wie eine Außenseiterin, was lange nicht mehr vorgekommen ist.

Als sie am zweiten Morgen die Treppe hinuntergeht, sitzt Mr G am Küchentisch. *Heute ist der große Tag*, sagt er mit einem Lächeln. *Okay*, sagt sie und richtet sich zu ihrer vollen Größe auf, *der Tag wofür?* Sie mag ihn, obwohl sie ein bisschen Angst vor ihm hat, und ist oft lieber bei ihm als bei Mrs G, denn die meint es zwar gut, aber ihre Energie kann ziemlich anstrengend sein. *Wir gehen schwimmen*, sagt er. *Nur wir zwei*. Nach dem Frühstück machen sie sich zum anderen Ende der Insel auf. Sie folgen einem Pfad, der durch einen Fichtenwald führt, und der Boden ist mit einer Schicht weicher Nadeln bedeckt. *Hier ist das Wasser etwas wärmer*, sagt er, und dann zieht er die Schuhe aus, nimmt sie fest an der Hand und watet in T-Shirt und Badehose bis zum Bauch hinein.

Er befestigt den Riemen der Badekappe unter ihrem Kinn und zeigt ihr, wie sie das Gesicht ins Wasser halten und Luftblasen ausstoßen soll, während sie den Kopf hin und her bewegt. Er zeigt ihr, wie das Salzwasser ihr hilft, an der Oberfläche zu bleiben. Sie lacht beinahe, als sie überraschend Bereiche mit wärmerem Wasser spürt. Er führt sie immer weiter hinaus, weg von der Insel, ohne sie loszulassen, ohne von ihrer Seite zu weichen.

Das wiederholen sie in der ersten Woche jeden Morgen. Bea steht immer früher auf und läuft hinunter in die Küche, wo Mr G schon wartet. Es ist kalt, aber sie gewöhnt sich daran, es kommt sogar fast dahin, dass ihr der kleine Schreck gefällt, wenn das kalte Wasser sie umspült. Am Ende der Woche hält er sie nicht mehr fest.

Vom Fenster ihres Zimmers aus kann sie das Festland sehen. Sie haben mehrere kleine Ruderboote – ihre »Flotte«, wie die beiden Jungen sie nennen, William mit spöttischem Augenrollen, Gerald ohne jede Ironie –, damit sie jederzeit hinüberrudern können. In der Stadt gibt es ein Lebensmittelgeschäft, ein Restaurant, eine Post und ein paar kleine Läden, außerdem Tennisplätze und Freunde, andere Familien, die entweder auf dem Festland wohnen oder auf anderen Inseln. Bevor der Sommer vorbei ist, nimmt Bea sich vor, wird sie in die Stadt schwimmen.

Reginald

Reginald schließt sich der Home Guard an, erklärt Millie, dass er seinen Teil beitragen muss. *Meine Arbeit in der Fabrik ist sicher wichtig*, sagt er zu ihr, *aber ich will mehr tun. Es ist sinnlos, abends und an den Wochenenden herumzusitzen. Da bin ich lieber draußen auf den Straßen und helfe.*

In Wirklichkeit würde Reg fast alles tun, um nicht in der Wohnung sein zu müssen. Oft geht er nach der Arbeit noch ein Bier trinken, um das Nachhausekommen hinauszuzögern, weil er nicht weiß, was ihn dort erwartet. An manchen Tagen ist alles in Ordnung, und Millie erinnert ihn wieder an das Mädchen, in das er sich damals verliebt hat. Doch an anderen ist sie voller Zorn, und er kann ihr nichts recht machen. Er weiß, es liegt nicht nur daran, dass das Leben sich in die Zeit vor Beatrix' Verschickung und in die danach unterteilt hat. Es ist dieser verdammte Krieg mit seinen verdammten Bomben. Der hat alles verändert.

Er wünschte, er hätte sich damals freiwillig gemeldet, gleich am Anfang, 1939. Aber für die Einberufung war er um ein Jahr zu alt gewesen, und was sein Bruder im letzten Krieg erlitten hatte, hat ihn vorsichtig gemacht, obwohl er für die Sache kämpfen wollte. Damals war er zutiefst erleichtert gewesen, dass er nicht Soldat werden musste. Er wollte nicht von Beatrix und Millie getrennt werden. Und jetzt steht er da, seine Tochter auf der anderen Seite des Atlantiks, seine Frau ganz in ihrem Kummer und Zorn gefangen.

Millie ist nicht die Einzige. All seine Kumpel bei der Arbeit beklagen sich über ihre Frauen, die an nichts anderes denken können als daran, wie es den Kindern geht, die sie aus der Stadt gebracht haben. Aber nach Amerika hat niemand, den sie kennen, seine Kinder geschickt. Dennoch ist Reg nach wie vor überzeugt, dass es richtig war. Es wird zwar immer wahrscheinlicher, dass Amerika in den Krieg eintritt, aber trotzdem ist sie dort sicherer. Wenn sie hier auf dem Land untergebracht wäre, wie so viele andere Kinder, hätte er keine ruhige Minute. Er ist froh, dass er sich keine Sorgen mehr um sie machen muss. Sie bekommt genug zu essen, sie ist gut in der Schule, und sie ist bei einer Familie, die sich um sie kümmert.

Eines Samstags, als er nach der Schulung heimkommt, sitzt Millie auf dem Sofa und wedelt mit einem Brief. *Ein neuer*, sagt sie lächelnd. *Soll ich ihn dir vorlesen?* Doch ihre Stimme klingt scharf, und Reg riecht den Alkohol, bevor er die Flasche sieht. So ist es samstags jetzt oft. *Ja*, sagt er, lässt sich auf seinen Sessel fallen und zieht die Stiefel aus. Die Schulung ist schwieriger, als er gedacht hat, aber er ist froh, dass sein Geist und sein

Körper über mehrere Stunden beschäftigt sind und er kaum an etwas anderes denken kann.

Liebe Mummy und lieber Dad, beginnt Millie. *Heute habe ich einen Blaubarsch gefangen! Wir sind mit einem großen Boot von den Nachbarn rausgefahren. Ich habe ihn ganz allein gefangen, und dann hat Mrs G ihn mit Zitrone und Butter gebraten. Er war sehr lecker.* Millie hört auf zu lesen und blickt zur Decke, auf den Riss, der sich seit einem Luftangriff zu Beginn des Krieges quer über den Putz zieht. *Ich habe noch nie Blaubarsch gegessen*, sagt sie, wobei sie das Wort *Blaubarsch* mit amerikanischem Akzent ausspricht und endlos langzieht. *Wie der wohl schmeckt?*

Reg greift nach der Flasche auf dem Beistelltisch und schenkt sich einen Drink ein. *Fischig, nehme ich an*, sagt er, und Millie lacht. *Stimmt genau*, sagt sie. *Fischig.* Ihr Lachen klingt schrill. Sie liest weiter aus dem Brief vor, der voll ist vom sommerlichen Leben in Amerika: Essen und Wanderungen und Tennis und Sonnenuntergänge. Reg hört gerne die Details; dadurch kann er sich Beatrix an diesem unbekannten Ort vorstellen. Der Hund hat sich an der Pfote verletzt. Beatrix hat Gerald beim Wettschwimmen geschlagen. Sie hat den Jungs beigebracht, wie man Papierboote bastelt, so wie Reg es ihr damals beigebracht hat. *Meinst du, diese Leute wissen überhaupt, dass wir hier Krieg haben?*, sagt Millie. *Dass hier jeden Tag Menschen sterben?*

Herrgott, seufzt Reg. *Sie ist glücklich. Das wollten wir doch, oder? Ich wollte, dass sie hierbleibt*, sagt Millie. Reg hat keine Lust auf dieses Gespräch. *Hör auf, immer wieder auf der Vergangenheit herumzureiten, Mil. So kann sie wenigstens Kind sein.* Er spürt, wie der Alkohol zu wirken beginnt, wie ihn die Kampflust packt. *Soll ich dir mal erzählen, was ich neulich gehört habe? Auf dem Land müssen die Kinder in Scheunen schlafen. Ein Junge ist geschlagen worden, weil er einen Teller kaputt gemacht hat.* Reg hält inne und überlegt, ob er ihr das Schlimmste auch sagen soll. Ja, beschließt er, sie muss es wissen. *Ich habe gehört, dass ein Mädchen, gerade so alt wie Beatrix, von dem Vater ihrer Gastfamilie vergewaltigt worden ist.*

Millie wirkt nicht schockiert. Wahrscheinlich hat sie schon über ihre eigenen Kontakte davon erfahren. *Und woher wissen wir, dass unserer Tochter nicht dasselbe passiert?*, fragt sie. *Wir kennen diesen Mann nicht. Und die beiden Jungen. Ist dir noch nie der Gedanke gekommen, dass das auch in diesem ach so idyllischen Leben passieren könnte? Trotz der schönen Worte?* Sie fuchtelt mit dem Brief vor seinem Gesicht herum. *Wir wissen nichts. Sie schildert uns ihre Welt, so, wie wir sie sehen sollen. Und wir tun dasselbe. Sie hat keine Ahnung, wie viel wir streiten, wie unglücklich ich bin. Niemand weiß, was hinter geschlossenen Türen wirklich geschieht.*

Reginald lehnt sich in seinem Sessel zurück und schließt die Augen. Wahrscheinlich glaubt Millie gar nicht alles, was sie sagt. Sie ist nur betrunken und will ihn provozieren. In seinem Herzen weiß er, dass Beatrix in Sicherheit ist. Er glaubt ihr die Geschichten, die sie erzählt. Sie schenken ihm Freude. Er kann sehen, wie sie aus dem Wasser auf das Schwimmdock klettert, ein Strahlen auf dem Gesicht, wie ihr das nasse Haar über den Rücken fließt. Bei der Vorstellung lächelt er.

Du, faucht Millie. *Wie du dir diese Amerikaner schönfärbst. Die sind genauso bösartig wie wir.*

Nancy

Nancy liegt bäuchlings auf dem Rasen, tut so, als läse sie in einem Buch, und überlegt, ob sie am Wochenende in der Stadt zu Abend essen gehen sollen. Dann ist Bea genau ein Jahr bei ihnen. Sie ist sicher, dass dem Mädchen das Datum bewusst ist, und ebenso sicher, dass ihre selbstvergessenen Jungs keine Ahnung davon haben. Nancy dreht sich auf den Rücken, legt schützend die Hand über die Augen und sieht zu den drei Kindern auf dem Schwimmdock hinüber.

Gerald hat Bea den Kopfsprung beigebracht. Anfang des Sommers konnte sie nicht einmal schwimmen. Was sie alle sehr überrascht hat. Natürlich wusste sie, dass Bea in London aufgewachsen ist, aber es gehört doch zu den grundlegendsten Dingen, seinem Kind das Schwimmen beizubringen. Wie konnten sie sie nur auf das Schiff lassen, obwohl sie nicht schwimmen konnte? Ethan hat eine Woche lang jeden Tag mit ihr geübt, und dann gab es eine große Vorstellung, bei der Bea und King zum Dock hinausgeschwommen sind, mit William vorneweg und Gerald hintendran. Ethan war mächtig stolz, als sie den Kindern vom Ufer aus zugewunken haben. Als William ihr den Kopfsprung beibringen wollte, hat sie abgelehnt; ihr genügte es, sich mit den Füßen voran vom Dock ins dunkle Wasser gleiten zu lassen. Aber mittlerweile kann sie richtig gut kraulen, und Nancy weiß, dass sie den Kopfsprung üben will, um mit William um die Wette zu schwimmen. Gewinnen wird sie natürlich nicht, aber sie wird gut mithalten können. Vermutlich besser, als William denkt.

Jetzt liegt William rücklings auf dem Dock, und Bea übt beharrlich, wobei Gerald ein Schwimmbrett hochhält, über das sie hinwegspringen muss. Nancy hätte auch keine Lust, sich von William etwas beibringen zu lassen; Gerald ist viel geduldiger. Sie kann nicht verstehen, was sie sagen, aber sie hört immer wieder Gelächter.

Wie sehr dieses Mädchen das Leben ihrer Familie verändert hat. Vor allem auf der Insel. Ohne sie würden William und Gerald sich ständig streiten, weil sie sich nach all den Wochen hier gegenseitig auf die Nerven gingen. Ihre beiden Jungen könnten kaum verschiedener sein. Sie sagt immer zu Ethan, wenn sie die zwei einfach zusammenpacken könnten, hätten sie ein perfektes Kind. Die Stärke des einen ist die Schwäche des anderen. Als sie noch klein waren, sind sie gut miteinander ausgekommen, obwohl William Geralds übersprudelnde Energie und gute Laune schnell zu viel wurden. Doch als sie älter wurden, musste Nancy traurig zusehen, wie sie sich voneinander entfernten, weil William mehr in die Welt hinausgegangen ist. Sie vermutet – nein, sie weiß, sie hat sich erkundigt –, dass Gerald sich in der Schule schwertut, Freunde zu finden. Er ist unbeholfen im Umgang mit anderen Kindern und wohl zu sensibel. So wenig Raum zwischen seinem Kopf und seinem Herzen. William hingegen ist immer mit einer ganzen Horde von Freunden unterwegs und zieht deren Gesellschaft der seiner Familie bei Weitem vor. In letzter Zeit wirkt er oft rastlos und unzufrieden. Wegen Kleinigkeiten kann er furchtbar wütend werden. Die Zeit in der Mittelschule – die in ein paar Wochen, nach ihrer Rückkehr beginnt – bereitet ihr Sorgen.

Doch Bea hat, ohne es zu ahnen, alles durchgerüttelt. Es ist, als hätte ihre Gegenwart das Gleichgewicht innerhalb der Familie verändert. Selbst Ethan hat sie ins Herz geschlossen. Anfangs war Nancy nicht sicher, ob er sich überhaupt auf sie einlassen würde. Gestern nach dem Abendessen hat Bea sich neben ihn auf die Veranda gestellt, um sich den Sonnenuntergang anzusehen. Die beiden haben kein Wort miteinander gesprochen, sondern einfach nur dagestanden, ohne sich zu rühren, bis die Farben am Himmel zu verblassen begannen.

Ja, Samstagabend ein Essen im Restaurant, beschließt sie. Nicht nur, um den Jahrestag zu feiern, sondern auch die Geburtstage der drei, alle im August. Kaum zu glauben, dass sie schon zehn, zwölf und vierzehn werden. Hummer und gegrillte Maiskolben und einen leckeren Schokoladenkuchen, vielleicht mit Pfefferminzeis dazu.

Bea

Bea wünschte, der Sommer würde niemals zu Ende gehen. Sie sind jetzt seit fast drei Monaten in Maine, und sie mag gar nicht daran denken, dass sie übermorgen zurückfahren. Das Haar der Jungs ist lang und wild. Niemand muss irgendwann ins Bett. Die Mahlzeiten fühlen sich weniger wie eine Verlängerung des Schultags an – zu Hause neigt Mr G dazu, beim Abendessen den Unterricht fortzuführen – und mehr wie ein übermütiges Durcheinander. Bea läuft den ganzen Tag in einem von Williams abgelegten Overalls herum, den sie einfach über ihren Badeanzug zieht. Jeder Tag ist ein neues Abenteuer, selbst wenn sie Dinge tun, die sie schon zahllose Male getan haben.

Wie leicht die Tage sich entfalten und entrollen. Eins führt ganz einfach zum Nächsten. Eine Wanderung durch den Wald endet vielleicht damit, dass William und Gerald Arschbomben von den hohen Felsen machen. Oder aus dem Sammeln wilder Beeren wird ein Nachmittag, an dem sie Muffins oder einen Kuchen backen, die ganze Küche voller Mehl und Eier und Zucker. Sie sammeln alles Mögliche, das sie dann drinnen auslegen: Kiefernzapfen, Muscheln, Vogelfedern. Selbst Regentage sind herrlich. Überall im Haus stehen Bücher. Bea liebt es, auf dem ausgeblichenen grünen Sofa im Wohnzimmer zu lesen, wobei sie ab und zu ihr Buch sinken lässt, um zuzusehen, wie der Dunst, der vom Wasser aufsteigt, mit dem weißen Himmel verschwimmt.

Auch die Gregorys sind entspannt. Mrs G arbeitet im Garten, wagt sich jeden Tag vor dem Mittagessen in das kalte Wasser und sitzt nachmittags draußen in der Sonne, die Träger ihres Badeanzugs von den sommersprossigen Schultern gestreift. Selbst Mr G ist hier anders, und nicht nur beim Abendessen. Er hat Bea das Schwimmen beigebracht, und auch, wie man rudert, Popovers bäckt und Kiesel übers Wasser flitschen lässt. Oft verschwindet er den halben Tag – um vom Boot aus Blaubarsch zu angeln, im Wald zu wandern oder neben der alten Scheune Aquarelle zu malen –, und wenn er zurückkommt, setzt er sich auf die Veranda, einen Whiskey in der einen Hand, seine Pfeife in der anderen, und sieht zu, wie sich der Himmel rosa färbt.

Heute will Bea bis zur Stadt schwimmen. Sie hat es schon zweimal um die Insel geschafft, eine längere Strecke als bis zur Stadt, die aber auch einfacher ist, weil neben einem immer Land ist. Auf dem Weg zur Stadt gibt es vielleicht Boote, stärkere Wellen und Tidenströmungen. Die Jungs werden ihr in einem der Boote folgen, und Mr und Mrs G werden vorweg hinüberrudern, damit sie sie mit Handtüchern und trockenen Kleidern empfangen können. William hat ihr gesagt, dass er fünfundvierzig Minuten braucht, deshalb geht sie davon aus, dass es bei ihr eher eine Stunde wird.

Bevor die Gregorys aufbrechen, nimmt Mr G sie beiseite. *Du schaffst das,* sagt er. *Das weiß ich. Du bist eine starke Schwimmerin, und ich bin mächtig stolz auf dich. Ich hätte nie gedacht, dass wir das erleben würden, wenn man bedenkt, an welchem Punkt du am Anfang des Sommers warst.* Bea nickt und zwirbelt dabei eine Haarsträhne. *Aber falls es doch Probleme geben sollte, halt an und tritt Wasser, bis die Jungs bei dir sind. Versprichst du mir das?*

Er drückt sie kurz an sich, was er, soweit sie sich erinnern kann, noch nie getan hat. *Ja, das mache ich,* sagt sie und sieht ihn an. *Aber es wird keine Probleme geben. Ich schaffe das.* Er zwinkert ihr zu. *Das ist mein Mädchen,* sagt er.

Das Meer ist heute ruhig, eine glatte blaue Fläche zwischen der Insel und der Stadt. Sie kann den Turm der Kirche sehen, in die sie jeden Sonntagmorgen gehen, und den kleineren Turm der Bibliothek, wo sie schon oft stundenlang auf dem Boden gesessen und gelesen hat. Sie winkt den Jungs zu, die neben ihrem Boot stehen, dann befestigt sie den Kinnriemen ihrer Badekappe und marschiert ins Wasser, als wollte sie zu Fuß in die Stadt. Mit jedem Schritt steigt die Kälte an ihrem Körper hoch. Sie verliert den Kontakt zum felsigen Boden und beginnt zu schwimmen, mit langsamen, gleichmäßigen Zügen, atmet Luftblasen aus, wie Mr G es ihr gezeigt hat. Sie spürt, wie ihr Körper sich allmählich erwärmt. Ab und zu blickt sie nach vorn, um sich zu vergewissern, dass sie in die richtige Richtung schwimmt, aber hauptsächlich konzentriert sie sich auf ihren Atem und die Armbewegungen, wobei sie sich gelegentlich daran erinnern muss, die Beine nicht zu vergessen. Bea weiß, dass die Jungs hinter ihr und die Gregorys am anderen Ufer sind, auf einer Linie, die sie alle verbindet, mit ihr in der Mitte.

Sie legt eine Pause ein, dreht sich auf den Rücken und winkt den Jungs zu. Gerald steht auf und winkt so begeistert zurück, dass er fast das Gleichgewicht verliert. William hebt kurz die Hand, dann zerrt er Gerald wieder auf den Sitz. Sie muss beinahe lachen über die zwei – wie typisch ihr Verhalten ist und wie wohl und geborgen sie sich zwischen den beiden fühlt. Sie dreht sich in Bauchlage, macht einige Brustschwimmzüge, dann wechselt sie wieder zum Kraulen.

Was würde Mummy wohl sagen, wenn sie das sähe? Dad wäre bestimmt stolz, aber bei Mummy ist sie sich nicht so sicher. Dieser Ozean, in dem sie jetzt schwimmt und der sie voneinander trennt, ist während des vergangenen Jahres breiter geworden. Das Leben dort und das Mädchen, das sie dort war, haben sich aufzulösen begonnen. Sie schreibt immer noch jeden Sonntag nach Hause, aber es fällt ihr mittlerweile schwer, eine Seite mit Worten zu füllen. Auch die Briefe ihrer Eltern scheinen kürzer und distanzierter zu werden. Als wüssten sie nicht, worüber sie schreiben sollten. Sie stellen viele Fragen. Dad erzählt keine Witze mehr. Sie war froh, als sie aus ihrem letzten Brief erfuhr, dass die Luftangriffe in London fast aufgehört haben. Hitler hat wohl anderes vor. Aber es ist immer noch nicht sicher: Dad hat von Anfang an gesagt, dass sie sie erst zurückholen, wenn der Krieg vorbei ist.

Als sie das nächste Mal den Kopf hebt, fühlen sich ihre Arme und Beine schwer an. Jeder Zug erscheint ihr mühsamer als der letzte. Aber es ist nicht mehr weit. Mr und Mrs G haben das blaue Ruderboot genommen, sie kann es am Anleger sehen, und sie weiß, dass sie in der Nähe sein müssen. Sie passiert die ersten, weiter draußen festgemachten Boote, und auf den größeren davon kommen ein paar Leute heraus und winken ihr zu. *Fast geschafft*, ruft ein Mann. *Dauert nicht mehr lange!* Sie hatte sich Sorgen gemacht, wie es sein würde, an den Booten und den Leuten vorbeizuschwimmen, aber jetzt gefällt ihr die Aufmerksamkeit, und wenn sie kann, winkt sie zurück. Und dann sieht sie Mrs G, die auf dem Anleger auf und ab hüpft, und ihr sticht nicht zum ersten Mal ins Auge, wie ähnlich sich Gerald und Mrs G sind. Sie kann die Jungs zwar nicht sehen, aber sie vermutet, dass Gerald gerade genau dasselbe tut.

Schließlich spürt sie Seetang unter sich im Wasser, und nach ein paar Versuchen finden ihre Füße Halt. Sie hört auf zu schwimmen und geht das letzte Stück. Die Gregorys kommen ihr am Strand entgegen. Mrs G wickelt sie in ein großes gelbes Handtuch und küsst sie immer wieder auf beide Wangen. *Du hast es geschafft, ich wusste, dass du es schaffst*, sagt sie. Mr G lächelt. *Mein Mädchen*, sagt er erneut, und sie wünschte, er würde sie noch mal umarmen, aber vor allem wünscht sie sich, sie könnte diese Worte aus dem Mund ihres Vaters hören. Bevor sie alle den Strand verlassen, wendet sie sich von den Gregorys ab und blickt nach Osten. Da ist die Insel, und dahinter das Meer.

Millie

Diese Trennung, das hat Millie mit der Zeit verstanden, ist ähnlich wie die Trauer nach einem Verlust. Der Schmerz kommt und geht in Wellen, aber nun, da über ein Jahr vergangen ist, werden die Tiefpunkte seltener. In gewisser Weise ist es, als wäre Beatrix für immer fort. Millie hat von Müttern gehört, die ihre Kinder in Amerika besucht haben, aber sie weiß, dass das für sie nicht möglich ist. Da bleibt Reg hart, vor allem seit ein Schiff mit lauter Kindern darauf torpediert worden ist. Sie wird Beatrix wiedersehen, wenn der Krieg vorbei ist und sie nach London zurückkommt. Irgendwie hat dieses Wissen ihr geholfen, nach vorne zu schauen. In manchen Momenten fühlt es sich jetzt so an, als wäre es schon sehr lange her, dass sie eine Mutter gewesen ist; als wäre das alles jemand anderem passiert. Diese amerikanische Frau scheint ihre Sache gut zu machen. Doch ab und zu schleicht sich Neid ein. Vielleicht ist Nancy eine bessere Mutter, als sie es je war. Offensichtlich ist Beatrix dort oft glücklicher, als sie es hier war, und darüber darf Millie nie länger nachdenken. Am besten ist es, wenn sie gar nicht mehr darüber nachdenkt. Und mittlerweile gelingt ihr das auch für längere Zeit.

Wie anders London wirkt, seit die Luftangriffe aufgehört haben. Millie hat das Gefühl, wieder atmen zu können. Die ständige Angst vor der Nacht ist vorbei. Die Verdunklung gilt weiterhin, aber sie bleiben in der Wohnung. Oder vielmehr *sie* bleibt in der Wohnung. Reg ist oft mit seiner Einheit unterwegs. Bei der Home Guard sind so viele ältere Männer, dass Reg als einer der stärksten und belastbarsten gilt. Er ist natürlich an die Spitze aufgestiegen, und deshalb ist er immer öfter im Einsatz.

Auch Millie hat zu tun. Während der Woche erledigt sie die Buchhaltung für mehrere Geschäfte im Viertel. Außerdem hat sie sich als Krankenwagenfahrerin freiwillig gemeldet und fährt an den Wochenenden und manchmal auch abends durch London. Sie ist eine der wenigen Frauen in dem Trupp, weil sie auf dem Bauernhof ihrer Großeltern das Fahren gelernt hat. In London sind es eher die Frauen der Oberschicht, die Auto fahren können, und so hat sie jetzt mit Kolleginnen zu tun, die am Eaton Square aufgewachsen sind und die Sommer in Südfrankreich verbracht haben.

Eines Abends, als sie mit Julia Ainsley zusammen im Einsatz ist, erzählt sie ihr in der Dunkelheit des Wagens von Beatrix und ihrer neuen Familie in Massachusetts. *Oh, Boston ist eine schöne Stadt*, sagt Julia. *Sie hat es dort bestimmt sehr gut. Ja*, sagt Millie. *Aber es muss schwer für Sie sein*, sagt Julia, *dass sie so weit weg ist. Mein Verlobter ist irgendwo in Frankreich. Manchmal wache ich nachts auf, weil ich seine Stimme höre. Geht Ihnen das auch so? Nein*, sagt Millie. *Anfangs, ja. Aber jetzt weiß ich gar nicht mehr, wie ihre Stimme klingt.* Sie verstummt und blickt aus dem Fenster. Es fällt leicht, mit einer Fremden zu reden. Mit Reg spricht sie fast nie über solche Dinge. Sie zündet sich eine Zigarette an und kurbelt die Seitenscheibe herunter, um den Rauch hinauszulassen. *Und es ist nicht nur ihre Stimme*, fährt sie fort, doch dann kann sie nicht weitersprechen. Ihre größte Angst ist, dass sie Beatrix nicht wiedererkennt, wenn sie nach Hause kommt. Sie hat von Müttern gehört, die an ihren Kindern vorbeigegangen sind, als sie heimkehrten. Was muss das für eine Mutter sein, denkt sie, die ihr eigenes Kind nicht erkennt. Sie drückt die Zigarette im Aschenbecher aus. *Genug*, sagt sie zu Julia. *Lassen Sie uns über etwas anderes reden.*

Reginald

Während der Woche bleibt Reg über Nacht in der Fabrik. An den Tagen, wenn er Dienst hat, zieht er am Ende seines Arbeitstags sofort seine Uniform an und patrouilliert über das Gelände. Im Gehen übt er das bisschen Deutsch, das sie ihm und den anderen beigebracht haben, für den Fall, dass sie mal einen deutschen Soldaten aufgreifen. Aber er bleibt auch in der Fabrik, wenn er freihat, und sagt Millie, er hätte fast jede Nacht Dienst.

An den Abenden geht er mit den Jungs in den Pub und kehrt danach in die Baracke zurück. Er schläft am liebsten im oberen Bett, und oft schreibt er nach seiner Rückkehr, wenn er ein wenig angeheitert und entspannt ist, an Beatrix. *Meine liebe Beatrix*, schreibt er. *Wie gerne würde ich Dich einmal wiedersehen und das Mädchen kennenlernen, zu dem Du geworden bist. Weißt Du noch, wie ich Dir abends vorm Schlafengehen immer vorgelesen habe? Dafür bist Du jetzt wahrscheinlich schon zu groß.* Er kann sich nicht vorstellen, wie es sein wird, wenn sie zurückkommt. Damals hat er sich Sorgen gemacht, ob sie sich an das Leben in Amerika gewöhnen würde. Jetzt ist er überzeugt, dass sie sich nie wieder an das Leben hier, mit ihnen, gewöhnen wird.

Er schickt die Briefe nicht ab. Wenn er sie morgens beim Kaffee noch mal liest, sieht er auf den Seiten eine schwache Version seiner selbst. Einen Schatten dessen, was er mal war. Beatrix soll nicht wissen, dass es diesen Mann gibt. Und so verbrennt er die Briefe und zertritt die Asche auf dem Beton. Eines Morgens schreibt er, kühn und voller Zorn auf die Welt, an Ethan Gregory und bittet ihn, an die Adresse der Fabrik zu antworten. Er erklärt dem Mann, dass Millie sich Sorgen um Beatrix macht, und schildert einige der Geschichten, die sie über die Kinder auf dem Land gehört haben. *Wir sparen, um Ihnen jegliche zusätzlichen Ausgaben, die Sie möglicherweise gehabt haben, zu erstatten,* schreibt er, obwohl es nicht stimmt. Sie haben überhaupt nichts gespart. Halb rechnet er damit, dass darauf nie eine Antwort kommen wird.

Stattdessen kommt sie viel schneller, als er es für möglich gehalten hätte. Bisher hatte er keine rechte Vorstellung von dem Mann. Die wöchentlichen Briefe stammen von Nancy, und sie sind in einem heiteren Ton verfasst, voller Ausrufezeichen und gelegentlich mit einem Herzen oder einer Blume verziert. Ethan hingegen, das wird ihm jetzt klar, ist eher ein ernster Mensch. Genau kann man es natürlich nicht wissen, aber er wirkt wie ein anständiger Kerl, nicht wie jemand, der brüllt oder schlägt oder sein kleines Mädchen womöglich missbraucht. Sie beginnen sich regelmäßig zu schreiben, vor allem über Beatrix, aber auch über Churchill und Roosevelt, über den steten Vormarsch der Deutschen, über Japan. Ethan sagt ihm, er soll sich keine Gedanken wegen der Kosten machen, aber er lässt Reg wissen, dass die Gregorys auch nicht reich sind. *Wir sind mit zwei Häusern gesegnet,* schreibt er, *aber nicht mit Dollars. Nancy ist diejenige, die aus einer wohlhabenden Familie stammt.*

Ethan erwähnt den Schachclub an der Schule, den er leitet, und dass es ihm nicht gelungen ist, Beatrix für das Spiel zu interessieren. *Hier bei uns spielt niemand Schach,* schreibt er. *Nancy ist zu unkonzentriert. Gerald genauso – beide denken kaum je drei Schritte voraus. William hingegen wäre ein hervorragender Spieler, wenn er denn Lust hätte, Zeit mit seinem alten Herrn zu verbringen.* Reg hat seit Kindertagen nicht mehr gespielt, aber er antwortet sofort: *Ich spiele gern mit Ihnen, wenn Sie mögen.* Sie beginnen eine Partie per Post und schicken die Karte mit ihren Spielzügen über den Atlantik hin und her. Wenn sie gerade nicht bei ihm liegt, schaut Reg jeden Tag in sein Postfach bei der Arbeit, und er freut sich jedes Mal, wenn er die Karte dort findet; es ist, als würde das Spiel mit Ethan ihn Beatrix näherbringen.

Millie erzählt er nichts davon, dass er Ethan schreibt und mit ihm Schach spielt. Einmal erwähnt Nancy in einem Brief, wie schön es doch sei, dass die Männer ein gemeinsames Interesse gefunden hätten. *Wenn dieser Konflikt beendet ist,* schreibt sie, *müssen wir uns mal treffen. Sie müssen einfach zu uns auf die In-*

sel kommen. Reg befürchtet, dass Millie bei dem »gemeinsamen Interesse« nachhakt, doch stattdessen konzentriert sie sich auf die Insel. *Ich nehme an, das ist nett gemeint, aber was denkt sie sich nur? Wir fahren doch nicht nach Amerika, wenn Beatrix wieder bei uns ist. Sobald dieser Krieg vorbei ist, kommt Beatrix zu uns zurück, Punkt.* Reg weiß, er sollte ihr vom Schach erzählen, von dem Briefwechsel mit dem Mann. Aber er will nicht. Er will es für sich behalten.

Gerald

Gerald hat Beatrix überredet, mit ihm Monopoly zu spielen. Sie liebt das Spiel, das weiß er, aber sie findet es nervig, dass es sich stundenlang hinzieht. Sie spielen mit der Gregory-Version, die Mutter vor einigen Jahren zu Weihnachten gebastelt hat, in der es das Haus an der Hillside Avenue gibt und die Jungenschule und die Insel mit dem Schwimmdock. Willie ist heute mit seinen Freunden unterwegs, deshalb wird es kein ehrgeiziges Spiel, sondern eins, bei dem es nur um Spaß geht. Das letzte Mal, als sie zu dritt gespielt haben, hat Willie das Spielbrett umgeworfen, sodass die Geldscheine und die kleinen Häuser durch die Luft flogen. Er musste ohne Abendessen ins Bett.

Nach drei Stunden liegt Bea stöhnend auf dem Sofa. *Meine Güte, G,* sagt sie. *Können wir nicht einfach aufhören? Du hast gewonnen.* Er lächelt ihr zu. Sie legen beide keinen großen Wert darauf, zu gewinnen. Mutter bringt ihnen ein Tablett mit Haferkeksen und heißem Kakao. *Draußen ist scheußliches Wetter,* sagt sie. *Das hier wird euch guttun.* Sie schaltet das Radio ein, um Musik zu hören. Vater hört dieselbe Sendung in seinem Arbeitszimmer. *Stereo,* sagt Willie dann immer, verdreht die Augen und fügt mit affektierter Stimme hinzu: *Was sind wir doch für eine moderne Familie.* Eines Sonntagnachmittags ist Gerald in die Küche geschlüpft und hat das Radio auch dort noch eingeschaltet. *He, Willie,* hat er gerufen. *Wie nennt man es, wenn drei Lautsprecher an sind?*

Plötzlich bricht die Musik ab, und Mutters Hände halten in der Bewegung inne, die Stricknadeln über Kreuz. *O Gott,* sagt sie. *Ist es so weit?* Ihr Gesicht ist wie erstarrt. Wovon redet sie?, fragt sich Gerald. *Ethan,* ruft sie laut. Aus dem Radio ertönt eine männliche Stimme, die ohne Einleitung sagt: *Wie Präsident Roosevelt soeben bekannt gibt, haben die Japaner Pearl Harbor auf Hawaii aus der Luft angegriffen.* O *Gott,* sagt Mutter erneut, und dann steht Vater in der Tür, und sie sehen sich stumm an. Der Mann spricht weiter, Beatrix setzt sich auf, und ihr Gesicht ist kalkweiß.

Bea

In der Mittagspause drängen sich die beliebten Mädchen um Bea. Sie stellen ihr Fragen über die Verdunklung, die Rationierung, das Essen ohne Fleisch. Bea bemüht sich, die Fragen so genau wie möglich zu beantworten, aber wie immer in letzter Zeit erscheinen ihr das Leben in London und das Mädchen, das sie dort gewesen ist, sehr weit weg.

Sie hat sich lange danach gesehnt, dass diese Mädchen sie in ihren Kreis aufnehmen. Die Mädchen, die sich bisher mit ihr angefreundet haben, gehören zu den stillen, netten, nicht zu der Sorte, mit der sie gerne zusammen wäre, obwohl sie vermutet, dass sie eher zu den anderen gehört. Diese Mädchen hingegen sind die aufregenden, diejenigen, die laut lachen und bedeutungsvolle Blicke wechseln. Die nur dann nett zu ihr sind, wenn sie mit den Latein-Hausaufgaben nicht zurechtkommen oder wenn sie etwas über William wissen wollen. Eines Tages ist Lucy Emery nach der Mittagspause zu ihr gekommen. *Ist dein Zimmer neben dem von William?*, fragte sie. *Siehst du ihn manchmal in Unterwäsche?* Bea wusste nicht, wie sie darauf antworten sollte. *Auf dem gleichen Flur*, sagte sie und kam sich dabei dumm vor. *Sein Zimmer ist auf dem gleichen Flur.* Das stimmt, aber die beiden Zimmer haben eine gemeinsame Wand. Manchmal legt sie abends, bevor sie zu Bett geht, die Hand daran, in dem Wissen, dass er direkt dahinter ist.

Alles dreht sich jetzt um den Krieg. Die Schule hat hastig eine Aussichtsplattform auf der Kapelle zusammengezimmert, die ein wenig erhöht steht, und die Lehrer und die älteren Jungen werden in Schichten eingeteilt, um Ausschau nach feindlichen Flugzeugen zu halten. Zu Beas Überraschung ist William einer der Ersten, die sich freiwillig melden, und er übernimmt sogar die Frühschicht ab halb sieben, bevor der Unterricht beginnt.

Jeden Morgen kann Bea hören, wie er sich nebenan anzieht und dann die Treppe hinunterpoltert. Kurz darauf, wie die Hintertür aufgeht und er im Laufschritt zur Kapelle eilt. Zwei Wochen lang liegt sie lauschend im Bett, dann, eines Morgens im Januar, wartet sie um Viertel nach sechs angezogen in der Küche. Er kommt hereingestürmt, wickelt sich einen Schal um den Hals. *Was machst du denn schon hier?*, fragt er und schnappt sich einen Muffin und einen Apfel. *Ich komme mit*, sagt sie. *Nein, erwidert er. Das geht nicht.* Bea zuckt die Achseln. *Warum nicht? Mädchen sind da nicht erlaubt,* sagt er. *Das ist doch idiotisch,* sagt sie. *Ich habe mehr Kriegserfahrung als du. Warum kann ich nicht dabei sein?*

William schüttelt den Kopf und läuft hinaus. *Ich komme zu spät,* ruft er über die Schulter, und sie folgt ihm. Sie weiß, dass er ihre Schritte hören kann, doch er schaut sich nicht um. Er ist schneller als sie, aber nur ein bisschen, und er ist noch dabei, die Ausrüstung aus der Kiste zu holen, als sie von der engen Wendeltreppe auf das Dach tritt.

Ich kriege Ärger, sagt er, ohne sie anzusehen. Er nimmt das Schreibbrett, schiebt sich einen Stift hinters Ohr und beginnt, den Horizont zu beobachten. *William Gregory,* sagt sie lachend, *seit wann kümmert es dich, ob du Ärger kriegst? Du willst mich einfach nur nicht hier haben. Es ist mir egal, ob du hier bist,* erwidert er, *aber komm mir nicht in die Quere. Das ist eine wichtige Arbeit.*

Einen Monat zuvor hätte sie ihn ausgelacht. Und auch er hätte sich über jemanden lustig gemacht, der so etwas sagte. *Eine wichtige Arbeit,* hätte er gespottet. Doch William hat sich verändert. Bea kennt diese Veränderung. Sie hat sie 1939 bei ihrem Vater erlebt, obwohl sie da noch zu jung war, um sie zu verstehen. Aber jetzt versteht sie sie. Es ist Wirklichkeit gewordene Angst. Vor der Kriegserklärung liegt sie drohend über allem, wie eine Last, eine ständige Sorge. Doch sobald dein Land im Krieg ist, wird sie zu etwas Greifbarem, das sich in alles hineinfrisst und nicht wieder verschwindet. Dinge werden geschehen. Menschen, die du kennst und liebst, werden sterben. Sie hatte gehört, wie sich ihre Eltern am Abend vor ihrer Abreise aus London gestritten hatten. *Ich will nicht, dass sie so schnell erwachsen wird,* hatte Dad gesagt. *Ich will, dass sie so lange wie möglich Kind bleiben kann.* Sie hatte sich unter ihrer Decke zusammengerollt und die Fäuste auf die Ohren gepresst. *Ich bin schon seit dem Tag, als der Krieg erklärt wurde, kein Kind mehr*, hätte sie am liebsten geschrien. *Und ihr beide seid verschwunden, obwohl ihr bei mir seid.*

Sie setzt sich neben William und beobachtet ebenfalls den dunklen, grauen Himmel. Er erinnert sie an den Himmel über dem Schiff, damals, vor langer Zeit. *Kaum etwas zu erkennen, oder?*, sagt sie. *Noch nicht*, sagt er und nickt. *Aber in* – er sieht auf die Uhr – *elf Minuten geht die Sonne auf. Dann wird es schön.* Sie nickt ebenfalls. *Wonach suchen wir?*, fragt sie. Er erklärt es ihr und zeigt ihr, wie das Formular ausgefüllt wird.

Als sie später die Wendeltreppe hinuntergehen, bleibt er unten stehen und dreht sich zu ihr um. Er ist plötzlich größer, sein Gesicht kantiger. *Verrate niemandem, dass du hier warst, okay?* Bea zuckt die Achseln. Sie will sich auf nichts festlegen, obwohl es ihr gefällt, dass sie ein Geheimnis haben. *Es stört mich nicht, dass du hier bist*, sagt er, und sie denkt, wie schwer es ihm fallen muss, so etwas zu sagen. Zum Dank berührt sie kurz seinen Arm. Dann laufen sie den Hügel hinunter, und sie biegt Richtung Mädchenschule ab. *Bis später, William*, ruft sie. So glücklich war sie seit der Kriegserklärung nicht mehr.

Millie

Als Millie am Ostersonntag in der Kirche sitzt, kommt ihr mit einem Mal der Gedanke, dass Beatrix jetzt nach Hause zurückkehren könnte. Die Luftangriffe haben aufgehört. Amerika ist in den Krieg eingetreten. Ist sie dort wirklich sicherer? Während sie, umgeben vom Geruch nach altem Holz und Gebetbüchern, die vertrauten Lieder singt, fragt sie sich, warum sie nicht schon eher daran gedacht hat. Warum hat sie nicht mit Reg darüber gesprochen? Sie haben nie die Möglichkeit in Betracht gezogen, dass es in London sicherer sein könnte als in Amerika.

Während der Predigt schließt sie die Augen und erinnert sich an ein Ostern vor dem Krieg. Nicht in dieser Kirche, sondern in der, die zu Beginn des Krieges zerbombt worden ist. In der, wo Beatrix getauft worden ist. Zum Ostergottesdienst trug Beatrix ein entzückendes Kleid mit gesmoktem Oberteil und einem kleinen Bubikragen. Ausnahmsweise hatten sie auch passende Schuhe dazu gekauft, und Millie hatte Beatrix ermahnt, sie solle ihrem Vater auf keinen Fall verraten, dass sie so viel Geld dafür ausgegeben hatten. Wie bezaubernd sie aussah. Die Schuhe hatten lavendelblaue Satinbänder als Schnürsenkel, und die Farbe passte perfekt zum Kleid. Als sie in die Kirche kamen – Beatrix Händchen haltend zwischen ihnen –, hörte sie eine Frau seufzen. *Ach, wie niedlich*, flüsterte sie. *Sieh mal, die Kleine da.*

Nach dem Gottesdienst gingen sie den weiten Weg nach Hause zu Fuß, weil es ein für London ungewöhnlich schöner Tag war, mit leuchtend blauem Himmel. Sie aßen ein richtiges Ostermahl, mit Rinderbraten und Yorkshire Pudding und Zitronentorte als Nachtisch. Sie waren nur zu dritt und saßen in der kleinen Küche, aber sie hatte eine Spitzendecke von ihrer Mutter über den Tisch gebreitet und frische Kerzen in die Kristallleuchter gesteckt, die Regs Eltern ihnen zur Hochzeit geschenkt hatten. Kerzen waren damals etwas Besonderes. Jetzt sind die Leuchter nach jahrelangem täglichem Gebrauch mit einer dicken Wachsschicht bekleckert.

Warum muss sie auf einmal an dieses Osterfest denken? Wahrscheinlich aus mehreren Gründen: der besondere Tag, das Kleid, der perfekt gelungene Pudding. Das Leben damals, als man sich noch auf solche schönen kleinen Momente konzentrieren und sie auskosten konnte. Bevor jeder Atemzug von Angst erfüllt war.

Damals waren sie und Beatrix sich auch noch nahe gewesen. Ein oder zwei Jahre später hatte sie sich mehr Reg zugewandt, hatte ihn gebeten, ihr abends vorzulesen oder mit ihr Karten zu spielen. Es war eine leise, unauffällige Veränderung, die Millie erst so richtig bemerkte, als sie vollzogen war. Sie wusste, dass Reg lustiger war. Doch bisher hatte Beatrix sich immer ihr anvertraut, war auf sie zugelaufen, wenn Millie sie von der Schule abgeholt hatte, hatte die Arme um ihre Taille geschlungen und ihr von ihrem Tag erzählt. Auf einmal war da eine Förmlichkeit zwischen ihnen. Und diese Distanz, dieser Abstand schien immer größer zu werden. Natürlich muss Beatrix geglaubt haben, dass Millie diejenige war, die sie fortschicken wollte.

Auf dem Heimweg von der Kirche blickt sie Reg von der Seite an. *Meinst du nicht*, beginnt sie, *dass es eine gute Idee wäre, Beatrix nach Hause zu holen? Nein*, sagt Reg entschieden, ohne sie anzusehen, den Blick stur auf den Gehweg vor ihnen gerichtet. *Es ist immer noch Krieg. Das war unsere Abmachung.* Sie ergreift seine Hand. *Hier nicht mehr*, sagt sie, und sie weiß, wie flehend ihre Stimme klingt. *Es ist jetzt viel sicherer. Du hast ihren letzten Brief doch gelesen. Sie macht mit dem älteren Jungen Luftüberwachung. Anscheinend ist die Gefahr für Bombardierungen dort höher als hier. Nein*, sagt Reg erneut. *Sie bleibt da. Bis der Krieg offiziell zu Ende ist. Dort ist sie sicherer.* Warum, fragt Millie sich, darf er alle Regeln bestimmen? Warum durfte er entscheiden, dass sie fortgeht, und warum darf er jetzt entscheiden, dass sie dableibt?

In einem Karton in der Abstellkammer findet Millie das Osterkleid von damals, mit dem gesmokten Oberteil und dem Bubikragen. Die Schuhe gibt es schon lange nicht mehr. Sie spendet das Kleid zusammen mit anderen Sachen der Kirche.

William

William bringt seinen Plan beim Abendessen vor, nachdem die Teller gefüllt sind, aber bevor Mutter nach ihrer Gabel greift. *Also*, beginnt er und fingert an seiner Serviette herum; er ist nervöser, als er gedacht hat. *Ich möchte diesen Sommer hierbleiben. Bobby Nelson und ich wollen einen Rasenmähdienst anbieten. So kann ich mit der Luftüberwachung weitermachen und sogar noch ein paar Extrastunden einlegen.* Er traut sich nicht, aufzublicken oder irgendjemandem in die Augen zu sehen, deshalb hält er den Kopf gesenkt und starrt auf sein Kartoffelpüree.

Willie, sagt Gerald, *was redest du denn da? Du kommst mit nach Maine. Wie immer.* William wirft ihm einen wütenden Blick zu. Er wusste, dass Gerald als Erster reagieren würde. Die anderen nehmen es erst mal auf und überlegen, wie sie antworten sollen. Er fragt sich, was Bea wohl denkt. *O nein*, sagt Mutter, und William bekommt aus dem Augenwinkel mit, dass sie dabei Vater ansieht. *Du kannst nicht den Sommer über hierbleiben.* Sie tätschelt seine Hand. *Also wirklich, William, was denkst du dir nur? Wir fahren alle zusammen nach Maine. Das ist unser Urlaub. Als Familie.* Er späht erneut zu ihr hinüber, und sie sieht immer noch Vater an. *Ethan, nun sag doch auch mal was. Bring deinen Sohn zur Vernunft.*

William blickt von seiner Mutter zu seinem Vater. Der nimmt seine Brille ab und putzt sie mit der Serviette, erst das eine Glas, dann das andere. Im Raum herrscht vollkommene Stille. Vater will die Brille offenbar so sauber wie nur möglich haben, bevor er sich äußert. Er taucht eine Ecke der Serviette in sein Wasserglas und reibt über einen unsichtbaren Fleck. *Vater*, meldet sich Gerald zu Wort, *sag William, dass er nicht hierbleiben kann. Wir wollen doch im Wald zelten gehen. Stimmt's, Bea?* Beatrix nickt nur stumm und starrt auf ihren Schoß.

Vater poliert immer noch die Brille und schweigt beharrlich. William räuspert sich. *Bobby hat schon mit seinen Eltern gesprochen*, sagt er. *Davids Zimmer steht leer, seit er nach Europa gegangen ist. Ich könnte bei ihnen wohnen.*

Vater blickt zuerst über den Tisch hinweg zu Mutter, dann sieht er William über den Rand seiner Brille hinweg an. *Nein*, sagt er leise. *Das kommt nicht infrage. Aber Vater*, protestiert William, und seine Stimme klingt höher, als er will. *Ich möchte im Sommer Geld verdienen. Und ich möchte weiter meinen Teil zu den Kriegsanstrengungen beitragen. Nach Maine zu fahren ist so … ich weiß nicht, so … belanglos. Ach, Unsinn*, sagt Mutter. *Du bist noch ein Junge. Versuch nicht, auf Teufel komm raus erwachsen zu werden. Ich bin kein Junge mehr, Mutter. Im Sommer werde ich fünfzehn. In drei Jahren kann ich mich freiwillig melden. Nach Maine zu fahren ist belanglos*, wiederholt er. *Es ist Zeitverschwendung.* Er steht auf und stößt seinen Stuhl zurück. *Du verstehst nicht*, sagt er. *Du verstehst nie irgendwas.* Er kämpft mit den Tränen. *Ich hab keinen Hunger. Darf ich bitte auf mein Zimmer gehen.*

Mutter blickt zu ihm, und er sieht die Erschöpfung in ihren Augen, als er seinen Stuhl an den Tisch schiebt. *Ja*, sagt sie. *Nein*, sagt Vater. *Setz dich hin und iss. Lass ihn*, sagt Mutter. *Lass ihn in Ruhe.* In ihrer Stimme liegt eine Schärfe, die William von ihr nicht gewohnt ist. Vater schüttelt den Kopf, sagt aber nichts weiter dazu. Gerald hält ausnahmsweise die Klappe. Bea sieht endlich zu ihm hoch, aber er kann ihren Gesichtsausdruck nicht deuten. Ist es Enttäuschung? William verlässt den Raum und geht nach oben in sein Zimmer.

Später bringt Mutter ihm das Essen auf dem blauen Tablett mit den ausklappbaren Beinen, das sie immer benutzt, wenn einer von ihnen krank ist. *Ach, mein Schatz*, sagt sie und setzt sich auf das zweite Bett. *Ich wünschte, du könntest die Dinge einfach so nehmen, wie sie sind. Genießen, was du hast. Aber Mutter*, sagt er. *Was soll ich denn den ganzen Sommer in Maine machen? Du kannst doch auch da Rasen mähen*, erwidert sie. *In der Stadt gibt es genug Leute mit Gärten. Und mir fallen bestimmt Aufgaben für dich ein, für die ich dich bezahlen kann.* Er nickt resigniert. *Ich wette, dass du auch da etwas für die Kriegsanstrengungen tun kannst. Und am Meer gibt es immer jede Menge zu tun.* Sie steht auf und küsst ihn auf den Kopf. Er sieht die Tränen in ihren Augen.

Sie ist schon fast an der Tür, als ihm herausrutscht: *Warum sagt Vater eigentlich immer Nein zu allem, was ich vorschlage? Warum ist er immer so streng zu mir?* Sie dreht sich um und zuckt die Achseln. *So ist er nun mal, William*, sagt sie. *Du darfst nicht vergessen, wie ähnlich ihr euch in vielem seid. Genau deshalb geratet ihr oft aneinander, aber versuch ab und zu, das Ganze aus seiner Sicht zu betrachten. Er würde dir so gerne bei den Hausaufgaben helfen. Und mit dir Schach spielen.* William hätte fast die Augen verdreht. Im Leben nicht, denkt er. *Ich weiß*, sagt er. *Danke, dass du mir das Essen raufgebracht hast.* Sie schließt leise die Tür hinter sich.

Bea

Bea sitzt auf ihrem Bett und hat das Heft mit den Englisch-Hausaufgaben auf dem Schoß, aber sie lauscht dem Gespräch nebenan. Das Abendessen war furchtbar. In dieser Familie gibt es nur selten Streit. Und ihr ist bewusst geworden, dass ihre Eltern sich im Vergleich ziemlich viel gestritten haben. Manchmal haben sie versucht, es vor ihr zu verbergen, aber die Wohnung war so klein, dass sie alles hören konnte. Sie hat sich schon oft gefragt, ob Mr und Mrs G sich überhaupt jemals streiten. Mitbekommen hat sie es noch nie. Einmal hat sie Gerald gefragt: *Schreien sich eure Eltern nie an? Sind sie nie unterschiedlicher Meinung? Nein*, hat Gerald überrascht geantwortet. *Sie kommen eigentlich immer gut miteinander aus. Wenn sich hier jemand streitet, sind das William und ich.*

Während ihres ersten Jahres hier dachte sie, die beiden wären perfekt. Doch dann sind ihr nach und nach kleine Dinge aufgefallen: wie sie einander ignorieren oder wie sie sich manchmal ansehen. Zum Beispiel heute Abend, als Mrs G William erlaubt hat, auf sein Zimmer zu gehen. In dem Blick, den sie Mr G zugeworfen hat, lag ein Zorn, der Bea an ihre eigene Mutter erinnerte, aber bei Mrs G hat sie das nur selten erlebt. Und Mr G hat nicht reagiert. Wenn ihre Mutter ihren Vater so angesehen hätte, wäre er in die Luft gegangen.

William hätte ihr von seinem Plan erzählen sollen. Sie hätte ihm sagen können, wie man so etwas am besten anging, obwohl ihr klar ist, dass Mr und Mrs G ihm niemals erlauben würden hierzubleiben. Was hat er sich nur dabei gedacht, so eine große Sache ausgerechnet beim Abendessen anzusprechen, wenn alle am Tisch sitzen? Es ist nicht so, dass er egoistisch wäre, aber er denkt oft nicht richtig nach. Kein Wunder, dass es so geknallt hat. Ihm hätte doch klar sein müssen, dass das Abendessen für solche Ankündigungen der falsche Moment ist. Das Abendessen ist Mr Gs Domäne. Er möchte das Gespräch leiten, hören, was alle erlebt haben, und Pläne machen. Im Grunde ist sie froh, dass sie ihm nicht erlauben hierzubleiben. Was wäre Maine ohne ihn? Gerald ist nett und voller Ideen und gut zu haben, aber William ist das Zentrum. Er ist derjenige, der die Dinge ins Rollen bringt.

Bea hört, wie Mrs G Williams Zimmer verlässt. Sie wartet noch fünf Minuten, dann klopft sie mit dem Code, den Gerald sich in Maine ausgedacht hat, an die Wand. Drei Doppelklopfer, das bedeutet: Darf ich reinkommen? Kurze Stille, dann ein einzelnes Klopfen von der anderen Seite. Sie geht hinüber und öffnet die Tür. William sitzt auf dem Bett und isst sein Abendessen. *Schon gut*, sagt er. *Ich weiß. Es war eine blöde Idee. Nein*, erwidert sie, setzt sich auf seinen Schreibtischstuhl und dreht sich immer wieder um sich selbst. *Es ist keine blöde Idee. Aber du hättest sie nicht auf die Art vorbringen sollen. Außerdem dachte ich, du liebst Maine. Tu ich auch*, sagt er. *Hast du denn nie das Gefühl, Bea* – er richtet sich auf und beugt sich vor, und sie hört mit dem Gedrehe auf, um ihm zuzuhören –, *dass wir Zeit verplempern? Dass wir bloß darauf warten, dass etwas geschieht? Ich möchte etwas Wichtiges tun, etwas Bedeutsames. Zur Stadt schwimmen, angeln, Blaubeeren pflücken – kommt dir das nicht falsch vor, wenn wir gerade Krieg haben?*

Bea nickt und senkt den Kopf. Sie freut sich, dass William sich ihr anvertraut. Aber sie ist diejenige, die mehr tun sollte, anstatt einfach das Leben zu genießen. Manchmal vergeht jetzt ein ganzer Tag, ohne dass sie an ihre Eltern denkt. Ihr wird ganz flau, wenn ihr wieder einfällt, wo sie sind, was sie tun. Trotz der Rationierungen scheint der Krieg so weit weg zu sein. *Warum hast du mir nichts davon gesagt?*, fragt sie und dreht sich wieder, weicht seinem Blick aus, schaut stattdessen auf die Poster von Bobby Doerr und Ted Williams an der Wand. Nächste Woche gehen sie alle zum Eröffnungsspiel der Red Sox. *Warum hast du mir nicht erzählt, was du vorhast?* Er zuckt die Achseln. *Das war einfach so eine Idee von Nelson und mir, als ich neulich bei ihm war. Nachdem wir ausgerechnet hatten, wie viele Tage es noch sind, bis wir uns freiwillig melden können. Ich hab noch –* er blickt auf einen Zettel, der auf seinem Nachttisch liegt – *1198 Tage.* Er hat 193 weniger: 1005.

Bea sieht ihn an. Seine Wangen sind gerötet, und er wirkt aufgewühlt. Sie kann ihm nie lange böse sein. *Das ist noch ewig hin, William*, sagt sie. *Du musst dir etwas anderes ausdenken, etwas, das du jetzt tun kannst. Lass uns mal überlegen. Deine Mutter hat doch gesagt, du könntest im Sommer in der Stadt Rasen mähen. Dabei kann ich dir helfen, wir können das zusammen machen. Auf keinen Fall*, sagt er und wirft mit seinem Kopfkissen nach ihr. *Du bist ein Mädchen.* Und jetzt lächelt er beinahe. Sie liebt diesen Ausdruck auf seinem Gesicht, er erinnert sie an den Tag, als sie sich zum ersten Mal begegnet sind.

Ethan

Am Abend, bevor sie nach Maine aufbrechen, summt das Haus. Es ist, als hätte Nancy ihre nervöse Energie auf die Kinder übertragen. Im Flur stapeln sich Taschen und Kartons, und Ethan weiß, dass sie einen Teil davon zurücklassen müssen. Sie haben gerade genug Benzin für die Fahrt, und er will kein zusätzliches Gewicht. Das Auto am Morgen zu beladen ist natürlich seine Aufgabe, aber es wird garantiert Tränen von Gerald und Wutanfälle von William geben. Bea hat bislang nicht so viel Zeug angeschleppt wie die Jungs, aber ob das auch dieses Jahr so ist? Sie hat sich verändert, ist mehr eine von ihnen geworden, als er es je für möglich gehalten hätte.

Er sitzt mit einer Tasse Tee in seinem Arbeitszimmer und liest die Zeitung, als Nancy die Tür aufstößt, den Arm voller Handtücher. *Ich kann die Badesachen der Kinder nirgends finden*, sagt sie. *Wo können die denn nur sein? Haben wir sie womöglich letztes Jahr da oben vergessen?* Ethan antwortet nicht. Es ist auch nicht nötig. Sie wird zu irgendeiner Lösung kommen, und entweder tauchen die Badesachen auf, oder sie tun es nicht, und dann wird es noch ein Dutzend weitere Probleme geben. Er nickt, als würde er ihr zuhören, und wendet sich wieder seiner Zeitung zu. Als sie innehält, um Luft zu holen, sagt er, ohne aufzusehen, dass er morgen früh um acht auf der Straße sein will. *Das bedeutet, dass ich um halb sieben anfange, das Auto zu beladen. Also sag den Kindern, dass alles unten sein muss, bevor sie schlafen gehen.*

Ja, ja, ja, erwidert Nancy und wendet sich zum Gehen. *Es ist noch so viel zu tun. Und ich muss Gerald und Bea baden.* Nein, sagt Ethan, obwohl es der denkbar ungünstigste Moment ist, um dieses Thema anzuschneiden. *Du brauchst sie nicht zu baden. Diesen Sommer werden die beiden elf und dreizehn. Sie sind alt genug, um allein zu baden.*

Nancy steht reglos da, mit dem Rücken zu ihm, und er kann sehen, wie der Zorn in ihr aufsteigt. Ihm war klar, dass sie es nicht einfach hinnehmen würde. Aber das beschäftigt ihn schon seit Wochen, sogar Monaten. Immer wieder hat er sich gefragt, ob es in Ordnung ist, dass sie noch so mit Gerald umgeht. William hat sie das letzte Mal gebadet, da war er höchstens zehn. Und dann fing er an, über Bea nachzudenken.

Er hat gezögert, etwas zu sagen, weil er weiß, wie sehr die beiden dieses Ritual genießen. Manchmal, wenn er abends am Bad vorbeigeht, kann er sie drinnen leise reden hören. Er kann die Seife riechen, und als er einmal sanft die Hand an die Tür gelegt hat, konnte er auch den Dampf spüren. Er weiß, dass es ihnen guttut. Und am Anfang war es wichtig, alles zu tun, damit Bea sich bei ihnen wohlfühlt. Aber er hat nie damit gerechnet, dass das mit dem abendlichen Bad so weitergehen würde. Es mutet schon ausgesprochen merkwürdig an, wenn eine Frau ein älteres Kind badet. Erst recht, wenn es nicht ihr eigenes ist.

Auf der anderen Seite fragt er sich, ob Bea es vielleicht gar nicht mehr möchte, sich aber nicht traut, etwas zu sagen. Sie ist mutiger geworden, spricht aus, was sie denkt, und steht auch für sich ein, wenn es nötig ist. Doch er begreift, dass dies für sie vermutlich ein schwieriges Terrain ist. Immer wieder kreisen seine Gedanken darum, und obwohl er nicht vorhatte, ausgerechnet heute davon anzufangen, ist es nun passiert.

Nancy dreht sich um, und ihr Gesicht ist röter als sonst. Sie streicht sich die Locken aus der verschwitzten Stirn. *Erzähl du mir nicht, wie ich meine Kinder großziehen soll*, sagt sie leise. *Du sitzt doch nur da, trinkst deinen Tee und liest Zeitung, während hier die Hölle los ist.* Er stellt sich ihrem wütenden Blick und erwidert ruhig und ebenso leise: *Es ist nicht richtig, Nan. Sie ist mittlerweile zu groß dafür. Und sie ist nicht dein Kind. Was meinst du, was Reginald und Millie davon halten würden? Meinst du, sie fänden das in Ordnung?* Sie legt die Handtücher auf den freien Sessel und geht auf und ab, greift sich einen Waschhandschuh, schiebt ihre Hand hinein, zieht ihn wieder aus und schwenkt ihn durch die Luft. *Es ist nur ein Bad, Ethan. Das ist doch nichts Schlimmes. Du willst, dass ich aufhöre, Gerald zu baden? Meinetwegen. Aber ich werde nicht aufhören, Bea zu baden. Das ist unser gemeinsames Ritual.* Sie wendet sich um, sieht ihm direkt in die Augen, und ihre Stimme wird noch leiser. *Darauf freue ich mich jeden Tag.*

Mit einem Seufzer faltet Ethan die Zeitung zusammen. *Hast du Bea mal gefragt?*, sagt er, nun lauter. *Weißt du, wie sie es findet?* Er tippt mit den Fingern auf den Tisch, während er auf ihre Antwort wartet. *Ich bin sicher, sie findet es schön*, sagt Nancy, aber er sieht ihr Zögern, und er weiß, dass sie noch nie darüber nachgedacht hat. *Genau wie ich*, fügt sie hinzu. *Wenn es nicht so wäre, würde sie es mir sagen.* Ethan hebt die Augenbrauen. Er steht auf und trinkt den letzten süßen Schluck Tee. Er möchte das Gespräch jetzt beenden. *Bea ist ziemlich höflich. Vielleicht spürt sie, wie wichtig es dir ist, und will dich nicht enttäuschen.*

Nicht so laut, sagt Nancy. *Oder willst du, dass die Kinder dich hören?* Sie geht auf ihn zu und stellt sich vor ihn, näher, als sie es seit Langem getan hat. *Sieh mich an, Ethan Gregory. Sieh mich an.* Ethan blickt hinunter in ihr müdes, vertrautes Gesicht. *Ich schreibe dir nicht vor, wie du unterrichten sollst, wie du das Dach reparieren sollst oder wie du die Rechnungen bezahlen sollst. Also schreib du mir auch nicht vor, wie ich die Kinder großzuziehen habe. Das ist meine Aufgabe, schließlich bin ich eine Mutter. Und das bedeutet mir alles.* Sie verschränkt die Arme vor der Brust und funkelt ihn mit geschürzten Lippen an.

Ethan hält ihrem Blick stand, dann tritt er einen Schritt zurück, wobei er über den Beistelltisch stolpert. Er nimmt die Zeitung und geht zur Tür, dreht sich aber noch einmal um. *Sie ist nicht dein Kind, Nan. In absehbarer Zeit wird sie fortgehen und nie wieder zurückkommen. Das darfst du nicht vergessen.* Er geht hinaus in den Garten, lässt die Fliegengittertür hinter sich zufallen und starrt auf die dunkler werdenden Bäume. Was er gesagt hat, stimmt natürlich, es sind alles Tatsachen, aber er weiß, dass er ihr damit wehgetan hat. Doch sie hat dieses Mädchen zu sehr ins Herz geschlossen, und das ist ein Fehler. Es ist immer besser, sein Herz zu schützen. Er denkt an seine Eltern, die auf dem Friedhof schräg gegenüber liegen. Nancy hat dort Blumenzwiebeln gesetzt, so ausgewählt, dass sie den ganzen Frühling über blühen. Wozu?, will er fragen, aber er lässt es sein. Für wen blühen sie denn?

Reginald

Millies Mutter Gertrude lässt nicht locker. Mit ausgestreckter Hand beugt sie sich über den Teetisch zu Reginald und Millie. *Ich zahle dir die Reise*, sagt sie. *Ich war bei der Bank und habe all mein Erspartes abgehoben. Das reicht für die Hin- und Rückfahrt.* Sie fixiert Reginald, und er sieht vor sich, was, wie er befürchtet, einmal aus Millie werden wird. Was sie in manchen Momenten, an manchen Tagen schon ist: eine zornige und traurige alte Frau, abgeschnitten von ihrem Leben.

Millie sieht ihre Mutter an und schüttelt den Kopf. *Mutter*, sagt sie langsam und deutlich, *wir können jetzt nicht nach Amerika fahren. Das ist zu gefährlich. Beatrix ist da, weil wir wollen, dass sie in Sicherheit ist. Es ist unsinnig, uns in Gefahr zu begeben, nur um sie zu sehen. Es geht ihr gut, und sie wird bald wieder hier sein. Aber ich habe das Geld*, beharrt Gertrude mit schriller Stimme. Sie läuft ins Wohnzimmer, wo ihr Schreibtisch steht, und kommt mit Händen voller Scheine zurück. *Es reicht*, sagt sie. *Ich habe mich erkundigt, was die Passage kostet. Du kannst hinfahren, Millie, du kannst zu ihr fahren und sie sehen und dich vergewissern, dass es ihr gut geht.* Reg versucht, Mitgefühl für Gertrude aufzubringen. Alberts Tod drei Monate zuvor war für sie alle ein Schock. Lungenkrebs, der zu spät entdeckt worden war. Seither ist Millie immer wieder aufs Land gefahren, um ihre Mutter zu unterstützen. Sie hat ihm gesagt, dass die Situation schwierig ist, aber ihm war nicht klar, wie sehr.

Gertrude fährt sich durch die Haare. *Du hast doch gesagt, dass du dir Sorgen um sie machst. Was gibt es denn Besseres, als hinzufahren und nach ihr zu sehen? Es geht ihr gut, Mutter*, sagt Millie erneut. *Es geht ihr gut. Bitte hör auf.* Gertrude beachtet sie nicht und beginnt leise, das Geld zu zählen. Millie steht auf und räumt den Tisch ab. *Wollen wir nicht ein bisschen spazieren gehen, Mutter, unten am Kanal? Es ist so schön draußen, und ich möchte mir die Gärten auf dem Weg dorthin ansehen.*

Später, als sie in Millies einstigem Zimmer im Bett liegen, berührt Millie im Dunkeln Regs Gesicht. *Danke, dass du zu uns rausgekommen bist*, sagt sie. *Es ist nicht einfach hier mit ihr.* Er dreht sich zu ihr, überrascht von der Berührung, von ihren Worten. *Ich weiß*, sagt er. *Das war mir vorher nicht klar.* Millie dreht sich ebenfalls auf die Seite. *Ich bin selbst schuld*, sagt sie. *Ich habe ihr erzählt, dass ich von einer Frau gehört habe, die ihre Tochter in Maryland besucht hat.*

Mich wundert, dass jemand das Risiko eingeht, sagt Reg, *in diesen Zeiten mit einem Schiff zu fahren. Stimmt*, sagt sie, *aber diese Frau hat es getan. Sie ist dorthin gefahren, und, Reg, es war furchtbar. Ihre Tochter musste sich mit drei anderen Mädchen aus London ein Zimmer teilen, zwei Mädchen in einem Bett. Und es war nicht klar, ob sie überhaupt zur Schule gehen.*

Reg unterbricht sie. *Millie, wir wissen doch, dass es bei Beatrix anders ist. Wir wissen, dass es ihr gut geht. Und sie ist eine ausgezeichnete Schülerin! Das weiß ich doch,* erwidert sie. *Ich erzähle dir nur, was diese Frau erlebt hat. Dabei ist mir klar geworden, was wir für ein Glück haben.* Er nickt, erleichtert, dass es keinen Streit gibt. *Ich fühle mich einfach nur so weit weg von ihr. Nächste Woche wird sie dreizehn. Sie ist kein kleines Mädchen mehr.*

Reg legt in dem schmalen Bett die Arme um sie. Sie schmiegt sich an ihn und seufzt. Sie schweigen eine Weile. *Aber ich habe schon davon geträumt,* sagt Millie. *Hinzufahren und sie zu besuchen. Willst du nicht auch das große Haus sehen, in dem sie wohnt? Und Nancy und Ethan und die Jungs kennenlernen? Und wissen, was es mit dem Geschäft auf sich hat, das sie und William zusammen hochgezogen haben?* Reg lächelt in der Dunkelheit. Das stand im letzten Brief: Beatrix und William übernehmen Gartenarbeiten bei Familien in Maine. Jeden Morgen rudern sie zum Festland und verbringen einen guten Teil des Tages damit, Rasen zu mähen und Unkraut zu zupfen. Manchmal verkaufen sie auch Beeren und anderes Obst und Gemüse in der Stadt. Den größten Teil des Geldes spenden sie für die Kriegsanstrengungen. Sie haben ihrem Geschäft sogar einen Namen gegeben: WB Gartengestaltung. Er ist stolz auf sie. Das Mädchen, das vor fast zwei Jahren fortgegangen ist, hat sich verändert. Natürlich hat sie das. Sie geht jetzt ihren eigenen Weg.

Komm, wir malen das Bild, sagt er. Das haben sie lange nicht mehr gemacht. Anfangs, nach Beatrix' Abreise, haben sie oft gemeinsam versucht, sie sich vorzustellen: auf dem Schiff, in ihrem neuen Zuhause. Doch nach einer Weile fiel es ihnen zu schwer, sie dort zu sehen. *Wir steigen in Boston aus dem Zug,* sagt Reg, *und sie warten am Bahnhof auf uns. Ethan ist – was glaubst du, wie er aussieht? Oh,* sagt Millie, *er ist ein bisschen übergewichtig. Wie das bei Männern so ist, der Bauch über dem Gürtel. Ein Schnurrbart. Und auf jeden Fall eine Brille. Ja,* sagt Reg, einverstanden, *und vielleicht etwas schütteres Haar. Auf jeden Fall,* erwidert Millie und fährt mit der Hand durch seine Locken. *Im Gegensatz zu meinem gut aussehenden Mann.* Sie lächeln sich im Dunkeln an. Wie lange ist es her, dass sie so miteinander geredet haben? Sie hat ihn seit Monaten nicht mehr berührt. *Und Nancy? Wie sieht sie aus?,* fragt er, um das Spiel so lange wie möglich aufrechtzuerhalten. *Nun, wir wissen, dass sie blond ist, oder?,* sagt Millie mit einer leisen Schärfe in der Stimme. *Das hat Beatrix geschrieben. Aber gefärbt, eine von den Frauen, die es nicht erträgt, ihre Jugend zu verlieren. Okay,* sagt er lachend. *Ein bisschen gemein, aber okay. Und auch etwas übergewichtig. So viel, wie sie immer backt.* Jetzt lachen sie beide, und Millie hält sich die Hand vor den Mund. *Oh, Reginald, wir sind furchtbar. Wir sollten uns nicht über sie lustig machen. Schon in Ordnung,* sagt er, *das dürfen wir.*

Sie stellen sich die beiden Jungen vor und den Bahnhof und die Skyline, weil sie Beatrix eigentlich gar nicht in dieser Welt sehen wollen. Sie gehen zu den Autos – es müssen zwei sein, weil sie so viele sind –, und sie landen in dem Wagen, den Ethan fährt. Reg sitzt vorne und Millie und Beatrix hinten. Erst da wendet sich Millie zu Beatrix, um sie wirklich anzusehen. *Sie ist wunderschön,* sagt sie zu Reg. *Sie ist ein bildhübsches Mädchen, ihr glänzendes dunkles Haar ist mit Kämmen zurückgesteckt, und ihre bezaubernden Augen lachen. Ihr Gesicht ist eckiger, ihre Wangenknochen zeichnen sich stärker ab. Sie trägt ein rosafarbenes Leinenkleid. Und sie ist ganz braun gebrannt, weil sie so viel draußen ist. Sie hat Sommersprossen, Reg, auf der Nase und auf den Wangen. Und weißt du, was das Beste ist?* Jetzt weint Millie, und Reg spürt die Tränen auf seiner Brust. *Sie sieht so glücklich aus.* Das, glaubt Reg, ist keine Einbildung. Es ist die Wahrheit.

Gerald

Es ist Beas zweiter Geburtstag in Amerika, und Mutter kocht ein Festmahl. Es gibt Miesmuscheln, die Gerald frühmorgens mit Vater gesammelt hat und die sein absolutes Lieblingsessen sind. Bestimmt könnte er sie alle allein verputzen, wenn man ihn ließe. Dazu gegrillte Maiskolben und Blaubeerkuchen aus den wilden Beeren vom Hügel. Bea hat sich den ganzen Morgen durch die Büsche gekämmt und eine Schüssel nach der anderen gefüllt. Sie hat Mutter genug für zwei Kuchen dagelassen, und dann ist sie mit dem Rest in die Stadt gerudert, um sie an einem selbst gebauten Stand bei der Bibliothek zu verkaufen. Gerald wollte mitkommen, aber sie hat ihn abgewimmelt. *Das mache ich lieber allein*, G, hat sie lächelnd gesagt und die Ruder ins Wasser getaucht. *Ich bin vor dem Abendessen zurück.*

Gerald steht am Ufer und sieht zu, wie das Boot immer kleiner wird. Anfang des Sommers haben sie die Flotte frisch gestrichen, und das weiße Boot leuchtet in der Sonne, während Bea sich der Stadt nähert. So geht das jetzt schon die ganzen Ferien. Er bleibt hier auf der Insel zurück, während Willie und Bea auf dem Festland lauter spannende Sachen machen. Rasen mähen. Sträucher schneiden. Beeren verkaufen. Sie sind kaum mal zum Dock rausgeschwommen. Willie hat ihm ein Wettschwimmen um die Insel versprochen, aber das hat auch noch nicht stattgefunden, obwohl Gerald ihn jeden Tag danach gefragt hat. Und in ein paar Tagen fahren sie schon nach Hause.

Inzwischen kann Gerald das Boot kaum noch sehen. Willie ist schon früh hinübergerudert, um zusammen mit seinem Freund Fred ein Haus zu streichen. Vater ist nach Portland gefahren, um Feuerwerkskörper zu besorgen. Mutter hat in der Küche zu tun. *Geh*, hat sie zu ihm gesagt und mit dem Holzlöffel auf die Tür gezeigt. *Lies ein Buch. Spiel im Wald. Komm nicht vor dem Tee zurück.* Er hebt einen Stein auf und schleudert ihn auf die anderen. *Verdammter Mist*, sagt er laut und vergewissert sich mit einem Blick über die Schulter, dass ihn niemand hören kann. *Ist das öde hier. Ich bin jetzt elf, warum darf ich nicht auch in die Stadt?* Er wirft einen Stein nach dem anderen. Ein paar davon brechen auf, und er läuft hin, um zu sehen, was darin ist. Ab und an findet er einen mit lauter Kristallen. Seine Mutter hat einen, den sie als Buchstütze verwendet, und der ist innen ganz lila. Es ist wie ein Geheimnis. Außen ist alles grau und langweilig, aber innen ist es bunt und wunderschön, und die Kristalle funkeln im Licht.

Gerald wandert ziellos durch den Wald. Es dauert noch Stunden, bis die anderen zurückkommen. Jede Menge Zeit, wie ihm plötzlich dämmert, um einmal um die Insel zu schwimmen. Anders, als wenn man zur Stadt schwimmt, braucht man hier keine Leute, die aufpassen. Denn hier ist das Land immer direkt neben einem. Doch als er ins Haus schlüpft, um seine Badehose anzuziehen, tut er es so leise wie möglich. Mutter ist in der Küche, im Radio läuft diese Swingmusik, die sie so mag, und er hört, wie sie mitsingt. Auf Zehenspitzen schleicht er nach oben in sein Zimmer und dann ebenso wieder hinunter, wobei er die knarzende dritte und fünfte Stufe meidet.

Er geht durch den Wald zu dem Strand, der Richtung Stadt zeigt. Hier wartet er nachmittags oft darauf, dass William und Bea zurückkommen. Er verfolgt, wie das Boot auf ihn zugleitet, und kann sie reden und lachen hören. Bea winkt, wenn sie näher kommen, und fragt ihn immer, wie sein Tag war, aber dann laufen sie vor ihm zum Haus und reden über Leute und Aufträge und Pläne für den nächsten Tag. Beim Abendessen sieht er, wie sie sich Blicke zuwerfen und lächeln, und er wünscht sich, dass William zu Hause geblieben wäre und er Bea ganz für sich allein hätte.

Er legt sein Handtuch auf die Felsen und geht ins Wasser. Es ist wärmer als den ganzen Rest des Sommers, aber immer noch kalt. Langsam watet er bis zum Bauch hinein, dann beginnt er zu schwimmen. Er atmet zur Stadtseite und öffnet ab und zu die Augen, um zu den Booten, dem Kirchturm und dem großen Haus auf der Landzunge hinüberzusehen. Bald jedoch beschreibt die Insel einen Bogen, und er sieht nur noch Himmel und Wasser, wenn er die Augen öffnet.

Es ist ein klarer, sonniger Tag, und Gerald fühlt sich stark. Zwischendurch wechselt er mal zum Bruststil oder dreht sich auf den Rücken und lässt sich treiben. Er liebt das Auf und Ab des Wassers unter ihm, wenn die Wellen auf das Ufer zulaufen. Er behält den Abstand zur Insel stets im Blick, denn er weiß, dass er nicht zu weit abdriften darf.

Als er nach der halben Umrundung beim Schwimmdock ankommt, klettert er hinauf, legt sich auf den Bauch und lässt sich vom sonnenbeschienenen Holz wärmen. Hoffentlich sieht seine Mutter jetzt nicht aus dem Fenster. Aber er weiß, wie sie ist, wenn sie ein Festmahl vorbereitet. Sie ist vollauf mit dem Essen, dem Tischdecken und der Dekoration beschäftigt, damit alles perfekt ist. Sie schaut bestimmt nicht aus dem Fenster. Wahrscheinlich wird sie heute sogar das Schwimmen ausfallen lassen, weil sie so viel zu tun hat. Er blickt in die andere Richtung, weg von der Insel. Richtung England. Bea hat ihm ein Lied beigebracht, das ihr Vater immer beim Abwaschen gesungen hat. Jedes Mal wenn es im Radio läuft, stellt sie es lauter, und dann singen sie mit.

Ihm gefällt besonders die letzte Strophe:

There'll always be an England
And England shall be free
If England means as much to you
As England means to me.

Er beginnt zu singen, und dann steht er mit einem Mal auf dem Dock, stampft mit den Füßen auf und salutiert dem Land jenseits des Meeres. Immer wieder singt er das Lied, wobei er versucht, seine Stimme so tief wie die von William klingen zu lassen, und erst, als er sich wieder auf das Dock setzt, das von seinem Gestampfe schaukelt, hört er, dass jemand seinen Namen ruft.

Gerald dreht sich zur Insel und sieht seine Mutter am Ufer stehen und mit einem Geschirrtuch wedeln. *Gerald Gregory*, hört er, *du kommst sofort von dem Dock runter. Was um Himmels willen tust du da?* Er winkt ihr zu, springt ins kalte Wasser und schwimmt hinüber. Als er tropfend ans Ufer klettert, merkt er, dass sie wirklich wütend auf ihn ist, was selten vorkommt. *Gerald Perkins Gregory*, sagt sie streng, *du kennst die Regeln. Du darfst nicht allein zum Dock rausschwimmen. Ich weiß*, sagt er, einerseits platzend vor Stolz, dass er um die halbe Insel geschwommen ist, andererseits froh, dass sie nichts davon ahnt. *Aber mir war so langweilig. Was soll ich denn sonst tun?* Er sieht, wie ihr Gesicht weicher wird, wie so oft. *Das versteh ich*, sagt sie, *ich hätte dich helfen lassen sollen.* Er schüttelt sich das Wasser aus dem Haar. *Darf ich? Was kann ich tun? Kann ich beim Kuchenbacken helfen? Ja, kannst du*, sagt sie und verpasst ihm einen Klaps mit dem Geschirrtuch.

Als sie zum Haus zurückgehen, schweigt sie eine Weile. *Kein Wort zu deinem Vater*, sagt sie dann, *hörst du? Ja, Mutter*, sagt

Gerald. *Dein Wunsch ist mir Befehl.* Sie verdreht die Augen. *Ich meine es ernst. Das bleibt unter uns, ja?* Er nickt. Noch ein Geheimnis, zusätzlich zu dem anderen. Er kann auch Geheimnisse haben. Er hat es einmal halb herum geschafft, und jetzt ist er überzeugt, dass er es auch ganz herum schafft. Er muss nur Willie und Bea überreden, es mit ihm zusammen anzugehen, bevor sie abreisen.

Millie

In einem Zimmer irgendwo jenseits von Millie, einen Flur entlang und dann noch einen und noch einen, liegt Reg im Koma. Sie sitzt allein im kalten Wartezimmer. Mitten in der Nacht hat es Sturm geläutet, und als sie im Morgenmantel die Treppe hinuntergehastet ist, hat dort ein Mann in Uniform gestanden, mit verstörtem Blick. *Ich bin Brian,* sagte er. *Vielleicht hat Reg mich mal erwähnt. O Gott,* sagte sie, *was ist passiert? Keine Bombe,* er blickte sie an, *ein Herzinfarkt.* Ein Herzinfarkt. Natürlich. Genau wie sein Bruder. Warum hat sie das nicht kommen sehen? Warum hat sie sich immer nur wegen der Bomben gesorgt? *Ich kann Sie zum Krankenhaus bringen,* sagte er und deutete mit dem Kopf auf sein Motorrad. Und so schlang sie die Arme um diesen Fremden mit dem weichen Bauch, diesen Mann, von dem Reg nie gesprochen hat, und sie fuhren durch die dunklen Straßen, der Regen kalt und nass.

Wir können nichts anderes tun als warten, sagte die Krankenschwester.

Sie sitzt da und will anderswo sein, ganz gleich, wo, nur nicht hier. Sie will bei Beatrix sein. Sie will bei ihrer Mutter sein. Sie will bei Reg sein, aber nicht hier im Krankenhaus. Sie kann nicht in dem Zimmer mit seinem reglosen Körper sitzen. Am liebsten würde sie weglaufen und nie wieder zurückkommen. Wie konnte er sie nur allein lassen.

Nancy

Das Telegramm kommt mitten am Tag, und der Junge, der es bringt, hält den Kopf gesenkt, als er es Nancy an der Tür reicht. Nancy hat Mitleid mit ihm, als er zu seinem Motorrad zurückgeht und sie das Telegramm öffnet. Wie viele schlimme Nachrichten muss er jetzt ausliefern, Tag für Tag. Selbst in ihrer kleinen Stadt haben so viele Familien ihre Jungs losgeschickt. Sie liest das Telegramm und schlägt die Hand vor den Mund, gibt aber keinen Ton von sich. Das ist doch nicht gerecht, denkt sie, während sie, noch in der Schürze, zu Ethans Büro in der Schule läuft, dass der Himmel so blau ist und das Laub so bunt. *Reginald*, sagt sie, während sie ins Zimmer stürzt, ohne die Antwort auf ihr Klopfen abzuwarten. *Aber nicht das, womit wir gerechnet haben. Ein Herzinfarkt während des Wachdienstes. Er ist tot, Ethan, er ist tot. Wie sollen wir das nur Bea beibringen? Sollen wir sie aus dem Unterricht holen? Wie entsetzlich.*

Nein, sagt Ethan. *Nein.* Er nimmt das Telegramm, mit dem sie vor ihm herumfuchtelt, legt es auf seinen Schreibtisch und nimmt die Brille ab, um es zu lesen. *Beruhige dich, Nan*, sagt er schließlich. Er blickt erneut auf das Telegramm. *Setz dich, Herrgott noch mal*, fährt er sie an. *Du machst mich ganz nervös.*

Nancy setzt sich auf den Stuhl, auf dem im Lauf der Jahre so viele Jungen gesessen haben. Sie betritt sein Büro nur selten. Sie kommt sich vor wie einer von den Jungen, während sie darauf wartet, dass er etwas sagt. Ihre Beine sind so kurz, dass sie nicht ganz bis zum Boden reichen, und sie ist versucht, sie hin und her zu schwingen. Ethan putzt seine Brille mit dem Taschentuch. Seine Taktik, um Zeit zu gewinnen. *Traurig*, sagt er schließlich. *Und so unerwartet. Das arme Mädchen.*

Wie soll ich es ihr sagen?, fragt Nancy. *Wie bringt man einem Mädchen bei, dass ihr Vater gestorben ist?* Ethan schüttelt den Kopf. *Nein*, sagt er. Er steht auf und geht um den Tisch herum zu Nancy. *Du sagst ihr nichts. Ich kümmere mich darum, wenn ich nach Hause komme. Oh, Ethan, nein. Ich kann nicht den Nachmittag mit ihr verbringen und so tun, als wenn nichts wäre. Dann musst du eher nach Hause kommen. Das geht nicht*, sagt er. *Du wirst einfach warten müssen.* Sie sieht ihn an und würde ihn am liebsten ohrfeigen. Er behandelt sie wie ein Kind. Aber sie weiß, dass sie nichts tun kann, um seine Meinung zu ändern. *Also gut*, sagt sie, *wie du meinst*, und knallt im Gehen die Tür hinter sich zu.

Zu Hause läuft sie in der Küche auf und ab und sieht immer wieder auf die Uhr. Sie weiß nicht, was sie mit dem Telegramm machen soll. Sie faltet es erst einmal, dann noch einmal. Sie legt es in die oberste Schublade ihres Schreibtisches, doch dann fällt ihr ein, dass Bea dort nach Briefmarken suchen könnte, deshalb tut sie es in ihre Schürzentasche, wo sie es ab und zu berührt, während sie im Haus aufräumt und mit den Vorbereitungen für das Abendessen beginnt. Sie kann sich auf nichts konzentrieren, und sie ruiniert das Maisbrot, indem sie eine viertel Tasse Salz statt Zucker in den Teig gibt. Es fühlt sich falsch an, Bea nichts zu sagen. Worüber soll sie mit ihr reden? Außerdem wird Bea es ihr ganz sicher ansehen.

Bevor die Kinder nach Hause kommen, nimmt sie das Telegramm heraus und liest es noch einmal. REG IM KRANKENHAUS STOP HERZINFARKT STOP HEUTE MORGEN UM 7 GESTORBEN STOP TRÖSTEN SIE MEIN MÄDCHEN STOP. Nancy geht hinaus in den Garten und zündet das Telegramm mit einem Streichholz an. Sie hält es fest, bis die Flammen zu nah an ihre Finger kommen, dann lässt sie es fallen, zertritt die Asche und vermischt sie mit der Erde.

Sie tut immer, was Ethan sagt. Meistens ist sie seiner Meinung. Aber bei Bea nicht. Sie vermutet, dass er eifersüchtig auf ihre enge Beziehung ist. Sie hat im Sommer aufgehört, Bea zu baden, wie er es verlangt hat, und ihr fehlt diese Zeit zu zweit. Stattdessen sind sie dazu übergegangen, den Nachmittag gemeinsam in der Küche zu verbringen; Bea macht Hausaufgaben, Nancy kocht das Abendessen. Wahrscheinlich hatte Ethan recht, was das Baden anging. Aber heute liegt er falsch. Er sollte nicht derjenige sein, der ihr sagt, dass Reg gestorben ist. Das ist nicht das, worum Millie gebeten hat. Das ist nicht trösten.

Als die Kinder nach Hause kommen, schickt Nancy die Jungs nach ihrem Imbiss auf ihre Zimmer. Dann setzt sie sich an den Küchentisch, nimmt Beas Hände in ihre und sagt ihr, was passiert ist.

William

Mitten in der Nacht hört William Bea schniefen. Sie hat kaum geweint, seit sie vom Tod ihres Vaters erfahren haben. Das war vor einer Woche. Aber sie ist nicht richtig da. Es kommt ihm so vor, als wäre sie anderswo. Sie braucht immer einen Moment, um zu reagieren, zu antworten. Fast so wie damals, als sie bei ihnen angekommen ist. Da ist etwas hinter ihren Augen; er kann es nicht entziffern, aber er versteht es beinahe. Kummer, Einsamkeit, Verlust. So sieht wohl Trauer aus.

Er ist die ganze Woche über lange wach geblieben und hat sich gefragt, ob sie vielleicht reden möchte, aber er hat nie den Mut aufgebracht, zu ihr rüberzugehen. Jetzt klopft er an ihre Tür, ohne den Code, einfach nur so. *Bea*, flüstert er, *bist du wach?* Sie kommt zur Tür und öffnet ihm. Sie trägt ein Flanellnachthemd, ihre Füße blass auf dem Holzboden. Er geht hinein und schließt die Tür, während sie wieder unter die Bettdecke kriecht. William steht befangen zwischen Tür und Bett.

Alles in Ordnung?, fragt er. *Ich weiß nicht, was ich sagen soll. Wie ich dir helfen kann.* Sie lächelt beinahe. *Guck nicht so unglücklich*, sagt sie. *Wir können nichts tun. Mein Vater ist gestorben. Meine Mutter ist ganz allein. Und ich bin hier, nicht dort. Ich kann nicht mal zur Beerdigung gehen, William. Was für eine Tochter geht nicht zur Beerdigung ihres Vaters?* Dann fängt sie an zu lachen. *Ist das nicht absurd? Er überlebt die Luftangriffe, er rettet Leute aus brennenden Häusern, er steht Nacht für Nacht Wache und wartet darauf, dass die Deutschen kommen, und dann stirbt er, weil sein Herz aufhört zu schlagen? Das ergibt doch keinen Sinn.*

Stimmt, sagt er. *Was für ein Gott würde so was zulassen? Ein blöder Gott*, sagt sie, und dann zieht sie die Nase kraus und schüttelt den Kopf. *Aber verrate deiner Mutter nicht, dass ich das gesagt habe.* Dann beugt sie sich vor. *Doch, es gibt etwas, das du tun kannst, William. Spiel den Störsender. Ich weiß, sie meint es gut, aber ich will nicht darüber reden. Ich will nicht über ihn reden. Ich will einfach, dass alles so weiterläuft wie bisher.*

Okay, sagt er. *Geht in Ordnung.*

Sie schweigt eine Weile. *Ich habe eine Idee,* sagt William. Sie blickt auf. *Du kannst zwar nicht zu seiner Beerdigung gehen, aber wir könnten doch hier eine Trauerfeier für ihn abhalten. Nur wir beide. Wie soll das denn aussehen?,* fragt sie. Er beginnt im Zimmer auf und ab zu laufen. *Wir könnten etwas im Wald machen. Oder auf dem Friedhof. Oder vielleicht in der Kapelle.* Er weiß nicht, was er da redet, er weiß nur, dass er etwas tun will, um ihr wenigstens ein kleines bisschen zu helfen. *Ich habe dir doch die Seitentür gezeigt, die immer offen ist.* Er ist noch nie bei einer Beerdigung oder einer Trauerfeier gewesen und hat keine rechte Vorstellung davon, was da passiert. Aber die Idee scheint ihr zu gefallen. *Ja,* sagt sie und sieht ihn an, *das ist eine gute Idee.*

Später liegt er in seinem Zimmer auf dem Bett und starrt an die Decke. Manchmal macht es ihm Angst, wie sehr er sich nach ihrer Anerkennung sehnt. Nach ihrem Lächeln.

Bea

Bea beschließt, auch Gerald dazu einzuladen. Nach dem Abendessen zieht sie ihn in die Speisekammer und schließt die Tür. *G,* sagt sie, *William und ich gehen heute Nacht zur Kapelle. Wozu das denn?,* fragt er. *Um von meinem Vater Abschied zu nehmen. Willst du mitkommen? Klar,* sagt er. Sie legt den Zeigefinger an die Lippen. *Kein Wort zu deinen Eltern.* Er sieht sie mit großen Augen an. *Versprochen,* sagt er. *Wir gehen um halb zwölf los. Kein Wort,* sagt sie erneut, bevor sie die Tür öffnet. Sie und William haben deswegen gestritten, weil William meinte, Gerald würde alles ruinieren. *Er wird es Mutter erzählen*, sagte er. *Er erzählt ihr alles. Ich will ihn aber dabeihaben*, sagte sie. *Ich will euch beide dabeihaben.*

Es ist erstaunlich leicht, sich mitten in der Nacht aus dem Haus zu schleichen. Sie bleiben dicht aneinandergedrängt auf der Wiese stehen und blicken zurück, doch das Schlafzimmer von Mr und Mrs G bleibt dunkel. *Sie haben nichts gehört*, sagt William. Gerald schweigt. Bea weiß, dass ihm tausend Fragen durch den Kopf schwirren, aber er ist nur hier, weil sie ihn eingeladen hat, und William wird ihn anfauchen, wenn er den Mund aufmacht. *Kommt*, sagt sie, und die drei laufen im Gänsemarsch den Pfad entlang. Am Himmel hängt nur ein Halbmond, aber die Nacht ist sternenklar. Es ist kalt für Mitte November. Bea wünschte, sie hätte ihre Handschuhe mitgenommen.

In der Kapelle halten sie einen Moment inne, damit ihre Augen sich an die Dunkelheit gewöhnen können, dann gehen sie durch den Mittelgang. Sie haben auch wegen der Kerzen gestritten. Bea wollte eine anzünden, um besser sehen zu können, aber auch, weil es sich richtig anfühlte. *Und wenn jemand das Licht sieht?*, wandte William ein. *Wenn jemand mit dem Hund rausgeht oder spät nach Hause kommt? Das ist zu gefährlich. Also gut*, sagte sie, weil sie wusste, dass er recht hatte.

Vor dem Altar stellen sie sich in einem kleinen Kreis auf. *Daddy*, sagt sie, und sie spürt, wie William und Gerald, die den Kopf gesenkt halten, sich versteifen. Sie blickt hoch zu dem großen Buntglasfenster. Sonntags beim Gottesdienst ist es wunderschön, wenn die Sonne hindurchscheint und die Farben an den Wänden tanzen. Jetzt ist es ganz dunkel. Sie kann keines der Bilder erkennen, erinnert sich an keine der Geschichten. *Daddy*, sagt sie noch mal, *wir sind hier, um uns von dir zu verabschieden.*

Später steigen sie die Treppe zur Aussichtsplattform hinauf. Bea beginnt, auf und ab zu hüpfen. *Mir ist so kalt*, flüstert sie. *Wer hätte gedacht, dass es im November schon so kalt sein kann?* William angelt eine Flasche hinter dem Ausrüstungsschrank hervor. *Hier*, sagt er, *das wärmt uns auf. William*, sagt Gerald und klingt dabei genau wie Mrs G. Es ist das erste Mal in dieser Nacht, dass er spricht. *Was denn?*, sagt William, sieht ihn aber nicht an. *Ein Schluck oder zwei, was ist daran so schlimm? Willst du vielleicht nach Hause laufen und petzen? Nein*, erwidert Gerald. *Hör auf, mich so zu behandeln. Jungs*, sagt Bea und merkt, dass sie ebenfalls wie Mrs G klingt. *Bitte nicht heute Nacht. Ein Schluck Whiskey ist jetzt genau das Richtige, William.* Sie hat noch nie Alkohol getrunken, aber der Geruch, als William die Flasche aufschraubt, ist ihr vertraut. Es riecht nach Mr G. Nach ihrem Vater.

William hält ihr als Erstes die Flasche hin, und sie führt sie an die Lippen und legt den Kopf in den Nacken. Es schmeckt scheußlich, aber die Flüssigkeit rinnt ihr die Kehle hinunter und wärmt ihre Brust. Sie schüttelt sich. *Okay, G*, sagt sie. *Jetzt du.* Gerald sieht sie mit großen Augen an. *Ist das nicht eklig?*, flüstert er. *Schon*, sagt sie, *aber tu's trotzdem. Okay*, sagt er, nimmt einen Schluck und gibt die Flasche an William weiter.

William hält die Flasche hoch, bevor er trinkt. *Auf deinen Vater*, sagt er. *Möge er in Frieden ruhen.* Einen Moment lang hat Bea vergessen, warum sie hier sind. *Auf meinen Vater*, sagt sie. *Ich wünschte, ihr hättet ihn kennengelernt.* Sie legt ihre Hand auf Williams, und nach kurzem Zögern legt Gerald seine obendrauf. *Auf deinen Vater*, wiederholt er. Eine Träne läuft über seine Wange, und Bea wischt sie mit dem Zeigefinger weg. Die Flasche noch immer emporgereckt, heben sie alle drei den Blick zum Himmel.

Millie

Ein paar Tage nach der Beerdigung bringt Brian eine große Tasche mit Sachen von Reg vorbei. *Aus seinem Spind in der Fabrik*, sagt er. *Ich hab mir gedacht, dass Sie die bestimmt haben wollen.* Millie bittet ihn nicht mal auf eine Tasse Tee herein. *Vielen Dank*, sagt sie. *Sehr nett von Ihnen.* Sie stopft die Tasche in die Abseite im Flur, hinter die Putzmittel und Wintermäntel. Monatelang lässt sie sie dort, ohne auch nur hineinzuschauen. Weihnachten und Silvester verbringt sie bei ihrer Mutter auf dem Land. Zurück in London, sorgt sie dafür, dass sie gut zu tun hat. Sie übernimmt die Buchhaltung für ein weiteres Geschäft und meldet sich freiwillig für zusätzliche Fahreinsätze: drei Abende in der Woche und einen ganzen Tag am Wochenende. Hauptsache, ihr bleibt keine Zeit zum Nachdenken.

In den ersten Tagen nach Regs Tod hat sie sich nichts mehr gewünscht, als dass Beatrix nach Hause kommt. Sie verfasste eine Nachricht nach der anderen, in der sie die Gregorys bat, sie in das nächste Schiff zu setzen. Doch Millie brachte es nicht fertig, das Telegramm aufzugeben. Sie hatten vereinbart, dass Beatrix so lange in Amerika bleiben sollte, bis der Krieg vorbei war, und sie wusste, dass Reg von ihr enttäuscht wäre. Außerdem war ihr klar, dass sie gar nicht in der Lage sein würde, sich um sie zu kümmern. Beatrix ist dort glücklich. Diese Erkenntnis tut weh, aber es stimmt. Indem sie am ursprünglichen Plan festhält, erweist sie Reg Respekt. Es ist richtig so.

An einem Sonntag Mitte Februar kommt Julia nach der Schicht noch auf einen Drink mit zu ihr. Sie blickt sich in der Wohnung um und beginnt, Schränke und Schubladen zu öffnen. *Hast du ein paar leere Kartons?*, fragt sie. *Wir müssen die Sachen hier rausschaffen.* Millie schüttelt den Kopf. *Das mache ich schon selbst. Irgendwann im Frühling.* Nein, sagt Julia, *wir machen das jetzt. Es hilft dir nicht, wenn überall Regs Sachen sind. Du kannst ja ein paar Dinge behalten, als Erinnerung für dich und Beatrix, aber vom Rest solltest du dich trennen.* Millie protestiert erneut. *Millie Thompson*, sagt Julia. *Weißt du, wie viele Leute warme Kleider brauchen? Außerdem musst du nach vorne schauen. Ich hätte nie gedacht, dass du jemand bist, der sich in seiner Trauer vergräbt. Das ist nicht gut für dich.* Millie nickt. Sie weiß, Julia hat recht. Sie hat ihr fast genau denselben Vortrag gehalten, damals, als Julias Verlobter über Deutschland abgeschossen worden war.

Sie schenken sich einen Drink ein, dann räumen sie seinen Schrank und seine Kommode aus. Millie behält einen Pullover, den sie ihm vor ihrer Hochzeit gestrickt hat, und eine Schottenmütze von einer Herbstreise nach Edinburgh. Sie ist unsicher, was Beatrix gerne behalten würde. Dann findet sie sein Tweedjackett mit den Lederflicken am Ellbogen. Sie sieht vor sich, wie er Beatrix im Park hochhebt, auf seine Schultern setzt und durch die Luft wirbelt. Millie packt das Jackett für Beatrix in einen Karton, zusammen mit ein paar von seinen Büchern. In seiner obersten Schreibtischschublade finden sie einen Stapel Fotos: Beatrix als Baby, als Kleinkind, als Mädchen, kurz vor ihrer Abreise. Dann Aufnahmen aus Amerika: zusammen mit den Jungen vor dem Weihnachtsbaum; im Badeanzug auf einem Dock, die Arme in die Hüften gestemmt und breit lächelnd; in einem hübschen Wollmantel, mit einem Stapel Bücher im Arm. Und auch Fotos von Millie. *Ach, du liebe Güte*, sagt sie, *das Kleid hatte ich ja ganz vergessen. Das war an Silvester, im Jahr vor unserer Hochzeit. Du siehst toll aus*, sagt Julia. *Was für *ein schönes Paar ihr wart. Kommt mir vor, als wäre es ewig her,* sagt Millie. *Ich war damals ein anderer Mensch. Das waren wir alle,* erwidert Julia.

Inzwischen ist es dämmrig geworden, und Millie macht ein paar Lampen an und schenkt ihnen noch etwas zu trinken ein. Sie lassen sich aufs Sofa fallen, schlüpfen aus den Schuhen und zünden sich eine Zigarette an. *So viel Zeug,* sagt Millie und betrachtet den Stapel Kartons. *Das ist alles, was am Ende übrig bleibt, nicht?* Julia lächelt. *Aber du hast immer noch Beatrix, vergiss das nicht. Denk daran, wie wunderbar es sein wird, wenn du sie wiedersiehst.* Sie sprechen über die Arbeit und eins von den Mädchen, das sich freiwillig gemeldet hat, obwohl es gar nicht fahren kann, und den Mann, mit dem Julia seit Neuestem ausgeht. Irgendwann nickt Julia ein, und Millie breitet eine Decke über sie und schaltet die Lampe auf dem Beistelltisch aus.

Als sie den Besen wegräumt, bemerkt sie die Tasche, die Brian ihr nach der Beerdigung gebracht hat. Nicht noch etwas, denkt sie. Ich kann nicht mehr. Doch dann überkommt sie der Drang, fertig zu werden, das Ganze abzuschließen, und sie schnappt sich die Tasche und geht damit ins Schlafzimmer. Dort dreht sie sie über dem Bett um und schüttelt, bis alles herausgefallen ist.

Seine Arbeitsuniform. Seine Home-Guard-Uniform samt Helm und ein abgewetzter Tornister. Ein Buch über Schacheröffnungen. Ein Schal, den sie nicht kennt. Ein Stapel Briefe, mit einem Band verschnürt. Sie löst den Knoten und stellt fest, dass sie alle von Ethan stammen. Von Ethan! Die Briefe, die sie regelmäßig aus Amerika bekommen haben, sind von Nancy, mit einem kurzen Gruß von Ethan. Aber hier sind Seiten um Seiten, von denen sie nichts gewusst hat. Auf den ersten Blick geht es darin meistens um Politik und den Krieg. Doch hier und da sind ein paar Zeilen über Beatrix eingestreut: wie sie bei einem Test abgeschnitten hat, wie fleißig sie bei einem Familientreffen geholfen hat und Ähnliches. Benommen liest Millie ein paar von den Briefen ganz, und ihre Wut wächst mit jedem Blatt. Sie sind alle an Regs Arbeitsadresse gerichtet. Er hat sie ihr mit Absicht vorenthalten. Sie beißt sich auf den Finger, bis er blutet. Warum hat er das getan? Warum hat er sie vor ihr geheim gehalten?

Sie geht in die Küche und schnappt sich die Schere. Julia ist aufgewacht und folgt ihr ins Schlafzimmer. *Was ist denn los?*, fragt sie. *Mein lieber Ehemann*, sagt Millie, *hat Liebesbriefe an einen anderen Mann geschrieben. Was?*, sagt Julia. *Wovon redest du?* Millie schüttelt den Kopf. *Ethan, der Mann in Amerika, bei dem Beatrix lebt. Sie haben sich über ein Jahr lang immer wieder geschrieben. Über ein Jahr, Julia! Und er hat mir nie etwas davon gesagt.*

Sie steht mitten im Raum, die Schere drohend erhoben. *Ich werde jeden einzelnen davon vernichten*, sagt sie. *Ich hasse ihn. Er hat Beatrix weggeschickt, er hat sie in dem Glauben gelassen, dass ich diejenige war, die das wollte, und dann stirbt er einfach. Und jetzt finde ich heraus, dass er all das vor mir verborgen hat.* Julia nimmt ihr die Schere aus der Hand. *Millie*, sagt sie, *beruhige dich. Du bist nicht bei dir. Warte erst mal ab. Vielleicht möchtest du die Briefe irgendwann in Ruhe lesen. Vielleicht möchte Beatrix sie eines Tages sehen.* Mit einem Seufzer setzt Millie sich aufs Bett. Sie weiß, dass Julia auch diesmal recht hat. Sie ist so schrecklich müde. *Ich brauche noch einen Drink*, sagt sie und wischt sich über die Augen.

Später, als Julia gegangen ist und sie fast alles zurück in die Tasche packt, findet sie eine gelbe Postkarte mit einem Schachbrett auf der einen Seite und Zügen auf der anderen. Sie ist von

Ethan, abgeschickt zwei Wochen vor Regs Tod. Millie kramt in der Tasche, holt das Schachbuch wieder heraus und steckt die Karte hinein. Sie weiß wenig über Schach. Ihr Vater hat gespielt und versucht, es ihr beizubringen, aber sie hatte nicht die Geduld dafür. Sie wusste nicht, dass Reg Schach spielen konnte. Aber Ethan wartet. Sie waren mitten in einer Partie.

Nancy

Zu Ostern, beschließt Nancy, wird sie mit den Kindern nach New York fahren. Es war ein langer, schneereicher Winter, und sie hat das Gefühl, dass alle eine Abwechslung gebrauchen können. William ist seit Monaten unleidlich und verschwindet am liebsten gleich wieder, kurz nachdem er zu Hause eingetroffen ist, während Gerald überhaupt nicht mehr weggehen will. Und auch Bea hat sich verändert. Oh, sie ist immer noch höflich und hilfsbereit, aber es ist, als wäre sie einen Schritt zurückgetreten, als wollte sie Nancys Nähe nicht mehr. Das liegt natürlich am Verlust ihres Vaters, aber auch daran, dass sie älter und unabhängiger wird. Ihr fehlt Bea, ihr fehlt das kleine Mädchen. Sie kommt nur noch selten direkt nach der Schule heim. Nancy kann sich nicht erinnern, wann sie zuletzt zusammen in der Küche gesessen und geredet haben.

Jetzt sitzt sie neben Bea im Zug, die Jungs ihr gegenüber; der eine schläft, der andere liest. Nur Bea blickt aufmerksam aus dem Fenster auf die Küstenlinie, an der sie entlangrollen. Es ist ein grauer Tag, und ab und zu klatscht Regen gegen die schmutzigen Scheiben. Nancy mag New York nicht besonders, aber sie kann die Aufregung in Beas Körper spüren. Sie versteht, wie spannend es sein muss, New York zum ersten Mal zu sehen. Auf jeden Fall dürfte es mehr dem ähneln, was Bea aus London kennt.

Ich möchte ein bisschen Zeit mit meiner Schwester verbringen, sagt sie zu Bea und tätschelt ihren Arm, *aber ihr solltet rausgehen und New York erkunden. Wir haben schon darüber gesprochen,* sagt Bea. *Gerald will mir das Museum für Naturgeschichte zeigen. Und William hat mir vom Central Park und von der Upper West Side erzählt. Das hört sich doch gut an,* sagt Nancy. *Ihr solltet auch ins Metropolitan Museum gehen, das ist ein Kunstmuseum, gleich um die Ecke von meiner Schwester. Da kann man sich wunderbar den Nachmittag vertreiben.* Nancy sieht Beas Gesicht aufleuchten.

Das fühlt sich an wie die alte Bea, die alles um sich herum aufregend findet. Nancy nutzt die Gelegenheit und schlägt ihr auch noch einen Besuch bei B. Altman vor. *Mein Lieblingsgeschäft in New York,* sagt sie, *fast so schön wie Jordan Marsh. Ja,* sagt Bea, *sehr gerne.* Sie spielt an einem Faden herum, der aus ihrem Ärmel heraushängt. *Mrs G,* sagt sie, *ein paar von den Mädchen* ... Sie verstummt und schaut wieder aus dem Fenster, dann zu den Jungs. Mrs G folgt ihrem Blick. William schläft, den Kopf zurückgelegt, den Mund offen. Gerald hat einen Stapel Comics auf dem Schoß, und während sie ihn ansehen, lächelt er über etwas auf den Seiten. Vollkommen versunken. *Ein paar von den Mädchen,* sagt Bea erneut, aber leiser. *Na ja, die haben jetzt andere Wäsche an. Sie tragen keine Unterhemden mehr.*

Ach herrje, sagt Nancy, und sie spürt, wie ihre Wangen und Ohren rot werden. Wieso hat sie daran nicht gedacht? Sie hat ja mitbekommen, wie Bea sich entwickelt, aber da sie das Mädchen nicht mehr badet und im Winter alle in dicke Pullover und

Jacken gehüllt waren, hat sie es einfach vergessen. Natürlich ist noch nicht viel da, auf jeden Fall nichts, wofür ein Büstenhalter nötig wäre, aber sie weiß, wie das ist. Ihre eigene Mutter hat sich damals geweigert, ihr einen zu kaufen. Deshalb hat sie ihr ganzes Taschengeld gespart, ist selbst zu Jordan's gegangen und hat sich ihren ersten BH ganz allein gekauft. *Ja, natürlich*, sagt sie. *Dort gibt es eine sehr schöne Wäscheabteilung.*

Danke, sagt Bea. *Ich weiß, ich brauche eigentlich keinen und werde wahrscheinlich auch nie einen brauchen. Meine Mutter ist platt wie ein Pfannkuchen. Ich nicht*, sagt Nancy lachend. Sie blicken beide auf Nancys Busen, dann wendet Bea sich ab, und Nancy sieht, dass es ihr peinlich ist. Und da ist immer diese eigentümliche Befangenheit, wenn das Gespräch auf Millie kommt. Es fühlt sich für Nancy so an, als wäre sie hier, würde zuhören und sie verurteilen. Beas Mutter hätte schon vor Monaten daran gedacht, mit ihrer Tochter einen BH kaufen zu gehen. Sie hätte gewusst, wie sie ihr in ihrer Trauer helfen könnte. Nancy ist an Jungs gewöhnt. Früher war sie neidisch auf ihre Freundinnen und Schwestern, als deren Mädchen noch klein waren, auf all die Puppen, die Schleifen und Rüschen und die bezaubernden Bücher. Aber nun, da sie älter sind? Sie weiß einfach nicht, wie sie sich richtig verhalten soll. Gott wusste wohl, was er tat.

Doch bei diesem Gespräch kommt ihr noch ein anderes Thema in den Sinn, eins, dem sie bisher ausgewichen ist. Sie weiß nicht, ob Bea schon ihre Periode hat. Weiß sie überhaupt etwas darüber? Nancy hat vorgehabt, diesbezüglich ihre Schwester um Rat zu fragen, denn Sarah hat vier Töchter, die mittlerweile fast alle erwachsen sind, sie kennt sich damit also aus. Ihre eigene Mutter hat, was das anging, damals gar nichts getan oder gesagt. Sarah hat ihr das Wichtigste erklärt, als sie ungefähr in Beas Alter war.

Sie sieht verstohlen zu Bea, die wieder aus dem Fenster schaut. Die Küste von Connecticut ist wunderschön, selbst im Dunst, mit den Bäumen, an denen sich das erste zarte Grün abzeichnet. Und dem tiefblauen Long Island Sound, der sich vor ihnen erstreckt. Sie liebt den Beginn des Frühlings, selbst an einem regnerischen Tag wie diesem. Die ersten Blüten: Krokusse, Tulpen und Narzissen. Die Hyazinthen, ihre Lieblingsblumen. *Liebes,* sagt sie, senkt den Blick und blättert in der Zeitschrift auf ihrem Schoß. *Hast du schon … dein monatliches Unwohlsein gehabt?*

Bea dreht sich zu ihr. Meine Güte, wie schön sie geworden ist. Die dunkle Haut. Das dichte, fast schwarze Haar. Die endlos langen Beine. Nancy kann schon die erwachsene Frau in ihr erahnen. Sie wird genau wie Millie aussehen. *Nein, ich noch nicht,* sagt sie leise und sieht kurz zu den Jungs. *Aber viele von den anderen Mädchen schon. Ja,* sagt Nancy, *kann gut sein. Das ist bei jeder anders.* Sie schweigen einen Moment und wenden den Blick ab. *Weißt du, was,* sagt Nancy, *wenn wir zurück sind, besorge ich dir alles Nötige. Einen Gürtel und ein paar Einlagen. Dann hast du alles parat, wenn du es brauchst.*

Bea nickt auf eine Weise, die Nancy klarmacht, dass sie das schon vor einer ganzen Weile hätte tun sollen. Aber sie kann sich nicht dazu durchringen, mehr zu dem Thema zu sagen. Es ist einfach zu peinlich, und wenn es etwas gibt, das Nancy hasst – und davon gibt es wirklich nicht viel –, dann ist es, verlegen zu sein. Sie blättert ein paar Seiten weiter. *Oh, schau mal,* sagt sie. *Ist der Pullover nicht schön? Vor allem der Zopf auf den Ärmeln. Ja, der ist hübsch,* sagt Bea und beugt sich ein Stück vor, sodass ihr das Haar ins Gesicht fällt. *So einen könnte ich dir stricken,* sagt Nancy und streicht Bea das Haar hinters Ohr. *Für die Sommerabende in Maine. Würde dir das gefallen? Ja,* sagt Bea.

Oder vielleicht könnte ich ihn auch selbst stricken, wenn Sie mir bei den Zöpfen helfen? Ich wüsste nicht, was ich lieber täte, sagt Nancy und drückt Beas Hand, wobei sie mit den Tränen ringt. *Bei Altman's gibt es die größte Auswahl an Wolle. Da gehen wir zusammen hin, wenn wir in New York sind.* Sie greift nach Beas Hand und schlingt die Finger fest um ihre, länger, als sie sollte.

William

Am Freitag fahren sie mit der Untergrundbahn zur West Side und steigen an der 116. Straße aus. William stürmt vorneweg die Treppe hinauf. *Hier ist es*, ruft er Bea und Gerald von oben zu. *Hier ist der Eingang.* Sie betreten den Campus der Columbia University, der gepflasterte Weg von knospenden Bäumen gesäumt. Vor ihnen erstreckt sich das Universitätsgelände, überall stehen Gebäude. William breitet die Arme aus und dreht sich um sich selbst. Genau hier will er sein. *Seht euch das an*, sagt er. *Eine Oase mitten in der Stadt.* Studenten eilen an ihnen vorbei, auf dem Weg zum Unterricht, Fahrräder werden die breite Steintreppe hoch- und runtergetragen. Es ist ein wunderbares Gewimmel, obwohl William weiß, dass viele als Soldaten im Einsatz sind. *Das ist die neue Bibliothek*, sagt er und deutet auf ein großes Gebäude zu ihrer Rechten. *Ist sie nicht prachtvoll? Prachtvoll*, sagt Bea mit leisem Spott. *Was für eine Ausdrucksweise. Was ist mit dir los, William Gregory?* William zieht eine Grimasse. Der Campus ist sogar noch schöner, als er gedacht hat. Er hat New York schon immer geliebt. Die Museen. Die Leute. Das Leben.

Aber, Willie, du gehst doch nach Harvard, sagt Gerald. *Da gehen wir alle hin. Das ist vermutlich das Dümmste, was du je gesagt hast*, erwidert William. *Aber es stimmt doch*, sagt Gerald. *Vater war dort. Sein Vater war dort. Alle Männer aus Mutters Familie waren dort. Es ist praktisch unsere Uni.* William antwortet nicht, sondern läuft, zwei Stufen auf einmal nehmend, die Treppe zur Low Library hinauf. Oben angekommen, dreht er sich um und winkt. Die Litanei, die Gerald gerade aufgesagt hat, dieser Quatsch von wegen »unsere Uni«, ist genau der Grund, weshalb er nicht dorthin will. Er will raus aus alldem, etwas Neues beginnen. Noch zwei Jahre zu Hause. Er kann es kaum erwarten, von dort wegzukommen. Wenn der Krieg dann noch andauert, wird er sich am 20. August, seinem Geburtstag, freiwillig melden. Wenn nicht, wird er mit dem Studium anfangen. Und ganz sicher nicht in Harvard.

Kommt, wir schauen uns hier mal um, ruft er zu den anderen beiden hinunter. *Und dann gehen wir rüber zum Barnard College, ihr wisst schon, für Bea.* Gerald und Bea laufen die Treppe hinauf und folgen ihm über einen Weg, der um die Bibliothek herum- und an mehreren anderen hohen Gebäuden vorbeiführt. *Aber ich gehe doch gar nicht aufs College*, sagt Bea, als sie ihn eingeholt hat. Mutter war mit ihr vor ein paar Tagen beim Friseur, und da haben sie ihr Locken gemacht oder so etwas. Er hat sich noch nicht an den neuen Anblick gewöhnt. Sie sieht irgendwie älter aus, mehr wie die Mädchen in seiner Klasse.

Was soll das heißen, sagt er, bleibt abrupt stehen und dreht sich zu ihr um. *Natürlich gehst du aufs College. Du bist doch die Schlaueste von uns allen.* Sie lacht ihm ins Gesicht. *Nein, bin ich nicht. Dir ist doch klar, dass dieser Krieg irgendwann enden wird, oder? Und dann kehre ich nach London zurück. Wir wissen nicht, wann das sein wird*, erwidert er, und ihm wird bewusst, dass er nie darüber nachdenkt, dass sie irgendwann nicht mehr hier sein wird. *Könntest du nicht trotzdem zum Studium hierbleiben? Nein*, sagt sie. *Meine Eltern haben nicht studiert. Das ist für mich nicht vorgesehen. Ich fahre nach Hause, mache die Schule zu Ende, und danach suche ich mir eine Arbeit.*

Gerald hat die ganze Zeit neben ihnen gestanden und ihnen zugehört, den Kopf zur Seite geneigt. *Ich sehe das genauso wie William*, sagt er, *da sind wir uns einig. Wahrscheinlich zum ersten und einzigen Mal in meinem Leben. Wenn irgendwer aufs College gehen sollte, dann bist du es. Du bist viel klüger als ich. Ach, G*, sagt sie, *das ist wirklich süß von dir, aber ein Studium kommt für mich wirklich nicht infrage.*

Sie wandern weiter über das Campusgelände, und William weiß, dass Bea recht hat. Irgendwie hat er verdrängt, dass sie wieder gehen wird. Ihm war nicht klar, dass sie über ihre Rückkehr nachdenkt, sich vielleicht sogar darauf freut. Für sie ist das alles nur vorübergehend. Viele Jahre später wird die Zeit hier für sie nicht mehr als eine Erinnerung sein, etwas, das sie ihren Kindern erzählt. *Als ich so alt war wie ihr*, wird sie vielleicht sagen, *habe ich ein paar Jahre in Amerika gelebt, bei einer netten Familie am Rand von Boston. Da gab es zwei Jungs, einer jünger als ich und einer älter.* Was wird sie wohl über ihn sagen?

Später gehen sie in ein Diner an der Ecke 116. Straße und Broadway mit dem kuriosen Namen *Chock Full o' Nuts*. Sie bestellen Früchtekuchen, Sandwiches mit Frischkäse und schwarzen Kaffee. Gerald gießt den halben Inhalt des Sahnekännchens in seinen Becher und gibt drei Würfelzucker dazu. *Das schmeckt doch nicht*, sagt William. Er sieht sich schon nach einer Vorlesung hier sitzen, zusammen mit einer Freundin, um für eine Prüfung zu lernen. Bis heute war ihm nicht klar, dass er immer angenommen hat, dass diese Freundin Bea sein würde.

Ethan

Ethan kann sich kaum erinnern, wann er das Haus zuletzt für sich allein hatte. Jetzt ist er schon fast eine Woche ohne Nancy und die Kinder. Himmlisch, diese Stille. Er hat das Korrigieren direkt am ersten Tag erledigt, damit es nicht die ganze Woche auf ihm lastet. Dann hat er alles Mögliche getan, was Nancy bestimmt nicht gefallen würde: Er hat das Bett morgens nicht gemacht, er hat das schmutzige Geschirr in der Spüle gestapelt, und er hat die Essensreste direkt aus dem Kühlschrank gegessen, mit dem Löffel. An dem Morgen, bevor sie losgefahren sind, hat sie ihm die Speisekarte gezeigt, die sie für die Woche vorbereitet hatte. Jede Mahlzeit war vorgekocht und mit einem Etikett versehen, lauter aufeinandergestapelte Glasbehälter. Sie hatte sogar einen Schokoladenkuchen gebacken.

An diesem Morgen – seinem letzten freien Tag, denn sie werden abends zurückkommen – schneidet er sich ein großes Stück vom Kuchen ab und gibt einen ordentlichen Klacks Sahne dazu. Er stellt den Teller zusammen mit seinem Becher Kaffee auf ein Tablett und geht damit hinaus in den Garten. Es ist ein herrlicher Vorfrühlingsmorgen, und man kann sich gar nicht vorstellen, dass mit der Welt irgendetwas nicht in Ordnung sein könnte. Dass auf mehreren Kontinenten Krieg herrscht. Dass Jungen, die er kennt, die er unterrichtet hat, sterbend auf Schlachtfeldern liegen. Abgesehen von den Rationierungen bekommt man von den Auswirkungen des Krieges hier kaum etwas mit. Doch manchmal, wenn er bei der Post oder bei der Bank ansteht und sich umsieht, fällt ihm auf, dass er der einzige Mann ist. Zu alt für diesen Krieg, zu jung für den letzten. Und das ist wohl sein Glück, denn wahrscheinlich wäre er ein besserer Soldat, als gut für ihn wäre.

Einige von den Bäumen öffnen allmählich ihre Knospen. Sie werden dieses Jahr den Gemüsegarten erweitern, einen Teil des Rasens umgraben, um mehr anpflanzen zu können. Sie nennen ihn ihren Siegesgarten. Ethan lehnt sich in seinem Stuhl zurück und blickt zum Himmel. Bisweilen fühlt er sich so provinziell, so abseits der Welt. Die weiteste Reise, die er bisher gemacht hat, führte nach Chicago. Er war noch nie in Kanada. Ihre Hochzeitsreise sollte eigentlich nach Paris und Rom gehen, aber dann wurde Nans Vater krank, und sie sind stattdessen nach Maine gefahren. Vermutlich wird er hier, in diesem Haus sterben, wenn seine Zeit gekommen ist. In demselben Haus, in dem er auch geboren wurde.

Es erstaunt ihn noch immer, dass Nancy sich damals auf dem College ausgerechnet ihn ausgesucht hat. Sie sind sich bei einem Kennenlernabend im Wellesley College begegnet. Er hatte eigentlich keine Lust gehabt hinzugehen, aber seine Freunde überredeten ihn schließlich. Und so saß er missmutig an einem Tisch und trank seinen Scotch, als sich eine blonde junge Frau neben ihn setzte. Sie hatte etwas Besonderes an sich; vielleicht war es die Tatsache, dass sie sich einfach so neben ihm auf den Stuhl fallen ließ. *Sagen Sie mal, wie groß sind Sie?*, fragte sie und lächelte ihn an. *Jemand da drüben hat gemeint, Sie wären zwei Meter groß. Kann das stimmen?* Er musste ebenfalls lächeln. *Jawoll, Ma'am*, sagte er. *Fast. Ich bin eins achtundneunzig. Donnerwetter*, erwiderte sie. *Nun, Sir, dann sind Sie vierzig Zentimeter größer als ich.* Sie legte ihre Hand neben seine. *Schauen Sie mal, wie unterschiedlich groß unsere Hände sind. Halten Sie Ihre doch mal hoch, damit wir vergleichen können.* Er war hingerissen von ihrer Offenheit, ihrer Direktheit, ihrem breiten Lächeln.

Komisch, dass genau diese Dinge ihm jetzt auf die Nerven gehen. Sie erzählt jedem alles. Wenn sich bei einer Lehrerkonferenz ein Kollege nach seinen Jungs erkundigt, stellt er oft fest, dass dieser Dinge weiß, die nicht für andere gedacht sind. Und sie will jeden bemuttern, auch ihn. Er vermisst die Zeit, als noch etwas zwischen ihnen war, das nichts mit den Kindern zu tun hatte. Und seit Bea hier ist, ist es noch schlimmer geworden. Nancy versucht verzweifelt, dem Mädchen eine Mutter zu sein. Deshalb hat sie Bea von Regs Tod erzählt, ohne auf ihn zu warten, und dann hinterher zu ihm gesagt, sie wisse besser, wie man so etwas macht. Immer wieder hat er sie daran erinnert, dass Bea bereits eine Mutter hat, zu der sie eher früher als später zurückkehren wird. Er freut sich, dass Bea bei ihnen ist – mehr, als er gedacht hat –, aber ihm ist klar, dass es nur vorübergehend ist.

Er verbringt den Vormittag damit, das Geschirr abzuwaschen und die Küche aufzuräumen. Er macht das Bett. Er geht seinen Unterrichtsplan für die nächste Woche durch. Nachmittags, zwei Stunden bevor er Nancy und die Kinder am Bahnhof abholen muss, setzt er sich schließlich an seinen Schreibtisch und holt die Karte heraus, die er vor zehn Tagen bekommen hat. Es ist die mit der Schachpartie, die er mit Reg vor dessen Tod gespielt hat, und er hat sie weggelegt, weil er annahm, dass jemand die Karte bei Regs Sachen gefunden und an ihn zurückgeschickt hat. Doch nun ist er neugierig. Ob Reg noch einen Zug eingetragen hat, bevor er starb? Oder ist die Karte so zurückgekommen, wie Ethan sie losgeschickt hat?

Als er sie umdreht, sieht er, dass ein Zug hinzugefügt worden ist, aber in einer fremden Handschrift. Und kein besonders kluger. Schachmatt in zwei Zügen. Unten am Rand der Karte steht: *Verzeihen Sie meine Ungeschicklichkeit – ich lerne noch! Herzliche Grüße an Sie und Nancy, Millie.* Millie! Wer hätte das gedacht? Er lächelt und erwägt sorgsam seinen nächsten Zug. Natürlich nicht den, der sofort zum Sieg führt. Dennoch schmerzt es ihn, einen so dummen Zug zu machen. Bestimmt wird Millie ihn durchschauen und wissen, dass er ihr zuliebe schlecht spielt. Aber das ist in diesem Fall wohl in Ordnung. Nancy mahnt ihn ständig, dass er zu ehrgeizig ist, dass es manchmal besser ist, einfach das Richtige zu tun. Und dies, glaubt er, ist das Richtige. Er blickt noch einmal auf das Brett. Der König, denkt er. König nach F4.

Bea

Die Jungs verlassen die Insel für drei Wochen: Sie fahren zu einem Ferienlager im Norden von Maine. Das kam ganz plötzlich. Gestern war noch alles wie immer, und heute Morgen beim Frühstück hat Mrs G verkündet, dass die Jungs in vier Tagen in Portland den Bus nehmen. Bea weiß nicht, was passiert ist, aber sie hat eine Ahnung. William hat viel Zeit mit seinem Freund Fred verbracht, der bereits studiert. Da Mrs G Fred nur selten auf die Insel kommen lässt, verbringt William immer mehr Zeit auf dem Festland. Letzte Woche hat Bea gehört, wie er an einem Abend sehr spät nach Hause gekommen ist, es war fast schon Mitternacht, und so laut, wie er herumgepoltert ist, muss er betrunken gewesen sein. Es war ein Wunder, dass er es überhaupt unversehrt mit dem Boot übers Wasser geschafft hat.

Beide Jungs sind stocksauer, dass sie in dieses Ferienlager müssen. Bei William ist klar, warum. *Verdammt, das ist* mein

Sommer, hat er gemurmelt, und Mr G hat ihn in stiller Wut auf sein Zimmer geschickt. Und der arme Gerald. Er tut sich in einer neuen Umgebung immer schwer. Seltsam, dabei hat er so ein offenes Wesen. *Bitte, Mutter*, sagte er und beugte sich über den Tisch, *bitte schick mich nicht weg. Ich will am Wochenende doch wieder Schrott sammeln.* Oh, ihr werdet euch prächtig amüsieren, erwiderte sie und wedelte mit ihrer Serviette. *Wie ich gehört habe, soll es dort oben sehr schön sein. Ihr könnt im Wald zelten, wie ihr es hier auch immer macht. Bea kann sich ja um den Schrott kümmern, nicht wahr, Liebes?* Bea nickt und fragt sich, was Mrs G wirklich denkt. Ist ihr nicht bewusst, wie schwer das für ihn sein wird?

Bea weiß nicht recht, was sie davon halten soll. Einerseits versteht sie Mr und Mrs G, was Fred und seine Freunde angeht. Sie machen ihr Angst. Einmal hat einer von ihnen sie im Lebensmittelladen angerempelt, als sie an der Kasse wartete. *He, Chuck*, rief er seinem Freund zu. *Das ist das Mädchen aus England, von dem wir so viel gehört haben.* Er musterte sie von oben bis unten, und weil sie nicht wusste, wie sie darauf reagieren sollte, blieb sie einfach nur steif und stumm stehen. Später, als sie zur Insel zurückruderte, fielen ihr tausend geistreiche Antworten ein. William tat das Ganze ab, als sie ihm davon erzählte. *Das hatte nichts zu bedeuten*, meinte er. Sie sagte ihm nicht, wie der Junge sie angesehen hatte. *Was hast du ihnen über mich erzählt?*, fragte sie, aber er schüttelte nur den Kopf. *Warum sollte ich mit ihnen über dich reden*, sagte er und klang dabei so, als würde er mit Gerald sprechen.

William erzählt immer davon, dass er woanders hingehen, etwas anderes machen will. Jetzt hat er die Gelegenheit dazu. Sie würde liebend gerne in den Norden von Maine fahren und dort drei Wochen lang wandern und zelten. Aber G tut ihr leid. Sie weiß, wie schwer das für ihn ist. Sie klopft in ihrem Geheimcode an seine Tür. *G, sagt sie, komm, wir rudern in die Stadt.* Keine Antwort. *G,* sagt sie ein wenig lauter. *Komm schon.* Er macht ihr auf, und er hat geweint. *Das ist so gemein,* sagt er, lässt sich wieder auf sein Bett fallen und wickelt Gummibänder um seinen Ball. *Warum muss ich mit, wenn sie auf Willie sauer sind? Stimmt,* sagt sie. *Aber es ist ja nur für ein paar Wochen.* Sie geht zum Fenster und hebt den Vorhang an. Die Luft ist so klar, dass sie praktisch die Holzschindeln an den Häusern in der Stadt erkennen kann. *Denk doch mal an mich,* sagt sie. *Ich hocke dann die ganze Zeit allein mit deinen Eltern hier.* Als sie sich umdreht, lächelt er, und sie muss an den Moment damals am Kai denken, bei ihrer Ankunft. Sein Lächeln war das Erste gewesen, was ihr das Gefühl gegeben hat, willkommen zu sein. *Los, komm, G,* sagt sie erneut. *Wer zuerst beim Bootshaus ist!*

Später setzen sie sich in der Stadt auf den Anleger, bevor sie zur Insel zurückrudern. *Vorhin,* sagt Bea, *habe ich an den Tag gedacht, als ich euch alle kennengelernt habe. Wie ihr alle auf mich zugelaufen kamt, um mich zu begrüßen. William war ganz korrekt, aber du warst einfach du. Es hat dir bestimmt ganz schön Angst eingejagt hierherzukommen,* sagt Gerald. *Kann sein,* sagt sie. *Ich weiß es nicht mehr. Ist es schlimm für dich,* fragt er, ohne sie anzusehen, *dass dein Vater nicht mehr da ist?* Bea zuckt die Achseln. *Ich glaube, es wird schlimmer, wenn ich wieder zu Hause bin,* sagt sie. *Hier macht es ja keinen großen Unterschied, oder?* Sie blickt hinüber zur Insel. *Ich hatte ihn über zwei Jahre nicht gesehen. Er war nicht mehr Teil meines Alltags. Deshalb fühlt es sich irgendwie unwirklich an. Ja,* sagt er. *Das kann ich mir vorstellen.*

Aber ich begreife nicht, sagt sie, *wo er jetzt ist. Ich rede mit ihm, G. Ist das seltsam?* Mit William würde sie nicht darüber sprechen. Gerald kann sie alles erzählen, und sie weiß, dass er sie versteht. Er verurteilt sie nie. *Nein*, sagt er lachend. *Ich rede mit mir selbst. Das ist bestimmt noch viel seltsamer. Ich sage mir: Du musst dies tun, und du musst das tun. Es ist, als hätte ich Mutter in meinem Kopf.* Jetzt lachen sie beide. *Manchmal*, sagt Bea, *fühlt es sich so an, als wäre mein Dad hier bei mir. Als würde er mir bei meinen Entscheidungen helfen. Das ist doch toll*, sagt Gerald. *Ich wünschte, ich hätte jemanden, der mir hilft.* Dann dreht er sich zu ihr. Im hellen Sonnenlicht kann sie grüne Punkte in seiner Iris sehen. Williams Augen haben dasselbe Grün. *Was denkst du, was passiert, wenn jemand stirbt?*, fragt er. *Glaubst du an das Zeug aus der Kirche, mit Himmel und Hölle und so? Oder ist es einfach vorbei? Ist dein Dad einfach weg?*

Bea weiß es nicht. Sie hat ihren Vater auch schon danach gefragt, wenn sie nachts wach liegt oder wenn sie eine längere Strecke schwimmt oder rudert. *Ich wünschte, ich wüsste es, G. Bisher habe ich nicht allzu viel erlebt, was auf diesen gütigen Gott hinweist, von dem sie immer reden. Es fällt mir schwer, das, was sie in der Kirche erzählen, zu glauben. Ja*, sagt er. *Geht mir genauso. Aber ich würde es gerne glauben. Wirklich. Ich wünsche dir, dass du deinen Vater wiedersiehst, wenn du stirbst. Ich meine, er wedelt mit den Händen durch die Luft, ich will nicht, dass du stirbst. Aber ich möchte, dass du die Möglichkeit hast, wieder mit deinem Dad zusammen zu sein.*

Ach, G, sagt sie. *Was für ein netter Gedanke. Du bist wirklich süß.* Und Bea beugt sich vor und küsst ihn auf die Wange. *Ich hätte mir keinen besseren Bruder wünschen können. Was für ein Glück, dass ich hier bei euch gelandet bin.* Geralds Gesicht ist knallrot, und er sieht sie nicht an, sondern starrt aufs Meer hinaus. *Ich liebe Maine*, sagt er nach einer Weile. *Ich möchte weiterhierherkommen, jeden Sommer. Ich möchte meine Familie und meine Enkelkinder hierherbringen, und ich möchte hier sterben und auf der Insel begraben werden, damit ich für immer hier sein kann. Es ist der schönste Ort der Welt.* Das findet Bea auch. Dabei hätte sie um ein Haar ihr Leben gelebt, ohne diese Insel jemals kennenzulernen, diesen Ort, an dem sie sich so zu Hause fühlt. Auch hier vom Stadtanleger aus liebt sie den Blick auf die Insel. Sie kann sie in ihrer Gänze sehen, nur das Haus ist hinter den Bäumen verborgen. Wie ein Geheimnis, das nur wenige kennen.

Millie

An Regs erstem Todestag nimmt Millie sich frei und geht zum Friedhof. Sie wischt die Blätter vom Grab und kniet sich auf die kalte Erde. *Kaum zu glauben, dass es schon ein Jahr her ist*, sagt sie mit gedämpfter Stimme, obwohl außer ihr niemand da ist. *Mir geht es so weit gut. Ich sorge dafür, dass ich zu tun habe.* Sie erzählt ihm von der Arbeit, von den Krankenwagenfahrten, von ihrem Ausflug an die Küste mit Julia. *Nur um mal rauszukommen*, sagt sie. *Ein kleiner Urlaub.* Die beiden Männer, die sie dort kennengelernt haben, Kampfpiloten, erwähnt sie nicht, und auch nicht, dass sie mit einem von ihnen am Wochenende etwas trinken gehen will. Sie berichtet ihm von Beatrix und ihren Erfolgen in der Schule. In ihrem letzten Brief hat Nancy erwähnt, dass sie neue Freundinnen gefunden hat und jetzt weniger Zeit mit William verbringt. *Dieser Junge bringt mich noch um*, hat sie geschrieben. *Gerald hingegen ist so unkompliziert. Um ihn muss ich mir nie Sorgen machen.*

Von Ethan hat Millie schon eine Weile nichts mehr gehört. Auf der letzten Postkarte von ihm waren seine Züge geschwärzt. Sie hat sich umgehört und erfahren, dass es anderen Schachspielern genauso ergangen ist. Offenbar dachten die Behörden, es könnte sich um verschlüsselte Nachrichten handeln. Sie wusste nicht, was sie tun sollte, und so schickte sie ihm einen kurzen Brief, in dem sie ihm schilderte, was passiert war, und alle bisherigen Züge der Partie sorgfältig auflistete. Doch bisher hat er nicht darauf geantwortet, und sie fragt sich, ob auch der Brief zensiert oder vielleicht sogar vernichtet worden ist. Sie versteht, dass es für jemanden, der nicht selbst spielt, wie ein Geheimcode aussehen kann. Vor nicht mal einem halben Jahr hätte es auch für sie so ausgesehen.

Sie holt Luft und blickt sich auf dem Friedhof um. Er ist zu jeder Jahreszeit schön, aber im Herbst leuchtet das Laub der Bäume in allen Farben. *Übrigens, Reg, sagt sie, ich bin umgezogen. In der alten Wohnung warst du irgendwie immer da, und ich brauchte einen Raum, wo du nicht bist. Beatrix ist darüber nicht glücklich, glaube ich, aber ich hoffe, es wird auch ihr etwas helfen, wenn sie an einen neuen Ort zurückkehrt, einen, der nicht mit Erinnerungen behaftet ist. Außerdem ist die neue Wohnung näher bei der Arbeit, und ich muss nicht mehr vier Treppen hochlaufen, sondern nur noch zwei.*

Trauer ist etwas Seltsames. Sie kommt und geht. An manchen Tagen bleibt Millie ganz gefasst, wenn sie an ihn denkt. An anderen Tagen braucht ihn nur jemand beiläufig zu erwähnen, und schon spürt sie dieses Kribbeln in der Nase und weiß, dass sie sich abwenden muss. Der Zorn ist größtenteils verschwunden, aber auch er lodert manchmal in den eigenartigsten Momenten wieder auf. Einmal hat sie abends nach ein paar Drinks einen Brief an Beatrix geschrieben, in dem stand, dass Reg derjenige war, der entschieden hatte, sie wegzuschicken. Sie selbst hatte sie dabehalten wollen, hatte ihn angefleht, es nicht zu tun.

Doch sie hat den Brief nicht abgeschickt. Es erschien ihr ungerecht Reg gegenüber, außerdem würde sie Beatrix das alles ja hoffentlich bald von Angesicht zu Angesicht sagen können.

Sie steht auf, küsst ihre Fingerspitzen und legt sie auf den Grabstein. *Mach's gut, Liebster*, sagt sie. *Ich komme bald wieder.* Aber sie fragt sich, ob das stimmt. Es ist leichter, einfach zu vergessen. Es ist besser, nach vorne zu schauen. Sie verlässt den Friedhof. Sie und Julia wollen zum Kleidertausch und schauen, ob sie dort etwas Modischeres zum Anziehen finden. Einen neuen Schal vielleicht oder ein Paar Glitzerohrringe.

Bea

Das Haus der Emerys ist hell erleuchtet, mit Kerzen in jedem Fenster, deren warmes Licht vom Schnee reflektiert wird. Am zweiten Weihnachtstag gab es einen Schneesturm, und jetzt, eine knappe Woche später, liegt immer noch eine dicke weiße Decke über allem. Bea sorgt sich um ihre neuen Ausgehschuhe, die einen kleinen Absatz haben und blaue Samtbänder zum Zuschnüren. Mrs G hat Mr G überzeugt, dass sie mit dem Auto fahren, obwohl die Emerys nur eine halbe Meile entfernt wohnen. Gerald will zu Hause bleiben, und William kommt später direkt von einem Freund dazu. Alle haben seit einer Ewigkeit von nichts anderem gesprochen als von dieser Silvesterparty.

Die Emerys haben für den Abend eine Swing Band engagiert, und als Bea das Haus betritt, wird ihr der Mantel abgenommen, jemand drückt ihr ein Glas in die Hand, und Lucy schlingt den Arm um ihre Taille. *Komm, ich zeig dir mal den Ballsaal*, sagt sie, und Bea stellt staunend fest, dass sie alle Möbel aus dem großen Salon geräumt und die Teppiche weggerollt haben. Die Band hat sich am hinteren Ende des Raums aufgestellt, und es wird bereits getanzt. Es ist seltsam, ihre Klassenkameraden neben den Erwachsenen tanzen zu sehen, mittendrin ihre Französischlehrerin mit Geralds Physiklehrer. *Wer hätte gedacht*, flüstert Lucy ihr zu, *dass Mr Whitaker seine Hand auf Mme Broussards Hintern legt. Oh, Lucy*, sagt Bea, *du bist schrecklich*, und dann zieht Lucy sie nach nebenan in die Bibliothek, wo sich alle möglichen Leute aus der Schule drängen. *Bea*, rufen alle, und sie knickst und winkt.

Da bist du ja endlich, raunt ihr jemand ins Ohr, und als sie sich umdreht, steht Nathan im Smoking vor ihr. Alle sind elegant angezogen, aber die Jungen wirken am stärksten verändert, mit der Brillantine im Haar und den engen, auf Hochglanz polierten Schuhen. Nathan trägt sogar Lackschuhe, genau wie Mr G, und sie tippt einen davon mit ihrem eigenen Schuh an. *Schick*, sagt sie, und er erwidert die Geste. *Gleichfalls*, sagt er. Er hat diesen Ausdruck im Gesicht, und sie wünschte, sie würde etwas für ihn empfinden. Sie weiß, dass er heute Abend versuchen wird, sie zu küssen. Sie findet ihn nett, aber sie will nicht mit ihm ausgehen. Sie will mit niemandem ausgehen. Sie hat G angefleht mitzukommen, damit sie jemanden bei sich hat, wenn es Mitternacht schlägt. *Lass mich nicht allein gehen*, sagte sie. *Ich will Nathan nicht küssen. Verdrück dich doch einfach ins Bad*, erwiderte Gerald. *Das tue ich immer, wenn ich nicht gefunden werden will. Du musst nur die Uhr im Blick behalten. Dann mache ich's wie Cinderella*, sagte sie. *Schließlich will ich ja nicht, dass meine Kutsche sich in einen Kürbis verwandelt.*

Bea unterhält sich eine Weile mit Nathan, dann flüchtet sie

wieder in den Ballsaal, wo sie mit Mr G tanzt. *1944*, sagt Mr G, während er sie herumwirbelt, nicht ganz im Takt, aber mit einer Begeisterung, die sie erstaunt. Mr G, der Wirbelsturm. *Kaum zu glauben*, fährt er fort. *Jedes Jahr fliegt schneller dahin als das davor.* Bea nickt, obwohl sie ganz anderer Meinung ist. Ein Jahr ist eine lange Zeit. Es ist jetzt über ein Jahr her, dass ihr Daddy gestorben ist, und trotzdem gibt es immer noch Tage, an denen diese Tatsache sie überrascht. Ihr fällt etwas ein, worüber sie ihm schreiben will – ein Buch, eine Schulnote, die Schönheit des Weihnachtsschnees –, und dann merkt sie mit einem Schlag, dass er ja nicht mehr da ist. *Wird dies das Jahr, in dem der Krieg aufhört?*, fragt sie. *Ich wünschte, ich wüsste es*, sagt er. *Hoffen wir's. Nancys Gebete sind allerdings lauter als unsere Hoffnung.* Beide lächeln. Jeden Abend beim Essen spricht Mrs G dasselbe Gebet: *Bitte, lieber Gott, mach, dass der Krieg endet, bevor William und Gerald achtzehn werden.* Es ist eine alberne Bitte, wie William immer wieder betont. *Mutter, wenn der Krieg endet, bevor ich achtzehn bin, ist er auf jeden Fall vorbei, bevor Gerald achtzehn wird. Pff*, erwidert sie jedes Mal. *Ich muss doch meine beiden Jungs nennen, wenn ich Gott um einen Gefallen bitte.*

Da kommt Nathan und klatscht ab. Bea lässt Mr G widerstrebend los. *Aber nur einen Tanz*, sagt sie. *Ich habe noch nichts gegessen. Ja, natürlich*, sagt Nathan, höflich wie immer. *Warte, bis du die Nachtische siehst!* William nennt ihn ihren Golden Retriever. *Du brauchst nur zu pfeifen, und schon kommt er angelaufen*, hat er letzte Woche grinsend gesagt. William geht mit einem Mädchen aus einem der Nachbarorte, das eine andere Schule besucht. Bea fragt sich, ob er sie zu den Emerys mitbringt. Sie hat sie noch nicht kennengelernt, aber Lucy Emery hat ihr erzählt, dass sie blond ist und einen großen Busen hat. *Wen überrascht das schon*, sagte Lucy. *Alle Mädchen, mit denen er ausgegangen ist, hatten hübsch was in der Bluse.* Alle lachten, während sie zusammengedrängt auf dem Friedhof standen und rauchten. Bea fühlte sich befangen und schwieg, wie sie es immer tut, wenn das Gespräch auf William kommt. Für sie ist er einfach William. Aber die anderen denken anscheinend, dass er sich auf eine ganz andere Weise durch die Welt bewegt als sie. Trotzdem sah sie auf ihre flache Brust und fragte sich, ob das, was Lucy gesagt hatte, stimmte.

Sie und Nathan gehen zum Esszimmer, und im Gedränge schlüpft sie davon. Mrs G, die mit ihren Freundinnen zusammensitzt, winkt sie zu sich. *Ist das nicht ein schönes Fest?*, sagt sie und streicht die Falten in Beas Kleid glatt. *Wirklich wunderbar. Hast du William gesehen?*, fragt sie. *Das ist mal wieder typisch, dass ich mir auch noch am Silvesterabend Sorgen um ihn machen muss. Obwohl ich einfach entspannen und mich mit meinen Freundinnen amüsieren will. Er kommt bestimmt gleich,* sagt Bea, obwohl sie da keineswegs sicher ist. *Na, hoffentlich,* sagt Mrs G. *Ethan explodiert, wenn er nicht auftaucht.*

Um halb zwölf wandert Bea erneut durch die Räume, versucht, Nathan und Lucy loszuwerden und ein Versteck zu finden. In der Nähe der Eingangstür entdeckt sie einen Fenstersitz, der halb von einem dicken Samtvorhang verdeckt ist. Sie setzt sich hinein, zieht die Knie an und zupft an dem Vorhang, bis sie so gut wie möglich verborgen ist. Dann blickt sie aus dem Fenster und fragt sich, was ihre Mutter wohl an diesem Abend macht. Ist sie auch auf einer Party? Sie weiß nicht, ob ihre Mutter mit anderen Männern ausgeht. Bea schließt die Augen, sie will das nicht sehen, ein fremder Mann, der den Arm um ihre Mutter legt, ihre Mutter, die ihn auf den Mund küsst.

Eine dunkle Gestalt läuft über den vereisten Weg auf das Haus zu, und Bea beugt sich vor, späht hinaus, versucht zu erkennen, wer es ist. Nach William sieht es nicht aus, und sie ist enttäuscht, obwohl sie nicht weiß, warum. In letzter Zeit haben sie kaum noch etwas zusammen unternommen. Sie mag ihn nicht mal mehr besonders. Er ist rastlos und launisch. Obwohl er fast immer bekommt, was er haben will, ist er kaum je zufrieden. Die Band spielt eins von ihren Lieblingsstücken, ein schnelles von Tommy Dorsey, und Bea beginnt leise mitzusingen und mit dem Fuß zu wippen. Sie liebt diese Schuhe. In letzter Zeit hat sie sich manchmal gefragt, ob sie wohl ihre Anziehsachen mitnehmen darf, wenn sie nach Hause zurückfährt.

Vor dem Fenstersitz gehen Leute vorbei, und Bea kauert sich noch enger zusammen. Sie weiß, dass Nathan sie sucht. Sie hört, wie Lucy sich mit jemandem unterhält. *Alle in den Ballsaal*, ruft jemand. Bea schließt die Augen und lehnt sich an die kalte Fensterscheibe. Die Leute lachen und singen. Ein Glas zerschellt. Die Band beginnt ein neues Stück. Sie sieht auf die Uhr. Noch zehn Minuten bis Mitternacht. Sie lächelt. Sie hat es fast geschafft.

Bea, flüstert plötzlich eine Stimme hinter dem Vorhang. Sie gehört Gerald. G?, sagt sie überrascht. Er streckt den Kopf hinein und klettert zu ihr. *Was machst du denn hier?*, fragt sie lächelnd. *Ich dachte, du wolltest nicht mit.* Er zuckt die Achseln. *Zu Hause war mir langweilig. Und ich wusste ja, dass du um diese Zeit nach einem Schlupfwinkel suchen würdest.* Er blickt sich in der Nische um. *Aber den hast du ja offensichtlich schon gefunden.*

Woher wusstest du, dass ich hier bin? Er seufzt. *Wie lange haben wir Verstecken gespielt? Du bist ziemlich vorhersehbar, weißt du.* Bea streckt ihm die Zunge heraus. *Doch, bist du*, sagt er, *aber ich habe schon überall geguckt. Mutter, Vater und Willie sind im Ballsaal.* Bea richtet sich auf. *William ist hier?* Gerald nickt. *Er hat *irgendein Mädchen dabei. Und Mutter und Vater haben getanzt. Oh*, sagt Bea, *das will ich sehen.*

Gerald verzieht das Gesicht. *Warum das denn, sie tanzen doch bloß.* Bea klettert hastig aus dem Fenstersitz. *Aber so was machen sie sonst nie. Sie berühren sich ja nicht mal. Komm, G, das gucken wir uns an. Nein,* stöhnt er, *bleib doch mit mir hier.* Sie packt seine Hand. *Komm schon, G.* Zusammen laufen sie zum Ballsaal, wo die Menge gerade den Countdown zählt. Sie bleiben neben der Tür, den Rücken an der Wand. Um Mitternacht rufen alle *Frohes neues Jahr!*, und die Band spielt »Auld Lang Syne«. Bea dreht sich zu Gerald und drückt seine Hand. *Frohes neues Jahr, G.* Er erwidert den Händedruck. *Dir auch*, sagt er und umarmt sie kurz.

Später, als es heimwärts geht, landet Bea in Williams Auto. *Was ist mit deiner Freundin?*, fragt sie, als sie auf der Beifahrerseite einsteigt. *Musst du sie nicht nach Hause bringen?* Bea hat noch einmal mit Nathan getanzt, der direkt nach Mitternacht bei ihr auftauchte, und da hat sie William mit dieser Blonden tanzen sehen. Die beiden schmiegten sich so eng aneinander, dass sie den Blick abwenden musste. *Sie ist mit ihren Freundinnen gefahren*, sagt er. *Sie wohnen alle in Wellesley.* Beide schweigen, als er losfährt. *Ich habe dich vorhin gesucht*, sagt er, die Augen auf die Straße gerichtet. *Ich dachte, du wärst vielleicht schon gegangen. Nein*, sagt sie. *Ich habe mich vor Nathan versteckt.* Er grinst. *Sie ist nicht meine Freundin*, sagt er nach einer Weile. *Wir haben bloß Spaß zusammen. Ist mir egal*, sagt sie. *Schon klar*, erwidert er. *Ich wollte nur, dass du es weißt.* Sie nickt, und die restliche Fahrt ist still und dunkel.

In der warmen Küche, als sie ihre Mäntel und Mützen ausziehen, betrachtet Bea ihn zum ersten Mal richtig. Er sieht ziemlich elegant aus in seinem Smoking. Im Sommer wird er siebzehn; er ist schon fast erwachsen. *Du siehst gut aus*, rutscht es ihr heraus. *Du auch*, erwidert er. *Das wollte ich dir vorhin schon sagen, aber es gab keine Gelegenheit.* Er will noch etwas hinzufügen, doch da platzt Mrs G durch die Hintertür herein. *Meine Güte, ist das kalt da draußen, und die Straßen sind völlig vereist. Wir sind dauernd ins Rutschen gekommen, aber Ethan hat uns heil nach Hause gebracht.* Sie wendet sich zu William und hebt drohend den Zeigefinger. *William Gregory, du bist nach uns losgefahren, und ihr zwei seid schon zu Hause. Du fährst viel zu schnell bei dem Wetter. Und mit so kostbarer Fracht.* William gibt ihr einen Kuss auf die Wange. *Dir auch ein frohes neues Jahr, Mutter.*

Als Bea sich später auszieht, nimmt sie einen Hauch von William an ihrem Seidenschal wahr. Sie schmiegt das Gesicht hinein, dann faltet sie ihn vorsichtig zusammen und legt ihn in ihre Schreibtischschublade.

Nancy

Dieses Jahr ist es Nancy, die nicht weiß, ob sie nach Maine will. Ihr Einsatz für die Kriegsanstrengungen nimmt immer mehr Zeit in Anspruch: Socken stricken für die Jungs, Gemüse und Obst einkochen, und jetzt, im Frühling, hat sie gerade alles für ihren Siegesgarten angepflanzt. Wenn sie drei Monate fort sind, wird davon nicht mehr viel übrig sein. Natürlich könnte sie einen Jungen aus dem Ort dafür bezahlen, dass er kommt und sich darum kümmert, aber es wäre nicht dasselbe. Und so viel Benzin zu verbrauchen, nur um in der Sonne zu sitzen und den Sommer zu genießen, das erscheint ihr einfach nicht richtig.

Ich bewundere deine Mutter, sagt sie eines Nachmittags zu Beatrix, während sie die Brötchen für das Abendessen zubereitet. Bea sitzt am Küchentisch und macht ihre Französisch-Hausaufgaben. *Sie hat nicht nur zwei Jobs, sondern fährt auch noch den Krankenwagen.* Bea blickt auf. *Stimmt*, sagt sie. *Aber sie hat kein Haus, um das sie sich kümmern muss, so wie Sie. Und Sie kochen und putzen für uns alle und richten Partys für das Kollegium aus. Und dann Ihre Frauengruppe. Und die Kriegsanstrengungen. Sie halten doch im Kern alles zusammen.*

Ach, Unsinn, sagt sie, aber sie freut sich. Die Jungs haben bestimmt noch nie bemerkt, wie hart sie arbeitet. *Wir Frauen sind schließlich immer diejenigen, die sich um alles kümmern.* Sie senkt die Stimme. *Nicht ganz das, was ich mir vorgestellt habe, um ehrlich zu sein.* Bea sieht sie verwirrt an. *Ich bin in einem ziemlich feudalen Haushalt aufgewachsen, mit Hausmädchen und Butler und so weiter*, sagt Nancy. *So ähnlich wie bei Tante Sarah in New York. Ja*, sagt Bea, *sie lebt schon anders als wir hier. So war das bei uns zu Hause früher auch*, sagt Nancy. *Aber als ich Ethan geheiratet habe, war das vorbei. Was ist mit dem Haus hier?*, fragt Bea. *Diese Bruchbude?* Nancy schüttelt den Kopf. *Die fällt eines Tages noch mal in sich zusammen. Das Haus gehört der Schule, Liebes. Wenn wir nicht mehr da sind, wird jemand anders vom Kollegium hier einziehen. Wir haben großes Glück. Wir können nur hier wohnen, weil Ethans Eltern auch schon hier gewohnt haben.*

Das wusste ich nicht, sagt Bea. *Woher auch?*, erwidert Nancy. *Aber das Haus in Maine, das hat mein Vater gebaut. Da keins von meinen Geschwistern es haben wollte, habe ich es nach seinem Tod übernommen. Das war mein ganzes Erbe, und ein bisschen Schmuck. Die Insel, nun ja.* Sie vermischt die Zutaten und beginnt zu kneten. *Was ist damit?*, fragt Bea. Nancy hat sich verplappert. Soll sie dem Mädchen sagen, dass sie und Ethan darüber gesprochen haben, sie zu verkaufen? Der Unterhalt ist einfach zu teuer. Sie kann den Gedanken daran kaum ertragen, und sie würde sich am liebsten irgendwie durchwurschteln, bis dieser elende Krieg endlich vorbei ist. Bis William und Gerald erwachsen sind und Geld verdienen, damit sie die Insel übernehmen können. Sie würde ihnen gehören. Jeden Abend betet sie zu Gott, dass es so kommt. Aber Ethan hat sie in sein Arbeitszimmer gerufen und ihr Blätter mit Zahlen gezeigt, die sie nicht versteht.

Das ist der andere Grund, warum sie nicht nach Maine will. Es wird ihr das Herz brechen, dort zu sein, den Ort zu sehen, den sie so liebt und nun vielleicht verliert. *Meine ganzen Erinnerungen sind dort*, hat sie eines Abends zu Ethan gesagt. Sie lag schon im Bett, und er zog sich gerade aus. *Es ist mein Zuhause. Mein Fixstern. Deine Erinnerungen bleiben dir doch, die nimmt dir ja niemand weg*, erwiderte er. *Herrgott noch mal*, sagte sie und warf ihr Buch so fest auf das Bett, dass der Hund aus dem Zimmer flüchtete. *Hast du kein Herz? Verstehst du nicht, was die Insel mir bedeutet?*

Doch, das verstehe ich, sagte er in dem ruhigen Tonfall, der sie wahnsinnig macht. *Aber du musst einsehen, dass unsere Ausgaben zu hoch sind. Und in einem Jahr kommt noch Williams Schulgeld für Harvard dazu.* Sie starrte auf die Decke, strich die Falten glatt und konnte ihn nicht anblicken. Sie hasst seine ewige Vernunft.

Nun sieht sie Bea an. *Ich mache mir nur Sorgen um meine arme Insel, weil ich mich frage, was aus ihr wird, wenn William und Gerald das Zepter übernehmen. Kannst du dir vorstellen, wie das wird? Wie sollen sie das gemeinsam hinbekommen? Du wirst zwischen ihnen vermitteln müssen.* Schweigen hängt in der Luft. Bea blickt wieder auf ihr Heft und beendet den Satz, den sie angefangen hat. Diese hübsche, selbstbewusste Handschrift. Wird

Bea ihr schreiben, wenn sie wieder zu Hause ist? Werden sie in Kontakt bleiben? Oder wird Bea einfach aus ihrem Leben verschwinden? Diese Vorstellung kann Nancy nicht ertragen. *Ich Dummkopf*, sagt sie schließlich, während Bea mit ihren Hausaufgaben weitermacht. *Dann bist du ja längst wieder in England. Aber du kommst uns doch mal besuchen, oder?* Nancy dreht ihr den Rücken zu, beugt sich über ihre Schüssel und knetet energisch den Teig. Schließlich schaltet sie mit ihrer bemehlten Hand das Radio ein und singt mit den Andrews Sisters, während sie den Teig ausrollt, mit einem Glas die Brötchen aussticht und danach die Schüssel abwäscht. Als sie sich wieder zum Tisch wendet, ist Bea nicht mehr da.

Bea

Bea ist allein im Haus. Sie sind nach einem Kurzbesuch in Maine, wo sie die Geburtstage gefeiert haben, wieder zurück. Alle anderen sind unterwegs, um dies und das zu erledigen, und Bea wandert mit King an ihrer Seite von Zimmer zu Zimmer.

Seit Mrs G ihr gesagt hat, dass ihnen das Haus gar nicht gehört, sieht sie es mit anderen Augen. Sie kann sich nicht vorstellen, dass eine andere Familie hier wohnt, und fragt sich, wie diese Vorstellung wohl für Mr G ist, der sein ganzes Leben hier verbracht hat. Wie mag es sich anfühlen, immer nur an ein und demselben Ort zu leben? Sie hat schon an zweien gelebt, und wenn sie zurückkehrt, wird ein dritter dazukommen, da ihre Mutter in eine neue Wohnung gezogen ist. Sie hat sie in ihren Briefen beschrieben: Es gibt zwei Schlafzimmer, Beas geht zur

Straße hinaus, und ihre Mutter hat ein paar neue Möbel dafür angeschafft. *Und ich muss nur noch zwei Treppen hochlaufen, meine Süße. Da habe ich es viel leichter mit den Einkäufen.* Bea kann sich die Wohnung trotz der Beschreibung nicht vorstellen, und sie weiß auch nicht, wo genau sie liegt, obwohl Mummy gesagt hat, dass sie schon tausendmal daran vorbeigegangen sind.

Seit Jahren klammert sie sich an das Bild ihrer früheren Wohnung, an das ihres Vaters, wie er das Geschirr abwäscht, und das ihrer Mutter, wie sie die Vorhänge zuzieht, an den Riss, der quer über die Wohnzimmerdecke verläuft, und an den Geruch nach Zwiebeln, der von der Wohnung unter ihnen heraufdringt. Sie hörte das Knarzen der Tür, wenn Daddy nach Hause kam. Nachts, wenn sie im Bett liegt, versucht sie sich zu erinnern, jedes Detail festzuhalten. Das war einmal ihr Zuhause. Vor ein paar Jahren hat sie eine Karte von der Wohnung gemalt, die sie in ihrer Schreibtischschublade aufbewahrt, aber ihre Erinnerung beginnt an den Rändern auszufransen. Stand ein Stuhl in ihrem Zimmer? Aus was für einem Holz war ihre Kommode? Sie fragt sich, was aus ihren Sachen geworden ist, aus all dem, was in ihrem Schrank war. Sie hat immer angenommen, dass sie dorthin zurückkehren würde, an den Ort, wo ihr Vater in ihrer Vorstellung immer noch lebt.

Bea streift mit King durch den ersten Stock. Die beiden Betten in Mr und Mrs Gs Schlafzimmer stehen nur etwa dreißig Zentimeter auseinander, mit einem kleinen Nachttisch dazwischen, darauf eine Lampe und Bücher. Sie fragt sich, ob die beiden einander manchmal an der Hand halten, wenn sie im Bett liegen. Einmal hat sie Gerald gefragt, warum sie nicht in einem Bett schlafen. Er war überrascht, dass sie es seltsam fand. *Das war schon immer so*, sagte er. *Schlafen nicht alle Eltern in getrennten Betten?* Als sie bei Tante Sarah in New York waren, hat Bea Gerald ins Schlafzimmer gezogen, wo ein Doppelbett stand. *Das hier ist normal*, flüsterte sie. Gerald widersprach ihr, was er nur selten tat. *Nein, ist es nicht*, sagte er mit hochrotem Kopf. *Es gehört sich nicht, dass Eltern in einem Bett schlafen, wenn Kinder im Haus sind.*

Die Bücher verraten ihr, wer in welchem Bett schläft: ein Liebesroman auf Mrs Gs Seite und ein Geschichtsbuch auf Mr Gs, dazu eine Lesebrille. Bea legt sich in Mrs Gs Bett, das weich ist und eine Kuhle hat, wo ihr Körper jede Nacht liegt. Mr Gs Bett riecht genau wie er und ist viel härter. Sie stellt sich vor, wie er auf dem Rücken liegt und seine Füße ein wenig über den Rand hinausragen. Sie streckt die Hand zum anderen Bett aus und stellt sich vor, wie er mit seiner Lehrerstimme *Gute Nacht, Nancy* sagt. Plötzlich fühlt es sich viel zu intim an, hier zu sein, und sie springt auf und streicht die Decken glatt. *Komm, King*, sagt sie. *Und kein Wort zu den anderen.*

Geralds Zimmer ist ihr viel vertrauter. Sein Bett, sein Mahagonischreibtisch. Der stetig wachsende Ball aus Gummibändern, den er jeden Monat für die Kriegsanstrengungen spendet; an jedem Ersten fängt er einen neuen an. Die Truhe mit dem goldenen Monogramm seines Großvaters, in der er seine Spielsachen aufbewahrt. Wie oft haben sie auf diesem Teppich gelegen und Monopoly gespielt? Seit Neuestem sammelt Gerald Zinnsoldaten. Jeden Samstagmorgen, nachdem Mr G ihnen ihr Taschengeld gegeben hat, läuft er zum Spielzeugladen und kauft noch mehr Soldaten für seine Armee. Auf seinem Fenstersitz wird gerade eine Schlacht ausgetragen: die Alliierten gegen die Deutschen. William macht sich deswegen über ihn lustig, und Bea ist aufgefallen, dass Gerald sie immer alle wegräumt und in seiner Truhe versteckt, wenn jemand anders zum Spielen kommt. Obwohl er diesen Sommer dreizehn geworden ist, scheint er in vielerlei Hinsicht immer noch derselbe Junge zu sein wie bei ihrer Ankunft. Er hat etwas Unschuldiges, Argloses, das ihr bei noch niemand anderem begegnet ist. Genau darauf stürzt sich William, und genau das will Bea um jeden Preis beschützen.

Sie steht in der Tür zu Williams Zimmer. Der Raum ist ein einziges Durcheinander. Er hat noch nicht ausgepackt, überall stehen Koffer und Taschen herum, und auf dem zweiten Bett liegen seine Baseballsachen verstreut. *Oh, William*, denkt Bea bei sich. Noch ein Punkt, in dem die beiden Jungen sich unterscheiden: Geralds Zimmer ist immer aufgeräumt, der Stuhl an den Tisch geschoben, das Bett gemacht. William wirft einfach alles in seinen Schrank. King ist auf Williams Bett gesprungen, und sie kuschelt sich an ihn und legt den Arm um seinen Hals.

Das Kissen riecht nach William. Sie umarmt King ein wenig fester und döst fast ein, als sie Schritte auf der Treppe hört. Und im nächsten Moment kommt William herein. Offenbar war er mit Bobby Nelson zum Trainieren bei den Schlagtunneln. Die Locken auf seiner Stirn sind dunkel von Schweiß. *Was machst du hier?*, fragt er. *Was hast du in meinem Zimmer zu suchen?* Sein Hals läuft rot an. *Warum liegst du in meinem Bett?* Verlegen fährt Bea hoch. *Ich habe King hier liegen sehen, deshalb bin ich reingegangen, um ihn zu streicheln, weiter nichts. Was sollte ich wohl sonst in deinem blöden Bett wollen? Raus aus meinem Zimmer*, sagt er, und wieder klingt er, als würde er mit Gerald sprechen. *Meine Güte*, sagt sie, *du hast ja vielleicht eine Laune.* William seufzt. *Ich war nicht darauf gefasst, irgendein Mädchen in meinem Zimmer vorzufinden. Irgendein Mädchen?* Bea funkelt ihn wütend an. *Was zum Teufel ist denn los mit dir?*

William geht zum Fenster und schaut in den Garten. Er ist während des Sommers fast zehn Zentimeter gewachsen, kräftiger ist er auch geworden. Sein Körper füllt fast den ganzen Rahmen aus und schirmt das Licht ab, das durchs Fenster hereinkommt. Schließlich atmet er tief durch und dreht sich wieder um. *Tut mir leid*, sagt er. *Ich wollte dich nicht so anfahren. Ich war nur überrascht.* Bea verdreht die Augen. *Irgendwie habe ich das Gefühl, du hast genau das gewollt. Was?*, fragt er. *Schon gut*, sagt sie. *Nicht so wichtig. Komm, King.*

Gehorsam springt der Hund vom Bett und folgt ihr hinaus in den Flur. Sie geht nach nebenan in ihr Zimmer, und halb rechnet sie damit, dass William hinter ihr herkommt. Doch stattdessen hört sie, wie er energisch die Tür schließt, und sie tut es ihm gleich. Sie setzt sich an ihren Schreibtisch. In letzter Zeit ist sie oft gereizt und ungeduldig. Diese Ungewissheit ist so frustrierend. Sie weiß nicht, wohin sie gehört. An manchen Tagen will sie für immer hierbleiben. An anderen will sie zurück nach Hause. Zu ihrer Mutter. Sie ist neugierig auf London, will sehen, was der Krieg mit der Stadt gemacht hat, will sie mit älteren Augen sehen. Wird ihr noch alles vertraut sein? Oder hat es sich so verändert, dass es wie ein neuer, fremder Ort sein wird?

Bea greift nach einem Luftpostbriefbogen. *Liebe Mummy*, schreibt sie, *ich hoffe, es geht Dir gut.* Sie erzählt ihr, dass sie aus Maine zurück sind und das neue Schuljahr bald losgeht. Dass sie gestern beim Friseur war und einen neuen Haarschnitt hat. Dass sie zu den Jungs in den Lateinunterricht muss, weil sie in ihrer Klasse das einzige Mädchen ist, das Latein gewählt hat. Dann schreibt sie: *Bitte versprich mir, dass Du mich zurückholst, sobald es geht, sobald dieser schreckliche Krieg vorbei ist. Ich möchte nach Hause.* Sie trägt den Brief tagelang mit sich herum, bringt es nicht fertig, ihn aufzugeben. Möchte sie wirklich fort?

Millie

Als Millie und Tommy aus der kleinen Kapelle kommen, empfangen Julia und die anderen sie mit Reis und Jubelrufen. Es ist eine Hochzeit im kleinen Kreis, mit ein paar Freunden und Toms nächsten Angehörigen. Millie hat ihrer Mutter nichts davon gesagt. Und Beatrix auch nicht.

Sie hatte eigentlich vor, ein altes Kleid anzuziehen, das sie vor Jahren mit Reg in Paris gekauft hat, aber Julia konnte sie dazu überreden, sich ein neues anzuschaffen. Bei einer Kleidertauschaktion haben sie ein bezauberndes cremeweißes Kostüm mit Satinpaspeln gefunden, das aussah, als wäre es noch nie getragen worden. Und Julia hat auf dem Schwarzmarkt ein Paar Seidenstrümpfe aufgetrieben, die sie ihr geschenkt hat. *Sogar mit Naht*, sagte sie. *Genau das Richtige für deine hübschen Beine.*

Der Regen und der Wind haben alle noch übrig gebliebenen Blätter von den Bäumen geholt, und sie gehen vorsichtig über die nassen, rutschigen Straßen zu Julias Wohnung, wo der Empfang stattfindet. Millie macht die Runde und bemüht sich, mit jedem zu sprechen. Sie fragt sich, ob die Gäste glücklicher sind als sie. Nun, da das Ende des Krieges näher zu rücken scheint, wirken alle geradezu übermütig, nachdem es jahrelang so wenig gab, worüber man sich freuen konnte.

Als die Party sich dem Ende zuneigt, sinkt Millie in einen Sessel in der Ecke des Wohnzimmers und befreit sich von ihren Schuhen. Tommy steht ein Stück entfernt neben seinem Bruder; sie haben die Arme umeinandergelegt und lachen über irgendetwas. Sie mag ihn. Sie liebt ihn nicht, das weiß sie, und sie vermutet, dass er es auch weiß, obwohl sie ihn seit Monaten pflichtbewusst ihrer Liebe versichert. Aber sie spürt, dass er solide ist, jemand, auf den man sich verlassen kann. Was ihr am besten gefällt, ist, dass ihm alles ins Gesicht geschrieben steht. Sie weiß, wenn er durcheinander oder wütend oder glücklich ist. In dieser – wie auch in vielerlei anderer – Hinsicht ist er das Gegenteil von Reg. Außerdem, auch das ist ihr bewusst, ist er weniger intelligent, weniger vielseitig, vielleicht auch weniger interessant. Aber das will sie auch gar nicht mehr. Sie will beschützt werden. Und es fühlt sich so gut an, wenn er sie in die Arme nimmt.

Allerdings fragt sie sich, ob es wirklich leicht mit ihm wird. Tommy war Kampfpilot und hat so viele Einsätze geflogen, dass er vorzeitig entlassen worden ist. Er liebt es, Geschichten vom Krieg zu erzählen, und alle scharen sich stets um ihn. Sie weiß, dass sie nur die guten Sachen zu hören bekommt, die unterhaltsamen. Über das Dunkle spricht er nur selten, obwohl es das auch geben muss. Wie könnte es anders sein? Er hat keine körperlichen Narben davongetragen, wie Regs Bruder im letzten Krieg, aber sie vermutet, dass da eine Menge unter der Oberfläche ist, von dem sie nie etwas erfahren wird.

Er sieht in jedem Fall gut aus, und er ist jung. Sehr jung. Neun Jahre jünger als sie. Sie hat ihn mal ein paar Frauen aus ihrer alten Nachbarschaft vorgestellt und hat deutlich die Missbilligung in ihren Augen gesehen. Zum Teil hängt es wohl damit zusammen, dass er nicht Reg ist; sie können sich keinen anderen als ihn an ihrer Seite vorstellen. Sie waren zusammen, seit sie fünfzehn war. Trotzdem. Ihre Freundinnen vom Krankenwagendienst haben sie jedoch bestärkt und gewitzelt, wie toll der Sex mit einem jüngeren Mann sein muss. Millie hat gelacht und die Hand vor den Mund geschlagen. *Mädels*, hat sie gesagt, *also wirklich.*

Aber der Sex *ist* toll. Jetzt versteht sie, wovon die anderen all die Jahre über gesprochen haben. Sie hat Reg geliebt, leidenschaftlich und von ganzem Herzen, selbst wenn sie gestritten haben, selbst als es sich anfühlte, als wäre ihre Ehe nicht mehr zu retten. Aber mit Sex hat sie nie viel am Hut gehabt; sie war froh, wenn es vorbei war. Da Beatrix im Zimmer nebenan schlief, war es leichter, sich davor zu drücken. Doch mit Tommy ist es etwas völlig anderes. Bei ihm kann sie sich auf eine Weise fallen lassen, wie sie es bei Reg nie konnte. Er ist so selbstsicher und entspannt. Hinterher läuft er nackt durch die Wohnung, und anfangs war sie entsetzt und hat sich geschämt, doch nun macht sie es genauso, wenn sie ein oder zwei Gläschen getrunken hat. Schon jetzt kennt sie seinen Körper besser, als sie Regs je gekannt hat. Sie fühlt sich geborgen bei diesem Mann, der so in seinem Körper zu Hause ist. Er kennt ihren ebenfalls, und manchmal zählt er jedes kleine Muttermal auf ihrer Brust und ihrem Bauch.

Irgendwie kommt ihr alles verdreht vor. Sollte großartiger Sex nicht mit tiefer Liebe verbunden sein?

Deshalb hat sie Beatrix nichts gesagt. Oh, sie hat ihr von Tommy geschrieben, davon, dass sie miteinander ausgehen, hat sogar ein paar von seinen Kampfpilotgeschichten erzählt. Den Teil des Briefs hat Beatrix den Jungs vorgelesen. *Jetzt will William auch Kampfpilot werden*, schrieb sie zurück. *Und beide waren begeistert von der Geschichte, wie die Flieger an Heiligabend alle zurückgekommen sind, in der Formation eines Weihnachtsbaums.* Aber Millie hat ihr nicht erzählt, dass Tom erst einunddreißig ist. Sie fürchtet, dass Beatrix es, genau wie die Frauen aus der alten Nachbarschaft, missbilligen und sich damit unwohl fühlen wird. Warum ist es falsch, wenn eine Frau einen jüngeren Mann heiratet? Reg war fast zehn Jahre älter als sie, und dagegen hatte niemand etwas. Sie kennt jede Menge Frauen, die deutlich älteren Männer geheiratet haben. In ihrem nächsten Brief wird sie Beatrix von der Heirat erzählen. Und sie wird es auch ihrer Mutter sagen. Aber vielleicht behält sie sein Alter noch eine Weile für sich.

Jetzt blickt Tommy zu ihr hinüber und zwinkert ihr zu. Sie winkt und erhebt ihr Champagnerglas. Er tut es ihr gleich und schickt einen Kuss durch die Luft. Sie denkt an Reg und berührt die Perle an ihrem Hals, dreht sie immer wieder hin und her.

Gerald

Gerald schickt King nach draußen, die Zeitung holen. Er hat aufmerksam die Berichte über die Ardennenoffensive verfolgt, die im Dezember begonnen hat, und jetzt, Mitte Januar, sieht es so aus, als könnte sich das Blatt wenden. Er will der Hoffnung nicht zu viel Raum geben, aber die Alliierten scheinen tatsächlich zu siegen. Im Leitartikel von gestern stand sogar, das könnte vielleicht zum Ende des Krieges führen.

Er zeichnet den Kriegsverlauf mit Begeisterung auf Papier, damit er nachvollziehen kann, wie alles funktioniert. Schon seit jeher versteht er Dinge besser, wenn er sie sehen kann. Er hat sorgfältig die Karten aus seinem Atlas abgepaust und dann mit Buntstiften die Bewegungen der verschiedenen Armeen eingezeichnet: die der Alliierten in Blau und die der Deutschen in Rot. Es gefällt ihm, den Krieg auf diese Weise, aus der Vogelperspektive zu studieren und über die verschiedenen Strategien nachzudenken. Das ist die einzige Art, wie er je an einem Krieg beteiligt sein könnte. Er würde niemals kämpfen wollen. Er kann nicht mal eine Ameise töten. Wie sollte er da einen Menschen töten?

Gerald hofft, dass dies tatsächlich das Ende des Krieges bedeutet. Er will aufs College gehen, studieren, mehr über die Welt erfahren. Er überlegt, von hier fortzugehen, weit weg, vielleicht nach Kalifornien, aber das hat er niemandem erzählt. Er würde gerne am Meer sein, und ihm gefallen die Bilder von Südkalifornien, mit all den Palmen und den endlosen Stränden. Wie mag es wohl sein, die Sonne über dem Pazifik untergehen zu sehen? Andererseits weiß er nicht, ob es wirklich eine gute Idee ist, so weit weg zu sein. Vielleicht sollte er doch besser in der Nähe bleiben.

Mutter kommt in die Küche und küsst ihn auf den Kopf. *Guten Morgen, mein Schatz*, sagt sie. *Was steht in der Zeitung?* Gerald lächelt sie an. *Sie glauben, es ist der Anfang vom Ende*, sagt er. Er sieht zu, wie sie sich die Schürze umbindet. Schon seit Tagen möchte er sie etwas fragen, und vielleicht ist jetzt der richtige Moment dafür. *Was bedeutet das für Bea? Muss sie dann bald zurück nach England?*

Ach, darüber brauchen wir uns jetzt noch keine Gedanken zu machen, antwortet Mutter und schlägt ein Ei nach dem anderen in die große blaue Schüssel. *Noch ist der Krieg nicht vorbei. Reisen wird schwierig bleiben, und zuerst werden sie all unsere Jungs nach Hause holen wollen. Und selbst wenn der Krieg in Europa zu Ende ist, wird der im Pazifik wahrscheinlich weitergehen. Also mach dir deswegen keine Sorgen, mein Lieber.* Sie beginnt, die Eier mit der Gabel zu schlagen, hält die Schüssel in ihrer Armbeuge, während die Gabel wieder und wieder gegen den Schüsselrand schlägt.

Gerald weiß, dass sie versucht, sich das einzureden, weil sie die Tatsache von Beas Abreise unter den Teppich kehren will. Erst letzte Woche hat er gehört, wie sie mit Tante Sarah telefoniert hat. *Was soll ich nur tun, Sarah?*, sagte sie. *Jedes Mal wenn ich daran denke, dass sie geht, packt mich das heulende Elend.* Sie senkte die Stimme. *Ich fühle mich ihr näher als William. Was sagt das über mich? Was für eine Mutter spricht so etwas überhaupt aus?*

Er versteht sie nur zu gut. Als sie jünger waren, hat William beim Abendessen immer moralische Fragen gestellt: *Wenn du auf einer einsamen Insel strandest und nur zwei Dinge mitnehmen könntest, welche wären das? Wenn du nur einen Menschen auswählen könntest, mit dem du den Rest deines Lebens verbringst, wen würdest du wählen?* Und so weiter. Gerald hat diese Fragen gehasst, weil er nie wusste, was er darauf antworten soll. Er wollte nicht nur zwei Dinge mitnehmen, sondern sechs. Und er konnte auch nicht nur einen Menschen aussuchen, obwohl ihm klar war, dass es William wäre, weil er natürlich auch Mutter und Vater bei sich haben wollte und ein paar Cousins und seinen Freund von nebenan.

Das war vor Bea. Jetzt würde er wahrscheinlich Bea und Mutter wählen, und vielleicht sogar eher Bea als Mutter, aber auf keinen Fall William. Wenn William im Zimmer ist, fühlt sich alles unsicher und angespannt an, wie kurz vorm Explodieren. Aber meistens ist er gar nicht da. Gerald sehnt sich nach dem William von früher. Er weiß, dass Bea oft wütend auf William ist, aber wahrscheinlich vermisst sie ihn nur, genau wie er.

Wenn Bea fortgeht, ist er wirklich allein. Er kann sich nicht wünschen, dass der Krieg ewig dauert, weil das nicht in Ordnung wäre für die Welt und all die Männer, die endlich nach Hause wollen, aber bei seinem Abendgebet bittet er Gott heimlich, dass Bea hierbleiben kann.

William

Das herzliche Annahmeschreiben von Harvard ist schon im vergangenen Herbst gekommen, mit einer persönlichen Nachricht vom Leiter der Studienplatzvergabe, der ihn in ihrem Kreis willkommen hieß. Doch William hat sich auch an anderen Universitäten beworben, mit Bobby Nelsons Adresse, und bei der Morgenandacht lässt Nelson unter den Tischen zwei Umschläge an ihn weiterreichen und macht ihm das Daumenhoch-Zeichen. William steckt die Umschläge in seine Tasche und wartet bis nach dem Unterricht, um sie zu öffnen. Da er dabei niemanden in der Nähe haben will, geht er zum Friedhof, bis ganz nach hinten, wo die Bäume ihr erstes zartes Grün zeigen. Er hat einen Lieblingsbaum, einen Ahorn am Ufer des Teichs, und dort wirft er seine Tasche hin, lehnt sich an den Stamm und zündet sich eine Zigarette an, bevor er die Umschläge öffnet.

Er begreift immer noch nicht so richtig, dass er im Herbst aufs College gehen wird. So lange hatte er im Kopf, am Tag seines achtzehnten Geburtstags nach Boston zu marschieren und sich freiwillig zu melden. Die Grundausbildung zu machen und dann ab nach Europa oder in den Pazifik, wo auch immer sie ihn hinschicken. Doch stattdessen sieht es nun so aus, als würde der Krieg tatsächlich bald enden, zumindest in Europa, und es werden nicht mehr so viele neue Soldaten gebraucht. Sie schicken die Jungs aus Europa in den Pazifik.

Er schiebt den Finger unter die Lasche des ersten Umschlags und zieht das Schreiben heraus. Eine Absage von der Columbia. Im zweiten: eine Absage von Yale. Er schließt die Augen und hört die Vögel im Baum mit den Flügeln schlagen. Er will nicht nach Harvard. Das ist das, was alle von ihm erwarten. Er will etwas Neues ausprobieren. Nun, da er nicht in den Krieg ziehen wird, ist sein Widerstreben noch stärker geworden. Aber jetzt bleibt ihm nichts anderes übrig.

Vor dem Abendessen klopft er mit dem Geheimcode an Beas Tür. *Komm rein*, ruft sie. *Hallo*, sagt er und öffnet die Tür einen Spalt. *Kann ich mal mit dir reden?* Ihr Gesicht wird ausdruckslos, und sie zuckt die Achseln, ohne ihn anzusehen. *Von mir aus*, sagt sie. *Aber ich habe reichlich Hausaufgaben. Es dauert nicht lange*, sagt er, setzt sich auf den Schreibtischstuhl und blickt hinaus in den Garten. *So schön da draußen*, sagt er. *Der Himmel sieht fast aus wie in Maine, findest du nicht?* Sie klappt ein Schulbuch zu und schlägt ein anderes auf; ihr Bett ist mit Büchern und Heften übersät. *Was willst du, William? Ich hab zu tun.*

Er beugt sich zu ihr. *Ich habe eine Absage von der Columbia bekommen*, sagt er leise. Sie sieht überrascht auf. *Du hast dich da beworben?* Er nickt. *Aber ich hab's niemandem gesagt. In Yale wollen sie mich auch nicht.* Bea zuckt die Achseln. *Ihr Pech*, sagt sie, aber es klingt nicht überzeugend. *Ich dachte, es würde klappen*, sagt er und wendet sich wieder zum Fenster, damit sie seine Tränen nicht sieht.

Das wundert mich, sagt sie. *Ich dachte immer, du kannst überallhin gehen. Meine Noten sind nicht toll*, sagt er. *Das weißt du doch.* Er steht auf und setzt sich auf den Fußboden, den Rücken an ihren Schrank gelehnt, und beginnt, eine von ihren Socken hin und her zu werfen, von einer Hand in die andere. *Ich weiß nicht, was ich machen soll. Ich will nicht nach Harvard. Das ist doch idiotisch*, sagt sie mit harter Stimme, und ihre Ohren laufen rot an. *Du hast die Möglichkeit, auf eine der besten Universitäten der Welt zu gehen, und das willst du nicht, weil du ein verwöhnter, bockiger Junge bist?*

Quatsch, sagt er, mit einem Mal wütend, ohne sie anzusehen. *Das ist nicht der Grund. Ich will endlich mein eigenes Ding machen. Und ich bin hier, weil ich wissen will, wie ich das den Eltern beibringen soll. Stell dich nicht blöd, nur weil du sauer auf mich bist.* Er legt sich auf den Boden, die Füße auf ihrem Bett, die Arme unter dem Kopf verschränkt. *Verstehst du nicht, Bea*, sagt er. *Ich will weg von hier, weit weg.*

Sie legt den Stift aus der Hand und mustert ihn mit einem forschenden Blick, der ihn an die Bea von früher erinnert, daran, wie nah sie sich mal waren. Aber sie hat sich verändert. Sie hat eine feste Gruppe von Freundinnen, und irgendwie ist sie immer mit ihnen zusammen. Es ist schwer, sie allein zu erwischen, und wenn es ihm gelingt, ist sie abweisend. Früher hat sie abends oft an die Wand geklopft, und dann haben sie noch miteinander geredet. Aber das hat sie schon ewig nicht mehr getan.

Sie seufzt. *Also gut. Was hast du vor? Willst du Harvard absagen?* Er zuckt die Achseln, nickt dann. *Und was willst du stattdessen machen?*, fragt sie. *Ich weiß nicht*, sagt er. *Vielleicht reisen? Oder mir irgendwo einen Job suchen?* Bea schüttelt den Kopf. *Die Männer kommen jetzt nach und nach zurück. Die ganzen Jobs, die wir übernommen haben, die Kinder und Frauen überall im Land, sind bald weg. Und reisen? Wie soll das gehen? Mit welchem Geld?*

Wieder zuckt er die Achseln. *Ich hab ein bisschen was gespart. Mir fällt schon irgendwas ein.* Sie versucht nicht mal, ihn zu verstehen. Sie wendet sich wieder ihren Büchern zu, blättert in den Seiten. *Träum weiter*, sagt sie, ohne aufzublicken. *Das bisschen Geld, das wir sparen, reicht nicht, um davon zu leben.*

Woher willst du das wissen?, entgegnet er wütend. *Was weißt du überhaupt?* Er steht auf und geht zur Tür, und als er sie öffnet, sagt sie, immer noch über ihre Bücher gebeugt: *Deine Eltern haben im Moment eine schwere Zeit. Wovon du vermutlich nichts mitbekommen hast. Sie werden nicht wollen, dass du etwas anderes tust als das, was bereits geregelt ist. Mach also, was du willst, aber es kann gut sein, dass du damit nicht durchkommst.* Statt einer Antwort knallt William die Tür hinter sich zu.

Während er stumm beim Abendessen sitzt, beobachtet er seine Eltern und denkt darüber nach, was Bea gesagt hat. Für ihn wirken sie ganz normal, so wie immer. Mutter zu geschäftig, zu fröhlich, zu lebhaft. Und Vater? Wer weiß das schon. Vor ein paar Jahren hat William aufgelistet, in welcher Hinsicht er mal ein besserer Vater sein will. Er erinnert sich daran, wie er, als er noch klein war, eines Morgens in Maine früh aufgewacht ist und aus dem Fenster gesehen hat. Seine Eltern standen am Ufer und schauten sich den Sonnenaufgang an. Mutter wandte sich zu Vater und machte einen Knicks, und da legte er die Arme um sie und tanzte mit ihr, immer rundherum, und Mutter lachte, als er sie direkt am Wasser nach hinten neigte. Er erinnert sich auch, dass sie früher manchmal, wenn er hier in die Küche kam, auf seinem Schoß saß und dann verlegen aufsprang und anfing, Teig anzurühren oder Äpfel klein zu schneiden oder einen Topf abzuwaschen. Mittlerweile kann er nicht mal mehr sagen, wann er Vater zuletzt in der Küche gesehen hat.

Nach dem Abendessen klopft er erneut an Beas Tür und öffnet sie, ohne auf ihre Antwort zu warten. *Meine Güte, William*, sagt sie, *was ist denn jetzt wieder? Ich schreibe morgen eine Französischklausur. Erst sehe ich dich ein Jahr lang kaum, und jetzt belagerst du mich.* Er blickt zu Boden, die Hände tief in den Hosentaschen. *Du fehlst mir*, sagt er. Und als sie ihn ansieht, weiß er, dass er endlich die richtigen Worte gefunden hat.

Bea

Im Wald hinter dem Haus hat Bea einen Lieblingsplatz. Quer über dem Pfad liegt dort ein umgestürzter, ganz mit Moos bewachsener Baum, und jetzt, im späten Frühjahr, ist er vom Haus aus nicht mehr zu sehen. Dorthin zieht sie sich in letzter Zeit immer öfter zurück. Sie legt sich auf den Stamm und blickt durch das leuchtend grüne Laub hinauf zum Himmel.

Ihre Gedanken sind erfüllt von William. In den letzten Wochen, seit der Frühling allmählich in den Sommer übergeht, schleichen sie sich abends, wenn alle anderen zu Bett gegangen sind, oft leise nach draußen und legen sich zusammen in die Hängematte, sodass ihre Arme und Beine sich berühren, gewärmt von einer dicken Baumwolldecke. Sie reden nicht viel, sondern schauen hoch zu den Wolken, die langsam vorüberziehen, und zu den Sternen im dunklen Blau. Manchmal schlafen sie ein. Sie würde ihn gerne küssen, mehr als nur Händchen halten, aber zugleich kommt es ihr so vor, als bewegten sie sich auf dünnem Eis, als könnte jedes unbedachte Vorpreschen vielleicht alles kaputt machen. Sie möchte jeden Augenblick auskosten und nicht zu schnell zum nächsten eilen.

Doch gestern Abend, nachdem sie den Abwasch gemacht hatten und die anderen weg waren – Mr G in seinem Arbeitszimmer, Mrs G im Schlafzimmer und Gerald ebenfalls oben –, ergriff William ihre Hand, zog sie in die Speisekammer und küsste sie so lange, dass sie mehr wollte. Und heute Morgen beim Frühstück hat er ihr einen Zettel auf den Schoß gelegt, ob sie sich nachmittags nach seinem Baseballtraining auf dem Friedhof treffen können, und als er aufstand und niemand hinsah, hat er mit der Hand ihr Haar zur Seite geschoben und sie auf den Nacken geküsst. Sie weiß, sie haben jetzt eine Grenze überschritten, und sie kann kaum an etwas anderes denken.

Aber es ist wieder ein Brief von ihrer Mutter gekommen. Bea hat nie auf den von vor sechs Wochen geantwortet, in dem das mit der Heirat stand, und seither sind vier weitere eingetroffen. Sie weiß, sie sollte antworten, aber sie ist wütend. Sie fühlt sich betrogen. Bea weiß nicht, was sie mehr ärgert: dass ihre Mum wieder geheiratet hat oder dass sie ihr erst hinterher davon erzählt hat.

Liebes, beginnt dieser Brief, *Tommy hat ein paar Verbindungen, und wir versuchen herauszubekommen, wie wir Dich schnell nach Hause holen können. Noch wissen wir nichts Konkretes, aber wir haben alles in die Wege geleitet.* Danach beschreibt sie ihre neue Wohnung und dass Beatrix dort nicht nur ein eigenes Zimmer hat, sondern auch ein eigenes Bad. Die Wohnung liegt in einem Viertel von London, das Bea nicht kennt. Einem schicken Viertel. Sie bezweifelt, dass ihre Mutter sich noch an den ersten Brief der Gregorys erinnert, in dem ebenfalls stand, dass sie ein eigenes Bad haben würde. Sie hat diesen Brief ewig nicht mehr gelesen, er liegt ganz unten in dem Stapel in ihrer Schreibtischschublade.

Kaum zu glauben, dass seit dem Brief fast fünf Jahre vergangen sind. Wie anders damals alles war. Jetzt freuen sich alle, dass der Krieg endlich vorbei ist und das Leben wieder seinen normalen Gang geht, nur Bea nicht. Lange wusste sie nicht, wohin sie gehört. Aber nun will sie nicht mehr zurück zu ihrer Mutter und deren neuem Mann – wie kann ein erwachsener Mann nur Tommy heißen! –, und sie will auch nicht in eine neue Wohnung ziehen und ihren Abschluss an einer neuen Schule machen. Sie will hierbleiben, bei ihren Freundinnen, und aufs College gehen. Viele von den Mädchen hoffen darauf, in Wellesley oder Radcliffe angenommen zu werden, damit sie in der Gegend bleiben können. Sie will weiter bei Jordan's einkaufen. Baseballspiele gucken. Mit William zusammen sein. Aber sie weiß, dass es nicht geht. Das Ganze war von Anfang an zeitlich begrenzt. Wenn der Krieg vorbei ist, geht's nach Hause zurück. Punkt.

Die Atmosphäre im Haus ist bedrückend. William streitet sich seit Wochen mit seinen Eltern wegen Harvard. Mr und Mrs G wirken beide gereizt und angespannt. Und selbst Gerald, der immer für sie da war, taucht jetzt oft in seine Projekte ab, in seine Landkarten und andere Welten. Er scheint aus irgendeinem Grund böse auf sie zu sein, ist distanzierter als jemals zuvor.

Gestern, als sie in der Bibliothek aus dem Fenster geschaut hat, ist ihr aufgefallen, wie Gerald allein über den Campus spazierte und überall Plakate für seine allmonatliche Schrottsammlung aufgehängt hat. Er hat schon die halbe Garage mit Schrott und Gummi gefüllt und hofft, diese Menge am Samstag durch Spenden verdoppeln zu können. In der Arbeitsnische nebenan hörte sie ein paar von den Jungen aus seiner Klasse lachen. *Der kleine Gregory*, sagte einer von ihnen. *Sammelt immer noch Müll. Hat er noch nicht mitgekriegt, dass der Krieg in Europa vorbei ist?* Sie ist daraufhin hinübermarschiert und hat sich mit verschränkten Armen vor ihnen aufgebaut. *Lasst ihn gefälligst in Ruhe*, sagte sie scharf, und sie nickten mit großen Augen. *Er hat mehr für die Kriegsanstrengungen getan als ihr alle zusammen.* So hatte bestimmt noch kein Mädchen aus ihren Kreisen mit ihnen gesprochen. Wer nur würde Gerald beschützen, wenn sie nicht mehr da war?

Bea liest den Brief ihrer Mutter noch einmal. Sie faltet ihn zusammen und zerreißt ihn in lauter kleine Schnipsel, die sie auf die Erde fallen lässt. Dann nimmt sie ihre Büchertasche und läuft durch den Wald, nun mit einem Lächeln auf dem Gesicht, denn sie weiß, dass William bei dem alten Ahorn auf sie wartet.

Millie

Sobald es möglich ist, spricht Tommy mit jemandem, der mit jemand anderem spricht, und mit einem Mal steht es fest: Beatrix hat einen Platz auf einem Schiff, das New York am 26. August verlässt und am 31. August in Southampton einläuft. Millie starrt auf das Blatt Papier, das Tommy ihr hinhält und auf dem die Daten schwarz auf weiß geschrieben stehen. 31. August. In weniger als drei Wochen wird sie am Anleger warten und ihr kleines Mädchen die Gangway herunterkommen sehen.

Tommy mixt ihnen einen Martini, und sie setzen sich damit in den Garten. *Sie kommt nach Hause*, sagt Millie. *Sie kommt tatsächlich nach Hause.* Tommy lächelt. *Kann's kaum erwarten, deine Kleine kennenzulernen. Wer hätte das gedacht – nun habe ich nicht nur eine schöne Frau, sondern auch eine schöne Tochter.* Millie wendet sich ab und schließt die Augen. Wann immer sie sich diesen Moment in den letzten Jahren vorgestellt hat, wann immer sie davon geträumt hat – niemals war Tom an ihrer Seite. Reg, ja. Ihre Mutter, ja. Sie allein, ja. Und genau so, merkt sie, will sie es. Nur sie und Beatrix. Sie möchte sie nach und nach an dieses neue Leben heranführen. Tommy soll nicht dabei sein. Er würde das von ihr so lang ersehnte Wiedersehen ruinieren.

Weißt du, sagt sie bemüht leichthin, ohne ihn anzusehen, *viel-*

leicht sollte ich besser allein nach Southampton fahren. Das ist doch verrückt, entgegnet Tommy. *Wir gehören zusammen, und je eher wir eine richtige Familie sind, desto besser.* Er meint es gut, das weiß sie, aber er irrt sich. *Ich muss das alleine tun*, sagt sie und sieht ihm jetzt in die Augen. *Du musst mir vertrauen.* Er verzieht das Gesicht, und sie weiß, was das bedeutet. Kalter Zorn. *Wie du willst*, sagt er, aber er meint es nicht so, und als er aufsteht, duckt sie sich in ihrem Stuhl. Er lässt sein leeres Glas auf dem Tisch stehen und geht ins Haus. Kurz darauf hört sie, wie die Tür ins Schloss fällt und der Motor des Autos anspringt. Was hat sie getan? Wie soll sie das hier für Beatrix je zu einem Zuhause machen?

Ethan

Ethan nimmt beim zweiten Klingeln den Hörer ab. *Hier ist ein Telegramm*, sagt der Postmeister. *Kann jemand vorbeikommen und es abholen? Bin schon unterwegs*, erwidert Ethan, und bevor er zum Festland rudert, sagt er Nancy nur, dass er etwas in der Stadt zu erledigen hat. Der Himmel ist düster, als er auf den Hafen zusteuert. Er lässt sich das Telegramm im Büro von Western Union aushändigen, öffnet es jedoch erst draußen, an die Mauer gelehnt, nachdem er zerstreut ein paar von Nancys Freundinnen gegrüßt hat. PASSAGE FÜR BEATRIX GEBUCHT STOP ABFAHRT NYC 26. AUGUST STOP EINZELHEITEN FOLGEN STOP LIEBE GRÜSSE MILLIE. Er schließt die Augen. Sie wussten, dass das kommen würde, es war seit Wochen, im Grunde sogar schon seit Monaten absehbar, aber hätte Millie nicht bis September warten können? Jetzt müssen sie früher aus Maine abreisen, vielleicht sogar schon morgen, um nach Hause zu kommen, ihre Sachen zu packen und sie nach New York zu bringen. Der 26. August ist in sechs Tagen. Nicht mal mehr eine Woche.

Ethans Nase tropft, als er zum Boot zurückgeht. Verdammt, das Mädchen wird ihm fehlen. Wütend wischt er sich mit dem Handrücken über die Nase, und er hält den Kopf gesenkt, um mit niemandem reden zu müssen, den er kennt. Er rudert zurück, das Telegramm zusammengeknüllt in der Hosentasche. Der drohende Regen kommt nicht, dafür lassen die Wolken den Abendhimmel in allen Schattierungen von Rosa und Purpur aufleuchten. Ethan hört auf zu rudern, lässt das Boot treiben, und die Strömung zieht ihn nach Südosten, weg von der Insel. Er wünschte, er könnte sich vom Wasser weit forttragen lassen. Er will diese Nachricht nicht überbringen. Er will an all die Orte reisen, die er nie gesehen hat. Stattdessen wendet er das Boot nach einer Weile und rudert heimwärts.

Nancy

O Gott, sagt Nancy, als Ethan es ihr auf der Veranda mitteilt. *Am 26. August? Das ist nächste Woche. Ich weiß,* sagt er. *Ich weiß.* Sie wirft die Hände in die Luft und beginnt, nervös auf und ab zu laufen. *Wie sollen wir das schaffen? Wir müssen heute noch zurück, wir müssen sofort aufbrechen. Sie muss packen und sich von ihren Freundinnen verabschieden, und ich will ihr noch ein paar neue Sachen für die Reise besorgen, und sie muss noch zum Friseur, und, herrje, es gibt so viel zu tun.* Ethan greift nach Nancys Arm, um sie zu stoppen. *Setz dich,* sagt er, *setz dich hin,* und sie lässt sich in den Schaukelstuhl fallen.

Sie sieht ihm in die Augen, was sie lange nicht mehr getan hat, und sucht nach einer Antwort. *Wie sollen wir es ihr nur sagen?,* fragt sie. *Ich glaube, das kann ich nicht. Wie sollen wir es den Jungs beibringen? Wir schaffen das schon,* sagt Ethan. *Uns war allen klar, dass es jederzeit so weit sein kann. Ich weiß,* sagt sie. *Aber du musst es ihr sagen, ja? Ich würde nur Rotz und Wasser heulen.*

Jawoll, Ma'am. Er streckt die Arme aus, und sie kommt und setzt sich auf seinen Schoß, lehnt den Kopf an seine Brust. Sie schließt die Augen und lauscht auf den Rhythmus der Wellen, der sich mit dem Rhythmus seines ruhigen Atems vermischt.

Gerald

Gerald lässt Bea nicht mehr aus den Augen. Solange er sie sehen kann, kann sie nicht weg. *Wie wär's mit einer Runde Monopoly?,* fragt er beim Abendessen bemüht munter. *G,* sagt sie, *ich glaube nicht, dass wir dafür Zeit haben. Ich muss alles zusammenpacken, damit wir gleich morgen früh loskönnen. Okay,* sagt Gerald, *aber was ist, wenn ich dir beim Packen helfe? Vielleicht hast du dann ja Zeit? Ja, vielleicht,* sagt sie und muss lachen. *Also gut, du kannst mir helfen.*

Aber er hilft ihr nicht. Er liegt auf dem Fußboden und sieht ihr zu. Selbst die Art, wie sie packt, findet er vollkommen. Sie scheint gar nicht traurig darüber zu sein, dass sie fortmuss, aber er ist sich nicht sicher. Er hat gedacht, dass sie zumindest wegen

William traurig sein würde. *Willst du zurück?*, fragt er schließlich, obwohl er die Antwort eigentlich gar nicht hören mag. *Bist du wirklich bereit, uns zu verlassen? Ach, G*, sagt sie und sieht zu ihm, während sie weiter ihre T-Shirts faltet. *Dazu werde ich nie bereit sein. Aber mir bleibt ja nichts anderes übrig, oder? Ich habe damit gerechnet, schon eine ganze Weile, und in gewisser Weise ist es eine Erleichterung, dass die Warterei ein Ende hat.* Gerald nickt. Das versteht er. Er hasst es, in der Luft zu hängen, nicht zu wissen, wie es weitergeht.

Du kommst uns doch mal besuchen, oder?, fragt er und ermahnt sich, nicht zu weinen. *Ja*, sagt Bea, *natürlich*. Und dann setzt sie sich neben ihn und streicht über seinen Rücken, und er legt den Kopf auf den Teppich und schließt die Augen. *Aber du musst mir schreiben, G, ja? Erzähl mir alles, was passiert. Und ich verspreche dir, ich schreibe sofort zurück, sobald ich einen Brief von dir bekomme.* Er nickt. *Das mache ich*, sagt er. Sie steht auf, um eine weitere Schublade auszuräumen, und er wischt sich verstohlen über die Augen, und als sie sich wieder umdreht, zeigt er auf das gerahmte Foto, das auf ihrem Schreibtisch steht, von ihnen dreien am Ufer, in einem Sommer vor ein paar Jahren. Bea steht mit breitem Lächeln zwischen ihm und William und hat die Arme um sie beide gelegt. *Kann ich das haben?*, fragt er, und er sieht, wie sie einen kurzen Moment zögert. *Na klar*, sagt sie, *erst mal bleibt es bei dir. Aber wenn ich dich das nächste Mal sehe, darf ich es für eine Weile haben, okay? Wir wechseln uns einfach ab. Das war an dem Tag, als ich William beim Wettschwimmen zum Dock geschlagen habe. Das will ich nie vergessen.*

Er nickt und nimmt den Rahmen in beide Hände. *Keine Sorge*, sagt er, *ich passe gut darauf auf.* Er ist sich nicht sicher, ob er es je wieder hergibt.

William

William blättert in dem Buch, das Bea vor ein paar Wochen für ihn gebastelt hat. Es ist die Geschichte ihres Lebens. Wann sie geboren wurde, wo sie gewohnt hat, wann sie nach Amerika gekommen ist. Fotos aus den letzten fünf Jahren, aber auch welche von davor. Von ihr in London, mit ihren Eltern. Er betrachtet sie immer wieder. Ihr Lächeln, das nach wie vor dasselbe ist. Den Ausdruck in ihren Augen. Den kleinen Plüschhund, den sie im Arm hält. Er will keins von den Fotos vergessen, aber er möchte, dass sie das Buch behält, wenn sie abreist. Es war ihre Art, sie beide miteinander zu verbinden, die Vergangenheit und die Gegenwart zu verknüpfen.

Sie ist mit Gerald in ihrem Zimmer und packt. Er kann das Gemurmel ihrer Stimmen hören. Sie werden sich später im Wald treffen, wie sie es den ganzen Sommer über getan haben. Sie hat ihn schwören lassen: Niemand darf je davon erfahren. Ihm würde es nichts ausmachen, aber ihr ist es wichtig. Und je mehr sich zwischen ihnen entwickelt hat, je vertrauter sie miteinander geworden sind, desto energischer hat Bea Regeln aufgestellt. *Wehe, du berührst mich, wenn deine Eltern dabei sind, William Gregory*, sagte sie, und dann küsste sie ihn so fest, dass er das Gleichgewicht verlor und rücklings auf die Kiefernnadeln fiel. *Das ist unser Geheimnis, verstanden?*, sagte sie. *An dem Tag, wenn ich abreise, wann immer das sein wird, darfst du nicht weinen oder mich berühren oder was auch immer. Weinen?*, erwiderte er, zog sie zu sich herunter und spielte mit ihrem dichten Haar. *Warum sollte ich denn weinen?*

Im Frühjahr konnte sie ihn überzeugen, nach Harvard zu

gehen. Sie machte ihm klar, das sei ein Geschenk und er müsse es annehmen. *Tu es für mich*, sagte sie. Sie half ihm, die Kurse für den Herbst auszuwählen, und neulich Nacht im Wald drehte er sich zu ihr und sagte: *Ich freue mich riesig darauf. Das klingt vielleicht blöd, weil du nicht mit mir dort sein kannst, aber ich weiß gar nicht mehr, wann ich mich zuletzt so auf etwas Neues gefreut habe.* Sie lächelte und küsste ihn auf die Wange. *Ich kann es kaum erwarten, davon zu hören*, sagte sie. *Du musst mir alles erzählen.*

Sein Magen tut weh. Er fühlt sich körperlich mit ihr verbunden, als würde auch ein Teil von ihm gehen, wenn sie geht. Er kann ihr Dinge sagen, die er niemandem sonst sagen kann. Bei ihr kann er immer sein, wie er ist. Sie ist ihm gegenüber offen und ehrlich, und er bemüht sich, es ebenfalls zu sein. Vor allem beruhigt sie etwas in ihm, etwas tief in seinem Innern. Letzte Nacht haben sie auf den Felsen gelegen und in den dunklen Himmel geschaut. Diese Augenblicke mit ihr liebt er am meisten, einfach neben ihr zu liegen, ihre Hand zu halten und nicht viel zu reden.

Bea

Nach dem Abendessen steht Bea an Deck des Schiffes und schaut hinaus auf den schwarzen Ozean. Sie weiß, dass kein Land in Sicht ist. Es ist drei Tage her, seit das Schiff langsam aus dem New Yorker Hafen ausgelaufen ist, seit sie zugesehen hat, wie ihre Familie immer kleiner geworden ist. Für einen kurzen Moment hat sie sie in ihrer Hand gehalten, dann waren sie verschwunden.

Sie will zurück. Will, dass das Schiff umkehrt. Will in Amerika bleiben. Aufs College gehen. Mit Mrs G Kuchen backen. Mit Mr G Schach spielen. Mit Gerald forschen. William küssen. William heiraten. Für immer ein Teil seiner Familie sein. Aber sie weiß, dass es nicht geht. Das Schiff pflügt sich voran, zu ihrer Mutter, dem neuen Stiefvater. Die Gregorys sind nicht ihre Familie. So wird die Geschichte nicht ausgehen. Das war immer klar.

In ihrer letzten gemeinsamen Nacht im Wald hat sie William gesagt, dass sie einen Schlussstrich ziehen müssen. *Nein, erwiderte er, das will ich nicht. Wir können uns schreiben, ich komme nach England. Auf keinen Fall, unterbrach sie ihn. Das ist ein Traum, ein aus der Zeit gefallener Augenblick. Ich weiß, wie es ist, wenn man durch einen Ozean von Menschen getrennt ist, die man liebt. Wenn wir versuchen, so miteinander verbunden zu bleiben, wie wir es jetzt sind, wird es nur schlimmer. Das schaffen wir nicht. Es ist besser für uns beide, wenn wir einen klaren Schnitt machen. Aber,* begann er, und sie schüttelte den Kopf und hielt ihm den Mund zu. *Ich habe recht,* sagte sie, und da nickte er stumm. Sie hat natürlich selbst nicht daran geglaubt, aber sie wusste, dass es nur so ging.

Jetzt verspürt sie genauso viel Unsicherheit wie vor fünf Jahren, als sie in die andere Richtung unterwegs war. Am liebsten würde sie sich noch einmal zurückversetzen und dem kleinen Mädchen sagen, dass es sich keine Sorgen machen soll. Dass das Leben in Amerika ihr altes überdecken wird. Dass die Familie dort – die sie bis dahin nur aus den ersten Briefen kannte – ihre Welt werden wird. In ihrer Kabine holt sie das Buch hervor, das sie für William gebastelt hat und das er heimlich in ihrem Koffer verschwinden ließ, als sie abgelenkt war. Er hat daraus ein Buch über sie beide gemacht, hat die Zeitleiste bis 1927 erweitert, dem Jahr, als er zur Welt gekommen ist. Er hat Fotos von sich, als er klein war, hinzugefügt, sodass sie zu ihren Kinderfotos passen. Eins von ihr im Bettchen, daneben eins von ihm im Kinderwagen. Sie am Strand von Brighton, er am felsigen Ufer in Maine. Je eins von ihnen mit fehlendem Schneidezahn, lächelnd, so angeordnet, als würden sie sich ansehen und beide dasselbe denken. Und er hat lustige kleine Bilder gemalt: ein Krankenhausbett, als ihm die Mandeln herausgenommen wurden. Kiefern von der Insel. Einen Kaffeebecher in New York. An dem Tag, als sie sich zum ersten Mal begegnet sind, hat er eine Sonne, ein Schiff und einen Anleger gemalt.

Das Buch lässt sie miteinander verschmelzen, schenkt ihnen eine gemeinsame Vergangenheit. Seine Kindheit ist ihre Kindheit. Es ist, als wären sie schon immer zusammen gewesen, als gäbe es kein Davor.

Zweiter Teil

August 1951

William

An dem Sonntagmorgen sah William von seinem Buch auf und blickte über die Pariser Dächer, wo der blaue Himmel durch den sich auflösenden Dunst schimmerte. Er und Nelson hatten vor, Paris in zwei Tagen zu verlassen und nach Rom weiterzureisen, aber es gab noch eine Liste von Museen und Sehenswürdigkeiten, die sie besichtigen wollten. Sie hatten ein strammes Programm, sahen sich tagsüber so viel an, wie sie schafften, und saßen dann bis in die Nacht hinein und tranken.

In etwas mehr als einer Woche würde er vierundzwanzig werden. Und jetzt saß er also in einem Appartement im sechsten Arrondissement. Ein kleiner Balkon mit Blick auf den Jardin du Luxembourg. Die Geräusche der Straße, die von unten heraufklangen. Der Geruch nach Verbranntem. William und Nelson, hier, zusammen auf der Europareise, die sie seit Kindertagen geplant hatten. Nelson studierte Jura und hatte Sommerferien; William hatte bei der Bank, bei der er seit seinem Abschluss arbeitete, Urlaubstage gesammelt. Morgens, wenn Nelson noch schlief, saß William oft auf dem Balkon, trank einen Kaffee und rauchte eine Zigarette, eine von den filterlosen französischen, während die Sonne hinter der malerischen Dächerlandschaft hervorspähte. Es kam dem Paris, das er sich so oft vorgestellt hatte, ziemlich nahe. Er wünschte, die Reise würde niemals enden.

Das Telefon klingelte. William stieß beim Hineingehen seinen Kaffee um, aber Nelson war schneller und meldete sich in seinem makellosen Französisch. Er lauschte, wandte sich zu William um und hob auf seine typische Art eine Augenbraue.

»Deine Mutter«, gab er ihm tonlos zu verstehen. Er nickte und hob die Hand, als William nach dem Hörer greifen wollte. William wusste, dass etwas passiert sein musste. Sonst würde sie nicht anrufen, erst recht nicht so früh am Morgen. War etwas mit Tante Sarah? Mit Gerald?

Nelson gab ihm den Hörer.

»Mutter«, sagte William. »Was ist los?«

Er wandte Nelson den Rücken zu und betrachtete erneut die Silhouette von Paris, und noch bevor sie es ausgesprochen hatte, wusste er, dass Vater tot war. Ein Herzinfarkt bei der Gartenarbeit. Mutter weinte jetzt, er konnte sie kaum noch verstehen. William bemühte sich, nicht ungeduldig zu werden. »Mutter, bitte«, sagte er schließlich. »Sag mir nur das Wesentliche. Ich komme zurück, so schnell ich kann.«

Er nickte immer wieder und versuchte, ihrem holprigen Bericht zu folgen, aber vor allem schämte er sich, weil er so wütend war. Wütend auf Vater, weil er ihm die Reise ruinierte. Er war von Anfang an dagegen gewesen. Wie Vater ihn angesehen hatte, als er ihm davon erzählte. Als wäre er wieder zwölf.

Er unterbrach Mutter mitten im Satz. »Ich schicke ein Telegramm, sobald ich weiß, wann ich ankomme«, sagte er, dann verabschiedete er sich und legte auf. Er drehte sich zu Nelson um. »Mein Vater ist tot.«

»O Mann«, sagte Nelson, und er hatte Tränen in den Augen. William nicht. Nelson hatte ihn fast genauso lange gekannt wie er selbst. William fühlte sich merkwürdig taub. »Und jetzt?«, fragte Nelson.

»Ich muss nach Hause«, sagte William. »Mutter ist völlig aufgelöst.«

Er nahm die Nachtfähre über den Ärmelkanal. Es war nicht leicht gewesen, aber schließlich hatte er Nelson überreden können, wie geplant nach Rom weiterzufahren. »Hör mal«, hatte er gesagt, »du musst doch erst zurück sein, wenn die Ferien vorbei sind. Also genieß die Reise. Wer weiß, wann wir wieder hierherkommen.« Er hatte noch ein Telegramm von Gerald bekommen, dass der Gedenkgottesdienst erst Mitte September stattfinden würde, damit alle von der Schule teilnehmen konnten. Es klang, als hätte Gerald alles im Griff. Er war der Richtige, um da zu sein, sich um Mutter zu kümmern, die trauernde Familie zu repräsentieren. William wusste, dass er nur enttäuschen würde.

Als er am nächsten Morgen in London aus dem Zug stieg, ging er zum Schalter der Reederei und fragte, ob er seine Passage umtauschen und mit dem nächstmöglichen Schiff zurückfahren könnte.

»Sie haben Glück, Sir«, sagte die Dame. »Es hat gerade jemand storniert. Ich kann Ihnen einen Platz auf dem Schiff am Mittwoch geben.«

Er reichte ihr seine Fahrkarte und seinen Pass, und sie stellte eine neue Fahrkarte aus und gab ihm beides zurück. Genau deshalb war er nach London gekommen; genau darauf hatte er gehofft. Ihm blieben noch zwei Tage, bevor das Schiff auslief. Er wollte bei Bea sein.

Bea

Bea war auf der Treppe, die Arme voller Einkäufe, als sie das Telefon klingeln hörte. Sie lief hoch zu ihrer Tür und fummelte den Schlüssel ins Schloss.

»Schätzchen«, sagte jemand. Es war Mrs G. Wie seltsam, nach all der Zeit ihre Stimme zu hören. Bea stellte die Tüten auf dem Boden ab, und ein paar Zitronen kullerten unter das Sofa. Es war ihre letzte Ferienwoche, bevor die Schule wieder begann, und am Dienstag trafen sich alle Kolleginnen aus der Grundschule zum Abendessen. Sie wollte eine Zitronencremetorte backen.

»Ja«, sagte sie etwas atemlos. »Hallo. Ist alles in Ordnung?«

»Es ist wegen Ethan«, sagte Mrs G, und Bea setzte sich. »Es tut mir leid, aber er hat einen Herzinfarkt gehabt.«

»Dann ist er also im Krankenhaus«, sagte Bea. Sie wollte nicht verstehen, wollte die versteckte Botschaft nicht hören, wollte sie zwingen, es auszusprechen.

»Nein, Liebes«, sagte Mrs G, und die transatlantischen Pausen zwischen ihren Worten zögerten die Wahrheit hinaus. »Er ist gestorben.«

Bea schlug die Hand vor den Mund, um keinen Ton herauszulassen. Sprachlos schüttelte sie den Kopf. Erst Dad und nun Mr G.

»Liebes«, sagte Mrs G, und Bea wünschte, sie könnte die Arme um ihre breite Taille legen. »Hörst du mich? Bist du noch dran?«

»Ja«, sagte Bea und grub die Fingernägel in die Handfläche. »Das tut mir so schrecklich leid.«

»Ja. Wir sind alle sehr traurig.«

Bea nickte, brachte aber kein Wort heraus.

»Die Jungs sind beide unterwegs«, sagte Mrs G. »Aber sie kommen bald nach Hause. Eine von meinen Schwestern ist hier. Die anderen sind auf dem Weg.«

»Das ist gut«, sagte Bea. »Dass bald alle da sind.«

»Ja.« Kurzes Schweigen, dann hörte sie, wie Mrs G sich räusperte. »Ich muss jetzt Schluss machen, Liebes. Aber ich wollte, dass du es weißt.«

»Vielen Dank, Mrs G.«

»Schreib mir bald, ja? Ich möchte wissen, wie es dir geht.«

»Das mache ich«, sagte Bea. »Und Sie auch, okay? Danke noch mal.«

Es klickte in der Leitung, und Bea sah sie vor sich, wie sie jenseits des Ozeans, Tausende Meilen entfernt auf dem Stuhl in der Eingangshalle saß, neben dem Telefontischchen. Dort muss es noch früh am Tag sein, und die Sonne strahlt wahrscheinlich durch die Fenster herein. Wie seltsam, sie so reglos zu sehen. Sie hat die ausgeblichene blaue Schürze umgebunden und klipst langsam den Ohrring wieder an, den sie zum Telefonieren abgenommen hat. Sie hakt Beas Namen auf ihrer Liste ab und seufzt, als sie all die anderen sieht, dann beugt sie sich vor und streichelt King, der neben ihr auf dem Boden liegt. Sie überlegt, ob sie mit ihm rausgehen soll, nun, da die Sonne aufgegangen ist und der Tag begonnen hat.

Doch das konnte natürlich nicht sein, denn King war schon vor ein paar Jahren gestorben. Sie hatten ihn hinten im Wald begraben, und sie waren alle da gewesen, um sich von ihm zu verabschieden. Gerald hatte es ihr geschrieben. Nun war Mr G gestorben, und keiner von den Jungs war zu Hause. Komisch, sie hatte sich immer vorgestellt, dass sie in so einem Moment natürlich beide da sein würden. Sie fand die Vorstellung schrecklich, dass Mrs G all diese Anrufe tätigen und den Leuten Bescheid sagen musste.

Wenn Bea an die Gregorys dachte, sah sie sie immer im Haus. Mrs G, wie sie Brot backte oder einen Einkaufszettel schrieb. Gerald, der sich über die Zeitung oder seine Kriegsanleihen oder die Planung einer neuen Schrottsammlung beugte.

Mr G in seinem Arbeitszimmer, wie er las, Tests korrigierte oder Schach spielte. Sie sah das Haus immer noch so deutlich vor sich wie zu der Zeit, als sie dort gewohnt hatte. Seine gewaltige Größe. Das Licht. Das blau-weiße Geschirr in der Eckvitrine. Die Ansammlung von Gummistiefeln neben der Hintertür. Die endlosen Flure.

Williams Platz im Haus zu finden fiel ihr schwerer. Manchmal sah sie ihn verschwommen, wie er durch die Küche zur Hintertür lief. Oder wie er ungeduldig beim Abendessen saß, immer wieder auf die Uhr schaute und darauf wartete, dass seine Mutter den letzten Löffel von ihrem Nachtisch aß. Oder sie hörte, wie er mit seinen schweren Schritten die Treppe hochkam. Wie er unregelmäßige Verben lernte, indem er sie sich laut vorsagte. Wie er eine Schublade zuknallte oder immer wieder einen Baseball mit seinem Handschuh fing.

Sie schenkte sich ein Glas Wein ein, sank auf das Sofa und blätterte die Post durch. Rechnungen, eine Postkarte von Mummy, ein Zettel von einem Kleidungsgeschäft, das mit einem Sonderverkauf warb. *Mir geht's prima*, begann der Text auf der Postkarte, und irgendwie erschien es Bea nicht richtig, dass sie ihren Urlaub genoss, obwohl Mr G gerade gestorben war. Sie legte die Karte und die Rechnungen auf den Stapel mit Post, der bereits auf dem Beistelltisch lag; sie würde sich später darum kümmern. Wenn Mum fort war, ließ sie immer alles schleifen: schmutziges Geschirr in der Spüle, das Bett ungemacht, Schminkutensilien auf dem Waschbeckenrand. Das war ihre kindische Art, sich ihre Unabhängigkeit zu beweisen. Ihre Freiheit. Sie telefonierte und sagte das Essen am Dienstagabend ab; als Grund gab sie lediglich an, sie hätte ein anstrengendes Wochenende gehabt. Wie sollte sie jemandem Mr Gs Tod erklären, der nie dort gewesen war? Wie sollte sie erklären, dass sie sich ihm enger verbunden fühlte als ihrem eigenen Vater? Sie wünschte sich, in den Staaten zu leben, damit sie zu der Beerdigung gehen konnte. Irgendwann schlief sie ein, ein Foto von Mr G in der Hand.

William

William suchte sich das nächstbeste Hotel und ging zu den Telefonkabinen hinten in der Lobby. In London waren fünfzehn »B. Thompson« gelistet. Er fing mit der ersten Nummer an und arbeitete sich nach unten durch. Hoffentlich war der Anschluss nicht unter dem Namen von Beas Mutter eingetragen; er hatte keine Ahnung, wie sie jetzt hieß. Bei der Heirat hatte sie sicher den Namen ihres neuen Mannes angenommen, aber seine Mutter hatte ihm erzählt, dass sie sich vor Kurzem hatte scheiden lassen. Was taten Frauen in so einem Fall?

Er legte fast immer sofort auf, wenn sich jemand am anderen Ende meldete. Er wusste zwar nicht, wie die Stimme von Beas Mutter klang, aber ganz sicher war es nicht das mürrische, verschlafene Grummeln von 2 Wellington Mews oder das Kindergeflüster von 14 Kelross Road. Einen Namen nach dem anderen strich er durch, während er sich durch das Telefonbuch arbeitete, und mit jedem wurde er verzweifelter. Natürlich hätte er seine Mutter anrufen und fragen können, ob sie Beas Adresse hatte, aber das wollte er nicht. Seine Mutter sollte nicht wissen, dass er hier war.

Und dann war sie da. »Hallo?«, sagte sie. Es war Bea, und er konnte nicht auflegen. Diese Stimme. »Hallo?«, sagte Bea erneut, als keine Antwort kam, und er erkannte die leichte Schärfe, den Hauch von Ungeduld. »Ist da jemand?«, fragte sie, und es war eindeutig Bea, obwohl sie viel britischer klang, und das umso mehr, je gereizter sie wurde. »Herrgott noch mal. Rufen Sie hier nicht mehr an.« Der Hörer wurde auf die Gabel geknallt, und trotz allem lächelte William.

Er kringelte den Eintrag ein und riss die Seite aus dem Telefonbuch, aber er hatte die Adresse bereits im Kopf: 283 Liverpool Road. Als er aus der Kabine trat, bemerkte er den Geschenkladen des Hotels zu seiner Rechten. Es gehört sich nicht, bei ihr aufzukreuzen, ohne ihr etwas mitzubringen, hatte er die Stimme seiner Mutter im Ohr, deshalb ging er hinein und sah sich um, erwog dieses und jenes, überlegte, was Bea wohl gefallen würde, und allmählich ging ihm auf, dass er keine Ahnung hatte. Sie war ganz sicher nicht mehr das Mädchen, das sechs Jahre zuvor aus New York abgereist war. Sie war jemand anders geworden. Vielleicht hatte sie einen Freund. Vielleicht war sie verheiratet. Vielleicht war er ein Trottel.

Schließlich verließ er das Hotel mit einer Wegbeschreibung des Portiers und ohne Geschenk. Aber auf dem Weg zur U-Bahn kam er an einem Blumenladen vorbei und bat den Verkäufer, einen hübschen Strauß zusammenzustellen. Nicht zu groß, denn mittlerweile war er überzeugt, dass Bea ganz bestimmt einen festen Freund hatte, der auch da sein würde, wenn er an ihrer Tür klingelte. Sie würden zusammen auf dem Sofa sitzen, ihre bloßen Beine auf seinem Schoß, und er würde ihr die Füße massieren. Der Kerl würde sich bei ihr zu Hause fühlen. Ob ihre Mutter ihn mochte? Wahrscheinlich.

Trotzdem wollte er ihr Blumen mitbringen. Er hatte ihr nie irgendetwas Nennenswertes geschenkt. In ihrer allerletzten Nacht in Maine, als sie erst bei Sonnenaufgang ins Haus zurückgeschlichen waren, hatte er ihr ein paar Wildblumen gepflückt. Nachdem sie aus New York zurück waren, wo sie sie zum Schiff gebracht hatten, hatte er die Blumen in ihrem Zimmer gefunden, das Wasser verdunstet, ein Kreis aus gelbem Pollenstaub um die Vase. Er hatte sie genommen und in einem Buch gepresst, das zu einem liebeskranken Jungen passte – *Romeo und Julia* vielleicht, oder *Verlorene Liebesmüh*. Zwei Jahre später war er während eines Shakespeare-Seminars auf die Blumen zwischen den Seiten gestoßen, hatte in der Bibliothek gesessen und mit den Tränen gekämpft.

Doch nun steuerte er mit einem frischen Blumenstrauß in der Hand auf die richtige U-Bahn-Haltestelle zu, stieg hinab in die Eingeweide der Erde und stieg in einem ganz anderen Teil der Stadt wieder hinauf: zu einem Wohnviertel mit Kinderwagen und Fahrrädern und einem Pub an jeder Straßenecke. Von Efeu überwucherte Häuser. Blumenkästen, die förmlich überquollen. Hier lebte sie. Er konnte kaum glauben, dass er gestern noch in Paris gewesen war und über die endlosen Dächer geschaut hatte. Er lief von der Haltestelle in die falsche Richtung, fragte jemanden nach dem Weg, und schließlich stand er vor ihrem Haus, und gerade als er auf die Klingel neben dem Schild mit der Aufschrift »Thompson, 3A« drücken wollte, kam eine Frau herausgestürzt, ein Tuch über den Lockenwicklern. Sie hielt ihm, ohne zu lächeln, die Tür auf, und er ging hinein und die enge, dunkle Treppe hinauf. Zu ihrer Tür.

Bea

Irgendwann in dieser langen, unruhigen Nacht holte Bea alle Fotos von ihrer Zeit in Amerika hervor und breitete sie auf dem Küchentisch aus. Sie hatte sie seit Jahren nicht mehr angesehen. Während der Überfahrt nach England und in den ersten Monaten zu Hause war sie den Stapel mindestens einmal am Tag durchgegangen, hatte die Fotos durchgeblättert wie ein Kartenspiel. Die Ränder waren eingerissen und verknickt, und einige der Fotos verblassten bereits. Eine Aufnahme von ihr, William und Gerald aus der Anfangszeit – vielleicht der erste Schultag? Wie jung sie damals waren. Wie viel Zeit seither vergangen war. Mittlerweile war sie länger wieder hier, als sie fort gewesen war.

Als sie am nächsten Morgen aufwachte und die Erinnerungen sie nicht losließen, beschloss sie, die Fotos zu ordnen. Da auf dem Tisch nicht genug Platz war, breitete sie sie auf dem Fußboden aus, in einer langen Reihe, die vom Flur bis zum Wohnzimmer reichte. Dann fiel ihr ein, dass sie noch mehr Fotos besaß, die, die Mrs G ihr im Lauf der vergangenen Jahre geschickt hatte, und sie fügte sie zu den anderen hinzu, sodass die Reihe schließlich bis in die Küche ging.

Ihrer Mutter hatte Bea die neueren Fotos nie gezeigt und von den älteren nur ein paar. Sie wusste, dass sie sich über die neuen Aufnahmen nur ärgern würde. Offenbar wollte ihre Mutter die Gregorys vergessen, die Zeit in Amerika auslöschen. Und sie wollte, dass Bea dasselbe tat. Bea hatte ihr anfangs mal ein Foto gezeigt, vielleicht das von Williams Eröffnungsfeier in Harvard, auf dem er und Gerald und Mr G diese albernen

Fliegen trugen und Mrs G den Hut mit den Federn, und Mum hatte nur geschnaubt. *Diese Leute*, hatte sie gesagt, und für Bea war es wie eine Ohrfeige. »Diese Leute« waren Menschen, die sie liebte. Die sie vermisste. Sie hatte gelernt, dass es besser war, nicht über sie zu sprechen, sie für sich zu behalten.

Sie kroch auf allen vieren durch die Wohnung und versuchte, jedes Foto an den richtigen Platz zu legen, als es an der Tür klingelte. Sie war nicht für Besuch angezogen, und im Aufstehen band sie ihr Haar zu einem lockeren Pferdeschwanz zusammen. »Wer ist da?«, fragte sie halbherzig, weil sie keine Lust hatte aufzumachen; womöglich war es wieder diese lästige Frau von unten, die sich dauernd etwas borgen wollte. Es kam keine Antwort, und so stand sie reglos im Flur, in der Hoffnung, dass der unbekannte Besuch wieder gehen würde, doch dann hörte sie ein eigentümliches Klopfen – erst einmal, und dann noch einmal. Es klang wie ihr Code. Sie riss die Tür auf, und da war er. William. Er sah genauso aus wie früher, nur erwachsen. Erschöpft und traurig, aber da war auch Freude. Eine seltsame Mischung aus Kummer und Glück.

»Oh, William«, sagte sie. »Du bist es.«

William

Als er vor der Tür stand, fragte er sich plötzlich, ob er überhaupt hier sein sollte. Sie waren länger getrennt, als sie zusammen gewesen waren. Sie waren keine Kinder mehr. Bea würde ein anderer Mensch sein. Und er stand hier, mit seiner großen Reisetasche über der Schulter, als wäre er für einen längeren Besuch gekommen. Doch schließlich drückte er auf die Klingel. Er hörte ein leises Geräusch von drinnen, aber niemand öffnete. Da erinnerte er sich an Geralds albernen Code und klopfte, erst einmal und dann noch einmal. Der Schlüssel drehte sich im Schloss, und die Tür schwang auf. Und da war sie. Fast so, als hätte sie mit ihm gerechnet.

Sie trug ein blaues Oberteil und einen gestreiften Rock, und ihre Füße waren nackt, die Zehennägel leuchtend rot lackiert. Sie war schmal, das Gesicht hager, die Schultern knochig. Reglos standen sie voreinander und sahen sich nur an. William wusste nicht, was er sagen sollte. Er hatte Angst, er würde in Tränen ausbrechen.

Schließlich bat sie ihn herein, führte ihn ins Wohnzimmer und bestand förmlich darauf, dass er sich aufs Sofa setzte. Es erschien ihm nicht richtig, sie zu berühren, obwohl er es gerne getan hätte. Doch als sie so neben dem Sofa stand, legte sie die Hand auf seine Schulter und ließ sie dort liegen. »Deine Mutter hat mich angerufen.«

»Sie hat es dir also gesagt?« Er wandte den Blick ab und sah sich im Zimmer um, erleichtert, dass sie es bereits wusste. Er hatte überlegt, wie er es ihr beibringen sollte, und sich gefragt, wie sie reagieren würde.

»Ich kann's nicht fassen«, sagte sie. »Ich habe gedacht, er würde niemals sterben. Oder jedenfalls noch nicht jetzt.«

»Ja«, sagte William nur, weil er nicht wusste, ob er es schaffen würde, mehr zu sagen. Das Ganze erschien ihm so unwirklich. Er wagte es nicht, sie anzusehen. Sie stand reglos neben ihm, die Hand auf seiner Schulter, und er wünschte sich nichts sehnlicher, als die Arme um ihre Taille zu legen. Da erinnerte er sich an die Blumen in seiner feuchten Hand, und er gab sie ihr. »Hier. Für dich.«

»Danke«, sagte sie und lächelte zum ersten Mal. Dieses Lächeln, das er so gut kannte. »Sie sind wunderschön. Ich hole mal eine Vase.«

Sie ging in die Küche, und er hörte Wasser laufen. »Kaffee?«, rief sie, und er sagte Ja. Ihre Wohnung war nicht mal halb so groß wie seine. Wenn er sich zur Seite beugte, konnte er sie hin und her gehen sehen. Wie seltsam das alles war. Hier zu sein, bei ihr. Und sich so unwohl zu fühlen.

Plötzlich stand sie in der Tür, die Nase fragend gerümpft, genau wie früher. Als wäre keine Zeit vergangen. »Mit Milch? Oder schwarz?«

»Mit Milch und Zucker bitte.« Er antwortete mechanisch, während er auf ihr üppiges Haar blickte, das ihr bis zur Taille reichte. Hatte sie es nicht eben noch zusammengebunden gehabt?

Sie zuckte die Achseln. »Irgendwie denke ich, ich müsste es wissen, aber das ist Unsinn. Wir haben ja damals noch keinen Kaffee getrunken.« Sie verschwand wieder in der Küche, rief dann aber: »Ach nein, warte mal – weißt du noch? Das Chock Full o' Nuts? In New York?«

Das hatte er vergessen. »Gerald«, sagte er. »Stimmt.« Sein Blick wanderte durchs Zimmer. Abgewetzte Möbel. Überall Zeug. Auf dem kleinen Tisch neben ihm ein Foto von Bea und ihrer Mutter. Eigenartigerweise lagen auf dem Fußboden auch Fotos, in einer Linie, die sich vom Flur hereinschlängelte, ein paar Stühle umkreiste und dann in die Küche führte.

Bea kam mit einem Tablett und sah seinen Blick. »Fotos von euch allen«, sagte sie. »Ich habe nach dem Anruf deiner Mutter ein bisschen in Erinnerungen geschwelgt. Und du kennst mich ja, bei mir muss alles seine Ordnung haben.« Sie blickte sich in der Wohnung um und lachte. »Na ja, einiges zumindest.«

Sie schob einen Stapel Post zur Seite und stellte das Tablett auf den Beistelltisch. Der Blumenstrauß in einer Glasvase. Zwei weiße Porzellantassen mit Kaffee. Ein Teller mit Keksen. Zwei rosafarbene Leinenservietten.

»Edel«, sagte er. »Und so erwachsen.«

»Ich bin ja auch erwachsen«, erwiderte sie lächelnd. »Letzte Woche bin ich zweiundzwanzig geworden. Aber das hier sind Geschenke von Mummys Hochzeit.« Sie setzte sich neben ihn aufs Sofa und reichte ihm seine Tasse. »Die allerdings länger gehalten haben als die Ehe.«

»Hab ich schon gehört«, sagte er. »Ist sie hier?«

»Im Urlaub, mit ihren Freundinnen.« Sie deutete auf die Post. »Ich kriege fast täglich eine Karte von ihr. Ich glaube, sie hat ein schlechtes Gewissen.«

Da lächelten sie beide.

»Du«, sagte sie.

»Du«, erwiderte er.

Sie wandte den Blick als Erste ab, und als sie ihn wieder ansah, waren ihre Augen dunkel. Daran erinnerte er sich noch, von ganz am Anfang. Wie viel Angst sie gehabt hatte. Und dass sie in ihren Augen zu sehen gewesen war.

Sie schwieg eine Weile. Ihre Haut war blasser, als er sie in Erinnerung hatte, ein durchscheinendes Elfenbein, das durch den dunkelroten Lippenstift noch betont wurde, den sie aufgetragen haben musste, als sie in der Küche war. Damals hatte sie keinen Lippenstift getragen.

»Er würde sich bestimmt freuen, uns hier zusammen zu sehen«, sagte sie. »Oder was meinst du?«

Er wusste nicht, wie er darauf antworten sollte. Früher hatte sie oft erwähnt, was ihr eigener Vater über irgendetwas dachte, als würde er über ihr schweben. William hatte manchmal mitbekommen, wie sie mit ihrem Vater sprach, ihm von ihrem Tag erzählte. Als hätte sein Tod nichts an ihrer Verbindung geändert. Damals glaubte er, dass es Bea dabei half, den Schmerz zu überwinden.

Einmal waren sie darüber sogar in Streit geraten. Er hat alles genau vor Augen. Sie sind in der Pause zum Friedhof gegangen, um sich eine Zigarette zu teilen, und da brüllt sie ihn plötzlich an, weil er sich auf einen Grabstein gesetzt hat. *Sie sind tot*, sagt er zu ihr, *da sind nur noch Knochen. Knochen und Würmer.* Sie verzieht das Gesicht. *Du bist widerlich, William Gregory. Das hier ist ihre letzte Ruhestätte. Zeig gefälligst etwas Respekt.*

Er schnippt den Zigarettenstummel in den Teich. *Ich höre übrigens, wenn du mit ihm redest*, sagt er, obwohl er weiß, dass er den Mund halten sollte. Er spürt es in seinem Magen, während er die Worte ausspricht. Es ist, als hätte er eine unsichtbare Linie überschritten und die Nähe zwischen ihr und ihrem Vater zerstört. Die Ader an ihrem Hals pulsiert, als sie ihre Tasche aufhebt. Sie sagt nichts, sondern starrt ihn an, mit diesem Blick, den sie nur bei ihm benutzt. *Er ist nicht hier*, sagt er. *Er ist tot.* Da dreht sie sich um und geht wortlos davon, zur Rückseite des Friedhofs, und klettert dort über einen Zaun. Beim Abendessen fällt ihm auf, dass ihr Schulrock eingerissen ist und ihre Strumpfhose eine Laufmasche hat. Danach hatten sie tage-, vielleicht sogar wochenlang nicht miteinander geredet. Und später, als sie zusammen waren, hatten sie nie darüber gesprochen. Er hatte nicht gewusst, wie er es ansprechen sollte, wie er es zurücknehmen konnte.

William schloss die Augen, als er daran dachte. Er wusste, dass er dazu neigte, das Falsche zu sagen oder zu tun. Irgendetwas trieb ihn dazu, andere zu verletzen. Sein Vater hatte ihn eines Nachmittags in sein Büro zitiert, weil er Gerald bei der

Morgenandacht verspottet hatte. *Ich weiß, du denkst, wir sind uns überhaupt nicht ähnlich*, hatte er gesagt, *aber in dieser Hinsicht schon. Mein Vater war genauso. Wir sprechen aus, was wir denken. Aber Gerald und deine Mutter sind anders, und du musst dich bemühen, deine Gedanken für dich zu behalten.*

»Ja«, erwiderte er nach langer Pause und blickte Bea an. »Mutter wird sich auch freuen, wenn ich ihr zu Hause davon erzähle, dass wir uns gesehen haben.«

Bea nickte. »Sie hat gesagt, du wärst unterwegs, aber sie hat nicht erwähnt, dass du *hier* bist. Weiß sie nicht, wo du bist?«

»Ich war in Paris. Mit Nelson. Das hatten wir schon seit einer Ewigkeit vor. Aber jetzt fahre ich nach Hause.«

Sie nickte erneut, und er sah in ihrem Blick, dass sie verstanden hatte, wusste, dass er nicht vorgehabt hatte, sie zu besuchen. Dass die Reise ohne Abstecher nach London geplant gewesen war. Nelson hatte mehrmals nachgehakt, aber William war stur geblieben. Er hatte sie nicht sehen wollen. Erst als er vom Tod seines Vaters erfahren hatte, wurde ihm bewusst, dass er nirgendwo anders sein wollte als bei ihr. Er hatte sich eingeredet, dass er ihretwegen hinfuhr, dass sie ihn jetzt brauchte, doch das stimmte nicht. Er brauchte sie. »Nelson«, sagte sie. »Bobby Nelson? An ihn habe ich schon ewig nicht mehr gedacht.«

Er erzählte ihr von Nelson und ihrer gemeinsamen Reise. Von den wunderbaren Dingen, die sie gesehen und unternommen hatten. Dann berichtete er ihr von zu Hause, von seiner Arbeit bei der Bank. Seinen Freunden. Und schließlich auch von Rose und dem Kind, das im Februar kommen würde. Und der Hochzeit, die im Oktober stattfinden sollte. Er sah die Überraschung auf ihrem Gesicht, dann die Enttäuschung und wunderte sich, dass seine Mutter oder Gerald ihr nichts davon geschrieben hatten. Sie versuchte zu lächeln. »Ein Kind«, sagte sie. »Meine Güte.« Sie ging in die Küche, holte eine Flasche Sherry und goss die goldene Flüssigkeit in zwei kleine Gläser, sah ihn aber nicht an, als sie miteinander anstießen.

Dann fragte er sie nach ihrem Leben, und sie erzählte ihm von ihrer Grundschulklasse, den Freundinnen von der Arbeit und der komplizierten Beziehung zu ihrer Mutter. »Ich glaube, für sie war ich immer noch das Kind von früher, als ich zurückkam«, sagte sie. »Und Tommy machte das Ganze auch nicht gerade einfacher.« Sie sprachen kurz über Vater, aber sie waren beide noch nicht bereit, den Tatsachen ins Auge zu sehen. Die harte Wahrheit zu akzeptieren. Dann schien es plötzlich nichts mehr zu sagen zu geben. Als wären sie zwei Fremde, die sich versehentlich zu nah gekommen waren. Mittlerweile war es Nachmittag. Bea stand auf, um die Gläser wegzuräumen. Er sah zu ihr, und wieder musste er an jene erste Zeit denken, als sie so verloren gewesen war, als er darauf gewartet hatte, dass Gerald irgendetwas Albernes tat, damit sich ihr Gesicht verwandelte.

Er stand ebenfalls auf, um sich die Beine zu vertreten, und ging an der Fotoreihe entlang, wobei er sich ab und zu bückte und eins hochnahm, um es sich genauer anzuschauen. Dann trug er das Tablett mit den Kaffeetassen und den Blumen in die Küche. Dort waren noch mehr Fotos, aktuellere, die er gar nicht kannte. Das letzte war eins von seinem Vater, der grinsend eine Schachpostkarte hochhielt und darauf zeigte. Es schien ziemlich neu zu sein. Sein Haar war darauf eher golden als rot, mit Grau an den Schläfen, und William stellte fest, wie dünn er geworden war. Und wie alt. Im wahren Leben war ihm das gar nicht aufgefallen. Er fragte sich, wann er seinen Vater zuletzt wirklich angesehen hatte.

»Was hat es damit auf sich?«, fragte er. »Warum zeigt er auf die Schachkarte?«

Bea stand im Türrahmen. »Ich habe ihn geschlagen«, antwortete sie. »Endlich.« Dann sah sie ihn fragend an. »Wusstest du das nicht?« Sie lächelte leise. »Wir haben schon seit Jahren miteinander gespielt.«

»Du spielst Schach? Du hast mit ihm Schach gespielt?«

»Ja. Wir haben in dem Sommer angefangen, als du mit Gerald im Ferienlager warst. Bevor ich nach England zurückgefahren bin, hat er mir gezeigt, wie man die Züge notiert, und seither haben wir die ganze Zeit gespielt.« Sie fing an zu weinen. »Weißt du, das war das Einzige, was meine Mutter an eurer Familie guthieß: dass ich mit deinem Vater Schach gespielt habe. Es ist nämlich so, dass sowohl sie als auch mein Vater zuvor mit ihm gespielt haben. Unsere Schachkarte ist gerade vor ein paar Tagen wieder hier angekommen.« Sie nahm sie vom Kühlschrank und zeigte sie ihm. »Ich habe schon den ganzen Tag überlegt, was ich damit machen soll. Irgendwie finde ich es falsch, nicht weiterzuspielen. Aber ich weiß nicht, wem ich sie schicken soll.«

Da nahm er sie in die Arme. Sie fühlte sich anders an, knochiger, nicht mehr so tröstlich. Er war an Rose gewöhnt, den Schwung ihrer Hüften, den Duft ihres Puders. Und dennoch fühlte es sich so vertraut an. Er wollte sie nicht mehr loslassen.

Bea

Bea ging in ihr Schlafzimmer, um sich umzuziehen. Sie wollten etwas trinken und dann essen gehen. Leise schloss sie die Tür und setzte sich aufs Bett. William, hier, in ihrer Wohnung.

Fast rechnete sie damit, dass er verschwunden sein würde, sobald sie wieder aus dem Zimmer kam, dass er nur eine Fata Morgana war, heraufbeschworen durch ihre intensive Beschäftigung mit den Fotos. Es war so unwirklich. Wie oft hatte sie davon geträumt, dass er hier sein würde, in London. In ihrer Welt. Dass sie wieder zusammen sein würden. Und dann hatte er plötzlich vor ihr gestanden.

Und doch stimmte die Wirklichkeit nicht mit ihrem Traum überein. Der William aus ihren Träumen war nicht der, der hier war. Der aus ihren Träumen war der von vor sechs Jahren. Unvorhersehbar. Zornig. Liebenswert. Gegen Grenzen kämpfend. Gegen Wände laufend. Der William, der jetzt nebenan saß, war anders. Er schien sich abgefunden zu haben, sich in einem Leben eingerichtet zu haben, das nicht recht zu ihm zu passen schien. Es war, als wäre das Feuer in ihm erloschen. Sie musste an den Silvesterball damals zurückdenken, als sie sich alle schick gemacht und die Erwachsenen gespielt hatten, die sie sein wollten. Er hatte an dem Abend großartig ausgesehen, aber nicht wie der William, den sie liebte. Und auch dieser William hier war nicht der, den sie gekannt hatte.

Je mehr sie über sein Leben erfuhr, desto trauriger wurde sie. Welche Aussichten er gehabt hatte, welches Potenzial. Sie hatte ihn überzeugt, nach Harvard zu gehen, für sie beide zu studieren. Und anfangs hatte er das auch getan. Seine Briefe waren voll von Universitätsdingen gewesen, von der Aufregung und Faszination. Dann kamen die Briefe seltener, und es war, als wüsste er nicht mehr, worüber er schreiben sollte. Sie wollte nichts von alten Freunden oder Partys oder neuen Bars hören. In gewisser Weise war sie erleichtert gewesen, als er ihr gar nicht mehr schrieb, wie sie es von Anfang an vorgeschlagen hatte. Und jetzt würde er heiraten und ein Kind haben. Wobei die Tatsache, dass seine Freundin schwanger war, durchaus zu dem alten William passte. Mr und Mrs G waren bestimmt außer sich gewesen. Kein Wunder, dass Mrs G in ihrem letzten Brief nichts davon erzählt hatte.

Sie zog ein Kleid an, flocht sich einen Zopf und legte frischen Lippenstift auf. Als sie ins Wohnzimmer zurückkehrte, saß William wieder auf dem Sofa, aber auch er hatte sich umgezogen: ein frisches Hemd, eine andere Krawatte. Und er hatte sich die Haare gekämmt, die er jetzt so kurz trug, dass keine einzige Locke mehr zu sehen war. Er stand auf und verneigte sich.

»M'lady«, sagte er.

»Sir.« Sie lupfte den Rock und machte einen Knicks. »Wonach steht dir der Sinn? Ein Pub hier in der Gegend? Oder möchtest du ins Zentrum, um ein bisschen was von der Stadt zu sehen?«

»Lass uns hierbleiben«, sagte er. »In deinem Viertel.«

Beim Abendessen sprachen sie hauptsächlich über London und die Folgen des Krieges. In Paris hatte er Ähnliches gesehen. Er sagte, Nordfrankreich – durch das er mit dem Zug gefahren war – wäre ihm trostlos vorgekommen. Kaum noch ein Stein auf dem anderen. Sie erzählte ihm, dass sie sich in der ersten Zeit nach ihrer Rückkehr immer wieder verlaufen hatte, sogar in ihrem alten Viertel. Wo sie früher bei der Kirche links abgebogen war und dann beim Lebensmittelladen rechts, gab es plötzlich nur noch offenen Himmel.

»Das muss doch schön gewesen sein«, sagte er. »Weißt du noch, wie wir in Maine im Gras gelegen und in den Himmel geschaut haben?«

»Das war aber kein Maine-Himmel, sondern London-Himmel. Meistens grau und hässlich.«

Er nickte und trank einen Schluck Bier, dann lehnte er den

Kopf an die Wand der Nische und schloss die Augen. »Ich träume oft von Maine«, sagte er. »Vom Wasser. Vom Himmel. Vom Schrei der Möwen und dem Duft der Kiefern. So wie du eine Weile gebraucht hast, dich hier in der Stadt wieder zurechtzufinden, habe ich eine Weile gebraucht, um zu begreifen, dass die Insel uns nicht mehr gehört. Schon komisch, wie Orte ein Teil von uns werden.«

»Ich war so traurig, als ich davon gehört habe. Deine Mutter war bestimmt todunglücklich.«

»Ich glaube, sie haben vorher endlos gestritten. Das Geld für mein Studium haben sie irgendwie zusammengekratzt, aber für Gerald reichte es nicht.«

Eines Tages hatte Bea ein großes Paket von Mrs G bekommen. Darin waren Sachen aus dem Haus in Maine: ein Beereneimer, ein riesiger Kiefernzapfen, der Quilt von ihrem Bett. Dabei lag ein kleiner Zettel. *Liebe Bea, ich wollte, dass Du das hier bekommst. Wir mussten das Haus verkaufen. Ich weiß, dass Du es genauso geliebt hast wie wir. Freu Dich an den Sachen und halte Deine Erinnerungen darin fest. Alles Liebe, Mrs G.* Bea hatte sofort zurückgeschrieben und tausend Fragen gestellt, aber Mrs G hatte nicht darauf geantwortet. Jetzt erwähnte sie Maine in ihren Briefen nur noch selten. Bea packte die Sachen wieder in den Karton und stellte ihn ganz hinten in ihren Schrank. Es war zu schwer für sie, diese Dinge in ihrem Leben zu haben.

»Im Juli war ich mit Rose auf der Insel«, sagte William. »Ich habe mir Mr Laskys Boot geliehen, und wir sind hinübergerudert und beim Wald an Land gegangen. Lasky hat mir erzählt, die neuen Besitzer sind aus New York und kommen nur im August. Deshalb sind wir für eine Nacht im Haus geblieben, damit Rose es mal sehen konnte. Damit sie versteht.«

Endlich der William, den sie kannte. Der ein Risiko einging.
»Und?«, fragte sie. »Was hat sie gesagt?«

»Sie fand es schrecklich. Sie mag es nicht, etwas Unerlaubtes zu tun – im Bett von jemand anderem zu schlafen, den Wein von jemand anderem zu trinken –, und sie hat es nicht auf dieselbe Art gesehen wie wir. Ich wollte, dass sie es genauso liebt, aber das hat nicht geklappt.«

»Für uns ist das doch nichts Neues«, sagte Bea, und sie war sich bewusst, dass sie damit eine Gemeinsamkeit beschwor, die diese Rose ausschloss. »Wir wissen, wie schwer es ist, die Vergangenheit eines anderen zu verstehen.«

»Sie fand es vor allem kalt und feucht.« Er hielt inne und ließ seinen Blick durch den Pub schweifen. »Ich habe versucht, genug Geld zu sparen, um es zurückzukaufen«, sagte er, ohne sie anzusehen. »Ich will es wiederhaben. Und als sie schwanger wurde und ich wusste, dass ich eine Familie haben würde, wollte ich es sogar noch mehr. Ich will, dass mein Kind unsere Kindheit hat. Aber sie will das nicht. Sie will ein Haus auf Cape Cod. Ich bezweifle, dass wir je das Geld dafür haben werden. Außerdem will ich da auch gar nicht hin.«

Bea wusste nicht, was sie sagen sollte. Sie hatte verdrängt, dass er bald heiraten und ein Kind haben würde, dass für ihn ein neues Leben begann, in dem sie nicht vorkommen würde. Sie wollte weiter über Maine sprechen. »Unsere Kindheit«, hatte er gesagt. Als wären sie immer zusammen gewesen. »Erzähl mir deine liebste Erinnerung an die Insel«, sagte sie. »Welcher Moment begleitet dich für immer?«

Da lächelte er, und wieder kehrte der alte William zurück. Das zeigte sich nicht so sehr in seinem Aussehen – wie gut er jetzt aussah, fast wie ein Filmstar –, sondern in der Art, wie er sich auf der Sitzbank entspannte. »Da gibt es so viele. Aber was mir als Erstes einfällt: erschöpft auf dem Schwimmdock liegen, nachdem ich dich oder Gerald oder, noch besser, euch beide beim Wettschwimmen geschlagen habe, und die Sonne auf meinem Gesicht spüren. Marshmallows über dem Feuer rösten und den Funken zusehen, die in die Nachtluft stieben. Vater, wie er mit seinem Fang vom Boot kommt, die Brillengläser ganz fleckig vom Salzwasser.« Er hielt kurz inne. »Und du. In diesem letzten Sommer.«

»Ja«, sagte sie. »Die sind alle gut.« Sie sah ihn an, und er sah sie an, und dann waren sie wieder auf der Insel, in ihrer letzten gemeinsamen Nacht. Sie schleichen sich aus dem Haus, als die anderen schlafen, und laufen über den Pfad durch den Wald, er strebt voran und zieht sie an der Hand hinter sich her. Sie laufen bis zum Ufer, zu der Stelle, wo sie schwimmen gelernt hat, wo das Wasser ein bisschen wärmer ist, ziehen sich aus und waten hinein. Es ist so kalt, dass sie die Hand auf den Mund pressen muss, um nicht zu schreien, aber sie will nicht, dass er ihren nackten Körper sieht, deshalb bewegt sie sich so schnell wie möglich dorthin, wo es tiefer ist. Sie geht so weit, bis ihr das Wasser bis zur Brust reicht, dann hält sie die Luft an, taucht unter und kommt lachend und zitternd vor Kälte wieder hoch. *Okay, wir haben es getan*, sagt sie, und ihre Zähne klappern so, dass sie kaum sprechen kann. *Jetzt nichts wie raus.* Sie bewegen sich mit den Wellen aufs Ufer zu, und sie sieht verstohlen zu ihm hinüber, bevor beide sich in ihre Handtücher hüllen und sich in deren Schutz wieder anziehen.

Auf dem Rückweg zum Haus stolpert sie über eine Baumwurzel, und sie fallen atemlos und lachend zu Boden. Er setzt sich auf und zieht sie zu sich, und sie klettert auf seinen Schoß, sodass sie sich ansehen. Aber es ist dunkel unter der dichten Decke der Bäume. Es ist dunstig, es gibt weder Mond noch

Sterne, und sie kann sein Gesicht nicht sehen. Da sie nicht weiß, ob er lächelt, forscht sie mit den Fingern. Seine Wangenknochen. Seine Augenbrauen. Sein Kinn. Das überraschend weiche neue Haar auf seinem Gesicht. Das Muttermal neben seinem Auge. Sein Mund. Er lächelt. Und dann tut er dasselbe bei ihr, ganz leicht und zart. Sie hätte nicht gedacht, dass er so sanft sein kann. Ein Augenlid und dann das andere. Ein Ohr und dann das andere. Ihre Nase. Sie küssen sich, und er schmeckt nach Salz, und dann schlingt sie die Arme um seinen Hals und er seine um ihre Taille, und so sitzen sie da, ihre Wange an seinem Hals, sein Atem auf ihrem Haar, ohne sich zu bewegen, und es fühlt sich so richtig an, so, als hätten all die gemeinsamen Jahre genau auf diesen Moment hingeführt. Diesen einen wundervollen Moment.

William

Er war nicht nach London gefahren, um mit Bea zu schlafen. Er hatte nur bei ihr sein wollen. Doch genau das passierte. Sie stolperten vom Pub nach Hause und hatten zu viel getrunken, zu viel über damals geredet, zu viele Erinnerungen ausgetauscht. Die Gegenwart war irgendwie fortgespült und vergessen. Die Vergangenheit tat sich vor ihnen auf und trug sie mit sich weg. Rose existierte nicht. Sein Vater lebte noch. Sie wurden wieder, was sie damals gewesen waren: Teenager, begierig darauf, zu erforschen und erforscht zu werden. Er fummelte an ihrem BH herum, sie zerrte ungeduldig am Knoten seiner Krawatte. Er war gierig, verzweifelt, wollte nur noch in sie hinein, und dann, als er dort war, wollte er bleiben, auf ihr einschlafen. Doch Bea küsste ihn auf die Wange, wand sich unter ihm hervor und drückte in einer Art Entschuldigung seine Hand. Bald danach schlief sie ein, und er lag da und sah zu, wie sie atmete, ihr nackter Körper beleuchtet von den Straßenlaternen.

Als er am nächsten Morgen aufwachte, waren neben ihm zerknüllte Laken, und er brauchte einen Augenblick, um zu begreifen, wo er sich befand. Das Schlafzimmer war gerade groß genug für das Bett und eine kleine Kommode. Durch das schmale Fenster fiel helles, zu helles Sonnenlicht. Er hörte ein Geräusch, und als er sich umdrehte, sah er Bea im Türrahmen stehen, angezogen, mit einem Zettel in der Hand. Sie wirkte nervös, als wäre sie diejenige, die hier fremd war.

»Was ist das?«, fragte er und zog sich das Laken über die Brust, weil er sich plötzlich entblößt fühlte. Hatten sie wirklich miteinander geschlafen? Oder hatte er sich das nur eingebildet?

»Unser Plan für heute«, sagte sie. »Ich zeige dir London. Mein London.«

Am Abend zuvor hatten sie darüber gesprochen, wie schwer es war, die Vergangenheit eines anderen zu verstehen. Damals hatte sie versucht, ihm von ihrem Leben in London zu erzählen, aber er hatte es nie mit eigenen Augen sehen können, und im Lauf der Zeit hatte sie ihre Vergangenheit davongleiten lassen. Stattdessen war sie ein Teil seiner Welt geworden, der Gregory-Welt. Und nun war er hier, in ihrer Wohnung, ihrer Welt. Sie hatten die Rollen getauscht.

Sie hatte bereits Kaffee gekocht und schenkte ihm eine Tasse ein, bevor sie aufbrachen. Er setzte sich an den kleinen Tisch in der Küche und sah zu, wie sie Sahne und Zucker holte, ein paar Brotscheiben in den Toaster schob, den gebutterten Toast in Dreiecke schnitt. Er legte den Arm um ihre Taille und zog sie an sich. Sie küsste ihn auf den Kopf und löste sich aus seinem Arm, bevor er bereit war. Wie leicht sie sich in dem engen Raum bewegte.

Als sie das Haus verließen, hatten sich Wolken vor die Sonne geschoben. Es war ein normaler Dienstagmorgen. Auf den Straßen eilten die Leute zur Arbeit oder hatten irgendetwas zu erledigen; die Männer schwitzten in ihren Anzügen, ihre Stirnen glänzten. Kinder liefen lachend vorbei. Frauen schoben Kinderwagen vor sich her. Irgendwann in der Nacht musste es geregnet haben, die Straßen und Gehwege waren von Pfützen übersät.

Bea und ihre Mutter waren nach der Scheidung wieder in ihr altes Viertel gezogen, und sie führte William als Erstes zu der Stelle, wo einst ihre Schule stand. Sie war kurz nach Beas Abreise von einer Bombe zerstört worden, und nun erhob sich dort stolz eine neue Schule. In der Fassade, die zum Schulhof hinausging, waren Ziegelsteine vom alten Gebäude eingemauert worden, als eine Art Mahnmal. Er erinnerte sich an Beas Geschichte von den Jungs, die mit ihrer Gasmaske über den Schulhof gelaufen waren und wie Schweine gegrunzt hatten.

Von dort gingen sie zum Lebensmittelladen, zu dem sie schon als Kind gegangen war, und kauften etwas zu knabbern für unterwegs. »Morgen, Trixie«, sagte die Frau hinter dem Tresen lächelnd und warf William einen forschenden Blick zu. »Wo ist denn deine reizende Mutter?«

Bea erklärte ihr, dass sie Urlaub machte. »Sie kommt Ende der Woche zurück«, sagte sie, griff ihn am Ellbogen und schob ihn weiter in den Laden hinein.

»Trixie«, sagte er, als sie bei Mehl und Zucker standen. Der Name fühlte sich in seinem Mund seltsam an. »Trixie?«

Sie wurde rot, was er bei ihr nur selten erlebt hatte. »So nennen mich die Leute hier. Mummy mochte den Namen Bea nie.«

»Aber so haben wir dich genannt. Wir alle.«

»Nicht von Anfang an. Erst habt ihr Beatrix gesagt, und dann wurde es irgendwann abgekürzt. Ich weiß nicht mehr, wann oder von wem. Aber mir hat's gefallen. Irgendwie passte es, dass ich bei euch einen anderen Namen hatte. Jemand anders war. Aber als ich zurückkam, war ich wieder Beatrix, in der Schule haben sie mich Trix genannt, und jetzt bin ich eben Trixie.«

»Und wie soll ich dich nennen?«, fragte er leicht verärgert; irgendwie fühlte er sich betrogen.

»Bea natürlich.« Sie sah ihn an, als wäre er nicht ganz bei Trost. »So heiße ich für dich. Und so sollst du mich nennen.« Sie deutete zur Tür. »Geh schon mal raus und warte draußen auf mich, ja? Ich habe keine Lust, Mrs Neugierig zu erklären, wer du bist.«

Er zuckte die Achseln und verließ unter dem Gebimmel der Türglocke den Laden. Draußen zündete er sich eine Zigarette an, lehnte sich an die Hauswand gegenüber und wartete auf Bea. Er konnte nicht in den Laden hineinsehen; er sah nur sein Spiegelbild im Schaufenster. Wer war er? Er stellte sich vor, was sie alles zu der Frau am Tresen sagen könnte:

Das ist William, ich habe während des Krieges bei seiner Familie gelebt.
Wissen Sie noch, damals, als ich in Amerika war? Der ältere Junge, von dem ich Ihnen erzählt habe? Das ist er!
Fünf Jahre lang war dieser Junge wie ein Bruder für mich.
Und dann, am Ende, war er mehr.
Oh, und letzte Nacht hatte ich Sex mit ihm.

So war das also, zum ersten Mal zusammen in der Öffentlichkeit. Er wollte ihre Hand halten. Er wollte der Welt zeigen, dass sie ein Paar waren. Stattdessen behandelte sie ihn wie einen

Menschen zweiter Klasse, einen Bediensteten, der draußen auf der Straße auf sie warten sollte. Schließlich kam sie heraus und rannte über die Straße, weil sie einem Auto ausweichen musste, doch als sie sein Gesicht sah, erlosch ihr Lächeln.

»Was ist?« Sie marschierte mit forschem Schritt los, sodass er hinter ihr herlaufen musste. »Was ist dein Problem?«

Er wartete, bis ein paar entgegenkommende Passanten an ihnen vorbei waren. »Du«, sagte er. »Du bist das Problem.«

Sie bog in eine Seitenstraße ein, dann blieb sie abrupt stehen und drehte sich zu ihm um. Er hätte sie beinahe umgerannt. »Was soll ich denn tun, William? Soll ich jedem hier meine privaten Angelegenheiten auf die Nase binden? Sie kennt meine Mutter, und mich kennt sie von klein auf.« Ihre Ohrenspitzen leuchteten knallrot. Das hatte er vergessen.

»Es hätte ja vielleicht noch eine andere Möglichkeit gegeben, als mich hinauszuwerfen.«

»Was hätte ich ihr sagen sollen? Das ist William, ich habe früher bei seiner Familie in Amerika gelebt, und letzte Nacht haben wir gevögelt?«

Er wusste nicht, was er darauf erwidern sollte. Sie war immer schon kämpferisch gewesen. Das gehörte zu den Dingen, die ihm an ihr gefallen hatten: wie sie für sich einstand. Aber dieser drastische Ton war ihm neu und überraschte ihn. Auch wenn es albern erschien, er hatte noch nie ein Mädchen so reden hören. Selbst Rose, die durchaus nicht zimperlich war, sagte immer »Liebe machen«, ein Ausdruck, den er hasste. Sex, dachte er dann immer. Nenn es einfach beim Namen. Wir werden ficken. Doch Beas unverblümte Art irritierte ihn nicht nur, sie erregte ihn auch. Es gefiel ihm, dass sie genau das sagte, was er gedacht hatte. So war es früher oft gewesen, als teilten sie ihre Gedanken, ohne sie auszusprechen. Das hatte er mit niemand sonst erlebt. Er drückte Bea an die Hauswand und küsste sie. Langsam, nicht drängend. Jetzt waren sie nüchtern, und alles, was er wollte, war, sie zu küssen. Zuerst sträubte sie sich, doch dann gab sie nach und erwiderte den Kuss. »Ja, das haben wir getan«, sagte er leise. »Und ich hoffe, heute Nacht tun wir es wieder.«

Bea

Sie freute sich, dass William noch schlief, als sie frühmorgens bei den ersten Sonnenstrahlen aufwachte. Lange betrachtete sie sein Gesicht, prägte es sich ein, damit es dieses Gesicht war, an das sie sich später erinnern würde. Morgen früh musste er abreisen, und sie wusste nicht, wann sie ihn wiedersehen würde. Sie streckte die Hand aus und zeichnete, ohne ihn zu berühren, die Umrisse seiner Lippen, seiner Augen und seiner Nase nach. Die feinen Linien, die sich allmählich um Mund und Augen bildeten. Er war jetzt sogar noch schöner.

Sie wollte nicht über das nachdenken, was letzte Nacht geschehen war. Sie hatte so oft darüber nachgedacht, wie es wohl sein würde, dass sie in dem Moment gar nicht loslassen konnte. Sie hatten damals vor ihrer Abreise nicht miteinander geschlafen. Im Lauf der Jahre hatte sie mit ein paar anderen Sex gehabt, wobei sie manchmal eher ihn als ihren jeweiligen Partner vor Augen hatte, und hinterher hatte sie sich gefragt, was das Ganze eigentlich sollte. Es erschien ihr falsch, mit Männern intim zu sein, die sie nicht kannte. Es waren oberflächliche, hastige Begegnungen, die nur von Verlangen gesteuert waren, ohne jede Verbindung. Bei William hingegen war beides da, und sie wollte, dass es sich richtig anfühlte, mit ihm zusammen zu sein. Sie hatte gedacht, sie könnten dieselben sein, die sie damals gewesen waren. Doch das war unmöglich. Verdammt, er war verlobt. Er würde mit dieser Rose ein Kind haben. Und trotzdem war es William. Zusammen würden sie immer fünfzehn und siebzehn sein, an der Schwelle zu etwas. Wie süß dieser Moment ist, der Moment davor. Wenn alles Erwartung ist. Wenn alles neu ist. Wenn es keine Konsequenzen gibt, kein Danach.

Sie duschte und zog sich an, und während sie Kaffee kochte, beschloss sie, ihn den Tag über beschäftigt zu halten. Um ihn von seinem Vater abzulenken und nicht über die vergangene Nacht sprechen zu müssen. Sie machte einen Plan, und nachdem er aufgestanden war, zogen sie los. Sie zeigte ihm das Viertel. Wo früher ihre Schule gestanden hatte. Das Haus, in dem sie aufgewachsen war. Ihre Kirche. Mittags fing es an zu nieseln, und sein Schritt wurde immer schleppender, und so setzten sie sich kurz auf eine Parkbank. Sie spannte ihren Schirm auf, um sich und ihn vor dem Regen zu schützen. Er streckte stöhnend die Beine aus und zündete sich eine Zigarette an.

»Du schaffst mich, Trixie«, sagte er.

Sie runzelte die Stirn und schüttelte den Kopf. »Und«, fragte sie, »ist es so, wie du es dir vorgestellt hast? Erinnerst du dich noch an das, was ich dir über all das hier erzählt habe?«

»Ja, natürlich erinnere ich mich«, sagte er. »Aber es sieht nicht so aus, wie ich dachte. Es ist viel städtischer. Ganz anders als bei uns. Wie fremd das Leben bei uns für dich gewesen sein muss.«

»Ja«, sagte sie. »Was mich in der ersten Zeit vor allem beeindruckt hat, war, wie viel größer alles ist.«

»Und wie war es, als du wieder hierher zurückgekommen bist?«

»Na ja. Schmutzig, beengt, grau. Alle waren dünn und hungrig. Trotzdem gab es auch Schönes. Blumen, die aus den Ruinen wuchsen. Und es war vertraut. Als wäre diese Stadt, dieses Viertel ein Teil von mir. Als gehörte ich hierher. Schon immer.«

William nickte. »Genau das meinte ich gestern Abend, als wir über Maine gesprochen haben. Ich kann mir einfach nicht vorstellen, irgendwo anders zu leben als in Neuengland.«

»Tja.« Sie wandte den Blick ab, enttäuscht, dass er so wenig neugierig auf die Welt war. Was war mit dem Jungen passiert, der unbedingt wegwollte? »Dann sind wir wohl beide am richtigen Ort gelandet. Der eine im alten England, der andere im neuen.«

»Jenseits des Großen Teichs«, sagte er. Sie schwiegen einen Moment. Ein Stück von ihnen entfernt kam eine Gruppe zusammen und bereitete alles für ein Cricketspiel vor. »Woher kommt diese Redensart mit dem Teich eigentlich?«

»Das haben wir in der Schule gelernt«, erwiderte sie. »Es ist ein alter Ausdruck, aus der Zeit vor dem Amerikanischen Bürgerkrieg, und er bedeutete eine vom König bezahlte Reise. Eine Chance, die Fremde zu erkunden.«

William nickte. »Das gefällt mir, ›die Fremde zu erkunden‹.«

»Ich weiß noch, dass ich bei der ersten Überfahrt daran gedacht habe. Der Atlantik schien so groß, als würde er niemals enden. Als gäbe es auf der anderen Seite kein Land. Als würden wir einfach immer weiterfahren und eines Tages wieder in England ankommen.« Sie erwähnte nicht, dass sie sich bei ihrer zweiten Überfahrt 1945 gewünscht hatte, sie würden nicht anlegen können und wieder zurückgeschickt werden. Dann würde sie per Anhalter von New York nach Boston fahren und in die sonnendurchflutete Küche treten und sagen: *Bin wieder da. Was gibt's zum Abendessen?* Und sie würden alle angelaufen kommen und sie umarmen, und sie wäre zu Hause. Sie glaubte nicht, dass sie sich jemals zuvor oder danach etwas so sehr gewünscht hatte.

»Typisch britisch«, bemerkte sie. »Diese Vorstellung, dass die Welt hier beginnt und endet.«

»So sind wir doch alle, oder nicht?«, sagte William. »Loyalisten.«

»Schon, aber manchen fällt es leichter als anderen.«

»Was soll das denn heißen?« Er klang verärgert, als hätte sie ihn beleidigt. Er kam ihr empfindlicher vor als früher, und es gefiel ihr nicht.

»Das war nicht auf dich gemünzt, sondern auf mich.« Sie deutete auf die Männer, die Cricket spielten. »Ich kenne die Regeln nicht.«

»Na und? Ich auch nicht.«

»Eben. Meine Lieblingsmannschaft? Die Red Sox. Mein Lieblingsort? Maine. Mein Lieblingsessen? Die Muffins von deiner Mutter. Trotzdem bin ich hier. Das ist mein Zuhause. Meine Mutter ist hier. Ich gehöre hierher, und dennoch hänge ich in der Luft, zwischen zwei Welten. Irgendwie komme ich nirgends richtig an.«

William nickte, sagte aber nichts. Sie fragte sich, ob er verstand, was sie meinte. Sie beugte sich zu ihm und küsste ihn auf die Wange. Er lächelte.

Dann stand sie auf und streckte die Hand nach ihm aus. »Lass uns weitergehen«, sagte sie. »Es gibt noch so viel mehr zu sehen.« Er nahm ihre Hand, und sie zogen los, zusammen und auch wieder nicht.

William

Was ihm von diesem Tag am deutlichsten in Erinnerung blieb, war, Bea dabei zuzusehen, wie sie sich in ihrer Welt bewegte. Wie nett und herzlich sie zu jedem war, ob Verkäuferin oder Museumswärter oder Kinder im Park. Diese Bea war eine andere als die, die er gekannt hatte. Sie hatte – im Gegensatz zu ihm – schon immer gewusst, welches Verhalten das richtige war, aber jetzt besaß sie außerdem Selbstvertrauen. Anmut. Und nun war sie die Führende, die ihm den Weg zeigte.

Vor den Toren des Buckingham Palace plauderte sie mit ein paar amerikanischen Touristen, die sie mit Fragen überschütteten: was sie sich anschauen und wohin sie gehen sollten. Sie stellte ihn nicht vor und erwähnte auch nicht, dass sie in Amerika gelebt hatte. Sie wurde die Britin, die sie war. In einem Café sprach sie die Kellnerin auf ihre Halskette an und lächelte dem Hilfskellner zu. Und im Victoria & Albert Museum trafen sie einen Schüler aus ihrer Grundschulklasse. Der Junge erblickte sie vom anderen Ende der Galerie, kam auf sie zugerannt, schlang die Arme um ihre Taille und legte den Kopf an ihren Bauch. Sie strich ihm übers Haar und lächelte seinen beunruhigten Eltern zu, dann hockte sie sich hin und sprach leise mit ihm.

»Gefällt dir deine Arbeit?«, fragte William, als sie das Museum verlassen hatten und zur U-Bahn-Station zurückgingen. »Der Junge war ja ganz vernarrt in dich.«

»Meistens schon«, antwortete sie. »Aber manchmal ist es auch frustrierend. Und wenn ich nach Hause komme, bin ich fix und fertig. Ich lege mich aufs Sofa und würde einschlafen, wenn Mum mich nicht zum Abendessen zwingen würde. Aber es ist wunderbar, ein Teil ihres Lebens zu sein.«

»Ich wünschte, du hättest die Möglichkeit gehabt zu studieren«, sagte er. »Überleg doch mal, was du dann alles tun könntest.«

Sie presste die Lippen zusammen. »Ist das dein Ernst, William? Ist Unterrichten etwa keine wertvolle Beschäftigung? Das sähe dein Vater sicher anders.« In ihren Augen funkelte der alte Zorn.

»Nein, so habe ich das nicht gemeint.« Er hatte das Gefühl, einen Schritt hinterherzuhinken, immer das Falsche zu sagen. »Ich dachte nur, weil du so klug bist.«

»Aha.« Sie marschierte vor ihm her, und er musste an die vielen Male denken, als sie ihn in seine Schranken verwiesen hatte. Das hasste und liebte er an ihr.

Er packte ihre Hand. »Jetzt renn doch nicht so. Das war als Kompliment gemeint. Herrje.«

»Und du? Was fängst du denn Tolles mit deinem Harvard-Studium an? Klingt, als würdest du gemütlich in einem Büro sitzen und Leuten Geld in die Hand drücken.« Sie war immer noch wütend.

»Nein, das tue ich nicht. Es ist ein öder Job. Aber er ist okay. Fürs Erste.«

»Wirklich? Was ist aus all dem geworden, was du mal wolltest? In New York leben? Reisen? Wie dein Gesicht geleuchtet hat, als du von Paris erzählt hast! Ich glaube dir keine Sekunde, dass du in Boston glücklich bist. Du hast es dir schöngeredet, damit du das Gefühl hast, du hättest die richtige Entscheidung getroffen, würdest den richtigen Weg gehen.« Sie blieb stehen und drehte sich zu ihm um, sodass die Leute einen Bogen um sie machen mussten. »Diese Kinder haben die Chance, eine richtige Kindheit zu erleben, William. Etwas, das ich nie wirklich hatte. Und es macht mir Freude, jeden Tag mit ihnen zusammen zu sein. Diese Unschuld. Dieses Staunen.«

»Das freut mich für dich«, sagte er. »Wirklich. Ich rede Unsinn, wie immer. Manche Dinge ändern sich offenbar nie.«

»Da hast du ausnahmsweise recht.« Jetzt lächelte sie, aber ihm war, als würde sich der Abstand zwischen ihnen vergrößern, als würde er sie mit jedem Wort weiter wegstoßen. Warum stritten sie sich den ganzen Tag?

»Wie geht es G?«, fragte sie. »Du hast noch gar nichts von ihm erzählt.«

»Gut, glaube ich. Er scheint sich in Harvard wohlzufühlen, hat dort Freunde gefunden.«

»Aber jetzt ...« Bea stockte. »Eure Mutter wird ihn brauchen. Sie wird euch beide brauchen, aber am Ende wird er sich um sie kümmern.«

William wusste, dass sie recht hatte. Und das hatte nichts mit dem Baby zu tun. Gerald würde da sein. Gerald würde derjenige sein, den sie wollte.

Sie gingen eine Weile schweigend weiter. Das Londoner Wetter war, wie er es erwartet hatte. Bedeckt, regnerisch, mit nur wenigen sonnigen Momenten.

»Was will er denn beruflich machen?«

»Keine Ahnung. Zurzeit studiert er Psychologie. Er hat mal davon gesprochen, den Master dranzuhängen, aber ich weiß nicht, ob das noch aktuell ist. Nebenbei gibt er Kindern aus dem North End Nachhilfe.«

Beatrix lächelte. »Das passt zu ihm. Er hat den großzügigen Geist eurer Mutter. Und ihre Geduld.«

»Kann sein.« Er wünschte, sie würde einfach klipp und klar sagen, dass sie von ihm enttäuscht war.

»Wie auch immer«, sagte sie übertrieben munter. »Du wirst bald Vater, da wirst du alle Hände voll zu tun haben. Und deine Mutter wird sich freuen, Großmutter zu sein. Bestimmt hat es ihr gefehlt, Kinder um sich zu haben. Und so hat sie etwas zu tun, jetzt, wo dein Vater nicht mehr da ist.« Sie wandte das Gesicht ab.

Er wollte nicht über Vater reden. Es genügte ihm, hier bei ihr zu sein und zu wissen, dass sie ebenfalls trauerte, obwohl sie sich unentwegt zankten. So war es schon immer gewesen, und genau deshalb war er hier. Mittlerweile hatte er genug davon, herumzulaufen und den Touristen zu spielen. Er wollte zurück in ihre Wohnung und sie für sich haben. Früh am nächsten Morgen ging sein Zug, und ihnen blieb nur noch so wenig Zeit miteinander.

Bea

Es war seltsam, so viel Zeit mit William zu verbringen. Während der Sommer in Maine, als sie zusammen auf dem Festland gearbeitet hatten, waren sie ständig beschäftigt gewesen. Und zu Hause waren immer die anderen dabei. Er hatte etwas Forderndes, Streitlustiges an sich, das sie ermüdete. Er erschöpfte sie. Und darunter verbarg sich etwas Undefinierbares, eine Art Traurigkeit, die, wie sie jetzt erkannte, immer da gewesen war, aber sie schien stärker geworden zu sein. Es war nicht nur die Trauer um seinen Vater. Nun, wo er hier war, vermisste sie die anderen. Mehr als einmal ertappte sich Bea dabei, dass sie nach Gerald Ausschau hielt.

Morgen früh würde er nach Amerika aufbrechen, Rose heiraten und eine Familie gründen. Er würde ein ganz neues Leben haben. Sie dachte daran, wie wichtig es ihr gewesen war, die Vergangenheit der Gregorys zu verstehen. Es gab so viele Geschichten, die sie immer wieder gehört hatte, und obwohl sie sich vor ihrer Zeit abgespielt hatten, war es, als wäre sie dabei gewesen. Sie hatte sich nach Kräften bemüht, ihr Leben mit dem der Gregorys zu verflechten, und hätte nie gedacht, dass es für sie keine gemeinsame Zukunft geben würde. Dass ihre Leben wie zwei Stränge waren, die in vollkommen verschiedene Richtungen liefen.

Und dass es nun so enden würde, hätte sie niemals für möglich gehalten. Sie trauerte um Mr G, aber auch um William, obwohl er direkt neben ihr stand, während sie auf die U-Bahn warteten, die sie nach Hause bringen würde. Sie vermisste den Jungen von früher, hatte nie aufgehört, sich nach ihm zu sehnen. Wenn er nicht gekommen wäre, hätte sie sich ihre Erinnerung an ihn bewahren können. Die Bahn kam angerumpelt, und sie stieg ein, streckte die Hand nach seiner aus, um ihn an Bord zu ziehen.

Auf dem Heimweg kamen sie erneut am Lebensmittelladen vorbei, und er fragte, ob sie noch etwas fürs Abendessen brauchten. Sie war erleichtert; sie hatte keine Lust, noch mal rauszugehen. In der Wohnung war mehr als genug, um satt zu werden, und so schüttelte sie den Kopf. Das letzte Stück gingen sie schweigend, noch immer Hand in Hand. Sie wollte etwas essen, einen Wein trinken und dann mit ihm unter die Bettdecke kriechen. Nicht zwingend in dieser Reihenfolge. Und nicht zwingend, um mit ihm zu schlafen, sondern um ihn im Arm zu halten. Um sich von ihm im Arm halten zu lassen. Um ohne Worte anzuerkennen, dass dies das letzte Mal sein würde, dass sie auf diese Weise zusammen waren. Wenn sie ihn das nächste Mal sah, würde alles anders sein.

Es dämmerte bereits, und sie blickte nicht zu den Fenstern der Wohnung hoch, wie sie es sonst immer tat, wenn sie nach Hause kam. Es war wie ein Reflex. Doch aus irgendeinem Grund tat sie es an diesem Abend nicht, und so gingen sie die Treppe hoch, sie schloss die Tür auf, und sie traten in den Flur, und da war Mum, in der Küche.

»Was machst du denn hier?«, fragte Bea und ließ Williams Hand los. »Ich dachte, du bist am Meer.«

Mum antwortete nicht, sondern wandte sich an William, während sie sich die Hände an der Schürze abtrocknete. »Ich bin Millie, Beatrix' Mutter.«

William nickte und lächelte sie an. »Wie schön, Sie endlich persönlich kennenzulernen, Mrs Thompson. Entschuldigung, ist das richtig?«

»Persönlich? Sollte ich Sie kennen?«

»Mummy«, sagte Bea und legte die Hand auf den Arm ihrer Mutter, »das ist William. William Gregory. Er hat eine Reise durch Europa gemacht und auf dem Rückweg einen Zwischenstopp hier eingelegt. Morgen früh fährt er mit dem Zug nach Southampton.«

»William«, sagte Mummy. »Du liebe Güte.« Sie sah Bea an, und in ihrem Blick las Bea, dass sie die Fotos auf dem Fußboden gesehen hatte, die Sektgläser und Kaffeetassen in der Spüle und ihr Zimmer mit dem zerwühlten Bett und den Kondomverpackungen. »Wenn ich das gewusst hätte! Dann hätte ich uns was Schönes zum Abendessen gekocht. Ich wollte gerade ein paar Omeletts machen, nichts Besonderes.«

»Das klingt doch wunderbar«, sagte William. »Ich habe gar nicht so viel Hunger. Aber müde bin ich. Ihre Tochter hat mich wie ein Wirbelwind durch London gejagt. Wo waren wir überall, Trix? In einem Museum, am Tower und beim Buckingham Palace.« Er setzte sich aufs Sofa, an dieselbe Stelle, wo er am Abend zuvor gesessen hatte, und tat so, als bemerke er Mums frostigen Blick nicht. Doch Bea wusste, dass er ihn sehr wohl bemerkte, denn er nannte sie nicht mehr Bea. Er erzählte Mum ausführlich von ihrem Tag, und sie nickte und lächelte, und Bea hätte sich am liebsten in Luft aufgelöst. Sie hatte nie gewollt, dass Mum und William sich begegneten. Es erschien ihr falsch.

Als sie aus Amerika zurückgekommen war, irgendwann in dem ersten Jahr, hatte sie zwei Mädchen kennengelernt, die auch dort gewesen waren. Eine in Virginia und eine in New York. Ihre Mütter hatten es irgendwie geschafft, sie dort zu besuchen. Danach hatte sie sich wochenlang gefragt, warum Mummy diese Möglichkeit nie auch nur erwähnt hatte. Eines Abends beim Essen fragte sie sie, ob sie mal darüber nachgedacht hatte, sie zu besuchen. *Nein*, erwiderte sie auf ihre direkte Art. *Ich weiß, dass andere Eltern rübergefahren sind, aber es war schwierig und teuer. Da waren dein Vater und ich uns einig.* Sie wendete den Blick ab. *Außerdem*, fuhr sie fort und starrte aus dem Fenster, *wollte ich dich gar nicht da in Amerika erleben. Da wäre ich außen vor gewesen, nur eine Zuschauerin. Das wollte ich nicht.*

Deine Mutter, mischte Tommy sich ein und griff über den Tisch nach der Hand ihrer Mum, *hat dich dorthin geschickt, damit du in Sicherheit bist. Sie ist eine wunderbare Mutter, eine viel bessere als diese Frau da in Amerika.* Bea warf ihm einen wütenden Blick zu, sagte aber nichts. *Ich dachte, sie schaut auf uns herab*, sagte Mummy. *Wie eifrig sie uns immer geschrieben hat, dass sie dir das Schwimmen beigebracht oder dir schöne Kleider gekauft haben. Diese Fotos, die sie uns ständig geschickt hat. Wollte sie uns damit zeigen, wie viel reicher sie sind als wir?* Ihr Mund verzog sich. *Wir steckten mitten im Krieg, und sie lag in der Sonne und backte Kekse.*

Bea weiß noch, wie sie ihren Stuhl so heftig zurückgestoßen hatte, dass er krachend umfiel. *Du weißt gar nichts*, sagte sie. *Du hast nichts kapiert. Sie ist wunderbar. Wie kannst du es wagen, so über meine Familie in Amerika zu reden? Deine Familie?*, sagte Mummy. *Deine Familie?* Sie stand ebenfalls auf, und sie starrten sich an, Auge in Auge, zornerfüllt. *Das hier ist deine Familie. Das ist dein Zuhause. Das da drüben ist ein Ort, wo du ein paar Jahre gewohnt hast. Sonst nichts.* Bea lief hinaus und schloss sich in ihrem Zimmer ein, breitete all die Fotos auf ihrem Bett aus und schrieb einen Brief an Mrs G, fragte, ob sie zurückkommen könne, ob sie bitte wieder bei ihnen leben dürfe. Ihre Mutter klopfte an die Tür, bis Tommy sie von dort wegzog. Später verbrannte Bea den Brief, hielt unten im Hof im Dunkeln ein Streichholz an ihre wütenden Worte.

Ihre zwei Welten waren kollidiert. Voller Wucht zusammengestoßen. Damals hatte sie ihre Mutter nicht verstanden, hatte es persönlich genommen, dass sie sie nicht besuchen wollte. Ihr herablassender Zorn auf die Gregorys hatte sie verwirrt. Doch als sie jetzt hier in der Wohnung stand und zusah, wie William und ihre Mutter umeinander tanzten und sich verstellten, begann sie zu begreifen. Mrs G hatte immer wieder gesagt, wie schön es wäre, wenn beide Familien zusammen nach Maine fahren würden, sobald der Krieg vorbei war. Dass sie dann wie durch Zauberei eins werden würden. Damals hatte Bea daran geglaubt. Mrs G und ihr wunderbarer amerikanischer Optimismus. Aber Mummy hatte recht. In Amerika wäre sie eine Außenseiterin gewesen. So wie William hier ein Außenseiter war. Die beiden hätten sich nie begegnen sollen. Sie gehörten nicht zusammen.

William

Das Abendessen war ein Albtraum. Anstatt, wie William es sich ausgemalt hatte, nackt im Bett herumzulümmeln, Käsebrot zu essen und Wein zu trinken, saßen sie zu dritt um den kleinen Küchentisch und konnten sich nicht in die Augen sehen. Noch nie hatte er Bea so angespannt erlebt; sämtliche Adern an ihrem Hals pulsierten, und ihr Mund war nur noch eine schmale Linie. Sie sagte kaum ein Wort. Er fühlte sich genötigt, das Gespräch am Laufen zu halten, ihr Unbehagen zu überspielen. Am Abend zuvor hatte sie ihm von der schwierigen Beziehung zu ihrer Mutter erzählt, aber er hatte nicht verstanden, was genau sie damit gemeint hatte, dass ihre Mutter versuchte, ihre Zeit in Amerika auszulöschen. Jetzt sah er es in ihren Augen, in dem Blick, der durch ihn hindurchzusehen schien. Diese Augen, die Beas so ähnlich waren.

»Wie lange waren Sie in Europa?«, fragte Mrs Thompson. Der Tisch war nur für zwei gedacht, und jedes Mal wenn er mit dem Knie gegen Beas stieß, rückte er seine Beine zur Seite. Ein klappriger Fensterventilator blies lärmend Luft herein.

»Ein paar Wochen. Ich breche die Reise ab, weil« – er sah zu Bea, und sie nickte –, »weil mein Vater gestorben ist. Ganz plötzlich.«

»O nein«, sagte Mrs Thompson, und zum ersten Mal erahnte er die Frau hinter der Maske. Er sah, dass sie wirklich betroffen war. »Du liebe Güte, was ist denn passiert?«

»Ein Herzinfarkt.«

Sie nickte und senkte den Kopf. »Genau wie bei Reg«, sagte sie zu sich. »Was ist das bloß mit den Männern und ihren Herzen?« Sie blickte wieder auf. »Genau wie bei Beatrix' Vater.« Sie fragte nach der Beerdigung und wie es seiner Mutter ging. Dann wollte sie mehr über seine Reise erfahren, und so erzählte er ihr von Paris. Dann von seiner Arbeit. Rose und das Baby erwähnte er nicht. Sie schien kaum zuzuhören. Dann fiel ihnen nichts mehr ein, worüber sie reden konnten. Von der Straße drangen Geräusche herauf.

William war klar, dass er nicht über Nacht bleiben konnte. Nach dem Essen ging er ins Schlafzimmer, um seine Sachen zu packen, während Bea das Geschirr abwusch. Als er wieder ins Wohnzimmer kam, sah Mrs Thompson vom Sofa zu ihm hoch.

»Es war nett, Sie kennenzulernen, William«, sagte sie. »Kommen Sie doch mal wieder vorbei. Vielleicht mit besseren Nachrichten.« Sie stand nicht auf, gab ihm aber die Hand.

»Ja, gerne«, sagte er.

»Richten Sie Ihrer Mutter Grüße aus. Das mit Ihrem Vater tut mir sehr leid.«

Er nickte. »Das mache ich, vielen Dank.«

Bea deutete zur Tür. »Ich bringe ihn noch nach unten«, sagte sie zu ihrer Mutter, ohne sie anzusehen. »Bin gleich wieder da.«

Stumm und ohne sich zu berühren, gingen sie die enge Treppe hinunter. Bei jedem Absatz schlug seine Reisetasche gegen die Wand. Er kam sich vor wie ein Kind, das man weggeschickt hatte. Draußen war die Sonne untergegangen, und es wurde kühl. Bea nahm seine Hand, zog ihn die Straße hinunter und bog plötzlich in eine schmale Seitengasse ab.

»Es tut mir leid«, sagte sie und wandte sich ihm zu. »Das war so nicht geplant.«

Er fühlte sich hilflos, verzweifelt. »Kannst du nicht mit mir kommen?«

»William, du heiratest bald.«

»Ich weiß. Ich meine, heute Nacht.«

Sie seufzte. »Nein, das gäbe einen Riesenärger. Ich kann nicht.«

»Das war es also? Wir sagen jetzt Lebwohl?«

»Morgen früh kann ich weg. Ich bringe dich zum Zug.«

Er nickte. Das war nicht das, was er wollte, aber es musste genügen.

»Wir treffen uns unter der großen Uhr in der Victoria Station, neben dem Eingang zum Grosvenor Hotel. Wann fährt dein Zug?«

»Um halb zehn.«

»Dann um halb acht?«

Er nickte erneut. »Einverstanden.« Er stellte seine Tasche ab und nahm ihr Gesicht in beide Hände.

»Ich liebe dich, William Gregory«, sagte Bea. »Ich will nur, dass du das weißt.«

»Ich liebe dich auch, Beatrix Thompson.«

Sie umarmten sich fest, und dann küssten sie sich, aber irgendwie hatte sich alles verändert. Es war ein Kuss zwischen zwei alten Freunden. Bea löste sich als Erste. Als sie wieder auf der Straße standen, legte sie noch einmal die Hand auf seine Brust, dann wandte sie sich ab und ging zurück zu ihrem Haus, und er ging in die entgegengesetzte Richtung, zur U-Bahn-Station. Er blickte sich nicht noch einmal um.

Im Hotel beim Bahnhof nahm er sich ein Zimmer für die Nacht. Er schloss die Tür auf, warf seine Tasche in die Ecke und legte sich auf das harte Bett. Eine ganze Weile starrte er auf die nackte Glühbirne an der Decke. Schließlich setzte er sich auf und öffnete die Weinflasche, die er auf dem Weg zum Hotel gekauft hatte. Er schlief nur eine oder zwei Stunden. Das Bad war auf dem Flur, und er hörte es jedes Mal, wenn jemand pinkeln ging.

Er wollte nicht, dass es so endete. Er hatte mehr Zeit mit Bea verbringen wollen, ihr noch so viele Fragen stellen, jeden einzelnen Augenblick auskosten wollen. Jetzt war ihm klar, dass ihre gemeinsame Zeit zu Ende war. Er würde nach Hause zurückkehren und Rose heiraten. Er würde an seiner langweiligen Arbeitsstelle festhalten. Er würde für seine Familie sorgen. Bea würde hierbleiben und unterrichten, und eines Tages würde auch sie heiraten und eine Familie gründen. Sie taten beide das, was von ihnen erwartet wurde. Er hatte schon viel früher gewusst, dass sie nicht füreinander bestimmt waren. Deshalb hatte er aufgehört, ihr zu schreiben. Er hatte sie loslassen müssen. Das war auch der Grund, warum er sie auf dieser Reise ursprünglich nicht besuchen wollte. Doch die Gefühle, die sie füreinander hatten, ließen sich nicht leugnen. Er liebte sie auf eine einzigartige, besondere Weise. Aber dieses Wochenende hatte ihm gezeigt, dass Bea nicht mehr das Mädchen von damals war.

Während er dalag, fragte er sich, was er Rose sagen sollte. Sie wusste, dass es Bea gab, aber das war auch schon mehr oder weniger alles. Ein Mädchen, das fünf Jahre lang bei ihnen gewohnt hatte. Sie war erstaunt gewesen über die Großzügigkeit, mit der seine Eltern sie bei sich aufgenommen hatten, etwas, worüber sich William noch nie Gedanken gemacht hatte. *Wer würde denn so etwas tun,* hatte sie gesagt. *Ich meine, es ist ja wirklich nett, aber sie hätten schließlich auch ein krankes Kind zugeteilt bekommen können. Oder eines, das euch bestohlen hätte. Nein,* hatte er erwidert, zu seinem eigenen Erstaunen ganz ohne Zynismus, *das waren Kinder. Kinder in Not. Wir hätten dasselbe getan.* Doch er war nicht sicher, ob es stimmte.

Er beschloss, ihr nur das Nötigste zu erzählen. Auf keinen Fall, dass sie miteinander geschlafen hatten. Das musste sie nicht wissen. Nur zwei Freunde, die in alten Erinnerungen geschwelgt hatten. Er würde ihr sagen, dass er Bea getroffen hatte, dass es bis zur Überfahrt noch zwei Tage gewesen wären und sie ihm London gezeigt hatte. Wie pflegte Nelson zu sagen? Die besten Lügen sind immer zur Hälfte wahr.

Bea

»Du hättest meine Postkarten eben lesen sollen«, sagte ihre Mutter, als Bea wieder in die Wohnung kam. »Ich hab's dir doch geschrieben. Ich hab dir geschrieben, dass wir die Reise abbrechen müssen.« Sie zog die Augenbrauen hoch, trocknete die letzten Teller ab und hängte ihre Schürze an den Haken.

Davon abgesehen verlor sie kein weiteres Wort zu William oder zu dem, was sie hier vorgefunden hatte. Beas Bett war gemacht, der Boden gefegt. Die Fotos waren eingesammelt worden und lagen in säuberlichen Stapeln auf ihrem Schreibtisch. Bea betrachtete sie erneut, als sie nachts nicht schlafen konnte, wütend auf ihre Mutter, weil sie früher nach Hause gekommen war, aber auch verwirrt über ihr Zusammensein mit William. Vielleicht hatte sie einen schrecklichen Fehler gemacht. Die Gegenwart war unter dem Gewicht der Vergangenheit verschwunden.

Sobald es hell wurde, zog sie sich an und schlüpfte hinaus. Die Straßen waren still und kühl, nur ab und an rumpelte ein Milchwagen vorbei. Um sieben war sie am Bahnhof, trank einen

Kaffee und wartete dann bei der Uhr. Sie wusste, dass William pünktlich sein würde, und da kam er schon, schob sich zwischen den ersten Reisenden hindurch. Er nahm ihre Hand und führte sie zu einer Bank neben der Gepäckaufbewahrung. Sie setzten sich, und er legte den Arm um ihre Schultern, küsste sie auf die Wange und drückte sie an sich.

»Hast du gut geschlafen?«, fragte er, und beide lächelten gequält, denn sie wussten, dass es ihnen gleich ergangen war.

»Hast du mir nicht mal von dieser Uhr erzählt?«, fragte er und deutete darauf. »Da war irgendwas mit einer Uhr.«

Sie nickte. »Stimmt, aber das war die in der Paddington Station, von dort sind wir damals losgefahren. Ich weiß noch, wie ich immer wieder zu der Uhr hochgeschaut habe, während wir alle dort standen und auf den Zug warteten und nicht wussten, wohin er uns bringen würde.«

Beide blickten nach oben, wo durch das gusseiserne Gitterwerk das Morgenlicht hereinfiel.

»Was für eine Mischung aus leicht und schwer«, sagte William. »Diese kunstvollen Bögen, die geschwungene Decke. Und dann das Metall, das Donnern der Züge.«

»Das haben wir den Viktorianern zu verdanken. Die Kathedralen der industriellen Revolution.«

»Stimmt. Sie sind fast genauso erhaben.«

»Apropos«, sagte Bea. »Ich nehme an, ihr heiratet kirchlich?«

»Ja. Aber Rose ist katholisch. Wir lassen uns in ihrer Kirche trauen.«

»Das wird deine Mutter umbringen.«

»Wahrscheinlich. Aber sie wird es überleben.«

Sie sahen sich erschrocken an, bestürzt über ihre Wortwahl. »Entschuldige«, sagten sie beide gleichzeitig, und da mussten sie lachen.

»Du konvertierst doch nicht, oder?«

»Himmel, nein. Ich bin schon ein schlechter Protestant, und als Katholik wäre ich eine Katastrophe.«

»Aber woran glaubst du?«

Er strich über ihre Hand. »Ach, ich weiß nicht. Darüber denke ich kaum nach, davon kriege ich nur Kopfweh. Und du? Du warst damals gläubiger als ich.«

»Ich wollte immer daran glauben, dass es einen Himmel gibt. Und mir gefällt die Vorstellung, dass dein Dad und meiner sich da oben jetzt endlich kennenlernen. Vielleicht spielen sie ja zusammen Schach.«

William lächelte. »Das wäre schön.« Dann sah er sie an. »Warum hast du mir nichts davon erzählt?«

»Vom Schach? Ich weiß nicht. Es erschien mir nicht wichtig.«

»Warum hast du Gerald weiter geschrieben?«

Bea schwieg einen Moment. Sie bezweifelte, dass er das je verstehen würde. »Ich habe mir Sorgen um ihn gemacht«, sagte sie schließlich. »Ich wollte mich vergewissern, dass es ihm gut geht.«

»Ich hätte nicht aufhören sollen, dir zu schreiben. Wären wir in Kontakt geblieben …« Er verstummte und sah zu Boden.

»Was, William? Dann hättest du Rose nicht getroffen? Du wärst nicht mit ihr zusammen? Sie wäre nicht schwanger geworden? Das ist doch Unsinn. Das Leben ist weitergegangen, für uns beide. Wir waren damals noch Kinder.«

»Hat deine Mutter noch etwas gesagt, nachdem ich weg war?«, fragte William, den Blick auf die Leute um ihn herum gerichtet. Er hatte keine Lust, sich mit ihr zu streiten.

»Nein«, antwortete Bea. »Es war, als wärst du nie da gewesen.«

»Autsch«, sagte er, und sie lachten beide. Die Spannung löste sich auf.

Sie hatte mit einem Ohr auf die Ansagen gelauscht, so gut es ging, und da war sie: »Zug nach Southampton von Gleis zehn.« Sie stand auf und hielt ihm die Hand hin. »Wir sollten zu deinem Zug gehen. Um diese Jahreszeit dürfte es voll werden.«

Er blieb sitzen und sah zu ihr hoch. »Schick mich nicht weg«, sagte er. »Bitte.«

»Sei nicht albern«, erwiderte Bea.

»Dann bleib wenigstens noch ein bisschen bei mir, ja? Ich kann auch noch kurz vor der Abfahrt einsteigen, wenn es sein muss.«

Sie setzte sich zurück auf die Bank, und er zog sie an sich. Sie fühlte sich wohl bei ihm und lehnte den Kopf an seine Brust. Zu sagen gab es nichts mehr.

William

Im Abschiednehmen war er noch nie gut gewesen. Er stahl sich lieber davon. Aber hier auf dem Bahnhof ging das nicht. Bea begleitete ihn zum Gleis, sie umarmten sich noch ein letztes Mal, dann stieg er die Stufen hinauf in den Zug. Er fand einen freien Platz, nicht am Fenster, sondern am Gang, neben einer älteren Frau mit Hut, und Bea konnte ihn nicht sehen, obwohl er sie sah. Sie suchte nach ihm, und so hatte er Gelegenheit, sie noch einmal zu betrachten, sich ihre Züge einzuprägen, die Art, wie das Haar sich um ihren Hals schmiegte, die elegante Bewegung ihrer Hände.

Dann setzte sich der Zug in Bewegung, und er beugte sich vor, an der Frau neben ihm vorbei, und legte die Hand an die Fensterscheibe, und sie sah es und winkte. Der Zug wurde schneller, rollte aus dem Bahnhof, und das Tageslicht fiel ungehindert ins Abteil, als sie London verließen. Er konnte sie nicht mehr sehen, und so lehnte er sich in seinem Sitz zurück und schloss die Augen.

Später lief das Schiff so langsam aus dem Hafen aus, dass er zunächst gar nichts davon bemerkte. Er stand an Deck und betrachtete die Gesichter der Leute unten am Anleger, die ihren Angehörigen stürmisch zuwinkten. Er wünschte, Bea wäre unter ihnen, stünde dort, wie er damals am Kai gestanden hatten, als sie aus den Staaten abreiste. Das hätte sich richtig angefühlt. Doch so kannte er niemanden. Er überlegte, ob er winken sollte, so tun, als wäre dort auch jemand für ihn, aber er konnte es nicht. Er wusste, er war allein.

Als es dunkel wurde, wickelte er sich in eine Decke und sah zu den Sternen hinauf. Diese Zeit in London, beschloss er, würde sein Geheimnis bleiben. Er würde niemandem davon erzählen, alles für sich behalten. So konnte er für den Rest seines Lebens von diesen Momenten mit Bea zehren. Manche Geheimnisse waren Bürden. Andere waren Geschenke, etwas, woran man sich immer wieder wärmen konnte. Niemand musste davon wissen. Niemand hatte das Recht, davon zu wissen. Es gehörte nur ihnen beiden.

In der bläulichen Dunkelheit sandte er einen Gruß gen Osten.

Bea

Sie sah dem Zug nach, der William forttrug, bis er um eine Kurve verschwand. Sie wollte nicht nach Hause zu ihrer Mutter und der Enttäuschung, die in der Luft hing, deshalb verließ sie den Bahnhof und ging zum St. James's Park. Es war ein angenehmer Tag, die Sonne spähte ab und zu zwischen den Wolken hindurch, und es sah nicht nach Regen aus.

Vor drei Tagen war das Leben anders gewesen. Mr G hatte noch gelebt. Sie hatte William in Amerika vermutet und ihre Mutter am Meer. Jetzt hatte sich alles verschoben. Der Anruf. Das Klopfen an der Tür. Sie bereute die Tage mit William nicht, und sie bereute es auch nicht, dass sie mit ihm geschlafen hatte. Es fühlte sich immer noch richtig an, wie ein passender Abschluss. Es fiel ihr schwer, die Trauer um Mr G von der um William zu trennen. Sie schienen miteinander verbunden zu sein, und es hatte etwas Endgültiges, als wären diese nahezu zeitgleichen Ereignisse eine Notwendigkeit, eine Mauer zwischen der Vergangenheit und der Gegenwart. Während sie dasaß und zusah, wie die Leute an ihr vorbeieilten, erkannte sie, dass diese gemeinsam verbrachte Zeit ganz unausweichlich zu ihrer Geschichte gehörte. Sie hatten zusammenkommen müssen, um auseinandergehen zu können.

Wenn sie die Augen schließt, sieht sie Mr G vor sich, wie er nach dem Abendessen das Geschirr abwäscht, die Ärmel hochgekrempelt und eine Schürze umgebunden, und dabei die Hymne singt, die er so liebt. Und Gerald, der die Treppe heruntergelaufen kommt, um sie zu fragen: *Aber sind die Berge denn grün? Sind die Auen lieblich? Und was sind die dunklen sata-*

nischen Mühlen? Geh weg, sagt sie lachend, aber sie will gar nicht, dass er geht, sie will diesen Augenblick zusammen mit ihm genießen, zuhören, wie Mr G mit seinem warmen Tenor dieses wunderschöne Lied singt. Bei der zweiten Strophe fällt sie ein, stellt sich zu ihm an die Spüle, beide schwingen ein nasses Besteckteil durch die Luft und singen aus voller Kehle:

Bring me my bow of burning gold!
Bring me my arrows of desire!
Bring me my spear! O clouds unfold!
Bring me my chariot of fire!

Die letzte Strophe singt er allein, während sie mit Messer und Gabel dirigiert. Mrs G – die stets behauptet, sie könne nicht singen, sonntags in der Kirche aber immer die Lauteste von ihnen ist – lehnt lächelnd im Durchgang zum Esszimmer, die Arme um Geralds Schultern. William ist nicht da. Ist er unterwegs? Oder augenrollend in seinem Zimmer?

Sie nahm die Postkarte aus ihrer Handtasche. Ihr war endlich ein guter Schachzug eingefallen, der dafür sorgen würde, dass die Partie weiterging. Kein Ende in Sicht. Sie spazierte zur Themse, wie sie es geplant hatte. Dann faltete sie die Karte zu einem kleinen Boot – das hatte ihr Vater ihr beigebracht – und ging die Stufen zum Wasser hinunter. Sie war einmal spätabends mit einem Mann hier gewesen, den sie beim Tanz kennengelernt hatte. Er hatte gesagt, er wüsste, wie man direkt ans Wasser gelangt, und sie hatte ihm nicht geglaubt. Das hier ist doch nicht Paris, hatte sie entgegnet, also hatte er es ihr bewiesen. Sie waren nicht lange geblieben, aber sie hatten eine halbe Flasche Rotwein getrunken, und als sie nach Hause wankte, hatte ihr Kleid nach Wein und Fluss gerochen.

Sie bückte sich und setzte das kleine Boot aufs Wasser. Es

ging fast kein Wind, und erst bewegte das Boot sich kaum, dann begann es langsam flussabwärts zu treiben. Sie rief ihm nach, und es war ihr egal, ob jemand sie hörte.

»Gute Reise, Mr G. Sie sind auf dem Weg zur Nordsee. Ich dachte mir, das könnte Ihnen gefallen. Dort dürfen Sie dann wählen, wohin Sie wollen: nach Frankreich oder Belgien oder Holland. Oder vielleicht Richtung Norden, nach Schottland. Sie haben doch immer gesagt, Sie wollten mal sehen, woher Ihre Vorfahren kamen.« Sie stand da, strich ihr Kleid glatt und zündete sich eine Zigarette an, während sie zusah, wie das kleine Boot von der Strömung davongetrieben wurde. »Alles Gute«, rief sie. »Sie wird mir fehlen, diese Gewissheit, dass Sie auf der Welt sind.«

Auf dem Rückweg zur U-Bahn muss sie daran denken, wie sie Mr G zum ersten Mal begegnet ist, damals am Anleger. Als Erstes ist da William, dann Gerald und danach Mrs G. Mr G spricht mit der schrecklichen Frau mit dem Klemmbrett, und dann kommt er zu ihnen. Er ist groß und sehr dünn, die Hose hochgezogen und mit dem Gürtel festgezurrt. Sein Haar ist kupferfarben, wie das von Gerald, und als er auf sie zugeht, wirkt er sehr zielstrebig, den Kopf gesenkt, die Arme schwingend. *Oh, Ethan*, sagt Mrs G zu ihm und legt die Hand auf seinen Arm. *Dieses bezaubernde Mädchen hier ist Beatrix. Die Jungs haben sie gefunden!* Er nickt Beatrix zu, sehr förmlich, und dann gibt er ihr die Hand. Sie hat noch nie jemanden so begrüßt, aber sie nimmt seine Hand und macht, ohne nachzudenken, einen Knicks. *Freut mich, Sie kennenzulernen, Sir*, sagt sie.

Willkommen in Boston, erwidert er. *Wir freuen uns sehr, dass du zu uns kommst.* Er blickt sich um. *Hast du Gepäck?* Beatrix nickt. *Nur einen kleinen Koffer. Es ist der braune da drüben. William*, sagt er, *geh und hol Beatrix' Koffer. Wir treffen uns am Auto.*

Mrs G hakt sich bei ihr unter und redet drauflos, über Maine und den Verkehr und die Schule, die bald wieder losgeht, und einen Karton mit Spielsachen von Verwandten. Beatrix nickt und lächelt und sagt kaum etwas. Dann kommen sie beim Auto an, wo William schon wartet, und Mrs G geht um den Wagen herum und setzt sich auf den Beifahrersitz. William und Gerald steigen hinten ein, nachdem sie den Koffer verstaut haben. Und dann hält Mr G ihr die hintere Tür auf. *Beatrix*, sagt er leise, bevor sie einsteigt. *Du wirst dich bestimmt an das Geplapper gewöhnen.* Oh, sagt sie, *das ist schon in Ordnung. Du wirst dich dran gewöhnen*, wiederholt er. *Sie hat ein Herz aus Gold. Ja, Sir*, sagt sie. Im Auto lächelt Gerald sie immer wieder an.

Mr G war tot. William war fort. Es wurde höchste Zeit, nach vorne zu schauen. Sie dachte an das Klopfen vor zwei Tagen. Der alte Code, den Gerald sich ausgedacht hatte. Sie hatte ihn sich nie richtig merken können. Einen winzigen Moment lang war sie enttäuscht gewesen, als sie die Tür öffnete. Sie hatte gehofft, es wäre Gerald.

Dritter Teil

1960–1965

Gerald

Wie seltsam es ist, wieder an der Ostküste zu sein. Als der Schulleiter anrief und sagte, sie suchten jemanden für die Leitung des neuen Unterrichts- und Beratungszentrums und könnten sich keinen Besseren als ihn vorstellen, lehnte Gerald ab. Aber es ging ihm nicht aus dem Kopf, und dann rief seine Mutter an, die davon gehört hatte. *Bitte*, sagte sie. *Bitte komm nach Hause.* Und da konnte er nicht Nein sagen. Tatsächlich hatte er in den sieben Jahren, die er im Westen gewesen war – erst das Aufbaustudium, dann die Arbeit als Beratungslehrer –, immer das Gefühl gehabt, dass etwas fehlte. Als er die Stelle annahm, war es, als fiele eine Last von ihm ab. Seine Freunde in Berkeley verstanden ihn nicht. Er war fast dreißig – alle anderen heirateten, bekamen Kinder, begannen ihr eigenes Leben. Er hatte versucht, es damit zu erklären, dass seine Mutter allein war und Williams Kinder, jetzt acht und sechs, ohne ihren Onkel aufwuchsen. Das stimmte auch, aber vor allem sehnte er sich einfach nach zu Hause.

William war fassungslos gewesen und hatte sofort angerufen, nachdem Mutter es ihm erzählt hatte. *G*, sagte er, *tu das nicht. Geh deinen eigenen Weg. Komm nicht zurück.* Doch als Gerald ihm klarmachte, dass seine Entscheidung feststand, beharrte William nicht weiter darauf. Obwohl die Schule es Mutter in Anbetracht der langjährigen Verbundenheit großzügigerweise gestattet hatte, im Haus wohnen zu bleiben, wollte Gerald nicht wieder dort leben. Er zog in ein Wohnheim auf der anderen Seite des Campus, verbrachte aber den Juni und Juli damit, einiges im Haus zu reparieren, und aß meistens mit ihr zu Abend.

Als er eines Morgens im August bei seiner Mutter vorbeischaut, steht sie in der Küche und schreibt eine Einkaufsliste. *Die Kinder kommen*, sagt sie strahlend. *William hat gerade angerufen!*

Gerald schenkt sich einen Kaffee ein und setzt sich. William lädt ständig die Kinder hier ab und verschwindet. Mutter freut sich darüber – es gibt ihr etwas zu tun, zu planen, etwas, das den alten Elan in ihr entfacht –, aber Gerald regt sich zunehmend darüber auf. Ihm war nicht klar, wie oft das vorkommt. Er hat die Kinder auch gern, und es macht ihm Freude, sie um sich zu haben, aber ihn ärgert die Selbstverständlichkeit, mit der William ihre Mutter beansprucht. Was ist, wenn sie etwas vorhat? Das ist allerdings nur selten der Fall, und wenn doch, sagt sie es sofort ab. Und das weiß William.

Mutter öffnet den Kühlschrank und kramt darin herum. *Ich kann's mir einfach nicht merken*, sagt sie, ohne sich umzudrehen. *Mag Kathleen lieber Himbeeren und Jack Blaubeeren? Oder ist es umgekehrt?* Gerald seufzt. Es ist unmöglich, sich nicht hineinziehen zu lassen. Er liebt die Kinder. *Jack isst Himbeeren nur, wenn sie ganz sind*, sagt Gerald. *Himbeerstückchen mag er nicht. Ach ja*, sagt Mutter. *Ich wusste, du würdest dich erinnern.*

Nach dem Abendessen sitzt Gerald auf dem Bett, Kathleen auf der einen Seite, Jack auf der anderen, beide gebadet und im Schlafanzug, und liest ihnen aus *Alice im Wunderland* vor. Kathleen liebt das Buch. *Oh, lies die Stelle noch mal*, sagt sie. Jack beugt sich vor, um sich die Zeichnungen anzusehen, Alice ganz dünn und in die Länge gezogen. *Das sieht aus, als wäre sie in einem Spiegelkabinett*, sagt er. *Weißt du noch, Kat, wie wir mit Daddy auf der Kirmes waren? Ich sah ganz dünn aus und du ganz dick!* Kathleen streckt ihm die Zunge heraus. *Sei still, Jack*, sagt sie. *Lass Onkel Gerald vorlesen.*

Kathleen schläft in Beas Zimmer, wenn sie hier ist. Nachdem Bea fort war, hatte Mutter alles unverändert gelassen. Gerald hat sie in der ersten Zeit oft hier gefunden, sie saß auf dem Schreibtischstuhl oder blickte aus dem Fenster. Es war ihr immer peinlich, wenn er hereinkam, und sie behauptete, sie hätte nur sauber gemacht, aber er vermutete, dass sie versuchte, Bea nahe zu sein. Mehr als einmal, vor allem, als William nach Harvard gegangen war, hatte auch er sich hier hineingeschlichen und in ihrem Bett geschlafen, hatte versucht, den Abdruck ihres Körpers in der Matratze zu spüren, und die Arme um ein Kissen geschlungen, als wäre es Bea. Jetzt wohnt Kathleen hier, und Jack schläft in Williams altem Zimmer. Sie finden es toll, ein eigenes Zimmer zu haben; zu Hause müssen sie sich ein kleines Zimmer teilen, und zwischen ihren Betten ist nur eine Armlänge Abstand. Wenn sie hier übernachten, bleibt Gerald meistens auch, und dann wecken sie ihn morgens und strahlen ihn an.

Es ist seltsam, jetzt hier auf Beas Bett zu sitzen und das zu sehen, was sie gesehen hat, wenn sie eingeschlafen und aufgewacht ist, diesen herrlichen Garten, der jetzt in voller Spätsommerpracht erstrahlt. An den Wänden die vergilbte Veilchentapete, die sich inzwischen an mehreren Stellen ablöst. Gerald hat dieses Bett schon immer geliebt, es ist so hoch, dass die Kinder einen Hocker brauchen, um hineinzuklettern, und sie lieben es auch. Sosehr er sich über William ärgert, hier mit Kathleen und Jack zu sitzen ist für ihn pures Glück. Genau deshalb ist er nach Hause zurückgekommen. Er kann nicht verstehen, warum William ständig versucht, von hier zu verschwinden.

Rose

Rose hat William gesagt, dass sie das Wochenende mit den Mädels in New Hampshire verbringt, aber jetzt sitzt sie mit den anderen in Sheilas Cabriolet, und sie rasen über den Highway zum Cape. Alle vier – beste Freundinnen seit der Grundschule – sind verheiratet und haben Kinder im Schulalter. Es ist Sheilas Geburtstag. Ein Wochenendausflug vor dem Trubel an Labor Day und dem Beginn des neuen Schuljahrs. Diesen Plan haben sie schon vor einem Monat ausgeheckt. *Ich weiß, wohin Rose will*, sagte Sheila mit einem Seitenblick zu ihr. Rose verzog das Gesicht. *Na klar*, erwiderte sie. *Wer will denn nicht im Sommer nach Hyannis?*

Sie weiß, dass ihre Schwärmerei für die Kennedys ein bisschen albern ist. Die Mädels ziehen sie ständig damit auf. William weigert sich mittlerweile, mit ihr darüber zu sprechen. *Aber du kennst sie doch*, hat sie ihn mehr als einmal angefleht. *Kannst du es nicht einrichten, dass wir uns auf einen Drink mit ihnen treffen? Ich kenne den Senator nicht*, hat William darauf entgegnet. *Das habe ich dir doch schon gesagt. Und Teddy nur vom Sehen. Er war in Harvard ein Jahr unter Gerald. Wir sind nicht befreundet.*

Während der Versammlung der Demokraten hat sie eine Party bei ihnen zu Hause ausgerichtet und den Eingang mit Girlanden und Luftballons in Rot, Blau und Weiß geschmückt. Als John F. Kennedy die Nominierung gewann, lief sie herum und schenkte allen Champagner ein. Sie verfolgte seine gesamte Rede und hatte Tränen in den Augen, als er darüber sprach, wie schwierig es war, in seiner Position Katholik zu sein, als er von der Neuen Grenze sprach und davon, was jeder Amerikaner für das Land tun konnte. *Gebt mir eure Hilfe, eure Hand, eure Stärke, eure Stimme,* sagte er. Rose liebte diesen Satz und brachte ihren Kindern bei, ihn jeden Abend ihrem Gebet hinzuzufügen.

Sie war enttäuscht, als Jackie nicht zu ihm auf die Bühne trat. Später erfuhr sie, dass es Komplikationen bei Jackies Schwangerschaft gab und sie deshalb bis zur Geburt in Hyannis bleiben würde. Was für ein Glück sie haben, noch ein Kind zu bekommen. Nach der Fehlgeburt 1955, im gleichen Monat, als auch Rose eine hatte, und der Totgeburt 1956. Doch dann kam Caroline zur Welt. Rose betet jeden Abend, dass diese Kennedy-Schwangerschaft gut ausgeht.

Rose weiß, dass sie Jackie und John nicht zu Gesicht bekommen oder gar treffen wird, aber vielleicht begegnen ihnen ja ein paar von den anderen Kennedys in einer Bar oder einem Restaurant. Sie dreht sich im Auto um und betrachtet ihre Freundinnen. Auf einmal sind sie alle dreißig, und Sheila wird dieses Wochenende sogar schon einunddreißig. Sie sehen gut aus, sind die Schwangerschaftskilos wieder losgeworden – pünktlich alle zwei Jahre hat jede von ihnen ein Kind bekommen, aber jetzt sind sie hoffentlich damit durch –, und sie sind braun gebrannt vom Sommer. Sie haben gelernt, sich ihre Enttäuschungen nicht anmerken zu lassen. Sie weiß, dass die Leute sich nach ihnen umschauen, wenn sie zusammen eine Bar betreten. Es fehlt ihr, auf diese Weise angesehen zu werden.

In den Umfragen hat er ein wenig zugelegt, ruft Rose gegen den Wind. *Ich bin zuversichtlich.* Mary schüttelt den Kopf. *Michael sagt, er hat keine Chance, die Wahl zu gewinnen,* ruft sie zurück. *Dieses Land wird niemals einen Katholiken wählen. Ich glaube, er schafft es*, sagt Rose. Sie hat genug von dieser Debatte, die immer wieder aufflammt. *Ich glaube, wir unterschätzen die Leute.* Trotz des Pessimismus sind alle, die sie kennen, nicht nur auf

Kennedys Seite und machen aktiv Werbung für ihn. Den ganzen Sommer über ist Rose in Quincy von Tür zu Tür gegangen. *Du predigst den Bekehrten*, hat William immer wieder gesagt, wenn sie mit ihren Broschüren und Plakaten losgezogen ist. *Natürlich wird jeder mit irisch-katholischer Abstammung hier in Boston ihn wählen.*

Als sie Hyannis erreichen, dirigiert Rose Sheila durch die Straßen. *Immer geradeaus und dann ganz langsam, wenn wir zum Wasser kommen. Allmächtiger*, sagt Sheila ein paar Minuten später, und sie starren alle vier auf das Anwesen mit dem weiß gestrichenen Zaun, dem riesigen, dreigiebeligen Holzhaus und dem grünen Rasen, der sich bis zum Strand erstreckt. *Wie es wohl ist, dort zu wohnen*, sagt Mary, und Rose weiß, dass sie alle an ihre eigenen kleinen Reihenhäuser denken, mit den undichten Rohren und den schmalen Treppen, dem Streit der Nachbarn, der durch die Wände zu hören ist. *Ich hab's euch doch gesagt*, erwidert Rose. *Ich habe euch gesagt, wie schön es ist.*

Sie ist schon oft hier gewesen. Zu Beginn ihrer Ehe, als William gut verdient hat und Kathleen noch klein war, hatten sie mal darüber gesprochen, sich etwas in Cape Cod zu kaufen. Aber er schwafelte ständig von diesem Haus in Maine. Einmal hatte er sie sogar gezwungen, mit ihm dorthin zu fahren. Auf so eine winzige Insel, mit nur einem Haus darauf. Wer wollte denn da wohnen? Also waren sie zum Cape gefahren und hatten sich ein paar Häuser in der näheren Umgebung angesehen. Sie war darauf bedacht gewesen, William stets in diesen Teil der Stadt zu lotsen.

Doch jetzt ist kein Geld mehr dafür da. Seit der Hochzeit sind sie schon dreimal umgezogen. Rose gefällt es nicht, dass sie wieder in Quincy wohnen. Es ist zwar nett, ihre Eltern und ihre alten Freundinnen in der Nähe zu haben, aber sie kennt das alles viel zu gut. In die Kirche zu gehen, in der sie getauft wurde. In dem Laden einzukaufen, zu dem sie einst mit dem Dreirad gefahren ist. Es ist, als wäre sie nie weg gewesen. Als wäre sie immer noch ein Kind.

Vielleicht sitzt Jackie gerade in einem der Zimmer dort, sagt sie. Mit der kleinen Caroline, und liest ihr aus ihrem Lieblingsbuch vor. Ach was, sagt Sheila. Dafür haben sie doch Personal. Ich wünschte, ich hätte Personal dafür, sagt Susan. Wahrscheinlich bleibt sie den ganzen Tag im Bett, isst Pralinen und liest, oder was reiche Leute im Bett eben so tun. Alle lachen. Ich hätte nichts dagegen, das zu tun, was sie tut, wenn John dabei ist, sagt Sheila. Sheila, zischt Rose. Das ist widerwärtig. Er wird unser neuer Präsident.

Ein Auto rollt aus der Einfahrt und kommt ihnen entgegen. Sie recken den Hals, um zu sehen, wer am Steuer sitzt, aber es ist niemand, den sie kennen. *Ein Lakai, sagt Mary. Wahrscheinlich losgeschickt, um irgendwas für sie zu besorgen. Kommt, Mädels,* sagt Sheila und lässt den Motor wieder an. *Ab ins Motel und umziehen. Ich will spätestens in einer Stunde irgendwo draußen sitzen, mit einem Drink in der einen Hand und einer Zigarette in der anderen, und mir den Sonnenuntergang und all die schönen Männer ansehen.* Rose blickt im Außenspiegel zurück und hält den Schal um ihr Haar fest, als Sheila Gas gibt und sie davonsausen. Das ist das Leben, von dem sie geträumt hat – das, was jetzt hinter ihr verschwindet.

Millie

Millie steht auf einem Stuhl und wickelt blaues Krepppapier um die Gardinenstange. Heute Abend gibt sie eine Feier zu ihrem Geburtstag. Fünfundfünfzig. Unfassbar alt. Sie hat einen Anfall bekommen, als George ihr Alter auf den Entwurf für die Einladung geschrieben hat. An den meisten Tagen denkt sie, wenn sie in den Spiegel schaut, dass sie für fünfzig durchgehen würde, vor allem, wenn sie die Nase hochhält. Gegenüber ihren Freundinnen scherzt sie, dass sie nicht wegen ihres Alters schummeln muss, sondern wegen des von Beatrix. Sie ist im Sommer einunddreißig geworden. Einunddreißig! Als Millie in dem Alter war, war Beatrix schon sieben.

Sie hört einen Wagen vorfahren, dann kommt George zur Haustür hereingestolpert, beladen mit lauter Tüten und Kartons. *Bitte sag, dass da auch der Alkohol drin ist*, seufzt Millie. *Ich könnte einen Drink gebrauchen.* Er lächelt ihr zu. *Lass mich erst mal alles abstellen, dann bringe ich dir einen*, sagt er. *Aber vielleicht sollten wir erst die Dekoration fertig machen? Sonst hängt hinterher womöglich alles schief! Bin gleich so weit*, sagt sie. *Nur noch die hier einmal quer durchs Zimmer. Hältst du mich fest?* Sie steigt vom Stuhl, dreht die Krepprolle ein paarmal, dann klettert sie in der Mitte des Zimmers wieder hinauf. George hält sie um die Taille, während sie sich auf die Zehenspitzen stellt und das Papier mit Klebeband an der Decke befestigt. *Perfekt*, sagt George. *Sehr schön*. Millie legt leicht die Hand auf seinen kahlen Kopf, und er hebt sie hoch und setzt sie sanft auf dem Boden ab. Sie zieht den Stuhl zur gegenüberliegenden Ecke, um das Ende der Girlande anzubringen, dann schneidet sie das Papier ab und mustert ihr Werk. *Das muss reichen,* sagt sie. *Es sieht doch großartig aus,* erwidert er. *Wie für eine Königin.*

Beatrix kommt gleich und bringt Blumen mit, und sie hat einen Kuchen gebacken. Oh, sagt George und klopft sich auf den Bauch. *Da hätte ich besser fasten sollen. Nein,* sagt Millie und schlingt die Arme um seine Mitte, wobei ihr auffällt, dass sich ihre Hände hinter seinem Rücken kaum berühren. *Du bist genau richtig so. Mach dir keine Gedanken um dein Gewicht.* Sie geht in den Flur, um ein paar von den Einkaufstüten zu holen, die er mitgebracht hat. In der Küche räumt sie sie aus und beginnt, das Gemüse für die Häppchen zu sortieren. Sie wird Beatrix sagen, dass sie den Rest vom Kuchen nach der Party wieder mitnehmen soll. Dann kommt er gar nicht erst in Versuchung.

Er ist ein guter Mann, ruft sie sich ins Gedächtnis, während sie den Staudensellerie in dünne Scheiben schneidet. Und er sorgt gut für sie. Jetzt hört sie Beatrix von draußen rufen. Als Millie zur Hintertür geht, kommt Beatrix ihr vom Auto entgegen, die Arme voller Blumen. *Also wirklich, Beatrix,* sagt Millie. *Das ist doch viel zu viel. Unsinn,* entgegnet Beatrix. *Du wirst nur ein Mal fünfundfünfzig.* Millie nimmt so viele Blumen, wie sie tragen kann, vom Rücksitz und folgt Beatrix ins Haus. Die Küche ist plötzlich ein Blumenmeer, ein Rausch der Farben. Millie setzt sich wieder an den Küchentisch und schneidet weiter das Gemüse, während Beatrix auf der Arbeitsfläche die Blumen arrangiert. *Wo hast du das nur gelernt?,* fragt Millie. *Bei mir sehen sie nie so hübsch aus.* Beatrix trägt einen roten Rock, der knapp über dem Knie endet, passende Ballerinas und diese verdammte Jacke von Reg, die mit den Lederflicken, von der sie sich scheinbar nicht trennen kann. Beatrix wendet den Kopf, um zu antworten, und merkt, wie Millie auf ihre Schuhe sieht. Sie deutet mit ihrer Rosenschere auf Millie. *Sag's nicht. Kein Wort über meine Kleidung. Für die Party habe ich etwas anderes mitgebracht. Ich wusste, dass du dich aufregen würdest.*

Nein, nein, sagt Millie, *das sieht gut aus. Du kannst so was ja tragen.* Und das stimmt. Sie ist groß und schmal, und der kurze Rock bringt ihre hübschen, schlanken Beine zur Geltung. *Ich weiß, das ist die neue Mode.* Beatrix dreht sich wortlos wieder um. Beide arbeiten schweigend weiter, Millie zerkleinert das Gemüse, Beatrix schneidet die Blumen an. *Aber ohne Strumpfhose?*, fragt Millie nach einer Weile, den Kopf über die Möhren gebeugt. *Mummy!* Beatrix seufzt hörbar, ohne sich umzudrehen. *Ich hab doch gerade gesagt, dass ich mich nachher noch umziehe.*

Höre ich da etwa die bezaubernde Trix?, ruft George vom Wohnzimmer herüber, wo er gerade die Getränke bereitstellt. *Richtig*, ruft sie zurück. *Ich bin in der Küche und streite mich mit Mum.* George kommt herein und gibt Beatrix einen Kuss auf die Stirn. Die beiden mögen sich wirklich, denkt Millie. Das ist gut. Er ist so etwas wie eine Brücke zwischen ihnen. *Worüber streitet ihr beiden Hübschen denn*, sagt George, ohne wirklich zu fragen. *Das muss doch heute nicht sein, oder? Nichts Wichtiges*, sagt Beatrix lächelnd. *Nur unser üblicher Hickhack.*

Sie verteilt die letzten Blumen auf die Sträuße und beginnt, die Vasen hinauszutragen. *Beehrt uns dein Freund heute Abend auch?*, fragt George, als sie zurückkommt. *Wir würden uns freuen, ihn dabeizuhaben. O nein*, sagt Beatrix. *Nicht heute. Das ist Mums Geburtstag, mit ihren Leuten. Da gehört er nicht hin. Warum denn nicht?*, fragt Millie. *Frag Sam doch, ob er kommen mag. Wir haben noch gar keine Gelegenheit gehabt, ein paar Worte mit ihm zu wechseln, seit wir euch beide zufällig auf der Straße getroffen haben.* Er sieht gut aus, dieser Mann, mit dem Beatrix sich trifft, aber offenbar will sie ihn aus Gründen, die Millie nicht versteht, von ihnen fernhalten. Millie kennt so wenige von ihren Freunden, weiß so wenig über ihr Leben. *Mummy*, sagt Beatrix mit leiser Schärfe in der Stimme und wedelt mit der Hand durch die Luft. *George hat gerade gesagt, wir sollen nicht streiten. Also fang nicht wieder an.*

Millie wartet, bis Beatrix ihr den Rücken zukehrt, dann ahmt sie ihr Handgewedel nach. George legt den Finger auf die Lippen. *Dann irgendwann demnächst, ja?*, sagt er und klopft Beatrix auf den Rücken. *Ich möchte den Kerl einfach nur mal kennenlernen. So, meine Damen, jetzt brauche ich modischen Rat. Fliege? Weste? Jackett an oder aus?*

Beatrix geht mit George nach oben, um ihm bei der Auswahl seiner Kleidung zu helfen. Sie gehört inzwischen zu der Sorte von Menschen, auf die sich alle verlassen. Millie wünschte, sie könnte sie mal bei der Arbeit erleben: Beatrix ist mittlerweile stellvertretende Schulleiterin, und Millie ist überzeugt, dass sie das mühelos hinbekommt. Sie ist stolz auf ihre Tochter, aber da ist auch das unterschwellige Gefühl, dass sie wenig Anteil daran hat, was aus Beatrix geworden ist.

Millie ist fertig mit den Häppchen und stellt die Platte auf die Arbeitsfläche. Sie kann es sich nicht verkneifen, in die Kuchenschachtel zu spähen. Ein prächtiger Madeirakuchen mit Zitronenguss und Gänseblümchenblüten obendrauf. *Happy Birthday!* steht da in geschwungener Schrift. Beatrix ist eine großartige Bäckerin. *Reg*, flüstert Millie, *stell dir vor, unser Mädchen hat mir einen Geburtstagskuchen gebacken. Wie sich die Zeiten ändern.*

Sie denkt zurück an den Geburtstag, bevor Beatrix nach Amerika gefahren ist. Sie musste sich Zucker von einer Nachbarin borgen. Sie hatte nicht genug Eier. Keinen Zuckerguss. Der Kuchen war fast ungenießbar, und er sah schrecklich aus. An dem Abend weinte sie, ihr Gesicht an Regs Halsbeuge. *So wird unsere Tochter mich in Erinnerung behalten*, flüsterte sie. *Das schlimmste Geburtstagsfest aller Zeiten*. Unsinn, erwiderte er. *Du hast dein Bestes getan. Das ist alles, was zählt. Und das weiß sie. Oder sie wird es eines Tages wissen.*

Da ist sich Millie nicht sicher. Hier sind sie, so viele Jahre später, und sie fühlt sich oft weiter von Beatrix entfernt als damals, als sie in Amerika war. Sie weiß, sie hat Fehler gemacht – der größte war wohl, dass sie Tommy geheiratet hat –, und irgendwie haben sie und Beatrix immer noch nicht wieder zueinandergefunden. Vielleicht werden sie es auch nie. Sie verschließt die Kuchenschachtel wieder und nimmt die Schürze ab. *Beatrix*, ruft sie die Treppe hinauf, *lass George, er kommt schon allein zurecht. Ich brauche dich hier.*

William

William sitzt angezogen in der Küche und trinkt seinen vierten Kaffee. Die Kinder waren schon in aller Herrgottsfrühe wach, vor Aufregung wegen Weihnachten, und hatten ihren Strumpf und die Geschenke noch vor sieben Uhr ausgepackt. Schon jetzt fühlt sich der Tag endlos an. Kirche, Weihnachtsessen bei Rose' Eltern, dann am Nachmittag zu seiner Mutter, wo sie zum Abendessen bleiben werden. Er weiß nicht, wie er das durchstehen soll. Er erwägt, einen Schuss Whiskey in seinen Kaffee zu tun, aber dafür ist es wohl ein bisschen zu früh. Später wird es noch genügend Gelegenheiten geben.

Kathleen kommt die Treppe heruntergerannt und stürmt in die Küche, dass die Schwingtür hin und her fliegt. *Daddy, ich will keine Strumpfhose anziehen*, ruft sie. *Mommy sagt, ich muss. Dabei kratzt die so schrecklich.* Sie steht mitten in der Küche, breitbeinig, die Hände in die Hüften gestemmt. Wenn sie wütend ist, wird ihr Gesicht ganz blass, sodass die Sommersprossen auf ihrer Nase und den Wangen hervorstechen. Er winkt sie zu sich und legt ihr die Hände auf die Schultern. *Mein Spatz*, sagt er, *draußen sind es minus vier Grad. Es ist Weihnachten. Du musst tun, was Mommy sagt. Aber Daddy*, jammert sie. *Kann ich nicht einfach eine Hose anziehen? Warum muss Jack keine Strumpfhose tragen? Das weißt du genau*, sagt er. *Außerdem muss er ein Jackett und eine Krawatte tragen.* William nimmt seine eigene Krawatte und hält sie wie einen Strick hoch, lässt den Kopf zur Seite fallen und die Zunge heraushängen. *Glaub mir, das ist viel schlimmer.*

Auf ihrem Gesicht zeichnet sich die Andeutung eines Lächelns ab. Wie fast immer. Manchmal sieht sie Gerald so ähnlich, dass es ihm den Atem verschlägt. Sie ist eine Gregory. Keine Spur von Rose. Jack hingegen ist eindeutig ein Kelly: schwarzes Haar, blaue Augen, zierlicher Körper. Wenn die zwölf Enkelkinder sich für ein Foto versammeln, sticht Kathleen mit ihrer Größe und den roten Haaren stets heraus. Sie muss sich in die hintere Reihe zu den älteren Kindern stellen, obwohl sie erst acht ist. Rose macht immer ein großes Theater um ihr Gewicht. *Wenn sie nicht aufpasst, sieht sie später aus wie deine Mutter*, entgegnet sie, wenn er ihr sagt, dass sie Kathleen in Ruhe lassen soll. *Und gebe Gott, dass sie nicht so groß wird wie dein Vater.* Er greift in seine Jackettasche, holt eine in Stanniolpapier verpackte Praline heraus und hält sie ihr hin. *Nichts Mommy verraten*, sagt er und legt den Finger an die Lippen. *Iss sie schnell auf. Und dann zieh deine Strumpfhose an. Wir müssen gleich los.*

Beim Mittagessen sitzt er neben seinem Schwiegervater, während die Kinder und Rose am anderen Ende des langen Tisches sitzen. Dieses Haus ist für ihn ein zweites Zuhause geworden. In mancherlei Hinsicht ist es die Familie, die er sich immer gewünscht hat. Niemand ist enttäuscht von ihm. Niemand erwartet von ihm, mehr zu sein, als er ist. Aber er weiß, dass er, ebenso wie Kathleen, heraussticht. Sie behandeln ihn anders als die anderen Ehemänner. Niemand sonst hat in Harvard studiert. Niemand sonst arbeitet bei einer Bank. Rose' Dad handelt mit Gewerbeimmobilien. Ihr einziger Bruder ist Pfarrer, und die Männer ihrer drei Schwestern arbeiten in traditionelleren Berufen: einer hat eine Bar, einer eine Baufirma, und der dritte ist Feuerwehrmann. Sie behandeln ihn mit mehr Respekt, als er verdient. Er hat ihnen schon mehrfach gesagt, dass sie bessere Jobs haben als er, aber er weiß, sie glauben ihm nicht.

Heute dreht sich das Gespräch ausschließlich um den neu gewählten Präsidenten. Michael, der Feuerwehrmann, beugt sich vor und fragt ihn quer über den Tisch nach Gerald. *Er kennt Teddy doch, oder? Kann er uns nicht Karten für die Amtseinführung besorgen?* William zuckt die Achseln. *Sie waren zusammen in der Schule*, sagt er. *Aber er kennt ihn kaum.* William erwähnt nicht, dass er John Kennedy ein paarmal in Harvard getroffen hat, als er noch Kongressabgeordneter war und der Universität einen Besuch abstattete. Durchaus intelligent, der Kerl, hat er damals gedacht. Aber er mochte ihn nicht. Er fand ihn zu glatt, nicht vertrauenswürdig. Er hat ihn natürlich trotzdem gewählt, und er ist klug genug, an diesem Tisch den Mund zu halten, denn die anderen Männer sehen sich selbst in Kennedy und glauben, jetzt sei alles möglich. Die Hoffnung im Raum ist nahezu mit Händen zu greifen.

Selbst Christopher, der Pfarrer, spricht einen Toast auf Kennedy aus. Ihn mag William am liebsten von der ganzen Familie, ein ernster Mann, der für die Kirche gemacht zu sein scheint. William genießt ihre Gespräche, wenn es ihnen gelingt, sich von den anderen zurückzuziehen, und er ihm Fragen nach Religion, Philosophie und seinem Glauben stellen kann. Ein paarmal waren sie zusammen in der Oper, und immer mal wieder konnte William ihn zu einem Museumsbesuch animieren. Früher hat Rose sich auch für solche Dinge interessiert. Doch das letzte Mal, als er vorschlug, einen Babysitter zu engagieren, um sich die neue Ausstellung im Gardner Museum anzuschauen, hat sie nur gelacht. *Bist du verrückt?*, sagte sie. *Samstagnachmittag hat Kathleen ihren Ballettunterricht, und Jack ist zu einem Geburtstag eingeladen. Und wenn ich einen Babysitter engagiere, will ich abends mit Freunden ausgehen und mich amüsieren und nicht mitten am Nachmittag in einem pseudoitalienischen Palazzo herumlaufen.* Schon gut, sagte William und wünschte, er hätte nie davon angefangen. *Ich kann in der Mittagspause hingehen.*

Die Verabschiedungen dauern bei dieser Familie ewig, aber schließlich sitzen sie wieder im Auto und fahren zu seiner Mutter. Nach Hause, denkt er dabei immer, obwohl er weiß, dass es nicht stimmt. Rose würde sich über ihn lustig machen, wenn er es laut sagte. Die Kinder schlafen fast sofort ein, und Jacks Kopf sinkt an Kathleens Schulter. Rose zieht ihren Mantel enger um sich. *Ist das kalt*, sagt sie. *Ich wünschte, der Tag wäre vorbei. Bei deiner Mutter wird es nicht viel wärmer sein. Und wie sollen wir jetzt noch etwas essen? Wir müssen*, sagt William. *Die beiden haben den ganzen Tag auf uns gewartet. Und du weißt, wie viel sie immer kocht.* Rose seufzt. *Das habe ich befürchtet. Ich bin so müde. Ich möchte nur noch ins Bett.* Sie dreht den Kopf zum Fenster und schließt die Augen.

Kathleen wacht auf, als sie ankommen, aber Jack schläft noch tief und fest, und so trägt William ihn hinein, winkt seiner Mutter und Gerald kurz zu und bringt ihn nach oben, um ihn hinzulegen. Hier hat sich im Lauf der Jahre kaum etwas verändert. In seinem Zimmer stehen immer noch die beiden schmalen Betten mit den weißen Tagesdecken und den kleinen Gobelinkissen mit der Eisenbahn darauf. Auch Williams Kindheit ist hier noch in den Regalen und auf dem Schreibtisch präsent. Alte, abgetragene Baseballhandschuhe in verschiedenen Größen. Seine Auszeichnungen von der Highschool. Eine Holzschachtel, die er im Werkunterricht gebastelt hat und in der seine Schuhputzsachen liegen. Er setzt sich neben Jack, zieht die Decke mit der Eisenbahn vom Bettende und deckt ihn damit zu. Rose hat recht. Im Haus ist es eiskalt.

Als er wieder nach unten geht, sitzen Gerald, Mutter und Kathleen in der Küche. *Wo ist Rose?*, fragt er, und Mutter deutet Richtung Wohnzimmer. *Hat sich ein bisschen hingelegt*, sagt sie. *Die Ärmste war so müde.* Er weiß, sie ist froh, dass Rose nicht bei ihnen ist, und ihm geht es genauso. Es ist anstrengend zuzusehen, wie die beiden so tun, als würden sie sich mögen. Er hat geglaubt, dass sie irgendwann einfach ehrlich zu sich selbst und zueinander sein könnten, doch jetzt begreift er, dass das nie passieren wird.

Komm, setz dich, sagt Mutter und deutet auf seinen Stuhl. *Kathleen hat uns gerade von ihren ganzen tollen Weihnachtsgeschenken erzählt.* Kathleen sitzt auf Geralds Schoß und streut roten und grünen Zucker auf ein Blech mit Sternenkeksen. *Ich habe mit dem Backen extra gewartet*, sagt Mutter, *denn ich kenne niemanden, der Kekse so gut verzieren kann wie Kathleen.* Kathleen blickt auf und strahlt Mutter an. Ihm wird ganz eng in der Kehle. Er wendet den Blick ab, lässt sich auf seinen Stuhl fallen und zündet sich eine Zigarette an. *Was für ein Tag,* seufzt er. *Heute ist kein Tag, Daddy,* sagt Kathleen. *Heute ist Weihnachten! Das ist der beste Tag des Jahres. Das stimmt,* sagt Gerald und drückt sie an sich. *Und wir freuen uns riesig, weil wir ihn mit euch verbringen können!*

Als Kathleen mit den Keksen fertig ist, geht Mutter mit ihr ins Esszimmer, um den Tisch zu decken. William legt die Füße auf Vaters Stuhl und befreit sich von seiner Krawatte. *Mann, G,* sagt er. *Warum hat mich keiner gewarnt? Das muss der längste Tag meines Lebens sein. G,* sagt Gerald lächelnd. *So nennt mich kein Mensch mehr.*

Kathleen kommt wieder hereingelaufen. *Seht mal, was ich in der Anrichte gefunden habe. Nana will wissen, ob ihr die kennt,* sagt sie und legt einen Stapel Karten auf den Tisch. *Das sind Platzkarten,* sagt Gerald und sieht sie durch. *Die zeigen jedem, wo er sich hinsetzen soll. Ich weiß, was das ist,* sagt Kathleen und zieht die Stirn kraus. *Aber Nana erinnert sich nicht mehr an sie.* William nimmt sie, stellt sie der Reihe nach auf und liest die Namen laut vor: *Mr G, Mrs G, William, Gerald, Bea.* Natürlich weiß Mutter, dass Bea sie gemacht hat. Wahrscheinlich wollte sie Kathleen nur nicht erklären, wer Bea ist. *Die hat ein Mädchen gemacht,* sagt William. *Ein Mädchen, das hier bei uns gewohnt hat, als wir klein waren.* Er zeigt Kathleen Beas Karte. *Sie hieß Bea.* Kathleen betrachtet sie. *Hier hat ein Mädchen gewohnt? Bei dir und Gerald? Ja,* sagt Gerald. *Sie musste hier wohnen, weil dort, wo sie herkam, Krieg herrschte. O nein,* sagt Kathleen, und William wendet den Blick ab. *Sie ist so ein Seelchen.* Er sorgt sich, dass sie zu empfindsam ist. *Geht es ihr jetzt gut?,* fragt Kathleen.

William weiß es nicht. Er hat lange nichts mehr von Bea gehört. Nach seiner Rückkehr aus Europa hatten sie einander ein paarmal geschrieben. Doch dann hatte er geheiratet, und Kathleen war zur Welt gekommen, und von da an war das Leben hektisch geworden. Wieder war er derjenige gewesen, der nicht mehr geantwortet hatte.

Es geht ihr prima, sagt Gerald, und William sieht überrascht auf. *Sie leitet eine Grundschule in London. Was?*, fragt William. *Du hast Kontakt zu ihr? Das passt doch, oder?*, erwidert Gerald und verschwindet durch die Schwingtür in den Flur. *Sie ist so was wie Direktor Stevens*, sagt William zu Kathleen. Sie lächelt. *Er ist richtig nett*, sagt sie. *Aber war Bea denn ohne ihre Eltern hier? Ja*, sagt Mutter im Hereinkommen, und William weiß, dass sie hinter der Tür gestanden und gelauscht hat. *Sie war sehr tapfer*, fährt Mutter fort. *Sie ist ganz allein hierhergekommen. Kannst du dir das vorstellen, Kathleen, ganz allein auf einem großen Ozeandampfer? Nein!*, sagt Kathleen, und dann kommt Gerald zurück, mit einem gerahmten Foto in der Hand. *Das ist Bea*, sagt er und gibt es Kathleen, *mit deinem Dad und mir. Das war an dem Tag, als sie deinen Dad bei einem Wettschwimmen besiegt hat. Ein Mädchen war schneller als Daddy?* Kathleen lächelt ihn mit großen Augen an, doch dann gibt sie Gerald das Foto zurück und beginnt, in der Tischschublade zu kramen.

Ich mache uns neue Namensschilder, verkündet sie. *Für alle, die jetzt hier sind.* Und sie setzt sich an den Tisch und bastelt ein nagelneues Sechserset. *Weihnachtskarte*, sagt Gerald leise zu William. *Im Wohnzimmer.* William nickt. Sie sprechen über dies und jenes, und William fährt mit dem Finger über die vertraute Schrift auf den Karten. Dann wacht Jack auf und kommt herunter, und Rose erscheint in der Tür, eine Decke um die Schultern. Als niemand hinsieht, lässt William die Platzkarten in seiner Tasche verschwinden. Später wird er Beas in seine Brieftasche stecken, hinter das Foto von Kathleen und Jack.

Beatrix

Beatrix hat ein paar Leute zum Abendessen in ihre neue Wohnung eingeladen. Im Sommer, bevor das neue Schuljahr begonnen hat, ist sie in ein anderes Viertel, weit weg von der Schule gezogen. Sie wollte nicht mehr ständig Schülern begegnen, wenn sie ein Tuch um die Haare trug oder in Jeans herumlief. Und obwohl es bisher nie passiert war, hatte sie immer Angst, spätabends auf dem Heimweg von einer Bar irgendwelchen Eltern zu begegnen – oder womöglich sogar in der Bar, nach ein paar Drinks. Sie wohnt jetzt auch weiter von ihrer Mutter entfernt, sodass sie sie nicht mehr so oft besuchen muss. Abends geht Beatrix oft nicht ans Telefon. Sie weiß, es ist Mum, die sich über George beklagen will. Es ist nur eine Frage der Zeit, bis auch diese Ehe endet.

Es hat eine Weile gedauert, sich an die Fahrerei zu gewöhnen, aber das ist es wert. Ein paar von ihren Freunden wohnen in der Nähe, und sie gehen regelmäßig zusammen etwas trinken. Einmal im Monat treffen sie sich reihum, und jeder bringt etwas zu essen mit. Diesmal ist sie an der Reihe. Es ist ein kalter, regnerischer Samstag im Februar, perfekt für ein gemütliches Beisammensein. Es wird nur ein kleiner Kreis: sie, ihr Freund Sam und zwei weitere Paare. Die Wohnung hat eine schöne große Küche, einen Kamin und einen kleinen Garten, und es ist die erste Wohnung, in der sie sich wirklich zu Hause fühlt.

Sie verbringt den Morgen damit, staubzusaugen und zu putzen. Sie deckt den Tisch, bereitet so gut wie möglich alles vor und sieht sich dann mit kritischem Blick in der Wohnung um.

George hat ihr beim Einzug geholfen, ein paar Bilder aufzuhängen, aber sie haben Mum gehört und ihr nie wirklich gefallen. In der Abseite im Flur steht ein Paket, das Mrs G ihr geschickt hat. Nach dem Umzug hat Beatrix ihr eine Karte mit der neuen Adresse zugesandt, und ein paar Wochen später ist das Paket angekommen. Beatrix hat sich nicht so oft bei ihr gemeldet, wie sie es ihrer Meinung nach hätte tun sollen – sie hat viel zu tun, und irgendwie ist nie genug Zeit dafür da. Nachdem Mr G gestorben war, hat sie fast ein Jahr lang jeden Sonntagabend an Mrs G geschrieben. Doch danach wich sie immer öfter von dieser Routine ab; sie brauchte den Sonntagabend, um die neue Woche zu planen, und in dem Maße, wie die Schule gewachsen war – und damit auch ihre Zuständigkeiten –, waren die Abstände zwischen den Briefen größer geworden. In den letzten Jahren hat sie nur noch Weihnachtskarten und ab und an einen Brief geschrieben.

Beatrix hat das Paket geöffnet, als es ankam, und gesehen, dass es zwei gerahmte Bilder und eine kurze Nachricht enthielt. *Liebste Bea*, schrieb Mrs G, *ich habe die Garage ausgemistet, und da dachte ich mir, die hättest Du vielleicht gerne. Viel Freude damit. Ich hoffe, es geht Dir gut.* Beatrix hat das Paket wieder zugemacht und weggeräumt. Einerseits wollte sie wissen, was das für Bilder waren, und andererseits auch nicht. Sie hat sich solche Mühe gegeben, die Gregorys in der Vergangenheit zu lassen. Jetzt holt sie das Paket hervor und nimmt zwei großformatige Aquarelle heraus, die sie kennt, beide mit Mr Gs sorgfältiger Signatur in der rechten unteren Ecke. Sie haben in Maine im Wohnzimmer gehangen. Das eine zeigt den Sonnenuntergang über der Stadt, von der Insel aus gesehen, seitlich eingerahmt von den Felsen und dem Wald. Da ist auch das orange Ruderboot, das dem Besitzer des Lebensmittelladens gehörte und immer vorne am

Anleger festgemacht war. Die letzten Sonnenstrahlen fallen genau darauf, und es sieht fast aus, als stünde es in Flammen.

Auf dem anderen Bild steht die Sonne hoch am wolkenlosen, tiefblauen Himmel, und darunter, ein wenig links von der Mitte, ist das Schwimmdock. Sie hält das Bild in das graue Licht am Wohnzimmerfenster, um die drei Gestalten darauf besser sehen zu können: Eine liegt ausgestreckt, die beiden anderen sitzen nebeneinander, die Beine im Wasser. Und da ist auch King; sein Kopf schaut aus den Wellen. Wie oft haben sie so dagesessen, sie und Gerald, und mit den Beinen gebaumelt. Sie hängt beide Bilder über das Sofa, aber irgendwie passen sie nicht dorthin. Ihre Einrichtung ist modern, ihr Geschmack eher minimalistisch. Und die Farben harmonieren auch nicht.

Als sie den Karton zur Mülltonne bringen will, merkt sie, dass unter dem zusammengeknüllten Zeitungspapier noch ein kleineres Bild liegt. Es ist ungefähr so groß wie ein Buch, hat einen schmalen Holzrahmen, und sie hat es noch nie gesehen. Sie setzt sich an den Küchentisch und betrachtet es genauer. Es ist kein Aquarell, sondern in Öl gemalt, und die dick aufgetragene Farbe lässt das Bild regelrecht leuchten. Auch die Konturen sind schärfer. Es zeigt ein Paar in einem Saal beim Tanz. Der Mann trägt einen Smoking, die Frau ein fließendes blaues Kleid, dessen Rock in der Drehung aufschwingt. Die Hand des Mannes liegt auf ihrem Rücken. Hinter ihnen eine Bigband mit goldfunkelnden Trompeten. Beatrix kann die Musik beinahe hören, und sie fragt sich, wann Mr G das Bild wohl gemalt hat. Vermutlich in jungen Jahren, vielleicht sogar schon vor Williams Geburt. Aber ist das wirklich vorstellbar, die beiden in einem Club, tanzend? Sie betrachtet das Paar genauer. Es können nicht die Gregorys sein, dazu ist der Größenunterschied zu gering. Und doch sind sie es: die Frau, die in das Gesicht des

Mannes aufblickt, der Mann, der den Kopf leicht zu ihr neigt. Dieses Bild gefällt ihr, und sie hängt es in den Flur, gegenüber vom Spiegel.

Sie ist noch dabei, sich fertig zu machen, als sie Sams Schlüssel im Schloss hört. *Hallo, du,* ruft sie. *Bin gleich so weit.* Als sie ins Wohnzimmer kommt, stapelt er gerade Holz im Kamin auf, und sie beugt sich zu ihm hinunter, um ihm einen Kuss zu geben. *Wo kommen die denn her?,* fragt er und deutet auf die Wand über dem Sofa. *Habe ich die schon mal gesehen?* Sie blickt auf die neuen Bilder. *Wie findest du sie?,* fragt sie. *Nicht übel,* sagt er. *Vielleicht ein bisschen amateurhaft, aber besser als das, was da vorher hing. Weißt du etwas darüber?*

Sie zuckt die Achseln. *Mrs Gregory hat sie mir geschickt. Die sind von der Familie in Amerika, bei der ich damals gewohnt habe. Ich glaube, sie haben dort im Haus gehangen.* Mehr will sie ihm nicht erzählen. Sie will sie nicht ansehen, nicht über sie reden, nicht darüber nachdenken, wofür sie stehen. *Weißt du, was,* sagt sie. *Eigentlich gefallen sie mir nicht. Kannst du sie abnehmen und die anderen wieder aufhängen, während ich mich um den Rest in der Küche kümmere?* *Klar,* sagt Sam.

Am nächsten Tag ist es klar und sonnig. Nachmittags gehen Beatrix und Sam zu einer Galerie in der Nähe, die Werke von Fotografen aus der Gegend zeigt. Sie wählen zwei Schwarz-Weiß-Drucke aus, zeitgenössische Aufnahmen von London, und Sam besteht darauf, die Hälfte des Kaufpreises zu übernehmen. *Irgendwann demnächst,* sagt er, *werden wir ja eine gemeinsame Wohnung haben.* Beatrix hängt sie über das Sofa. Sie sehen perfekt aus. Sie schreibt an Mrs G, um sich zu bedanken, und fragt sie nach dem kleinen Bild, dem mit dem Tanzpaar. *Hat Mr G das vor langer Zeit gemalt? Sind das Sie beide? Ich kann mich nicht erinnern, es im Haus gesehen zu haben.*

Sie wartet auf eine Antwort. Schließlich kommt ein Brief, aber er geht nicht auf ihre Fragen ein. Mrs G schreibt über ihre Pläne für den Garten und ein, zwei Sätze zu Gerald und William. Rose oder die Kinder erwähnt sie nicht. Dann fügt sie das Rezept für ihre Blaubeermuffins bei. *Am besten schmecken sie mit den wilden Blaubeeren aus Maine, Liebes. Aber die bekommst Du ja sicher nicht. Nimm dieselbe Menge normale Blaubeeren, aber sei nicht enttäuscht, wenn sie nicht so schmecken wie in Deiner Erinnerung.* Und wie immer hat sie recht: Sooft Beatrix es auch versucht, ihre Muffins schmecken nie so wie die von damals.

Nancy

Noch ein Monat, dann wird Ethan zehn Jahre tot sein. Nancy kann es kaum glauben. Sie besucht ihn täglich auf dem Friedhof, bei jedem Wetter. In letzter Zeit ist es ein wenig mühsamer geworden, trotzdem erscheint ihr ein Tag unvollständig, wenn sie nicht hingeht. Es versöhnt sie damit, dass sie nicht mehr nach Maine fahren kann.

Den Jungs gefällt das nicht. Sie weiß, dass sie darüber reden, wenn sie nicht da ist. Sie will nicht, dass sie sich Sorgen um sie machen und meinen, sich besser um sie kümmern zu können als sie selbst. Warum nur hat sie Gerald gebeten, nach Hause zu kommen? Letzten Winter hat er sich eines Morgens, als es heftig schneite und er gekommen war, um den Gehweg freizuschaufeln, mit ausgebreiteten Armen vor die Haustür gestellt. *Was soll das werden, Mutter?*, fragte er. *Du kannst bei dem Wetter doch nicht rausgehen. Ach, sei nicht albern*, entgegnete sie. *Ist doch bloß ein bisschen Schnee.* Sie setzte sich ihre wärmste Mütze auf. *Wir sind schließlich aus hartem Neuengland-Holz geschnitzt.* (Später rutschte sie tatsächlich aus und stürzte heftig, aber das erzählte sie Gerald nicht. Sie lag im Schnee und sah hoch zu den Flocken, die auf sie herabfielen und sie nach und nach bedeckten. Hinterher war ihre ganze linke Körperseite einen Monat lang blau und grün.) Sie will einfach nicht, dass Ethan einsam ist. Er möchte bestimmt gerne alles wissen, was geschieht. Er hat die Jungs nie als Erwachsene erlebt, hat nicht miterlebt, wie sie ihren Weg gegangen sind.

Selbst jetzt lähmt die Trauer sie noch manchmal. Sie kommt wie aus dem Nichts, geht oft einher mit etwas Schönem. Am Sonntag in der Kirche sagt jemand im Vorbeigehen, wie sehr er beim Singen Ethans Stimme vermisst. Kathleen stellt eine Frage zu ihrem Großvater, den sie nie kennengelernt hat. Gerald nickt auf diese Weise, wie sie es alle drei tun, er, William und Ethan, und dann ist die Trauer so frisch wie in dem Moment, als sie ihn im Garten gefunden hat, die Schaufel noch in der Hand, die Augen nach oben gerichtet, zum Himmel, zu ihr, aber ohne etwas zu sehen.

Sie hat nicht vergessen, wie herablassend er ihr gegenüber sein konnte und wie oft er ihr das Wort abgeschnitten hat. Aber wenn sie sich ihre Freundinnen und deren Ehemänner ansieht, weiß sie, dass sie es gar nicht so schlecht gehabt hat. Er war ein sanfter Mann, der sein Bestes tat. Der genau wie sie zufrieden mit seinem kleinen, ruhigen Leben war. Was kann man mehr verlangen? Sie ertappt sich immer noch dabei, wie sie in sein Arbeitszimmer schaut und erwartet, ihn dort sitzen zu sehen, beim Korrigieren, Schachspielen oder Lesen. Er sieht sie über den Rand seiner Brille hinweg an, und sein Haar schimmert im Lampenschein. *Na, alles klar?*, sagt er, und sie lächelt ihm zu.

Doch heute nimmt sie Jack mit zum Friedhof. Er war dort noch nie, und sie findet, es ist an der Zeit. Er ist jetzt siebeneinhalb, ein großer Junge, und er sollte mehr über seinen Großvater wissen. Sie vermutet, dass Rose ihn kaum erwähnt. Es ist, als wären William und die Kinder in der Familie Kelly aufgegangen, als hätten der Name Gregory und die Gene der Gregorys so gut wie keine Bedeutung. *Oh*, sagt sie mit einer wegwerfenden Handbewegung zu ihren Freundinnen, *ich verstehe das natürlich. Ich meine, hier bin ja nur noch ich, ganz allein in dem großen alten Haus. Und drüben in Quincy gibt es Cousins und Cousinen und Tanten und Onkel und lauter aufregende Dinge. Kathleen ist sogar schon in einem Feuerwehrauto mitgefahren, mit dem Onkel, der Feuerwehrmann ist.* Nancy kann sie nicht auseinanderhalten, und sie hat schon vor Jahren aufgegeben, sich zu merken, wer wer ist. Außer bei Christopher. Das ist der Pfarrer.

Aber sie will, dass Jack etwas über seinen Großvater weiß. Kathleen hat vermutlich eher eine Verbindung zu ihm, weil Ethan noch lebte, als Rose mit ihr schwanger war. Einmal hat Kathleen sie gefragt, ob Ethan sie berührt hat, bevor sie geboren war. *Nein, meine Süße*, sagte Nancy. *Das konnte er nicht. Du weißt doch, dass er vor deiner Geburt gestorben ist. Nein*, beharrte Kathleen, *ich meine, hat Grandpa Mommys Bauch berührt, um zu fühlen, ob ich dagegentrete. Meine Güte, Kind*, erwiderte Nancy und fuhr von der Arbeitsfläche herum. *Was für eine Frage! Ganz sicher nicht. Dein Großvater war kein Mann, der herumging und die Bäuche von Frauen berührte! Oh*, sagte Kathleen verwirrt. *Tante Anna ist schwanger, und PopPop tätschelt dauernd ihren Bauch und redet mit dem Baby.* Nancy war entsetzt, versuchte aber, sich nichts anmerken zu lassen. *Jedem das Seine, Liebes*, sagte sie. *Aber was zählt, ist, dass dein Großvater wusste, dass es dich gab und dass du bald zur Welt kommen würdest.*

Zu Jack kann sie das nicht sagen, denn er ist erst zwei Jahre nach Ethans Tod geboren worden. Heute ist Jack allein hier, weil Kathleen in einem Ferienlager ist. Nancy packt ein paar Sachen für ein Picknick zusammen, nachdem sie Gerald gefragt hat, was sie mitnehmen soll: Sandwiches mit Erdnussbutter und Marmelade und Brownies. Sie verlassen das Haus durch die Hintertür, und sie nimmt seine Hand, als sie die Straße überqueren. Auf dem Friedhof hält er immer noch ihre Hand, was ungewöhnlich für ihn ist. Sonst ist er der Erste, der losläuft, ganz gleich, wo sie sind. Nancy weiß nicht, worüber sie mit ihm reden soll. Sie fühlt sich Kathleen viel näher. Sie genießt es, wieder ein Mädchen um sich zu haben. Wirklich schade, dass sie selbst keines bekommen hat. Sie weiß nie, ob sie Bea dazuzählen darf.

Eine Weile gehen sie schweigend nebeneinanderher; der Weg schlängelt sich über mehrere kleine Hügel, die rechts und links von Gräbern gesäumt sind. Es ist ein schöner Julitag, nicht zu heiß, nicht zu feucht. Gerade richtig. Ein perfekter Maine-Tag. *Findest du das nicht unheimlich?*, fragt Jack schließlich. *Ich meine, die ganzen Toten hier? Nein, gar nicht, mein Schatz*, sagt Nancy und drückt ganz leicht seine Hand. *Es ist ein Ort der Ruhe. Ich finde es sogar sehr friedlich. Aber die sind tot*, flüstert Jack. *Da sind überall Tote, fast direkt unter uns.*

Nancy wendet sich ihrem Enkel zu. In seinen dunkelblauen Augen steht Angst. Sie hat sich, wenn auch mit schlechtem Gewissen, schon öfter gefragt, ob Jack überhaupt ein Gregory ist. Er kommt so sehr nach Rose. *Was glaubst du, was passiert, wenn jemand stirbt?*, fragt sie ihn. *Seine Seele kommt in den Himmel, in die Hölle oder ins Fegefeuer*, antwortet Jack. *Okay*, sagt sie und widersteht der Versuchung zu erwidern, dass es kein Fegefeuer gibt, aber sie nimmt sich vor, später mit William darüber zu sprechen. Die traditionelle Glaubenslehre sollte doch so weit angepasst werden können, dass Raum für rationales Denken bleibt.

Und was bleibt dann übrig?, fragt sie. *Der Körper?*, erwidert Jack. Sie nickt und geht weiter. Sie überlegt kurz, ob sie für das, was sie gleich sagen wird, Ärger bekommt. *Und der Körper verwest ganz langsam. Weißt du, was das bedeutet? Er kehrt zur Erde zurück*, sagt Jack. Nancy zieht die Augenbrauen hoch. *Hm, ja*, sagt sie. *Die meisten von den Leuten hier sind also gar nicht mehr da, stimmt's? Bei manchen sind ja schon über hundert Jahre vergangen. Aber du kommst doch hierher*, sagt Jack. *Daddy hat gesagt, du kommst jeden Tag hierher, um mit Grandpa zu reden. Ja, das stimmt*, sagt Nancy. *Aber ich rede mit seinem Geist, nicht mit seinem Körper. Ich komme nur her, weil ich weiß, dass er hier ist. Okay*, sagt Jack, aber es klingt nicht überzeugt.

Los, sagt sie. *Schau mal, ob du Grandpa's Grab findest. Es ist gleich da drüben beim Teich und bei der Weide. Ethan Putnam Gregory steht auf dem Stein. 1900 bis 1951.* Jack läuft in einer Schlangenlinie den Hügel hinunter, die Arme ausgebreitet wie Flügel. *Gebt mir eure Hilfe, eure Hand, eure Stärke, eure Stimme*, sagt er immer wieder, jedes Mal ein wenig lauter. Nancy folgt ihm nun leichteren Herzens. Wie wunderbar es doch ist, ein Kind zu sein. Solche Angst zu haben und einen Augenblick später davon befreit zu werden. Wie durch Zauberei.

Am Grab holt sie ihn ein, und sie packt die Decke und das Picknick aus. Er wirkt zufrieden, isst sein Sandwich und fragt sie, wie viele von den Brownies er haben darf. Hallo, Ethan, sagt sie in Gedanken. Das ist Jack, dein Enkelsohn. Es ist höchste Zeit, dass ihr euch kennenlernt. *Dein Großvater*, beginnt sie, *war ein ganz wunderbarer Mann. Ich wünschte, du hättest ihn noch gekannt.* Und verflixt, da sind die Tränen wieder, die immer im unpassenden Moment kommen und sie am Sprechen hindern. Nancy wischt sich über die Augen. *Weißt du, was,* sagt sie, *stell mir doch einfach Fragen über ihn. Ich erzähle dir alles, was du wissen willst.*

Ich weiß alles über Grandpa, sagt Jack. *Daddy erzählt uns fast jeden Abend etwas über ihn. Dass er ein großer Fischer war. Dass er gerne gesungen hat. Dass er ihn und Onkel Gerald richtig gut in Mathe gemacht hat.* Nancy lächelt. Sie hatte keine Ahnung, dass William gegenüber seinen Kindern Ethans gute Seiten hervorhebt. Jack sieht sie beunruhigt an. Diese verdammten Tränen. *Mir geht's gut, mein Schatz,* sagt sie. *Du musst dir wegen mir keine Sorgen machen.* Sie ist diejenige, die sich kümmert. Wie sie es hasst, wenn jemand sich um sie kümmern will.

William

Nach zwölf Jahren als Berufstätiger hat William begriffen, wie man aus einem stumpfsinnigen Job das Beste macht. Anfangs, in den ersten Jahren nach dem Studium, hat ihn die Langeweile des Ewiggleichen fast umgebracht. Er fühlte sich gefesselt und gefangen, musste sich Vorgesetzten unterordnen, deren Unfähigkeit ihn frustrierte. Seine ersten beiden Stellen verlor er, weil er Veränderungen vorgeschlagen hatte, weil er sich seine Gefühle hatte anmerken lassen. In seinem jetzigen Job hat er sich gezwungen, nichts mehr an sich heranzulassen, sich von der Arbeit zu distanzieren. Er begann, immer weniger zu tun und mehr Zeit außerhalb des Büros zu verbringen als innerhalb. Zu seiner Überraschung schien es niemand zu bemerken.

Der Vorzug der blonden Haare und grünen Augen, erkannte er. Des Harvard-Diploms. Im Grunde war es ganz einfach: Sobald man sich nicht mehr darum scherte und den Ehrgeiz über Bord warf, lief alles viel glatter.

Mittags sagt er seiner Sekretärin oft, er hätte einen Termin außer Haus, und dann verdrückt er sich für ein, zwei Stunden ins Museum of Fine Arts oder ins Gardner, um sich auf eine Bank zu setzen und ein Gemälde zu betrachten, in dessen Welt zu entfliehen. An einem schönen Sommertag hat er eine Bootstour durch den Bostoner Hafen gemacht, nur um auf dem Wasser zu sein. Er kam sich komisch vor in Anzug mit Krawatte inmitten von Halbwüchsigen in kurzen Hosen und T-Shirts, die ihre Eltern ignorierten, kaum einen Blick aufs Meer warfen und heimlich hinten beim Motorhaus rauchten. Am liebsten hätte er sie geschüttelt, hätte den Jungen geschüttelt, der er einst war, der auf einem Schwimmdock vor der Küste von Maine herumgelegen hatte. Genieß es, wollte er ihm sagen. Versuch, ganz im Augenblick zu sein. Er wünschte, er könnte einer von ihnen sein, noch einmal an der Stelle sein, wo alles möglich schien.

Heute Abend will er rauf nach Revere, zum neuen Wonderland Ballroom, der vor ein paar Monaten eröffnet hat. Er liegt direkt am Wasser und ist viel schöner als die Tanzclubs in der Stadt. William freut sich schon die ganze Woche darauf. Er wird an einem Tisch beim Fenster sitzen, einen Drink in der Hand, und alles in sich aufsaugen. Die schmetternden Trompeten. Die wirbelnden, wiegenden Paare. Die Musik, so laut, dass sie ihn ganz erfüllt. Beim letzten Mal war das Rauschen der Wellen zu hören, als die Band eine Pause machte, und auf dem Rückweg zu seinem Auto konnte er vom Strand die ganze Weite des Himmels sehen. Er war fast eine Stunde dort stehen geblieben und hatte nach Osten geblickt, das Pulsieren der Musik noch in seinem Körper.

Aber es ist ganz schön weit von Quincy, und die letzten beiden Male musste er aufbrechen, bevor er bereit war, bevor der Abend zu Ende war. Er wünschte, sie würden immer noch im Norden der Stadt wohnen. Doch heute Abend kann er bleiben, bis sie schließen, er kann der Letzte sein, der geht. Vielleicht wird er sogar im Auto schlafen und aufs dunkle Meer hinausschauen, die Rücklehne bis zum Anschlag nach hinten geklappt. Jetzt fährt er gerade zu Hause in die Einfahrt, nachdem er die Kinder zu seiner Mutter gebracht hat. Schnell umziehen und dann nichts wie los.

Rose sitzt an der Frisierkommode und schminkt sich. Am Spiegel kleben Fotos von Jackie Kennedy. Er hat bemerkt, dass Rose sie ansieht, während sie sich die Haare macht. Vor Kurzem hat sie sich einen Pony schneiden lassen, um Jackies neueste Frisur nachzuahmen. *Wo wollt ihr Mädels heute Abend hin?*, fragt er, während er sich aufs Bett setzt und die Krawatte abnimmt. *Zu Sheila*, sagt sie, dicht vor den Spiegel gebeugt, um Wimperntusche aufzutragen. *Vielleicht gehen wir hinterher noch was trinken.* Sie steht auf und dreht sich zu ihm um, eine Hand lässig in die Hüfte gestützt. Sie trägt ein enges rotes Kleid, das bis knapp unters Knie reicht. Auf jeden Fall gehen sie noch was trinken. *Und du*, sagt sie. *Was hast du vor?*

Vor ein paar Monaten, als sie einander am Küchentisch gegenübersaßen, beide unglücklicher, als sie es je für möglich gehalten hätten, haben sie beschlossen, dass sie jeden zweiten Samstagabend tun und lassen können, was sie wollen, jeder für sich. William hat es vorgeschlagen, und Rose hat zögernd zugestimmt. Ihre Familien kümmern sich abwechselnd um die Kinder: Einen Samstag sind sie bei Rose' Eltern, zwei Wochen später bei seiner Mutter. So haben alle etwas davon, denkt William. Ihre Familien wissen nicht, dass sie getrennte Wege gehen. Sie denken, die beiden wollen mal einen Abend zu zweit verbringen. Und das Komische ist, oft schlafen sie in diesen Nächten miteinander – falls William es schafft, vor Tagesanbruch zurück zu sein. Sie ist dann längst zu Hause und schläft, wenn er angetrunken und nackt zu ihr ins Bett steigt. Aber sie dreht sich immer zu ihm, als hätte sie darauf gewartet, als wäre die Zeit, die sie getrennt voneinander verbringen, die einzige Möglichkeit für sie, zusammenzukommen.

Ich weiß noch nicht, sagt er jetzt. *Vielleicht schaue ich mal bei Nelson vorbei. Oder ich treffe mich mit ein paar Kollegen in der Stadt.* Rose nickt, und er weiß, dass sie ihm auch nicht glaubt. Wäre es einfacher, wenn sie einander schlicht die Wahrheit sagten? Warum kann er ihr nicht sagen, wohin er fährt? Er fragt sich, ob ihre Wahrheit so unschuldig ist wie seine, aber es ist nur ein beiläufiger Gedanke, den er lieber nicht vertiefen will.

Du siehst toll aus, Schatz, sagt er, und sie lächelt und betrachtet sich im großen Spiegel. Das ist nicht gelogen. Sie sieht jetzt sogar noch besser aus als damals, als sie sich kennengelernt haben. Das sagen ihm alle Freunde und Kollegen. Zum Teil liegt es daran, dass sie nach Jack kein Kind mehr ausgetragen hat. Nach der dritten Fehlgeburt haben die Ärzte ihr geraten, sich sterilisieren zu lassen. Die anderen Ehefrauen haben inzwischen vier oder mehr Kinder. Sheila und Michael haben sogar sieben.

William sieht zu, wie sie sich ihre Ohrringe ansteckt. Der Gedanke, dass sie keine weiteren Kinder haben würde, hat sie damals sehr unglücklich gemacht. Er war insgeheim erleichtert. Er liebt die beiden, die sie haben. Warum den Gürtel noch enger schnallen? Sein Gehalt reicht auch so schon kaum aus. Aber es quälte ihn, sie monatelang so traurig zu sehen. Jetzt wirkt sie glücklicher, obwohl er vermutet, dass er diese Samstagabende mehr genießt als sie. Er wünschte, sie würde ein bisschen lockerer werden. Nicht mehr so viel darauf geben, was andere über sie denken. Er hat ihr mit seiner Idee ein Geschenk gemacht, sagt er sich. Ihr ein Ventil gegeben. Und ihnen beiden die Möglichkeit, sich immer noch begehrenswert zu fühlen. Lebendig.

Sie sprüht Chanel No. 5 in die Luft und geht ein paarmal durch die Wolke, dann schlüpft sie in ihre Pumps. *Ich muss los*, sagt sie und nimmt ihre Stola vom Bett. *Die Mädels warten.* Von der Tür winkt sie ihm zu. *Ich bin bis morgen Mittag mit den Kindern zurück*, sagt er, und sie winkt erneut. Er sitzt still da und lauscht darauf, wie ihre Absätze die Treppe hinunterklacken und sie aus dem Haus geht.

Keine halbe Stunde später ist er ebenfalls unterwegs, auf dem Weg nach Norden. Heute Abend spielen die G-Clefs, und er will keine Note verpassen.

Gerald

Mutter hat das Wochenende vor Thanksgiving damit zugebracht, Kuchen zu backen, und jetzt stehen alle drei auf der Anrichte, an den Rändern ein wenig angebrannt, und aus kleinen Rissen quellen die Früchte. Kathleen und Jack stehen davor, schnuppern und zeigen und diskutieren darüber, welchen Kuchen sie als Erstes essen wollen. *Blaubeer*, sagt Kathleen. *Spinnst du?*, entgegnet Jack. *Kürbis. Dann Apfel. Und Blaubeer zuletzt.*

Linda lacht; sie und Gerald beobachten die beiden von der

Tür aus. *Anscheinend können sich Geschwister nie über irgendwas einigen*, sagt sie lächelnd und drückt seinen Arm, bevor sie wieder in die Küche verschwindet, um Mutter zu helfen. William ist im Wohnzimmer, auf dem Sofa beim Kamin, und Gerald gesellt sich zu ihm. Er setzt sich in Vaters Sessel und legt die Füße auf den alten bestickten Hocker.

Sie ist klasse, sagt William und hebt fragend die Whiskeyflasche hoch, doch Gerald winkt ab. *Ja*, sagt er. *Ich weiß*. Was William vermutlich meint, ist, dass Linda anders ist, als er erwartet hat. Zu hübsch. Zu blond. Zu lebendig. Es ist das erste Mal, dass William ihr begegnet ist, und Gerald wusste, dass er überrascht sein würde. Sie arbeitet auch an der Schule, unterrichtet Latein und fungiert als Hausmutter in einem der Mädchenwohnheime. Er würde es William gegenüber nie zugeben, aber er staunt selbst jeden Tag, dass sie ihn wollte.

William runzelt die Stirn. *Du musst zusehen, dass du aus dieser Stadt rauskommst, G. Wie zum Henker kann man sich mit einer Frau treffen, wenn ihr beide auf demselben Campus in einem Wohnheim lebt? Wir kriegen das hin*, erwidert Gerald, weil er William nicht die Genugtuung geben will, recht zu haben. *Wir wollen nur nicht, dass die Kollegen es mitbekommen. Das klappt nicht*, sagt William. *Solche Beziehungen funktionieren nie.*

William beugt sich vor, und Gerald kann seine Fahne riechen. *Ein Kumpel von mir aus Harvard will seine Wohnung in Cambridge vermieten. Ich sage ihm, dass du vielleicht Interesse hast.* Gerald schüttelt den Kopf. Warum versucht William ihm immer noch vorzuschreiben, wie er zu leben hat? Am liebsten würde er entgegnen: Erzähl mir von deinem Job, William, der so mies ist, dass du nicht mal darüber reden willst. Erzähl mir von deiner Frau, die nie da ist. Stattdessen sagt er: *Danke, dass du an mich denkst, aber ich fühle mich hier ganz wohl. Irgendwann werde ich mir eine Wohnung in der Stadt nehmen, aber fürs Erste bin ich mit meiner Unterkunft an der Schule ganz zufrieden.*

Gerald schürt das Feuer im Kamin, und die Flammen lodern auf. *Wo ist Rose eigentlich?*, fragt er mit hochgezogenen Augenbrauen, als er sich wieder hinsetzt. *Feiert sie Thanksgiving nicht mehr? Gibt es nichts mehr, wofür sie dankbar ist? Bei ihrer Mutter*, antwortet William so rasch, dass Gerald weiß, er hat es sich vorher zurechtgelegt, weil er keine Lust hat, sich in einen Streit hineinziehen zu lassen. *Der geht es gerade nicht gut. Sie braucht Rose. Pech für uns*, sagt Gerald. *Sie und Linda würden sich bestimmt gut verstehen.*

Beide schauen eine Weile schweigend ins Feuer. *Ich vermisse die Thanksgivings von früher*, sagt William schließlich, *mit der ganzen Verwandtschaft.* Gerald nickt. Das Holz knackt und knistert. *Das war früher immer mein liebster Feiertag*, sagt er. *Den fand ich noch schöner als Weihnachten. Das hier ist ja alles sehr schön, aber ich mochte das Tohuwabohu damals. Mutter, die hin und her lief, und Vater, der sich in sein Arbeitszimmer verkroch.* Tohuwabohu ist nicht ganz das richtige Wort, aber ihm fällt nichts Besseres ein, um zu beschreiben, was er empfindet. Eine Leere, eine Sehnsucht nach etwas, aber er kann nicht genau sagen, was es ist.

Wünschst du dir nicht auch manchmal, wir könnten einfach zurück?, fragt William, als hätte er Geralds Gedanken gelesen. *In diese Zeit, als alles so einfach war? Nein*, sagt Gerald. *Ich fühle mich jetzt, als Erwachsener, viel wohler. Ich weiß, wer ich bin, und ich weiß, was mir wichtig ist.* Und das entspricht tatsächlich der Wahrheit. William ist vielleicht in einem Leben gelandet, das ihm nicht gefällt, aber das gilt für Gerald nicht. Sein Leben fängt gerade erst an.

Linda kommt mit einer Platte voll Kräcker und Käse herein.

Noch ein paar Häppchen, sagt sie fröhlich. *Ich glaube, eure Mutter stellt sich auf eine ganze Armee ein. Das hat sie schon immer getan*, sagt William und richtet sich ein wenig auf. *Früher war das Haus viel voller als jetzt. Gerald hat mir davon erzählt*, sagt Linda. *Das muss ein Riesenspaß gewesen sein. Bei mir war Thanksgiving früher eher langweilig. Nur ich und meine Eltern. Im Grunde ein Tag wie jeder andere, nur mit Truthahn und Kuchen.*

Weißt du noch, das erste Thanksgiving mit Bea?, sagt William zu Gerald und beugt sich vor, und Gerald merkt, wie betrunken er bereits ist. *Sie kannte das gar nicht, und wir mussten ihr beim Essen alles erklären, das mit den Pilgervätern und so weiter. Und den Süßkartoffeleintopf fand sie ganz furchtbar.* Gerald nickt, obwohl er sich nicht daran erinnert. Er fragt sich, wohin das führen soll. William wendet sich zu Linda. *Gerald hat dir doch von Bea erzählt, oder?*, fragt er mit einem Seitenblick zu ihm. *Das Mädchen aus England*, sagt Gerald zu Linda, *das bei uns gewohnt hat.* *Ach so, ja*, sagt sie. *Wie nett von euren Eltern, dass sie sie bei sich aufgenommen haben.*

Was hat er dir denn von ihr erzählt?, fragt William, als wäre Gerald gar nicht da. Gerald lehnt sich in Vaters Sessel zurück. Am besten lässt er es einfach laufen. Linda überlegt kurz. *Es klang, als hätte sie wunderbar zu eurer Familie gepasst. Eure Mutter hat mir auch von ihr erzählt. Dass Kathleen sie an Bea erinnert.* Gerald verkneift sich ein Schmunzeln. Wie geschickt von Linda, das Gespräch wieder auf William zu lenken. So etwas gelingt ihm nie auf die Schnelle. *Na ja, ich weiß nicht*, sagt William, aus dem Konzept gebracht. *Kathleen ist überhaupt nicht wie Bea. O doch*, sagt Gerald. *Ihr Gesichtsausdruck, wenn sie wütend ist? Die Art, wie sie für sich eintritt?* William zuckt die Achseln und wendet sich wieder Linda zu. *Aber eins hat er dir bestimmt nicht erzählt. Unser Gerald war ganz schön verknallt in sie.*

Linda lacht, und Gerald packt schlagartig eine solche Wut, dass er William am liebsten in den Kamin gestoßen hätte. Doch er fängt nur Lindas Blick auf und schüttelt den Kopf.

Essen ist fertig, ruft Jack, und die drei stehen auf und gehen ins Esszimmer. William hält Gerald fest und lässt Linda vorgehen. Er legt den Arm um Geralds Schultern. *Ich wünschte, sie wäre hier*, sagt er. *Du nicht?* Gerald ist es leid, über die Vergangenheit nachzudenken. Er schüttelt Williams Arm ab, holt Linda ein und fasst sie um die Taille. Sie sieht lächelnd zu ihm hoch, und er beugt sich hinunter und gibt ihr einen Kuss.

Millie

Mum, sagt Beatrix warnend. *Fang nicht wieder an. Was denn*, entgegnet Millie. *Ich hab doch gar nichts gesagt.* Sie haben sich zu einem frühen Abendessen getroffen. Angesichts von Beatrix' Arbeitszeiten und der Tatsache, dass sie jetzt am anderen Ende der Stadt wohnt, ist das die einzige Möglichkeit für Millie, sie zu sehen. Doch die Treffen sind nie sonderlich ergiebig; Beatrix ist müde und misslaunig und sieht dauernd auf die Uhr. Millie bombardiert sie mit Fragen. Der Abstand zwischen ihnen fühlt sich noch genauso groß an.

Aber das ist immer noch besser als nichts. Nachdem Millie sich von George getrennt hatte, haben sie sich ein Jahr lang kaum gesehen. Beatrix hatte immer einen Vorwand, irgendetwas, das wichtiger war. Millie log ihren Freundinnen etwas vor, erzählte ihnen ausführliche Geschichten von wöchentlichen Abendessen und Mutter-Tochter-Urlauben. Wenn sie Beatrix anrief, ließ sie es ewig klingeln, und Millie wusste, dass sie da war, aber nicht abnehmen wollte – selbst wenn sie dadurch riskierte, den Anruf einer Freundin zu verpassen. *Ich will nur nicht, dass dir etwas entgeht*, sagt Millie und rückt das Besteck auf dem Tisch gerade. *Sieh dir all deine Freundinnen an, die sind längst verheiratet und haben Kinder.* Millie trinkt einen Schluck Wein und tupft sich mit der Serviette die Lippen. Sie versucht, weniger zu trinken, wenn sie mit Beatrix zusammen ist. Nur ein Glas Wein. Sie schlägt ein Bein über das andere und legt die Serviette wieder auf ihren Schoß, sieht Beatrix aber immer noch nicht an. *Sam schien doch ein guter Mann zu sein. Warte nicht, bis es zu spät ist.* Nun hebt sie den Blick, und sie sieht, was sie erwartet hat: Beatrix' Gesicht, finster und kalt, verschlossen. Dieses schöne Gesicht. Aber sie musste einfach etwas sagen. Sie versucht, ihr gegenüber offener zu sein, zu sagen, was sie denkt. Na ja, das hat sie eigentlich immer schon getan. Aber sie wünscht sich eine engere Beziehung.

Wie schwierig das ist, mit dem eigenen Kind. Die eingefahrenen Muster zu verändern, ein neues Miteinander zu schaffen. Sie denkt an den Pfad im Park bei ihr um die Ecke, an das Gras, das dort nach und nach verschwindet. Ein Trampelpfad, so nennt man das wohl. Der direkteste Weg, um von hier nach da zu kommen. Warum gelingt ihr das nicht bei ihrer eigenen Tochter? Sie denkt an Julias Tochter Louisa, die jetzt vierzehn ist, und daran, wie viel Spaß sie miteinander haben. Millie liebt es, mit Louisa bummeln zu gehen. Letzten Monat hat Louisa das Wochenende bei ihr verbracht, als Joe und Julia verreist waren. Wie kann es sein, dass sie und Beatrix sich hier gegenübersitzen und doch Welten voneinander entfernt sind? Fast wie zwei Fremde. Immerhin sehen sie sich wieder regelmäßiger. Aber irgendwie fühlt es sich dadurch nur noch quälender an.

Millie nimmt Beatrix' Hand. *Schätzchen*, sagt sie, *ich habe so viel von deiner Kindheit verpasst. Ich möchte mehr Zeit mit dir verbringen. Kannst du mich nicht ein bisschen mehr in dein Leben lassen? Meine Güte, Mum!* Beatrix zieht ihre Hand weg und fährt sich damit durchs Haar. *Du tust so, als ginge es um mich, aber in Wirklichkeit geht es nur um dich. Wie so oft.* Sie schlägt die Speisekarte auf und studiert sie, und nach kurzem Zögern tut Millie es ihr gleich. Sie scheint immer das Falsche zu sagen, selbst wenn es das ist, was ihr am meisten auf dem Herzen liegt. Beide schauen zu lange in die Speisekarte. Das Schweigen wird unerträglich.

Und, versucht Millie es erneut, *wie läuft's bei der Arbeit? Gut*, sagt Beatrix, ohne aufzusehen. *Viel zu tun. Wir haben einen Mietvertrag für ein neues Gebäude unterzeichnet, damit wir mehr Platz haben und eine weitere Klasse aufmachen können. Im Sommer ziehen wir um. Oh*, sagt Millie und nickt, *das ist großartig. Wirst du trotzdem Zeit für einen Urlaub haben?* Sie möchte mit ihr irgendwohin fahren, nur sie beide.

Beatrix zuckt die Achseln. *Weiß ich noch nicht. Vielleicht.* Sie trinkt einen Schluck Wasser. Millie versteht nicht, warum Beatrix so wütend auf sie ist. Sie weiß, dass sie ihr die Trennung von George verübelt. Sie ist länger bei ihm geblieben, als sie wollte, in der Hoffnung, sie könnte sich doch noch überzeugen, dass er der Richtige war, dass es sich lohnte, die Ehe fortzuführen. Und er war – er ist ein netter Mann. Aber sie wäre am liebsten ganz für sich. Nach Regs Tod war sie unfreiwillig allein gewesen. Aber jetzt war es anders. *Nie wieder*, sagte sie zu Beatrix, als die ihr beim Auszug half. *Ich heirate nicht noch mal. Dreimal ist genug.* In Beatrix' Miene hatten Enttäuschung, Zorn und Unglauben gestanden, aber sie hatte kein Wort gesagt.

Ihr Essen kommt. Millie schiebt es lustlos auf ihrem Teller

herum. *Hörst du noch manchmal was von den Gregorys?*, fragt sie, als das Schweigen zu lastend wird. Beatrix blickt auf. *Selten*, sagt sie. *Meist nur Weihnachtskarten. Was stand denn auf der letzten?*, fragt Millie. *Was gibt's Neues bei ihnen?* Einen Moment herrscht Stille, dann antwortet Beatrix, die Gabel noch in der Luft. *Mrs Gregory geht es gut, glaube ich. Gerald ist schon vor einer ganzen Weile wieder nach Boston zurückgekommen – er arbeitet an der Schule. Und William?*, fragt Millie so beiläufig wie möglich. Sie hat seinen Namen nicht mehr erwähnt, seit er damals die Wohnung verlassen hat. *Was ist aus ihm geworden?* Beatrix lässt den Blick durch das Restaurant schweifen, schaut kurz zu Millie und wieder weg. *Er ist verheiratet und hat zwei Kinder.* Dann sieht sie Millie unverwandt an. *Was soll das, Mummy? Wieso plötzlich dieses Interesse an den Gregorys?*

Millie gräbt die Fingernägel in ihre Handfläche. *Nur so*, sagt sie. *Ich weiß, wie viel sie dir bedeuten.* Beatrix zuckt wieder die Achseln. *Früher, ja*, sagt sie. *Jetzt nicht mehr so sehr.* Erneut Schweigen. *Hat Nancy nie wieder geheiratet?*, fragt Millie. *Nachdem Ethan gestorben war?* Beatrix schüttelt den Kopf und muss beinahe lächeln. *Das kam für sie ganz sicher nicht infrage*, sagt sie. *Aber ist sie denn nicht einsam?*, fragt Millie, und da begreift sie mit einem Mal, dass es die Einsamkeit war, die so viele ihrer Entscheidungen beeinflusst hat. *Sie muss doch schrecklich einsam sein. Ich weiß nicht*, sagt Beatrix. *Sie hat doch Gerald in der Nähe. Und die Enkelkinder sind auch nicht weit weg.*

Beatrix legt die Gabel hin und schiebt ihren Teller von sich. Sie hat kaum etwas gegessen. *Weißt du, was, Mummy*, sagt sie. *Mrs G hat dich immer bewundert. Mich?* Millie ist ehrlich überrascht. *Sie kannte mich doch gar nicht. Aber ich habe ihr von dir erzählt*, sagt Beatrix. *Immer wieder. Ich glaube, sie war sogar ein bisschen neidisch auf dich. Weil du gearbeitet hast, Krankenwagen *gefahren bist, dich um Daddy gekümmert hast. Sie war ganz außer sich, als Daddy gestorben ist. Danach hat sie mir einen ganzen Monat lang jeden Tag in der Mittagspause Kekse in die Schule gebracht. Sie kam mit dem Blech in den Speisesaal, und die Kekse waren noch warm. Fast die ganze wöchentliche Zuckerration ging für diese Kekse drauf. Ich wäre vor Scham am liebsten im Boden versunken. Die anderen fanden es natürlich wunderbar, aber ich kam mir vor wie ein kleines Kind.*

Millie weiß nicht, was sie darauf erwidern soll. So viel hat Beatrix seit Jahren nicht mehr von den Gregorys erzählt. *Wie lieb von ihr*, sagt sie. *Ich bin froh, dass sie sich so gut um dich gekümmert hat.* Ihr ist bewusst, dass sie es abgetan hätte, wenn sie damals davon erfahren hätte. Wie albern, Kekse in den Speisesaal zu bringen, hätte sie gedacht. Was will die Frau damit beweisen? Doch nun versteht sie, was es war: ein Akt echter Liebe. Diese Frau hat ihre Beatrix ebenso geliebt wie sie selbst. Das erkennt sie jetzt mit einer Klarheit, die sie vorher nicht hatte.

Beatrix mustert sie aufmerksam. *Wie wär's*, sagt Millie, und ihr wird ganz schwindlig bei der Idee, *wie wär's, wenn wir im Sommer nach Amerika fahren, du und ich? Erst nach New York und dann weiter nach Boston. Wir könnten die Gregorys besuchen. Ich habe genug gespart, um mit dir eine solche Reise zu machen.* Beatrix' Gesicht verschließt sich wieder auf die vertraute Weise. *Nein*, sagt sie mit angespanntem Hals, und Millie hat das Gefühl, dass die Tür, die sich gerade einen Spalt geöffnet hat, ihr vor der Nase zugeschlagen wird. *Ich meine*, sagt Beatrix ein wenig sanfter, *wir können nach New York fahren, Mum. Ich weiß, dass du noch nie da warst. Aber ich will nicht nach Boston. Das ist nicht mehr mein Leben. Mein Leben ist hier.* Millie nickt. Sie gibt dem Kellner ein Zeichen, dass er die Rechnung bringen soll, und in ihrem Herzen regt sich leise Hoffnung.

Rose

Rose gibt Kathleen einen Kuss auf die Wange und strubbelt Jack durchs Haar, dann dreht sie sich um und verlässt die Küche ihrer Mutter. Die Kinder laufen durch den Flur zum Wohnzimmer. Rose vermutet, dass sie hier glücklicher sind als zu Hause. Ihre Mutter begleitet sie zur Tür und tritt hinaus auf die Veranda. *Dann genießt euren gemeinsamen Valentinsabend, du und William*, sagt sie. *Danke*, sagt Rose. Sie hasst es, ihre Mutter anzulügen, aber sie hat keine andere Wahl. *Lass die Kinder nicht zu lange aufbleiben. Und bitte bring sie rechtzeitig in die Schule.* Ihre Mutter nickt.

Auf dem Heimweg kommt sie an etlichen Restaurants vorbei und beschließt, ihrer Mutter zu sagen, sie wären im Chowder House gewesen. Durch das Fenster kann sie sehen, dass die roten Tischdecken gegen weiße ausgetauscht worden sind und auf jedem Tisch eine Vase mit einer einzelnen roten Rose steht. Damit hat sie genug Details, um die Geschichte glaubhaft klingen zu lassen. Der Fisch dort ist immer gut, und sie wird sagen, dass sie auf den Nachtisch verzichtet und nur einen Kaffee getrunken hat.

Zu Hause zieht sie die Stiefel aus und schlüpft in ihre Pantoffeln. Morgens hat sie William wissen lassen, dass sie die Kinder zu ihrer Mutter bringt. Er hat genickt, aber nichts weiter gesagt. Sie hat keine Ahnung, ob er nach der Arbeit nach Hause kommt oder einfach nicht auftaucht. Sie weiß nicht, wo und wie er diese Abende verbringt. Wenn er zurückkommt und ins Bett fällt – oft spätnachts, manchmal so spät, dass es schon wieder hell wird –, riecht er meist nach Whiskey und Zigaretten.

Rose wünschte, sie könnte ihn hassen. Es würde alles viel leichter machen. Sie hätte jedes Recht dazu. Er tut so gut wie nichts im Haus. Er hat seit Jahren keine nennenswerte Gehaltserhöhung mehr bekommen. Er hält seine Versprechen nicht. Sie reden kaum noch über etwas anderes als die Kinder. Aber die vergöttern ihn, und er ist ein wunderbarer Vater, wenn er denn da ist und sie nicht enttäuscht. Sie sehnt sich zurück nach der Zeit, als er sie auf dieselbe Art angesehen hat wie die beiden. Sie haben sich mal geliebt.

Sie versucht sich an den Samstagabenden zu amüsieren. Anfangs war es aufregend, sich schick anzuziehen und mit jemandem in einer Bar zu flirten. Die Hand eines Fremden auf dem Rücken zu spüren. Sich beim Tanzen eng an ihn zu schmiegen. Zu mehr als einem Kuss hat sie es nie kommen lassen. Es wäre nicht recht. Und in letzter Zeit bleibt sie lieber zu Hause, wenn William unterwegs ist. Probiert ein neues Rezept aus. Legt sich mit ihren Zeitschriften in die Badewanne. Zieht ein Nachthemd mit Spitzen an. Und wartet darauf, dass er nach Hause kommt. Wenn sie sieht, wie er sich im morgendlichen Dämmerlicht auszieht, verliebt sie sich beinahe von Neuem in ihn, obwohl sie sich sagt, dass sie es besser lassen sollte. Manchmal ist er so betrunken, dass er auf ihr einschläft, dann rollt sie ihn zur Seite und setzt sich rittlings auf ihn, legt den Kopf auf seine Brust, streckt die Beine auf seinen aus und lauscht auf seinen Herzschlag, der allmählich ruhiger wird. Wenn er am nächsten Morgen grau und kaffeedurstig in die Küche stolpert, ist es, als wäre es nie geschehen. Ob er überhaupt weiß, dass sie Sex gehabt haben? So hat sie sich die Ehe nicht vorgestellt, und sie fragt sich, wie es in all den anderen Ehen ist, die sie kennt. Ist das normal, was zwischen ihr und William passiert?

Sie hat ein paarmal daran gedacht, ihn zu verlassen. Aber

sie hat gesehen, was das bedeutet. Ihre Freundin Mary hat sich letztes Jahr scheiden lassen. Auch sie würde wieder zu ihren Eltern ziehen müssen. Ihr Vater wäre furchtbar wütend, und ihre Mutter würde sich schämen. Selbst ihr Bruder Chris wäre enttäuscht von ihr. In ihren Zeitschriften hat sie gelesen, dass eine Scheidung nicht gut für die Kinder ist. Und das Schlimmste ist vielleicht, dass sie nicht aufhören kann, William zu lieben, obwohl sie vermutet, dass er sie schon lange nicht mehr liebt.

Aber heute Abend dreht sich alles um Jackie. Auf CBS wird übertragen, wie sie durchs Weiße Haus führt. Rose wollte die Kinder aus dem Haus haben, damit sie sich konzentrieren kann, damit sie jedes Wort von Jackies Lippen hört und alles sieht, was Jackie getan hat. Damit sie direkt vor dem Fernseher sitzen und alles in sich aufsaugen kann. So aufgeregt war sie schon lange nicht mehr. Sie wärmt sich den Rest Eintopf vom Vorabend auf und schenkt sich ein Glas Rotwein ein, dann macht sie es sich in ihrem Sessel gemütlich, zieht die Knie an die Brust, wickelt sich in eine Decke und sieht sich die Nachrichten mit Walter Cronkite an.

Um Viertel nach sieben hört sie Geräusche auf der vorderen Veranda, dann geht die Haustür auf, und mit einem Schwall kalter Luft kommt William herein, den Kragen gegen den Wind hochgeschlagen, den Hut tief ins Gesicht gezogen. Sie winkt ihm von ihrem Sessel aus zu, wendet sich aber rasch wieder zum Fernseher. Sie ärgert sich. Es ist sein Haus, aber trotzdem. Er wusste, dass sie diese Sendung sehen will. Hätte er sie nicht einfach in Ruhe lassen können? *'n Abend*, sagt er und holt einen Strauß gelber Rosen hinter dem Rücken hervor. Ihre Lieblingsblumen. Er hat immer ein Händchen dafür gehabt, genau das Richtige zu tun, damit sie ihm verzeiht. Aber mittlerweile funktioniert es nicht mehr so gut. *Oh, William, das wäre doch nicht nötig gewesen*, sagt sie und wünschte, er hätte es gelassen. Jetzt muss sie eine Vase holen und die Blumen ins Wasser stellen, sie duften wirklich himmlisch. Und sie sollte ihm etwas zu essen machen, aber was, wenn sie den Anfang der Sendung verpasst?

Ich mach das schon, sagt er und nimmt ihr die Blumen wieder ab. *Danke.* Sie sieht zu ihm hoch, und er lächelt. Dieses verdammte Lächeln. *Hast du Hunger?*, ruft sie, als sie hört, wie in der Küche der Wasserhahn läuft. *Ich kann dir ein paar Reste aufwärmen. Nicht nötig*, ruft er zurück. *Ich habe nach der Arbeit einen Happen gegessen.* Er bringt die Blumen wieder herein, zusammen mit einem Glas Wein, und stellt beides auf das Tischchen zwischen ihrem Sessel und dem Sofa. Er setzt sich aufs Sofa, nimmt die Krawatte ab, zieht sich die Schuhe aus und legt die Füße auf den Couchtisch. Cronkite verabschiedet sich, und Rose steht auf. *Schimpf nicht*, sagt sie, *aber ich verzieh mich jetzt auf den Teppich, damit ich alles besser sehen und hören kann.*

William nickt, und Rose errötet. Sie kommt sich albern vor. Warum musste er ausgerechnet heute Abend nach Hause kommen? Sie setzt sich genau dahin, wo Kathleen und Jack immer sitzen, wenn sie *Mr Ed* schauen, mit dem Rücken zu William. *Ich weiß, dass du mich auslachst*, sagt sie, ohne sich umzudrehen. *Nein*, erwidert er, *das tue ich nicht.*

Während der nächsten Stunde ist das einzige Geräusch im Raum Jackies sanfte Stimme, die Charles Collingwoods Fragen beantwortet. Sie sieht natürlich hinreißend aus, und sie weiß so viel über die Geschichte des Weißen Hauses und all die Dinge um sie herum. Am Ende spricht der Präsident ein paar Minuten und hebt hervor, wie gut es Jackie gelingt, all die Männer zum Leben zu erwecken, die das Weiße Haus einmal bewohnt haben. Na ja, denkt Rose, und die Frauen. Und die Kinder.

Das Weiße Haus ist ja nicht nur für die Präsidenten da. Dann sagt er, wenn unsere Kinder das Weiße Haus als lebendige Geschichte begreifen, möchten sie vielleicht später auch hier wohnen. Sogar die Mädchen, fügt er mit seinem breiten Lächeln hinzu.

Hinterher schaltet Rose den Fernseher aus und trinkt den Rest von ihrem Rotwein, noch immer mit dem Rücken zu William. Während der ganzen Sendung haben sie kein Wort miteinander gesprochen. *Wie fandest du es?*, fragt William, und sie hört, wie er sich streckt und seine Knie knacken. Rose runzelt die Stirn. *Es gefällt mir nicht*, sagt sie, *wie herablassend er über Mädchen spricht.* Sie dreht sich zu ihm um. *Warum sollte Kathleen nicht auf die Idee kommen, dass sie eines Tages Präsidentin sein könnte? Bei ihm klingt es so, als könnte sie nur als First Lady ins Weiße Haus gelangen. Hab ich's dir nicht gesagt?*, entgegnet William. *Er war immer schon ein Arschloch. William*, sagt Rose. *Er ist der Präsident.* Sie steht auf und greift nach dem leeren Glas.

Das Vergang'ne ist Vorspiel nur, sagt William und schließt die Augen; er wiederholt etwas, das der Präsident gesagt hat. *Von wem ist das?*, fragt Rose. *Das kenne ich doch.* Sie sieht William an. *Shakespeare*, sagt er. Sie wusste, dass er es wissen würde. *Aus dem Sturm. Bevor zwei Männer beschließen, einen Mord zu begehen*, sagt es einer von den beiden. *Es soll heißen, was sie bis zu diesem Punkt geführt hat, wird ihr Schicksal bestimmen.* Rose nickt. Das ist das mit dem freien Willen und der Vorherbestimmung. Sie kennt es aus der Kirche und hat es nie richtig verstanden. *Seid gute Menschen*, sagt sie den Kindern, *dann richtet sich alles.* Aber sie fragt sich: Wird sie für Entscheidungen bestraft, die sie in der Vergangenheit getroffen hat? Was denkt Gott über sie und William?

William lehnt sich zurück und gähnt. *Ich komme gleich nach,* sagt er, und sie weiß, wenn sie morgen früh aufsteht, wird er hier auf dem Sofa liegen und tief und fest schlafen. Rose geht in die Küche. *Danke für die Blumen,* ruft sie. In der ersten Zeit hat er ihr jeden Freitagabend Blumen mitgebracht, und ihr Duft erfüllte das kleine Haus. Irgendwo hat sie Tagebücher mit lauter gepressten Blüten darin. Wahrscheinlich sind sie längst zu Staub zerfallen.

Beatrix

Beatrix wartet in der Bar um die Ecke, einen Wodka Tonic in der Hand. Als sie Robert in der Tür erblickt, winkt sie. Er schiebt sich zu ihr durch und gibt ihr einen Kuss auf die Wange. *'n Abend,* sagt er, nimmt den Hut ab, legt ihn auf den Tresen und trinkt einen großen Schluck von dem Drink, den sie für ihn bestellt hat. Dann stellt er mit einem Seufzer das Glas ab und grinst sie an. *Geht doch nichts über den ersten Schluck.* Am Ende der Woche ist er immer erschöpft; er arbeitet in der Werbeabteilung des Fernsehsenders ITV. Beatrix versteht nicht so ganz, was er da macht, aber sie weiß, dass er gut darin ist. Er hat eine Menge geschäftliche Termine und Mittagessen.

Sie ist ebenfalls erschöpft. Sie will endlich in das neue Schulgebäude umziehen. Baupläne, Elektrik, Rohrleitungen. Bauunternehmen und Behörden. Sie weiß, das ist alles wichtig, aber es langweilt sie. Sie würde sich viel lieber mit den Kindern beschäftigen.

Mrs Chisholm hat mir geschrieben, sagt Robert. *Sie wollen im*

Juli nach London kommen, für drei Tage, und zwar genau, wenn du in New York bist, es passt also. Robert war als Kind während des Krieges auch in Amerika. Er hat ein Jahr bei den Chisholms am Rand von New York gewohnt, dann ist er in ein Internat in New Hampshire gekommen. *Sie haben dich weggeschickt?*, hat sie bei ihrer ersten Verabredung gefragt. *Wie herzlos.* Er zuckte die Achseln. *Hat mir nichts ausgemacht, das Internat gefiel mir. Außerdem habe ich sie auch vorher kaum gesehen. Kindermädchen und so. Aber ein tolles Haus. Und im Internat war's klasse, mit den ganzen anderen Jungs.*

Sie waren durch eine gemeinsame Freundin zusammengekommen, die sie unbedingt verkuppeln wollte. *Oh, Trixie*, hatte sie ganz aufgeregt gesagt, *er ist perfekt für dich, wirklich. Ihr habt so viel gemeinsam!* Im Allgemeinen vermied Beatrix den Kontakt zu Leuten, die im Krieg ebenfalls verschickt worden waren. Die Erfahrungen waren oft ganz unterschiedlich, und sie verspürte wenig Neigung, in die Vergangenheit zurückzukehren. Anfangs hatte sie gedacht, alle hätten dort so gelebt wie sie. Doch gängig war eher das, was Robert erlebt hatte. Er war damals schon älter gewesen. Für ihn war es schlicht etwas Unvermeidliches, ein paar Jahre, die anders als geplant verlaufen waren. Weiter nichts. Er hatte wenig Lust, darüber zu sprechen, was ihr ganz recht war, aber er freute sich darauf, seiner Gastfamilie im Sommer London zu zeigen und sie in seine Lieblingsrestaurants auszuführen.

Beatrix mag Robert. Sie sind jetzt seit fast einem Jahr zusammen, und sie unternehmen viel gemeinsam. Sie gehen in Bars, Restaurants, zum Tanzen. Sie spielen regelmäßig Tennis – sie hatte seit ihrer Rückkehr aus Amerika keinen Schläger mehr angefasst –, und durch ihn hat sie wieder angefangen, sich Baseballspiele anzuschauen. Sie versucht sogar, die Cricketregeln zu lernen. Er ist unkompliziert, und er bedrängt sie nie, was die Zukunft angeht – im Gegensatz zu Sam, der, wie sie gehört hat, mittlerweile verheiratet ist und bald Nachwuchs bekommt. Robert scheint ganz im Augenblick zu leben, und das hat etwas Erfrischendes. Allerdings kann sie sich nicht vorstellen, für immer mit ihm zusammenzubleiben. Sie fragt sich, ob sie unrealistisch ist, ob sie nach etwas sucht, das es gar nicht gibt, ob sie sich so sehr bemüht, nicht wie ihre Mutter zu werden, dass sie am Ende allein bleibt. Ihre Freundinnen sagen, sie wäre zu anspruchsvoll. Dabei weiß sie nicht mal, wonach sie sucht. Sie merkt nur, wenn es nicht richtig passt.

Tee bei Harrods muss sein, oder?, sagt er. *Alle Amerikaner lieben das.* Beatrix nickt. *Und ins Theater*, schlägt sie vor. *Vielleicht ins Aldwych? Ja, großartig*, sagt Robert. *Das ist genau ihr Ding.* Er schweigt einen Moment. *Komisch, wenn ich an sie denke, sehe ich immer noch die Menschen von damals vor mir*, sagt er. *Als wäre die Zeit stehen geblieben. Als wären sie nicht gealtert. Aber das sind sie natürlich. Sie müssen mindestens siebzig sein, wenn nicht älter.*

Beatrix denkt an Mrs G. Gerald hat ihr nach langer Zeit mal wieder geschrieben und erzählt, dass sie die Hintertreppe hinuntergefallen war. Fünf Stunden lang hatte sie auf dem Küchenfußboden gelegen, unfähig, ans Telefon heranzukommen. *Sie lag da auf dem Rücken*, schrieb er, *und las in einem ihrer Liebesromane. Es ist ein Wunder, dass sie sich nur den Knöchel gebrochen hat. Und schieres Glück, dass ich an dem Nachmittag bei ihr vorbeigeschaut habe.* Beatrix hat nicht gewusst, wie sie darauf antworten sollte. Sie hatte verdrängt, dass er dort war und sich um sie kümmerte, und sie wünschte, er täte es nicht. Sie hätte ihm am liebsten geraten wegzulaufen, diese Lehrerin zu heiraten, mit der er zusammen war, zuzusehen, dass er von da wegkam. Aber sie wusste, das würde er niemals tun. Sie sah Mrs G vor sich, in Tränen aufgelöst wegen des rührseligen Romans, wie sie Gerald sagte, es sei gar nichts passiert, sie sei bloß ein wenig ausgerutscht. *Ich Dummerchen*, hat sie wahrscheinlich gesagt. *Wie ungeschickt von mir.*

Natürlich haben sie sich verändert, sagt Beatrix zu Robert. *Das alles ist ja ewig her. Wir haben 1962, das sind schon zwanzig Jahre.* Und es stimmt, ihre Erinnerungen an die Zeit in Amerika sind mittlerweile ein wenig verschwommen. *Hör mal*, sagt Robert, *die Yankees haben dieses Jahr einen Mordslauf. Willst du dir nicht ein Spiel ansehen, wenn du drüben bist? Überlass deine Mum einfach sich selbst und fahr in die Bronx. Vielleicht siehst du ja Mickey Mantle! Oder du fängst einen Flugball!*

Beatrix lächelt. *Gute Idee*, sagt sie. *Siehst du*, sagt Robert. Sie würde liebend gern zu einem Baseballspiel gehen. Daran hatte sie gar nicht gedacht.

William

William steht an der Spüle, trinkt den letzten Schluck von seinem Kaffee und wartet darauf, dass die Kinder runterkommen. Rose räumt die Gefriertruhe aus, um sie abzutauen; sie packt den Inhalt auf die Arbeitsfläche, und das Eis schmilzt und tropft auf den Boden. Er will mit den Kindern raus nach Gloucester, irgendwo zu Mittag essen und den Tag am Meer verbringen. Er beugt sich vor und versucht, einen Blick auf den Himmel zu erhaschen, der gerade noch über dem Dach des keine zwei Meter entfernten Nachbarhauses zu sehen ist. Ein perfekter Augusttag, der Himmel ist strahlend blau.

Bitte kein Eis für Kathleen, sagt Rose und wirft zwei angebrochene Becher in den Mülleimer. *Ich schwöre, sie hat diesen Sommer schon zehn Pfund zugenommen.* William zuckt nur die Achseln, ohne sich umzudrehen.

Kathleen kommt im Nachthemd heruntergelaufen und schlingt die Arme um seinen Bauch, und er umarmt sie. Er hat sie diese Woche kaum gesehen. Ihr Gesicht ist wunderschön: Tausende von Sommersprossen, leuchtend blaue Augen und ein großzügiger Mund, an dem jede ihrer Stimmungen abzulesen ist. *Fahren wir immer noch nach Gloucester, Daddy?,* fragt sie. Er nickt, und ihm wird eng ums Herz, weil sie inzwischen weiß, dass es besser ist, nachzufragen und nicht einfach davon auszugehen. Er ist ein Meister darin, seine Pläne in letzter Minute umzuwerfen. Jack hat das noch nicht durchschaut, aber es wird nicht mehr lange dauern. *Ja, wir fahren, mein Spatz. Ihr macht euch fertig, frühstückt, und dann geht's los. Zieh dir ein langärmeliges Oberteil an,* sagt Rose, noch immer mit der Gefriertruhe beschäftigt. *Nicht, dass du einen Sonnenbrand kriegst. Kommst du mit, Mommy?,* fragt Kathleen. Rose schüttelt den Kopf. *Du weißt doch, ich mag keinen Hummer,* sagt sie. *Dieser widerliche Geruch.*

Kathleen grinst. Sie tänzelt auf Zehenspitzen um den Küchentisch, dass der Saum des Nachthemds um ihre Knöchel wirbelt. »*Wer so spricht, ist ein Hummer; er sagt ja ganz klar ...*«, zitiert sie ihre Lieblingsstelle aus *Alice im Wunderland*. William nimmt ihre Hand, und sie dreht sich unter seinem Arm, während er fortfährt: »*Bin zu dunkel gebacken, muss zuckern mein Haar.*« Kathleen tut, als würde sie sich etwas auf den Kopf streuen, und ihre Augen lächeln. »*Wie ein Storch mit den Ohren, schob er mit der Nas seinen Gurt etwas höher und die Zehen ins Gras.*« William lässt die Arme flattern und spricht mit übermütiger Stimme: »*Der Strand ist kaum trocken, frohlockt er auch schon und spricht von dem Haifisch im keckesten Ton.«* Kathleen, die in die Hocke gegangen ist, richtet sich langsam wieder auf, und ihre Stimme wird beim Sprechen immer leiser. *»Doch kommt dann die Flut mit den Haifischen drin, verliert sein Gespräch sowohl Wohlklang wie Sinn.«*

Sie lässt sich gegen ihn fallen, und er umarmt sie erneut. Rose betrachtet die beiden kopfschüttelnd. *Ihr zwei,* sagt sie. *Ihr solltet damit auf die Bühne gehen. Ich glaube, du hast den Beruf verfehlt, William.* Er weiß, dass sie es nicht leiden kann, wenn er mit den Kindern herumalbert. Hinterher sind sie furchtbar aufgedreht, wirft sie ihm immer vor. Was ist so schlimm daran?, würde er am liebsten erwidern, aber er tut es nicht. Besser als ein Vater, der sich im Arbeitszimmer verschanzt. *Los,* sagt er und gibt Kathleen einen kleinen Klaps auf den Po. *Ab nach oben und anziehen.*

Später bummeln sie durch die Main Street und den Hafen und statten dem alten Fischer aus Bronze einen Besuch ab. *Ich liebe diese Statue,* sagt Kathleen. *Jedes Mal, wenn ich an einen Fischer denke, sehe ich sie vor mir.* »Die mit ihren Schiffen zum Meeresgrund sinken«, liest Jack von der Tafel ab. *Das klingt aber gruselig,* sagt Kathleen. *Ist es auch,* sagt William. *Es ist ein gefährlicher Beruf. Viele Männer haben ihr Leben verloren.*

Im Restaurant steht Jack vor dem Aquarium, die Nase ans Glas gedrückt, und sieht zu, wie die Hummer sich im trüben Wasser bewegen. William fragt sich, ob Jack begreift, dass die Hummer nur einen Schritt vom Tod entfernt sind, in einer Zelle gefangen, bevor sie ins kochende Wasser geworfen werden. Er zündet sich eine Zigarette an, bläst den Rauch in weichen grauen Ringen aus und sieht zu, wie sie zur Decke steigen und sich auflösen. *Daddy,* ruft Jack. *Schau mal! Dem hier fehlt eine Schere!* William nickt ihm von der Nische aus dunklem

Holz aus zu, in der er mit Kathleen sitzt. Von dort sieht man direkt auf den Anleger. Das Restaurant ist leer, es ist die ruhige Zeit zwischen Mittag- und Abendessen, und alle Fenster stehen offen, um Luft hereinzulassen.

Kathleen ist dabei, ein Haus aus Zuckerpäckchen zu bauen. Er bewundert ihre Geduld. Immer wieder wird das zarte Gebilde von ihrer Hand oder von einem Windstoß zum Einsturz gebracht, und sie sammelt alles ein und beginnt von Neuem. *Erzähl mir von dem Haus in Maine*, sagt sie. *Wie viele Zimmer waren im ersten Stock? Ich will das hier genau so bauen. Fünfundzwanzig*, antwortet er, und sie lächelt, ohne von ihrer Arbeit aufzusehen. *Daddy*, sagt sie, *komm schon. Wie viele? Vier*, sagt er. *Oben waren vier Zimmer.*

Ihr Essen wird gebracht, und Jack kommt herbeigelaufen. Die drei binden sich ihre weißen Plastikservietten um und machen sich über die Hummer her, die jetzt in einem hübschen Rot leuchten. Mit ihrem silbernen Werkzeug machen sie sich daran, die Panzer aufzuknacken. William hilft Jack, und Kathleen kreischt vor Lachen, als der Hummersaft herausspritzt und mitten in Williams Gesicht landet. *Hattet ihr in Maine auch Hummer, Daddy?*, fragt Jack. *Na klar*, sagt William. *Da schmecken sie sogar noch besser. Manchmal haben wir welche in der Stadt gekauft und sind damit zur Insel zurückgerudert.*

Einmal, fährt er fort, *war einer nicht fest genug eingepackt und ist aus der Tüte gekrochen. Nana hätte fast der Schlag getroffen. Musste jemand ihn einfangen?*, fragt Kathleen mit gerümpfter Nase. William nickt. Er weiß es noch, als wäre es gestern gewesen. Es war Bea. Sie beugte sich vor, packte den Hummer am Rumpf und hielt ihn in die Luft, während die Scheren wild zappelten. *Sie tun mir leid*, sagte sie. *Bestimmt spüren sie, wie nah das Wasser ist. Sie wollen zurück ins Meer. Wahrscheinlich warst du das*, sagt Kathleen. *Onkel Gerald würde nie einen krabbelnden Hummer anfassen. Ja, ich war's*, sagt William. *Ich habe den Hummer die ganze Zeit festgehalten, bis wir auf der Insel waren.* Er wischt sich mit der Serviette übers Gesicht, den Geruch des Hummers an den Fingern, und alles, was er sieht, ist das Bild von Bea im Boot.

Nancy

Gerald kommt heute Abend zum Essen, und Nancy hat einen Teil des Vormittags damit zugebracht, all die Schachteln aus dem kleinen Wandschrank in ihrem Zimmer zu holen, in denen sie den Familienschmuck aufbewahrt. Sie hat seit Jahren nicht mehr in diese Schachteln geschaut. Nach dem Tod ihrer Mutter hatten sie alles unter sich aufgeteilt, und Nancy war es egal, was sie bekam, und überließ den anderen die Wahl. *Ihr habt alle Leben, in denen ihr so was braucht*, sagte sie. *Was soll ich damit bei der Gartenarbeit.*

Als William sich verlobte, hatte er kein Interesse, sich den Schmuck anzusehen; Rose wollte einen neuen Ring, und so war er zu Long's an der Summer Street gegangen und hatte ihr diesen ausgefallenen Diamanten gekauft. Nancy fand ihn schon immer ziemlich protzig. Ihr gefallen die bunten Steine besser – Saphire, Smaragde, Rubine.

Nancy fragt sich, was mit all dem Schmuck geschehen wird: Goldketten, lange Ohrgehänge, sogar ein Diamantdiadem. Sie erinnert sich an eine Geschichte um diese Ohrringe: Eines Tages, als ihre Mutter noch klein war, war im Haus ein Feuer ausgebrochen, und ein Hausmädchen hatte den größten Teil des Schmucks aus dem Fenster geworfen. Das Haus wurde völlig zerstört. Am nächsten Tag waren die Bediensteten auf allen vieren auf dem verkohlten Rasen herumgekrochen und hatten nach dem Schmuck gesucht, vor allem nach diesen Ohrringen. Sie waren unter den wenigen Dingen, die gerettet werden konnten.

Schließlich findet sie den Smaragdring, der in einem kleinen, mit Samt ausgeschlagenen Kästchen steckt. Sie versucht, ihn auf ihren rechten Ringfinger zu schieben, aber er ist zu eng, und so steckt sie ihn auf ihren kleinen Finger, streckt die Hand aus und bewundert ihn. Ein funkelndes Oval, umrahmt von winzigen Diamanten. Groß genug, um bemerkt zu werden, aber nicht zu auffällig. Ihr eigener Ring hat einen Saphir. Ethan hatte den Ring seiner Großmutter umarbeiten lassen. Sie hat ihn schon so lange, dass sie sich ihre Hand gar nicht mehr ohne ihn vorstellen kann. Sie bekommt ihn nicht mal mehr ab. Ihr Finger ist drum herumgewachsen. Komisch eigentlich, so ein Verlobungsring oder Ehering. Diese öffentliche Art, seinen Familienstand zu verkünden. Ethan hatte immer einen Ehering getragen, passend zu ihrem. Darauf war Nancy stolz. So viele von den Ehemännern ihrer Freundinnen und Schwestern haben nie einen getragen.

Beim Abendessen holt sie das Kästchen aus ihrer Schürzentasche, stellt es auf den Tisch und schiebt es mit dem Zeigefinger zu Gerald. *Ich dachte, den möchtest du vielleicht haben*, sagt sie. Gerald schaut auf das Kästchen, öffnet es aber nicht, greift nicht einmal danach. *Mutter*, sagt er, und sie kennt diesen Tonfall. Nicht nur von ihm, sondern auch von William. Sie hätte nie gedacht, dass sie es einmal satthaben könnte, dieses Wort zu hören, aber auf diese Weise ausgesprochen, macht es sie wirklich wütend. *Wir haben nicht vor,* sagt er, bricht ab und blickt auf seinen Teller. Dann hebt er den Kopf und sieht sie direkt an. Wie sie dieses Gesicht liebt. Je älter er wird, desto mehr ähnelt er Ethan. Er hat sich sogar angewöhnt, Ethans Fliegen zu tragen, und sie sorgt sich, dass sie ihn eines Tages versehentlich mit dem falschen Namen anspricht.

Sie ist wunderbar, Mutter, sagt er schließlich. *Ich liebe sie wirklich. Und ich glaube, sie liebt mich auch. Aber ich bin dafür noch nicht bereit. Und ich weiß nicht, ob sie es ist. Aber Gerald.* Nancy zwingt sich, ihre Stimme ruhig zu halten und nicht ins Quengeln zu verfallen. *Du bist einunddreißig. Du musst dich doch mal entscheiden. Willst du denn keine Familie haben?* Er legt seine Gabel hin und wischt sich mit der Serviette über den Mund. *Doch,* sagt er, *aber noch nicht jetzt.*

Gerald isst ein Stück von seinem Hühnchen. Nancy seufzt. Es war alles so einfach, als die beiden noch klein waren. Das Beste am Muttersein war für sie immer, alles wiedergutzumachen. Wenn jemand sich wehtut, backt man ein paar Schokoladenkekse, und schon ist die Welt wieder in Ordnung. Wie die Dinge sich verändern, wenn die Kinder groß werden. *Ich will nur nicht, dass du etwas verpasst,* sagt sie.

Mutter, sagt er, wieder in diesem Ton. *Bitte hör auf. Falls ich beschließe, um ihre Hand anzuhalten, lass ich es dich wissen, okay?* Als sie zu einer Erwiderung ansetzt, hält er ihr den Zeigefinger vor den Mund. *Schluss jetzt,* sagt er. *Ich mache dir einen Vorschlag: Ich nehme den Ring mit und bewahre ihn auf. Wenn die Zeit kommt, bin ich gerüstet. Einverstanden?* Es ist nicht das, was sie wollte, aber sie wird sich damit begnügen müssen. Sie nickt. *Willst du ihn dir nicht wenigstens mal ansehen?,* fragt sie. *Schauen, ob er dir gefällt?* Er klappt das Kästchen auf. *Ja,* sagt er. *Wirklich hübsch.*

Gerald klappt das Kästchen wieder zu und beendet damit das Gespräch. Eine Weile sitzen sie schweigend da und essen. Draußen fegt der Wind ums Haus, und ein Fensterladen schlägt immer wieder gegen die Mauer. *Den muss ich reparieren,* sagt Gerald. *Und am Wochenende muss ich die Dachrinnen sauber machen. Bald kommt der erste Schnee.* Nancy lächelt ihn an und tätschelt seine Hand. Wie konnte sie zulassen, dass ihre Beziehung sich so entwickelt? Er sollte sich nicht um sie kümmern. Sie wird einen Handwerker bestellen. Sie muss ihn sein eigenes Leben leben lassen. *Was für ein Glück ich habe,* sagt sie. *Was würde ich nur ohne dich tun?*

Beatrix

Das erste Weihnachten nach Beatrix' Rückkehr in die Heimat, Weihnachten 1945, hatte sie Geschenke für alle Gregorys besorgt und das Paket Anfang Dezember nach Amerika aufgegeben, überzeugt, dass sie es rechtzeitig abgeschickt hatte. Drei Monate später schrieb Mrs G, es sei irgendwann Mitte Februar angekommen und habe ausgesehen, als wäre es um die ganze Welt gereist. Der Karton war offensichtlich mehrmals geöffnet und wieder verschlossen worden, und die Hälfte der Geschenke fehlte. Als das nächste Weihnachten nahte, dachte Beatrix darüber nach, kaufte sogar ein paar Sachen, schickte aber letzten Endes nur eine Karte.

Diesmal, siebzehn Jahre später, fügt sie die Gregorys zu ihrer Weihnachtseinkaufsliste hinzu. Gerald schreibt ihr jetzt alle paar Monate. Letztens hat er geschrieben, dass Mrs G seit dem Sturz immer noch Probleme mit ihrem Knöchel hat, und in einem Antiquitätenladen findet sie einen alten, hübsch mit Wildblumen bemalten Gehstock. Gerald bekommt von ihr ein kleines Schachspiel für sein Büro in der Schule. Er hat einen Schachclub gegründet, und er möchte, dass die Jungs jederzeit, wenn sie Lust dazu haben, in den Raum vor seinem Büro kommen und spielen können.

Williams Geschenk ist das, was ihr am meisten am Herzen liegt, dennoch weiß sie nicht, was sie ihm dazu schreiben soll. Als sie im Juli mit Mum in New York war, haben sie sich ein Baseballspiel angesehen. Sie hatte sich im Reisebüro die Spieltermine geben lassen, nachdem Robert ihr den Vorschlag gemacht hatte, obwohl sie nicht sicher war, ob sie sich wirklich ein Spiel von den Yankees ansehen wollte. Doch als sie erfuhr, dass die Red Sox Ende Juli nach New York kommen würden und ein Spiel tagsüber stattfand, plante sie ihre Reise drum herum. Sie hatte sogar Mum überredet mitzukommen. Es war ein herrlicher Sommertag, und als sie dort ankamen, als sie aus dem dunklen Durchgang in das Licht und den Lärm des Stadions traten, über ihnen der strahlend blaue Himmel, war selbst Mum beeindruckt.

Es war keine einfache Reise. Mum gab sich Mühe, aber sie mochte New York nicht. Sie fand es schmutzig und laut und die Leute aufdringlich und schwer zu verstehen. Sobald sie irgendwo drinnen waren – in einem Museum, im Theater oder im Hotel –, ging es meist, aber draußen mit ihr unterwegs zu sein war furchtbar. Dabei wollte Beatrix nichts anderes als draußen sein und laufen, laufen, laufen. Sie wollte nicht in der U-Bahn oder in einem Taxi oder Bus sein. Sie wollte laufen, bis sie ein Teil der Stadt wurde, bis die Füße ihr den Dienst versagten.

Sie fanden ihre Plätze auf dem Rang und setzten sich. *Einen*

Hotdog?, fragte Beatrix, und Mum verzog das Gesicht. *Ekelhaft*, sagte sie, aß aber dann die Hälfte von Beatrix'. *Gar nicht so übel*, gab sie widerstrebend zu. Die Red Sox schlugen die Yankees, sehr zur Überraschung der Menge, aber Beatrix jubelte leise bei jedem Ball, der getroffen, bei jeder Base, die erreicht, bei jedem Run, der geschafft wurde. Sie erlebten mit, wie Mantle einen Home Run hinlegte, was schon etwas Besonderes war, und Beatrix war begeistert vom neuen Star der Sox, der auf der Position des Left Fielder spielte. Sie hatte vergessen, wie es sich anfühlte, dort oben zu sitzen, unter ihr das Spiel, über ihr die Wolken, der Lauf der Sonne und in der Luft der Geruch nach Bier und Senf. Die Menschenmenge. *Wie fandest du es?*, fragte sie Mum auf dem Rückweg in der U-Bahn. Seit Monaten hatte sie sich nicht mehr so leicht gefühlt. *Na ja*, sagte Mum. *Es hat nicht so lange gedauert, wie ich dachte.*

Später, als sie ohne Mum unterwegs war, entdeckte sie in einem Souvenirladen eine Mickey-Mantle-Figur, deren Kopf vor und zurück wippte, wenn man ihn berührte. Beatrix lachte laut auf und stupste ihn immer wieder an. Sie kaufte gleich zwei: eine für sich und eine für William. Es war als Scherz gemeint. Er hasste alles, was mit den Yankees zu tun hatte, aber sie wusste, dass er sich darüber amüsieren würde. Und bestimmt genoss er es heimlich, Mantle spielen zu sehen. Damals war er ein großer Fan von Bobby Doerr gewesen. Sein Zimmer war mit Fotos von ihm gepflastert, alle aus Zeitungen und Zeitschriften ausgerissen. Er verfolgte jedes Spiel im Radio, den Schläger in der Hand, und wenn Doerr am Schlag war, nahm er dessen Haltung ein und schwang den Schläger im selben Moment. *William Gregory*, hatte Mrs G dann immer gekreischt, wenn sie es mitbekam. *Wie oft soll ich's dir noch sagen? Keinen Schläger hier im Haus!*

Aber wie sollte sie ihm erklären, dass sie in den Staaten gewesen und nicht nach Boston gekommen war? Als sie im Grand Central Terminal gestanden hatten, bei der riesigen Uhr, die über dem Fahrkartenschalter hing, hatte Beatrix gehört, wie der Zug nach Boston angekündigt wurde. *Big Ben*, sagte Mum abschätzig. *Können diese Amerikaner denn nichts Eigenes erschaffen?* Beatrix ignorierte sie. Am liebsten hätte sie ihre Mutter einfach stehen gelassen und wäre in den Zug gesprungen. Hätte zugesehen, wie sich die Küste auf dem Weg nach Norden veränderte, wäre in der South Station ausgestiegen und passend zum Abendessen in der Küche von Mrs G aufgetaucht. Genau wie sie es vor so vielen Jahren gerne getan hätte. *Lass uns gehen, Mum*, sagte sie stattdessen. *Wir haben für heute Abend Theaterkarten, und ich will mich vorher noch umziehen.*

Lieber William, schreibt sie schließlich. *Ich konnte einfach nicht widerstehen. Ist er nicht großartig? Mantle, meine ich. Ich habe mir auch einen gekauft. Mir gefällt die Vorstellung, wie diese beiden Wackel-Mantles auf beiden Seiten des Atlantiks stehen und sich über den Großen Teich (weißt Du noch?) hinweg zunicken. Und, ja, ich war in New York. Nimm's mir nicht übel. Du hättest beinahe dasselbe getan. Du fehlst mir, mein Freund. Alles Liebe für Dich und Deine Familie und frohe Weihnachten, Bea.*

Sie packt die Geschenke ein, bindet sorgfältig eine Schleife darum und polstert alles mit zusammengeknülltem Zeitungspapier. Da sie Williams Adresse nicht hat, packt sie seins zu den anderen in einen großen Karton, adressiert ihn an Mrs G und bringt ihn zur Post. *Amerika*, sagt der Beamte und streicht mit dem Finger über die Adresse. *Haben Sie dort Verwandte? Nein*, will sie erwidern, doch dann entscheidet sie sich anders. *Ja*, sagt sie. *Ja, habe ich.*

Gerald

Früh am Sonntagmorgen schaut Gerald beim Haus vorbei, um die Einfahrt freizuschaufeln, damit Mutter zur Kirche gehen kann. Die Welt ist wunderschön in ihrer weißen Stille. Das gehört zu den Dingen, die er in Kalifornien vermisst hat: die Stille eines solchen Morgens und das Gefühl, hierherzugehören. Er hebt die Zeitung auf, um sie hineinzubringen. An der Hintertür stellt er seine Stiefel auf die Matte und zieht die alten Hausschuhe an, die immer noch hier stehen. Er kocht eine Kanne Kaffee und sortiert die Teile der Zeitung. Die Reihenfolge, in der er sie liest, hat sich seit der Highschool nicht geändert.

So viel Unruhe auf der Welt. Linda ist eine leidenschaftliche Anhängerin der Bürgerrechtsbewegung. In den Sommerferien war sie in Baltimore und hat zusammen mit einigen Lokalpolitikern in der Gemeinde gearbeitet. Sie hatte ihn gefragt, ob er mitkommen wolle, aber er hatte gesagt, er könne nicht weg. Er müsse in Boston bleiben, für den Fall, dass Mutter ihn brauchte. Sie wusste, dass es nicht stimmte, und er vermutete, dass sie enttäuscht von ihm war, obwohl sie nie etwas sagte. Es war nicht so, dass es ihn nicht interessierte oder er ihren Einsatz nicht für wichtig hielt. Er hat so viel von ihr gelernt. Sie hat seinen Horizont erweitert. Aber darüber zu lesen und zu reden war eine Sache. Tatsächlich da draußen auf der Straße zu sein eine ganz andere.

Doch dann, nach nicht einmal einem Monat, hat er sie mehr vermisst, als er gedacht hätte. Obwohl die Arbeit, die sie dort leistete, schwierig klang, waren ihre Briefe erfüllt von einer Begeisterung, einer Leidenschaft, die ihn ansteckte. Er wollte bei ihr sein. An ihrer Seite. Und so strich er alle Termine und Verabredungen und nahm den Zug nach Süden. Am Bahnhof in Baltimore, Lindas Lippen auf seinen, ihre Arme um seine Schultern, wusste er, dass er die richtige Entscheidung getroffen hatte.

Die sechs Wochen in Baltimore brachten ihn dazu, gründlicher über die Bürgerrechte nachzudenken. Wie er feststellte, gefiel es ihm, in der Gemeinde aktiv zu sein, an Türen zu klopfen, mit Leuten zu reden. Manchmal kam es ihm so vor, als hätte er eine andere Welt betreten. Und als sie wieder in Boston waren, begann er zu überlegen, wie sie einen Teil dessen, was sie im Süden getan hatten, hier an der Schule fortführen könnten. Als er Schüler war, hatte er keine schwarzen Mitschüler gehabt. Inzwischen gibt es ein paar, und jetzt begreift er, wie schwer es für sie sein muss. Ihm ist deutlich bewusst, wie schwierig es ist, anders zu sein, von der Norm abzuweichen. Zwei von den Jungen kommen aus Roxbury, und er fragt sich, was wohl in ihren Köpfen vorgeht, wenn sie den Hügel zur Schule hinauflaufen, wenn sie bei der Morgenandacht auf das Meer weißer Gesichter blicken.

In der Einfahrt schlägt eine Autotür zu, und Gerald steht auf, um aus dem Fenster zu schauen. William. Was macht der denn hier? Die Hintertür geht auf, William kommt herein und tritt sich die Schuhe auf der Matte ab. *Morgen,* begrüßt Gerald ihn. *Mit dir hab ich nicht gerechnet. Dachte, ich schaue mal vorbei,* sagt William. *Und ich hab auch nicht mit dir gerechnet.* Gerald deutet zur Kaffeekanne auf dem Tisch und steht auf, um ihm einen Becher zu holen. William hat einen Abendanzug an, die Krawatte hängt schief, sein Haar ist zerzaust. Gerald fühlt sich unwohl in seinen Hausschuhen. Warum kommt er sich William gegenüber immer wie ein kleines Kind vor?

Gerald setzt sich wieder und mustert William. *Du siehst aus, als wärst du heute Nacht gar nicht zu Hause gewesen. Tja,* sagt William. *Kann schon sein.* Gerald bohrt weiter: *Zu früh, um nach Hause zu gehen? Oder zu spät?* William zuckt die Achseln. *Ich bin auf dem Heimweg,* sagt er, *aber ich wollte kurz mal reinschauen.* Er trinkt einen Schluck Kaffee. *Und warum bist du hier?,* fragt er. *Hast du kein eigenes Zuhause?* Sie sitzen eine Weile schweigend da. Gerald versucht erfolglos, die Zeitung zu lesen, während William auf seinen Kaffee pustet. *Herrgott,* sagt Gerald schließlich, *so heiß ist er doch gar nicht.*

William legt die Füße auf einen Stuhl, lässt den Kopf zurücksinken und schließt die Augen. *Schwer, hier in der Küche zu sein und nicht an Bea zu denken,* sagt er. *Hast du was von ihr gehört? Ich meine, seit dem Weihnachtspaket?* Gerald sieht ihn lange an, bevor er antwortet. William liebt sie immer noch, begreift er. Nach all den Jahren. Er hat immer vermutet, dass in London etwas passiert ist, nach Vaters Tod. *Nein,* sagt er. *Du?* William schüttelt den Kopf. *Hey,* sagt Gerald, *ich hab mich immer gefragt: Als du damals in Europa warst, hast du sie da gesehen?* William verzieht das Gesicht, schaut auf seine Hände. *Was? Nein, daran hab ich gar nicht gedacht,* sagt er. Er trinkt einen Schluck Kaffee. *Ihr zwei wart euch immer viel näher. Du solltest sie mal besuchen. Sie würde sich bestimmt freuen.*

Gerald fängt an zu lachen. *Für wie blöd hältst du mich, William? Ihr zwei habt doch in Maine immer im Wald rumgeknutscht.* Das hat er all die Jahre für sich behalten. *Wovon redest du?* William steht auf und tritt ans Fenster. Gerald schüttelt den Kopf. *Vater und Mutter haben vielleicht nichts davon mitbekommen, aber ich schon.* Er muss sich das Grinsen verkneifen, als er Williams Unbehagen sieht, den steif durchgedrückten Rücken. Wie hatte William nur glauben können, dass er nichts davon wusste? Wie die beiden spätabends durch den Flur geschlichen waren, hier und in Maine. Und in dieser letzten Nacht in Maine, als Gerald nicht schlafen konnte, weil er bei dem Gedanken an Beas Abreise so verzweifelt war, da war er ihnen in den Wald gefolgt. Er hatte zugesehen, wie sie nackt im Meer geschwommen waren, wie sie sich geküsst und berührt und geweint hatten. Er war im Wald geblieben, nachdem sie ins Haus zurückgelaufen waren, bis die Sonne aufgegangen war, ratlos, was er mit dem Zorn und dem Verlust in seinem Herzen machen sollte. Beides ist nie wirklich weggegangen.

Ich weiß nicht, wovon du redest, sagt William. *Ich meine, kann ja sein, dass sie mal in mich verknallt war oder so, aber zwischen uns ist nie irgendwas gewesen. Du warst doch in sie verknallt.* Gerald lacht, obwohl ihm nach Weinen zumute ist, und es ist ein böses Lachen. Vielleicht ist er doch ein Gregory. *Du kannst nicht mal die Wahrheit über sie sagen*, höhnt er. Er weiß, dass William sich in London mit Bea getroffen hat. Er war so zugeknöpft, als er zurückkam, antwortete kaum auf Fragen. Und es gab eine Lücke von ein paar Tagen.

Mutter kommt herein, und William dreht sich lächelnd um und gibt ihr einen Kuss auf die Wange. Sie küsst Gerald auf den Kopf und lässt die Hände auf seinen Schultern liegen. *Wem habe ich diese wunderbare Überraschung zu verdanken?*, fragt sie. *Nicht nur einer von meinen bezaubernden Jungs kommt mich besuchen, sondern alle beide!* William zuckt die Achseln. *War grad in der Nähe und wollte mal vorbeischauen*, sagt er. Sie zieht ein Taschentuch aus ihrem Ärmel und putzt sich die Nase. *Ach, das ist lieb von dir.*

Ihre Hände fassen Geralds Schultern fester. *Wo du gerade da bist, William*, sagt sie. *Ich hätte eine Bitte. Kein Problem*, sagt er. Immer so glatt, so lässig, denkt Gerald. Willige nicht ein, solange du nicht weißt, was sie will. *Ich möchte zusammen mit meinen Jungs in die Kirche gehen,* sagt sie, und Gerald hört die Freude in ihrer Stimme. *Bitte. Meistens gehe ich allein. Manchmal –* sie klopft Gerald auf die Schultern *– kann ich den hier überreden mitzukommen. Aber es wäre so schön, mal mit euch beiden zu gehen. Ich glaube, das haben wir seit der Beerdigung eures Vaters nicht mehr gemacht. Und das ist elfeinhalb Jahre her.*

Zu Geralds Überraschung sagt William, dass er gerne mitkommt. Sie fahren in seinem Auto zur Kirche, Mutter plappernd vorne auf dem Beifahrersitz, Gerald schweigend auf der Rückbank. Dort angekommen, gehen sie durch den Mittelgang, Gerald vorneweg. Mutter kommt nur langsam vorwärts, weil sie immer wieder stehen bleibt und sich mit Leuten unterhält. Gerald grüßt Bekannte zwar, hält aber keinen Plausch mit ihnen. Er spürt die Blicke seiner Schüler auf sich. Er geht nicht oft in die Kirche. Mutter kennen sie natürlich, aber William hier zu sehen ist neu für sie. Morgen in der Schule wird er Fragen beantworten müssen. Gerald biegt in die vierte Bank auf der linken Seite ein, wo sie früher jeden Sonntag gesessen haben. Mutter setzt sich neben ihn, William an ihre andere Seite. *Meine Jungs,* sagt sie leise. *Ich kann mich nicht erinnern, wann ich zuletzt so glücklich gewesen bin.* Sie wischt sich mit dem Taschentuch eine Träne weg.

Gerald ist beeindruckt, wie der neue Pfarrer den Gottesdienst gestaltet und über Dinge spricht, die auch die Schüler angehen. Obwohl er sich fragt, ob sie richtig zuhören, wenn sie hier sind. Als er in ihrem Alter war, hat er es jedenfalls nicht getan. Seine Gedanken waren immer anderswo, bei der Planung für die nächste Schrottsammlung oder beim Vormarsch der Armeen in Belgien. Er beobachtet die Reihe vor ihnen: Einer der Jungen faltet die Seiten seines Gesangbuchs so nach innen, dass sie eine Art Fächer bilden, ein anderer schläft, und ein dritter – einer seiner Schachschüler – schiebt eine Nachricht, die er auf einer herausgerissenen Gesangbuchseite geschrieben hat, mit dem Fuß in die Reihe vor ihm. Gerald denkt an die Nacht, als er mit Bea und William hier gewesen ist, nach dem Tod ihres Vaters. Und er denkt an Vaters Beerdigung und den Sonntag danach, an den Schock, als er von seinem Gesangbuch aufgeblickt hat, und Vater war nicht da.

Alle erheben sich, um das Abschlusslied zu singen. Gerald schaut hoch zur Anzeige und schlägt das entsprechende Lied auf. Es ist »Jerusalem«. Beas Lieblingslied. Und Vaters auch. Das Orgelspiel beginnt, und die Worte tanzen auf der Seite. Mutter singt laut und wie immer ein wenig schief. Gerald sieht zu William hinüber. Er kann seine Stimme nicht hören, aber er sieht, wie sich seine Lippen bewegen. Sie brauchen das Gesangbuch nicht, sie kennen den Text alle auswendig. William bemerkt Geralds Blick und lächelt, aber es ist nicht sein übliches Grinsen, sondern ein so trauriges Lächeln, dass Gerald die Augen abwenden muss. Gerald streckt den Arm an Mutters Rücken vorbei und legt die Hand auf Williams Schulter. William hebt die rechte Hand und legt sie auf Geralds. So stehen sie da und singen, und ihre drei Stimmen gewinnen an Kraft, als das Lied sich zu seinen letzten, süßen Noten aufschwingt.

Millie

Millie erkennt die Schrift auf dem Umschlag, obwohl sie sie seit fast zwanzig Jahren nicht mehr gesehen hat. Es ist Nancys, eine rundliche Mischung aus Blockbuchstaben und Schreibschrift. Sie dreht den Brief immer wieder in ihrer Hand, kann sich nicht dazu entschließen, ihn zu öffnen, obwohl sie nicht weiß, wovor sie Angst hat. Dass Nancy ein wenig kühl ist, weil sie so lange nichts mehr von Millie gehört hat? Sie weiß, dass das nicht sein kann. Diese Frau würde selbst zu ihrem schlimmsten Feind von Herzen freundlich sein; das vermutet Millie zumindest.

Sie schlitzt den Umschlag mit ihrem Brieföffner auf und zieht den gefalteten Bogen heraus, der oben mit Nancys Namen und Adresse bedruckt ist. *Liebste Millie,* beginnt der Brief, und Millie schließt einen Moment die Augen. Wie mag es sein, fragt sie sich, ein so volles Herz zu haben? Dann liest sie weiter. Es geht hauptsächlich um Gerald und William und Williams Kinder. Dazu ein paar Sätze zu ihrem Fuß – offenbar hat Nancy sich vor einer Weile den Knöchel gebrochen – und ein Bericht über ihren Garten. *Aber, meine liebe Millie,* schließt Nancy, *ich möchte mehr über Sie und Ihr Leben erfahren. Meines ist ja so uninteressant. Bitte antworten Sie mir und erzählen Sie. Und vielen Dank, dass Sie nach all den Jahren das Eis gebrochen haben.*

Millie hatte immer wieder an Nancy denken müssen, seit sie und Beatrix aus New York zurückgekommen waren. Tatsächlich dort zu sein, in Amerika, hatte Nancy für sie auf eine Weise lebendig gemacht, wie es vorher nie der Fall gewesen war. Ihre Offenheit war eine typisch amerikanische Eigenschaft, an die Millie nie geglaubt hatte. Doch tatsächlich waren diese Amerikaner laut und freundlich und bereit, mit einem über nahezu alles zu reden. Einmal waren sie ins Theater gegangen, und die Frau neben Beatrix hatte sich freudig mit ihr unterhalten. Noch bevor der Abend zu Ende war, hatten sie ihre Adressen und Telefonnummern ausgetauscht. Millie konnte sich nicht vorstellen, dass man so etwas in London erlebte. Früher hatte sie diese amerikanische Art nicht ernst genommen. Aber dann geriet sie ins Zweifeln. Vermutlich musste man so sein, um jemand Fremdes in sein Zuhause aufzunehmen. Das Kind von anderen so zu lieben wie ein eigenes. Millie begreift jetzt zum ersten Mal wirklich, dass sie es nicht getan hätte, wäre die Situation andersherum gewesen.

Sie hatte mehrere Anläufe gemacht, Nancy zu schreiben, aber die Briefe kamen ihr jedes Mal falsch vor, sodass sie sie zerriss. Auf einen hatte sie sogar schon eine Marke geklebt und warf ihn schließlich trotzdem in den Müll. Dann, eines Nachts, als sie nicht schlafen konnte, schlüpfte sie in Bademantel und Hausschuhe, setzte sich an ihren Schreibtisch und schrieb den Brief in einem Rutsch. Ohne Korrekturen, ohne Nachdenken. Im Grunde wollte sie einfach nur das Gespräch beginnen.

Später trifft sie sich auf halbem Weg zwischen ihren Wohnungen mit Beatrix zu einem Spaziergang im Park. Damit haben sie im Frühjahr angefangen, als die Tage länger wurden, und es funktioniert gut. Es hat einiges für sich, im Gehen miteinander zu reden. Man muss den anderen nicht ansehen. Man kann den Blick auf den Weg, auf seine Schuhe oder auf die Landschaft richten. Und eigenartigerweise führt das dazu, dass mehr gesagt wird.

Ich habe heute einen Brief von Nancy bekommen, sagt Millie, als sie halb um den Teich herum sind und sich eine Gesprächspause ergibt. *Naaancy,* sagt Beatrix gedehnt. *Meine Nancy? Mrs G? Ja,* sagt Millie und denkt bei sich, wie wütend sie früher bei »Meine Nancy« geworden wäre. *Ich habe ihr vor einer Weile geschrieben. Ein paar Monate nachdem wir aus New York zurück waren. Und?*, fragt Beatrix in diesem Tonfall, den Millie gut kennt. Sie benutzt ihn selbst, wenn sie so tun will, als ob sie etwas nicht weiter interessiert, obwohl es ihr in Wirklichkeit sehr viel bedeutet. *Es geht ihr gut, und den Jungs auch. Ich glaube, sie hat sich den Knöchel gebrochen. Ja*, sagt Beatrix. *Ist schon etwas her. Ich wusste nicht, dass sie immer noch Beschwerden hat.*

Und dann sprechen sie über Nancy und Gerald und sogar über William. Millie erzählt Beatrix, dass die Kinder am Memorial-Day-Wochenende bei Nancy waren und dass Kathleen geholfen hat, ein paar von den späteren Salatsorten zu pflanzen. *Sie müssen einen ziemlich großen Gemüsegarten haben*, sagt Millie, und Beatrix bricht in Gelächter aus. *Mummy, der ist fast so groß wie dieser Park. Sie hatten schon einen, als ich bei ihnen ankam, aber Nancy hat ihn jedes Jahr vergrößert. Und als das mit den Siegesgärten losging, um in diesen Zeiten genug zu essen zu haben, erweiterte sie ihn noch mal. Es würde mich nicht überraschen, wenn sie mittlerweile gar keinen Rasen mehr hätte, sondern nur noch Gemüse. Na ja, und Blumen. Blumen liebt sie auch.*

Sie gehen eine Weile schweigend weiter. *Erzähl mir etwas*, sagt Millie, den Blick auf den Weg gerichtet. *Erzähl mir eine Erinnerung von da. Damit ich mir das alles besser vorstellen kann.* Beatrix bleibt einen Moment still. *Am Ende des Gartens*, sagt sie dann, *ist ein Weg, der in den Wald führt. Dort zwischen den Bäumen hat man das Gefühl, ganz weit weg von allem zu sein. Man kann sich gar nicht vorstellen, dass man nur einen Steinwurf vom Haus oder von der Schule oder vom Friedhof entfernt ist. Ich bin bei jedem Wetter dorthin gegangen. Es gab einen Baum, der quer über den Weg gefallen war, und darauf habe ich immer gesessen. Da habe ich deine Briefe gelesen, Mummy. Wenn Schnee lag, bin ich den Spuren des Hundes gefolgt, oder denen eines Kaninchens. Im Herbst leuchtete das Laub in einem strahlenden Gelb vor dem tiefblauen Himmel. Im Sommer war es dort selbst bei der größten Hitze angenehm kühl. Aber der Frühling war meine liebste Jahreszeit. Tag für Tag konnte ich sehen, wie sich alles veränderte, wie die Blätter sich entfalteten und die Pflanzen sich aus der Erde schoben.*

Beatrix verstummt. Sie sind fast wieder am Ausgangspunkt ihres Spaziergangs angekommen. So viel hat sie Millie seit Jahren nicht mehr erzählt. Dann spricht sie weiter, ohne Millie anzusehen. *Das Beste daran war, obwohl ich ein ganz schlechtes Gewissen habe, wenn ich das sage, dass ich dort den Krieg vergessen konnte. Ich konnte dich und Daddy vergessen. Ich konnte vergessen, dass Daddy tot war und du so weit weg. Es gab nur mich und den Wald. Auf der Insel war es genauso.*

Ich muss dir etwas sagen. Millie fasst Beatrix an den Schultern und dreht sie zu sich. *Ich war nicht diejenige, die dich wegschicken wollte. Das war dein Vater.* Beatrix will etwas sagen, doch Millie hebt die Hand. *Ich kann ihm das nicht vorwerfen. Er hat ja recht gehabt. Du warst dort in Sicherheit. Du warst glücklich. Was hätten wir uns mehr wünschen können? Diese fünf Jahre waren eine Rettungsleine. Dieser Ort hat Beatrix zu dem gemacht, was sie jetzt ist. Es war doch der Sinn der Sache, dass du vergessen solltest.* Sie machen kehrt und verlassen den Park, Millie bei Beatrix eingehakt. Sie freut sich darauf, Nancy zu antworten.

Rose

Früh am Sonntagmorgen klingelt es an der Tür, und als Rose unten ankommt, hat Kathleen bereits aufgemacht. Sie dreht sich mit beunruhigter Miene zu Rose um, und Rose sieht die Polizeiuniform, bevor sie erkennt, dass es Jimmy Maguire ist, einer der Jungs, mit denen sie aufgewachsen ist. *Nach oben*, sagt sie zu Kathleen und zeigt zur Treppe. *Geh nach oben und sorg dafür, dass Jack auch dableibt.* Kathleen nickt und verschwindet, während Rose auf die Veranda hinaustritt und die Tür hinter sich schließt.

Was ist passiert?, fragt sie. Jimmy schaut betreten drein, er nimmt die Mütze ab und drückt sie an die Brust. Sie muss daran denken, wie er mit sechs oder sieben die Narzissen im Vorgarten ihrer Mutter zertrampelt hat und gezwungen wurde, sich bei ihr zu entschuldigen. Damals stand er auch auf der Veranda, und er sah genauso aus wie jetzt. *Rosie*, sagt er, *es tut mir so leid. Was ist passiert*, wiederholt sie, obwohl sie es da schon weiß. Williams Bett war leer, noch unberührt. *Es ist William, stimmt's? Was ist mit ihm? Nun sag schon, Jimmy.* Er hebt den Kopf und sieht ihr in die Augen. *Ein Autounfall*, sagt er. *Der Wagen ist aus der Kurve geflogen. Drüben an der Küste. Er war schon fast zu Hause, Rosie. Wo ist er?*, fragt sie. *Im Krankenhaus*, sagt er. *Aber er ist tot. Ich weiß*, sagt sie. *Ich weiß.* Beide schweigen einen Moment lang. *Dein Bruder*, sagt Jimmy. *Soll ich Chris rüberschicken? Ja, bitte*, erwidert sie. *Aber sag es sonst niemandem.*

Drinnen schließt Rose die Tür und lehnt sich dagegen. All diese Nächte, die sich bis in den frühen Morgen zogen. William auf dem Rückweg von irgendeinem Tanzclub am North Shore.

Ich fahre dahin, um die Musik zu hören, hat er ihr kürzlich an einem Sonntagmorgen erzählt, immer noch leicht betrunken, als sie am Küchentisch saßen. *Um den Tänzern zuzuschauen. Ihre eleganten Bewegungen. Der Klang der Wellen, wenn die Musik verstummt.*

Sie wird Chris bitten, es den Kindern zu sagen. Er weiß sicher am besten, wie man so etwas macht. Er wird ihr helfen, alles Nötige zu planen. Sie lässt sich an der Tür hinabrutschen, bis sie auf dem Boden sitzt. Sie hätte wissen müssen, dass Patrick Kennedys Tod vor zwei Wochen ein böses Omen war. Seine winzige Lunge war nicht in der Lage, Leben zu schenken. Er hat nur neununddreißig Stunden gelebt. Als sie das hörte, hat sie geweint und geweint. Aber jetzt, da sie in der schmutzigen Diele sitzt, neben den unordentlich hingeschleuderten Schuhen der Kinder, ist sie merkwürdig ruhig. Es kommen keine Tränen. Als hätte sie immer gewusst, dass es so enden würde.

Es ist noch früh und still. Dann hört sie den Zeitungsjungen auf seinem Rad die Straße herunterkommen, seine Reifen platschen durch die Pfützen, und eine Sonntagszeitung nach der anderen landet mit einem dumpfen Geräusch auf den Veranden.

Gerald

Gerald blickt hoch, als ein ihm unbekannter Wagen in die Einfahrt biegt. Er steht draußen und packt Mutters Auto, das er sich ausleiht, um mit Linda für ein paar Tage nach Washington runterzufahren. Sie wollen sich mit Freunden aus Berkeley treffen und am Marsch für Arbeit und Freiheit teilnehmen. Letzte Nacht hat er kaum geschlafen, hat sich herumgewälzt wie früher vor Thanksgiving.

Er mustert den fremden Wagen. Rose' Bruder, der Geistliche. Der Pfarrer. Chris steigt aus und geht mit ausgestreckter Hand auf Gerald zu. Nein, denkt Gerald, nein. Lieber Gott, bitte nicht. Er zwingt sich zu bleiben, wo er ist, und nicht davonzulaufen. Er sieht Chris in die Augen, als er ihm die Hand gibt und Chris seine mit beiden Händen umfasst. *Ja*, sagt Chris und nickt einfühlsam. *Ein Autounfall. Alle vier?*, fragt Gerald. Sein Magen fühlt sich plötzlich ganz leer an. *Nein*, sagt Chris rasch und schüttelt den Kopf, drückt seine Hand fester. *Nein, Rose und die Kinder waren zu Hause. Gott sei Dank*, sagt Gerald und schämt sich, weil er erleichtert ist. *Gott sei Dank*. Er sieht zu Boden, dann wieder zu Chris. *Ging es schnell?* Chris nickt. *Ich glaube schon*, sagt er. *Er hat sicher nicht lange gelitten. Wo?*, fragt Gerald. *Quincy Shore*, sagt Chris. Am Meer, denkt Gerald. An dem Ort, den sie alle am meisten lieben.

Danke, dass du hergekommen bist, sagt er und blickt auf die Einfahrt, dann hinaus in den Garten. *Wie geht es Rose?*, fragt er. *Sie kommt zurecht*, antwortet Chris. *Du kennst sie ja. Sie ist zäh. Und wie wir beide wissen, ist das der leichte Teil. Das Schwierige sind die Wochen und Monate und Jahre danach.* Gerald nickt. Er weiß es nur zu gut. *Und die Kinder? Wie man es erwarten würde*, sagt Chris. *Es braucht Zeit.* Gerald darf nicht an sie denken, darf sich nicht Kathleens Mund oder Jacks dunkle Augen vorstellen. Chris blickt zum Himmel. *Was für ein schöner Tag*, sagt er. *Ich weiß nie, ob es das Ganze besser oder schlimmer macht. Mildert es den Schmerz, wenn die Welt sich solche Mühe gibt, schön zu sein?*

Gerald bleibt draußen und sieht Chris' Wagen nach, bis er verschwunden ist. Wie soll er hineingehen und es Mutter sagen?

Er steht lange da vor dem halb gepackten Auto. Es gibt so viel zu tun. Er muss es Mutter sagen, und Linda; er muss die Reise abblasen; sie müssen alles Nötige in die Wege leiten. Und er muss Freunde und Verwandte anrufen. Schließlich dreht er sich zum Haus um, und da ist Mutter am Küchenfenster. Er winkt ihr zu, und an der Art, wie sie zurückwinkt, sieht er, dass sie es bereits weiß.

Später erledigen sie die Anrufe, schieben das Telefon auf dem Küchentisch hin und her, wechseln sich ab. Gerald kocht Mutter einen Tee, und als er ihr die Tasse hinstellt, sieht sie mit müden, blutunterlaufenen Augen zu ihm hoch. *Wir müssen es Bea sagen. Und zwar bald, denn bei ihr ist es schon Abend.* Er nickt. *Gerald, kannst du sie bitte anrufen? Ich schaffe das einfach nicht noch mal.* Und so schließt er eine Stunde später, als sie auf dem Sofa eingeschlafen ist, die Schwingtür zur Küche und sucht Beas Namen in ihrem Adressbuch. Mutter schreibt die Einträge immer mit Bleistift, und er sieht, dass sie Beas Adressen und Telefonnummern immer wieder ausradiert und neu geschrieben hat.

Gerade letzte Woche hat er einen Brief von ihr bekommen, nachdem er ihr von dem Marsch geschrieben hatte. Sie fand es aufregend und hat ihn gebeten, ihr hinterher ausführlich davon zu erzählen. Er wählt die Nummer, es klingelt ein paarmal, und dann hört er ihre Stimme. *Hallo?*, sagt sie, und Gerald ist überrascht, dass ihm das Herz bis zum Hals schlägt. *Hi, Bea*, sagt er unbeholfen. *Ich bin's, G.*

Beatrix

Beatrix legt nach dem Gespräch mit Gerald den Hörer auf und geht wieder hinaus in ihren kleinen Garten. Dieses Jahr hat sie neben den Blumen auch Gemüse und Kräuter angepflanzt. Sie greift nach einer goldgelben, sonnenwarmen Kirschtomate, pflückt sie, wobei der Duft förmlich explodiert, und steckt sie sich in den Mund. Dann reibt sie ein Basilikumblatt zwischen Daumen und Zeigefinger und schnuppert daran. Mrs G hatte immer Basilikum im Garten. Sie setzt sich auf den Liegestuhl und starrt in den Himmel. Ein herrlicher blauer Himmel, kurz vor Einbruch der Dämmerung, kurz bevor er sich ins Violette verfärbt. Ein Maine-Himmel, hätte William gesagt.

William, tot. Als Gerald anrief, war sie schockiert, aber irgendwie nicht überrascht. Sie und William hatten sich in den letzten Monaten ein paarmal geschrieben, seit sie ihm die alberne Wackelfigur geschickt hatte. Er hatte nie etwas Konkretes gesagt, aber hinter und zwischen seinen Worten konnte sie sein Unbehagen spüren. Kein Unglücklichsein im engeren Sinne, aber ein Gefühl, dass nichts so richtig rundlief. Dass das Leben, das er sich gewünscht hatte, einfach nicht eingetreten war. Es kam ihr vor, als wäre das Feuer, das einst in ihm gebrannt hatte, dieses Verlangen, in der Welt zu sein, ausgelöscht worden. Sie fragte sich, ob er je wirklich glücklich gewesen war. Einen ewig Unzufriedenen hatte sie ihn mal genannt. Doch in den Kindern schien er etwas gefunden zu haben. Sie weiß, dass er sie geliebt hat. Dass sie ihm Freude geschenkt haben.

Obwohl sie nicht über die letzten Stunden seines Lebens nachdenken will, sieht sie ihn immer im Auto. Am Meer, hat

Gerald gesagt. Natürlich. Der Wagen ist von der Straße abgekommen, und irgendwie – Gerald wusste nichts Genaues – haben sie ihn ein Stück entfernt davon gefunden, auf dem Rücken liegend. Als würde er die ersten Strahlen der Sonne genießen. Sie hofft, dass er keine Schmerzen erleiden musste, dass es schnell ging. *Ich wollte – wir wollten – doch nur, dass du glücklich bist*, sagt sie laut gen Himmel. Warum ist das für viele Menschen so schwer zu erreichen?

Wie seltsam es war, nach all den Jahren Geralds Stimme zu hören. Immer noch so ernst und direkt. Sie brach ein wenig, als er ihr erzählte, was passiert war. Aber später lachte er über etwas – sie weiß nicht mehr, was es war –, und auf einmal sah sie ihn wieder vor sich, auf dem Anleger, bei ihrer allerersten Begegnung, seine Aufregung, sein schiefes Lächeln. Sie saß auf dem Küchenstuhl, den Hörer zwischen Schulter und Ohr, und erwiderte das Lächeln.

Nancy

Den ganzen Tag lang sitzt Nancy mit Gerald und Linda im Wohnzimmer und sieht sich die Berichte über den Marsch auf Washington an. Aber sie kann sich nicht darauf konzentrieren; sie kann nicht aufhören zu weinen. Die Luft ist so feucht, dass sich Schweiß auf ihrer Oberlippe bildet, und sie tupft ihn immer wieder weg. Der Ventilator kann auch nicht viel ausrichten. An der Art, wie Gerald gebannt auf den Fernseher starrt und sie kaum beachtet, merkt sie, wie gern er dabei wäre. Hätte sie ihn drängen sollen hinzufahren?

Sie hat sich bemüht, ihn in seinem Interesse an der Bürgerrechtsbewegung zu unterstützen. Von klein auf hat er sich immer wieder für verschiedene Projekte eingesetzt, und er hat stets an das Gute im Menschen geglaubt. Früher war sie stolz auf seine Großzügigkeit, seine Offenheit, seinen Optimismus. Jetzt beneidet sie ihn um die Leidenschaft, die er mit Linda teilt, um ihre Überzeugung, dass sie etwas dazu beitragen können, diese Welt zu einem besseren Ort zu machen. Was haben sie und Ethan dafür getan? Ethan war immerhin Lehrer und Vorbild. Sie hat zwei Jungs großgezogen, von denen einer nun tot ist. Nie wieder wird er unangekündigt an der Hintertür auftauchen und ihr die Kinder übers Wochenende vorbeibringen. Nie wieder wird er mit ihr flirten, sich zu ihr hinunterbeugen und sie auf die Wange küssen. Nie wieder wird sie sein schönes Gesicht sehen. Die Wunde ist noch frisch, und sie reißt immer wieder auf. Sie vergisst, dass er nicht mehr da ist, und dann muss sie sich jedes Mal von Neuem daran erinnern.

Gestern Abend, als sie mit Linda beim Essen saßen, haben sie Geschichten von William erzählt, und anschließend haben sie in ein paar Fotoalben geblättert. Gerald sagte zu Linda, dass er als Kind eifersüchtig gewesen war, weil es immer hieß, William sei seinem Vater so ähnlich. *Aber jetzt*, sagte er und sah dabei zu Nancy, *jetzt bin ich froh, dass ich mehr wie Mutter bin.* Nancy nickte und tätschelte sein Knie. Was für ein reizender Mann er ist. *Wir sind uns ähnlich, nicht wahr*, sagte sie. *Du und ich.* Sie blätterte in dem Album auf der Suche nach einer bestimmten Aufnahme von Ethan und William, auf der sie beide mit ernster Miene in die Kamera schauen. *Diese Melancholie*, sagt sie. *Die hatten sie auf jeden Fall gemeinsam.*

Jetzt spricht Martin Luther King. Wie rasch sich alles verändert. Was würde ihre Mutter wohl von dieser neuen Welt halten? Nancy schließt die Augen und lässt sich gegen die Sofalehne sinken. Sie weiß, ganz gleich, wie Rose die Beerdigung plant, es wird anders sein, als sie es tun würde. Dieser ganze katholische Unsinn. Sie würde die Beerdigung gern in der kleinen Kirche hier abhalten, genau wie Ethans. Und sie möchte, dass William hier auf dem Friedhof beigesetzt wird, neben Ethan, damit sie ihn jeden Tag besuchen kann. Damit sie zusammen sein können. *Nein*, hat Gerald gesagt. *Das ist Rose' Entscheidung, nicht deine. Damit musst du dich abfinden.* Und sie weiß, dass Gerald recht hat. Nancy greift in ihre Schürzentasche, holt Ethans Taschentuch heraus und wischt sich den Schweiß und die Tränen aus dem Gesicht.

Millie

Millie schiebt einen dicken Umschlag über den Küchentisch. *Das ist eine sonderbare Geschichte*, sagt sie, zündet sich eine Zigarette an und pustet den Rauch zur Decke. Sie sehnt sich danach, die Hände um einen kalten Drink zu legen. *Den hat meine Mutter mir vor ewigen Zeiten gegeben. Sie wollte, dass ich dich besuche, damals, als du in Amerika warst.* Beatrix sieht sie verwirrt an. Millie fragt sich, ob sie überhaupt geschlafen hat, seit sie die Nachricht bekommen hat. *Aber*, sagt Beatrix, *du hast mir doch gesagt, du hättest es nie in Erwägung gezogen. Wir waren uns einig, dass wir nicht fahren würden*, sagt Millie, ohne auf ihren Einwand einzugehen. *Dein Dad hielt es für zu gefährlich, dich eher heimkommen zu lassen oder dich dort zu besuchen.* Beatrix runzelt die Stirn, erwidert aber nichts. Millie weiß, zu jedem anderen Zeitpunkt hätte sie nachgehakt, Fragen gestellt, mehr wissen wollen. Aber nicht heute. Noch nie hat sie Beatrix so traurig erlebt.

Aber das ist ja alles längst Geschichte, fährt sie fort. *Jetzt ist jetzt. Ich habe diesen Umschlag für schlechte Zeiten beiseitegelegt. Und ich habe im Lauf der Jahre immer wieder etwas dazugetan. Er hat offensichtlich auf den richtigen Moment gewartet. Und nun ist dieser Moment da.* Sie schiebt den Umschlag näher zu Beatrix. *Da drin ist mehr als genug Geld für ein Flugticket nach drüben und zurück.* Millie ist erfüllt von einer warmen Freude.

Ich kann nicht, Mum, sagt Beatrix dumpf und starrt auf den Umschlag, ohne ihn zu öffnen. *In zwei Wochen geht die Schule wieder los. Und die Beerdigung ist übermorgen. Das ist unmöglich.*

Nichts ist unmöglich, widerspricht Millie. *Ich will, dass du das Geld nimmst, zum Reisebüro gehst und dir ein Flugticket für morgen besorgst. In der Schule kann dich doch jemand vertreten. Du bist zwar wichtig, meine Liebe, aber du kannst trotzdem mal für eine Weile verschwinden. Du musst für eine Weile verschwinden.*

Sie sieht, wie Beatrix zögert. Sie weiß, dass sie es möchte. Millie bedauert vieles, das zwischen ihnen vorgefallen ist, obwohl sie sich bemüht, dem nicht nachzuhängen. Sie hätte Tommy nicht vor Beatrix' Rückkehr heiraten sollen. Sie hätte sich mit George mehr Mühe geben sollen. Sie hätte nicht so ablehnend gegenüber den Gregorys sein sollen. Aber jetzt wird sie nicht nachgeben. *Was kann ich tun, um dich zu überzeugen?*, fragt sie. *Das hier ist wichtig.*

Beatrix wendet den Blick ab. *Ich gebe es ja nicht gerne zu*, sagt sie, *aber ich glaube, du hast recht.* Millie kommen vor Erleichterung fast die Tränen. *Ich muss dorthin.* Sie nimmt den Umschlag und sieht hinein. *Großer Gott, Mum, da drin sind ja Hunderte von Pfund. Oder sogar Tausende?* Millie lächelt. *Ich habe es ewig nicht mehr gezählt*, sagt sie. *Ich habe einfach immer ein paar*

Scheine hineingetan, wenn ich etwas übrig hatte. Also los. Kauf dir ein, zwei hübsche Kleider. Bleib ein bisschen länger, wenn du schon den weiten Weg machst. Nutze die Gelegenheit, dich von William zu verabschieden. Es wird dir später helfen.

Danke, sagt Beatrix mit zögerndem Lächeln. *Und jetzt ab mit dir*, sagt Millie. *Du hast reichlich zu tun. Geh. Und erzähl mir alles, wenn du zurückkommst.* Endlich, denkt Millie. Endlich hat sie mal das Richtige getan.

Bea

Beatrix hat um einen Fensterplatz gebeten, damit sie das Meer sehen kann, aber natürlich ist es unter einer Wolkenschicht verborgen. Hier oben ist der Himmel immer blau, der Horizont in Sicht. Was bei ihrer Schiffsreise damals zwei lange Wochen gedauert hat, ist jetzt reduziert auf einen Tag im Flugzeug. Sie kann es kaum fassen. Morgen wird sie Gerald und Mrs G sehen. Und sie wird sich von William verabschieden können.

Sie wünschte, sie hätte Mrs G oder Gerald Bescheid gegeben, dass sie kommt. Gerald hat ihr das mit der Beerdigung Anfang der Woche gesagt, bevor sie sich entschlossen hat hinzufliegen. Bevor Mummy es ihr ermöglicht hat hinzufliegen. Bevor ihre Vertreterin an der Schule so verständnisvoll reagiert hat. *Aber natürlich*, sagte Susan. *Du hast dir seit Jahren nicht mehr freigenommen. Eine Woche*, sagte Beatrix. *Ich bin in einer Woche zurück. Dann sind ja noch Ferien*, erwiderte Susan. *Mach dir keine Gedanken um uns. Nimm dir die Zeit, die du brauchst.* Sie hat vor, heute in einem Hotel in der Nähe des Flughafens zu übernachten und dann morgen mit dem Taxi nach Quincy zu fahren. Die Trauerfeier beginnt um zehn. Aber sie muss heute Abend im Haus anrufen und ihnen sagen, dass sie da sein wird. Sie kann nicht einfach da auftauchen. Es darf nicht um sie gehen.

Als sie zur Landung ansetzen, lösen sich die Wolken auf, und tief unter ihr liegt das blaue Meer. Bea lehnt die Stirn an die kalte Fensterscheibe. Land kommt in Sicht, das Gold des Strandes, das den Übergang markiert zwischen dem Meer und dem, was dahinter liegt. Der Ort, wo William gestorben ist. *Bye-bye*, flüstert Bea. *Bye-bye*. Das Flugzeug neigt sich zur Seite, und sie sieht nur noch Himmel.

Nancy

Gerald klopft an, als Nancy das letzte ihrer schwarzen Kleider anprobiert; eins passt schlechter als das andere. *Oh, Gerald*, sagt sie, fast unter Tränen, *was soll ich nur tun? Was soll ich anziehen?* Er öffnet die Tür und mustert sie kritisch. *Das da ist doch gut, Mutter*, sagt er. *Wirklich. Aber ich kriege den Reißverschluss nicht ganz zu*, sagt sie erregt, fast panisch. *Ich kann doch nicht mit offenem Reißverschluss zur Beerdigung meines Sohnes gehen!* Er bedeutet ihr, den Arm zu heben. *Das sieht man kaum*, sagt er. *Hast du nicht eine Strickjacke oder etwas in der Art, was du drüberziehen kannst?* Sie dreht sich wieder zum Spiegel, den Arm fest an ihre Seite gedrückt, um den Reißverschluss zu verdecken. *Schon*, sagt sie. *Aber ich wette, das verflixte Ding reißt mitten in dieser pompösen Kirche auf.*

Gerald fängt an zu lachen, bis ihm die Tränen kommen.

Er setzt sich auf ihr Bett. *Oh, Mutter*, sagt er. *Du musst dich damit abfinden. Ich weiß*, sagt sie. *Also lasse ich lieber jetzt alles raus, damit ich mich morgen benehmen kann. Wenn die ihren albernen Weihrauch schwingen. Gute Idee*, sagt er. Dann sieht er sie an, und er wirkt merkwürdig fröhlich. Irgendwas heckt er aus, sie weiß nur nicht, was. Sie setzt sich neben ihn aufs Bett, aber das Kleid wird so eng, dass sie den Reißverschluss aufmachen muss. *Ich war grad am Telefon*, sagt er grinsend. *Du glaubst nicht, wer morgen hierherkommt. Wer gerade in Boston gelandet ist. Wer denn?*, fragt Nancy und geht im Geiste ihre Schwestern und deren Ehemänner und Kinder durch. Aber die haben sich alle bereits gemeldet.

Bea, sagt er schlicht. Bea, denkt sie und sieht sie wieder vor sich, damals an jenem Morgen, als sie ganz allein auf dem Anleger stand, in dem roten Kleid mit dem weißen Kragen, die dünnen Beine in schweren schwarzen Stiefeln. *Werden wir sie denn erkennen?*, fragt sie, und Gerald lacht. Wie sie sein Lachen liebt. *Aber natürlich, Mutter*, sagt er. *Wie könnten wir sie nicht erkennen?* Wahrscheinlich hat er recht. Schließlich sieht sie dieses geliebte Gesicht in ihren Träumen.

Rose

Als sie nach der Beerdigung wieder im Haus ihrer Eltern ist, sinkt Rose erschöpft auf einen der Stühle in der trubeligen Küche. Ihre Schwestern eilen hin und her, stellen Essen auf den Tisch, schenken Getränke ein. Kathleen und Jack sind mit ihren Cousins und Cousinen im Spielzimmer. Rose weiß, dass sie zu den anderen in den Salon gehen muss, aber in diesem Augenblick möchte sie einfach nur da sitzen. *Alles in Ordnung?*, fragt Chris, die Hand auf ihrer Schulter. Sie nickt. *Lass dir Zeit*, sagt er. *Niemand erwartet etwas von dir.*

Die Trauerfeier verschwimmt in einem grauen Nebel. Gerald, Bobby Nelson und Chris haben eine Rede gehalten. Kathleen und Jack haben etwas aus *Alice im Wunderland* vorgelesen. Sheila hat ihr ein paar Valium zugesteckt, bevor sie losgefahren sind, und sie hat es geschafft, das Ganze mit nur ein paar Tränen hinter sich zu bringen. Das Schlimmste war, hinter Williams Sarg aus der Kirche zu gehen, all diese Gesichter zu sehen, Gerald schluchzen zu hören, als er half, den Sarg in den Leichenwagen zu heben. Auf dem Friedhof haben sie alle statt Erde eine Handvoll Sand ins Grab geworfen. Das war Nancys Idee. *Gebt ihm etwas von Maine mit auf den Weg*, hat sie gesagt, obwohl ihre Schwäger den Sand natürlich vom Wollaston Beach geholt haben. Ein Korb mit kleinen Muscheln wurde herumgereicht. Manche haben eine Muschel mit nach Hause genommen, andere haben sie auf den Sarg gelegt, bevor er hinabgelassen wurde.

Jack stürmt in die Küche und ergreift Rose' Hand. *Komm und sieh dir all die leckeren Sachen an!*, ruft er. *Es gibt so viel zu essen!* Rose lächelt. Ihre Schwestern haben sich selbst übertroffen. Sie lässt sich von Jack vom Stuhl und in den Salon ziehen. Sie macht einen Teller für ihn fertig, dann wandert sie umher, versucht zu lächeln, bleibt bei jedem Grüppchen stehen, um ein paar Worte zu wechseln. Die beiden Familien haben sich aufgeteilt, wie sie es vermutet hatte: Ihre Familie ist im Salon, die Gregorys sind im Wohnzimmer. Gerald fängt ihren Blick auf, winkt sie zu sich und gibt ihr einen Kuss auf die Wange. *Sehr schöne Trauerfeier*, sagt er. *Ja*, erwidert sie, *und deine Rede war wunderbar. Wirklich. Die hätte ihm gefallen.* Und es stimmt. Gerald hat eine Geschichte nach der anderen erzählt, mit William als dem perfekten großen Bruder, stets gefolgt von seinem tapsigen jüngeren Gefährten. Gerald nickt. *Wie geht es deiner Mutter?*, fragt sie, als sie sie weiter hinten neben Linda entdeckt. *Wie verkraftet sie das alles? Ganz gut*, sagt Gerald. *Sogar erstaunlich gut. Aber das hier –* er deutet mit der Hand um sich *– ist auch genau ihr Ding. Sie liebt es, von Familie und Freunden umgeben zu sein. Im Gegensatz zu mir*, fügt er leise hinzu. *Ich will nur nach Hause.*

Rose lächelt und lehnt sich an seinen vertrauten Körper. Einen Moment lang denkt sie, er wäre William. *Mich macht nur diese ganze Freundlichkeit verrückt*, flüstert sie. Eine Frau tritt an Geralds Seite, streift mit der Schulter seinen Arm. Rose kennt sie nicht. *Oh, Rose.* Gerald richtet sich auf und löst sich von ihr. *Das ist Beatrix. Beatrix Thompson. Ah*, sagt Rose und gibt ihr die Hand. *Ich bin Rose Gregory. Schön, Sie kennenzulernen*, sagt die Frau mit deutlich britischem Akzent. Das muss dieses Mädchen sein, begreift Rose überrascht. Das Mädchen von damals, als sie klein waren. *Sind Sie diejenige*, fragt sie, *die während des Krieges bei den Gregorys gelebt hat? Ja*, sagt Beatrix lächelnd. *Die bin ich. Aber das ist sehr lange her.* Sie ist ziemlich hübsch. Dichtes, dunkles Haar, seitlich gescheitelt und zu einem französischen Knoten hochgesteckt. Dunkle Augen. Ein sehr elegantes langärmeliges schwarzes Kleid mit Spitze am Hals. Groß und sehr schlank. *Mein herzliches Beileid*, sagt Beatrix. *Danke*, sagt Rose, und dann platzt es aus ihr heraus: *Sie sind extra dafür aus England gekommen? Für Williams Beerdigung?*

Beatrix nickt. *Zur Beerdigung des Vaters konnte ich damals leider nicht kommen.* Rose versteht nicht, inwiefern das eine Antwort auf ihre Frage sein soll. Sie erblickt Kathleen, winkt sie herbei und küsst sie auf die Wange. Rose fragt sich, wann Kathleen so gewachsen ist. *Kat*, sagt Gerald, und oh, wie Rose diesen Spitznamen hasst. *Kat, kennst du Miss Thompson schon?*

Kathleen sieht Beatrix an. *Nein*, sagt sie, und Rose erahnt für einen winzigen Augenblick die Frau, die sie einmal werden wird. Direkt, geradeheraus, ehrlich. *Freut mich, Sie kennenzulernen*, sagt Kathleen. *Gleichfalls*, erwidert Beatrix und nickt ihr zu. *Ich habe schon viel von dir gehört.* Kathleen sieht sie verdutzt an. *Wirklich?*, fragt sie. *Von wem?* Oh, sagt Beatrix leichthin, und der Ton, dieses eine Wort verrät Rose, dass William ihr von Kathleen erzählt hat. Haben sie miteinander telefoniert? Hat er ihr geschrieben? Hatten sie was miteinander? *Von deiner Großmutter*, sagt Beatrix. *Sie ist sehr stolz auf dich. Von Nana?*, fragt Kathleen, und Beatrix nickt. *Mom?* Kathleen wendet sich ihr zu, und Rose weiß, dass sie schon anderswo ist, diese Frau bereits vergessen hat. *Nana hat Zitronenschnitten mitgebracht. Kann ich eine haben?*

Rose lächelt und streicht Kathleen über das störrische Haar. Sie haben endlos gesucht, bis sie ein Kleid gefunden haben, das ihr passt. Aber heute soll das Mädchen ruhig naschen dürfen. *Na, komm, wir holen dir eine*, sagt sie, und bevor sie ins Esszimmer gehen, dreht sie sich noch einmal zu Gerald und Beatrix um. *Hat mich sehr gefreut*, sagt sie mit seidenweicher Stimme zu Beatrix, obwohl sie es kein bisschen so meint. Sie fühlt sich wie von ihrem eigenen Körper getrennt. Als sie mit Kathleen zum Tisch geht, der sich förmlich unter dem ganzen Essen biegt, ertappt sie sich dabei, wie sie nach William Ausschau hält, überzeugt, dass er irgendwo mit Chris in einer Ecke sitzt, in der einen Hand ein Bier, in der anderen eine Zigarette.

Gerald

Zu Hause in der Küche kann Gerald die Augen nicht von Bea lassen. Den ganzen Tag lang, seit er sie draußen vor der Kirche erblickt hat, hat er auf diesen Moment gewartet. Darauf, dass die anderen verschwinden. Dass Linda nach Hause fährt. Dass er Bea ganz für sich hat. Und da sitzt sie nun, auf ihrem üblichen Platz, die schlanken Finger um einen Becher Tee gelegt. Es ist, als wäre sie nie fort gewesen. Und doch. Er weiß nicht, was er sagen soll. Es fällt ihm schwer, ihr ins Gesicht zu sehen. So vertraut und doch so anders. Mutter hingegen kann kaum die Hände von ihr lassen. *Du bist es*, sagt sie, und Bea lächelt. *Ja, ich bin's, Mrs G. Ich bin hier. Ich bin wieder da. Du musst bei uns bleiben*, sagt Mutter entschieden. *Bitte fahr nicht in dieses Hotel zurück. Wir können morgen deine Sachen holen. Dein Zimmer sieht noch genauso aus wie früher. Kathleen schläft manchmal dort, aber ich habe alles so gelassen, wie es war.*

Sie sieht aus wie du, G, sagt Bea. *Ich konnte es nicht fassen. Als ich sie in der Kirche gesehen habe, wusste ich sofort, wer sie ist. Jack hingegen kommt eher nach Rose. Sie sind liebe Kinder*, sagt Mutter. *Vielleicht kannst du ja ein bisschen Zeit mit ihnen verbringen, während du hier bist. Sie ein bisschen kennenlernen.* Sie drückt Beas Hand. *William war ein guter Vater. Anfangs hatte ich so meine Zweifel. Sicher war ich mir nur, dass der da* – sie deutet mit dem Kopf auf Gerald – *ein wunderbarer Vater sein würde – sein wird! Aber William hat die Kinder wirklich geliebt.*

Bea nickt. *Das überrascht mich nicht*, sagt sie. Sie schweigen einen Moment, dann gähnt Bea hinter vorgehaltener Hand. *Tut mir leid, aber ich bin fix und fertig. Wir können morgen weiterre-*

den. Sie steht auf und legt die Hände auf Mutters Schultern. *Ich nehme Ihr nettes Angebot gerne an, zumindest für heute Nacht.* Mutter geht mit ihr zur Tür und hakt sich bei ihr ein. *Dann schauen wir mal, ob wir ein Nachthemd für dich finden*, sagt sie, und bevor sie die Küche verlassen, dreht Bea sich noch einmal um und winkt. *Nacht, G*, sagt sie. *Bis morgen früh.*

Gerald hört zu, wie die beiden die Treppe hinaufgehen. Die Dielen über ihm knarzen unter ihren Schritten. Er weiß, er sollte nach Hause fahren. Linda wartet. Aber Bea ist hier, und William ist nicht mehr da. Er schaltet das Licht aus und bleibt in der stillen, warmen Dunkelheit der Küche sitzen, die Füße auf Williams Stuhl.

Bea

Bea ist früh auf und versucht, leise zur Hintertür hinauszugehen; zu spät fällt ihr ein, dass die Fliegengittertür hinter ihr zuschlagen wird. So viele Dinge sind mit Macht zurückgekommen. Die Wiese zwischen dem Haus und der Schule ist ein Meer von Wildblumen. Der Weg, den sie jeden Tag zur Schule gegangen sind, ist nicht mehr da. Der Wald breitet sein dichtes Laubdach über sie, und sie folgt den noch immer vertrauten Pfaden und überquert dann die Straße zum Friedhof.

Sie hat eine ungefähre Vorstellung, wo Mr Gs Grab sein muss: im hinteren Teil, beim Teich und der Weide. Damals, als sie sich hergeschlichen haben, um heimlich zu rauchen, ist ihr nie aufgefallen, wie schön es hier ist. Die sanften Hügel. Die Blumen an den Wegkreuzungen. Mächtige alte Bäume, die über die Gräber wachen. Bea findet Mr Gs Grab und legt die Wildblumen, die sie auf der Wiese gepflückt hat, auf den Stein. Das Grab ist sehr gepflegt; sowohl Gerald als auch William haben ihr geschrieben, dass Mrs G regelmäßig herkommt.

Bea versteht dieses Bedürfnis. Sie setzt sich ins Gras, so nah, dass sie die Buchstaben auf seinem Grabstein berühren kann. Sie erzählt ihm von der Beerdigung und davon, wie es ist, wieder hier zu sein. Wie es war, gestern Abend mit Gerald und Mrs G in der Küche zu sitzen. Wie seltsam vertraut es sich angefühlt hat, in ihrem alten Bett zu schlafen. Wie sie an seinem Arbeitszimmer vorbeigegangen ist und damit gerechnet hat, dass er dort über die Hefte gebeugt sitzt, dann aufblickt und ihr zuwinkt. Wie sie auf Williams Schritte auf der Treppe gelauscht und darauf gehofft hat, ihn durch die Küche eilen zu sehen, ein Lächeln auf den Lippen.

Sie hat sich davor gefürchtet, in den Badezimmerspiegel zu schauen, weil sie fast damit gerechnet hat, das Mädchen von damals darin zu erblicken. Was sie Mr G nicht erzählt, ist, wie sie sich beim Anblick von Mrs G erschrocken hat. Sie hat aufgehört, sich die Haare zu färben, und sie bewegt sich langsam, mit gekrümmtem Rücken. Ihre ganze Energie scheint sich verflüchtigt zu haben. Auch Gerald hat sich verändert, aber eindeutig zum Besseren. Er ist ruhiger, ausgeglichener, selbstbewusster. *Ich habe einen Jungen erwartet*, sagt sie zu Mr G. *Was habe ich mir nur gedacht?* Sie fragt sich, was Gerald und Mrs G wohl über sie denken. Wie hat sie sich seit damals verändert?

Bea hört Schritte, und als sie sich umdreht, sieht sie Gerald auf sich zukommen. Er salutiert auf dieselbe Weise, wie William es früher getan hat. *Woher wusstest du, dass ich hier bin?*, fragt sie, und er lächelt, als er sich neben sie setzt. *Du warst schon früher beim Versteckspielen immer leicht zu finden.* Bea zuckt die

Achseln. *Ein schöner Platz für Vater,* sagt er und rollt einen Grashalm zwischen den Fingern. Er erscheint ihr jetzt unglaublich groß, fast so groß wie Mr G. *Warst du größer als William?,* fragt sie unvermittelt, und er grinst, genau wie William früher. *Ich glaube, wir waren ungefähr gleich groß,* sagt er. *Obwohl William das nie akzeptiert hat. Wahrscheinlich hing es einfach davon ab, wer sich am geradesten hielt.*

Wann hast du ihn zum letzten Mal gesehen?, fragt Bea, den Blick auf die Weidenäste gerichtet, die sich zu Mr Gs Grab herabneigen. *Vorvoriges Wochenende, als er die Kinder gebracht hat,* sagt Gerald. *Aber es fühlt sich so an, als wär's schon ein Leben her.* Er seufzt. *Ich sehe ihn immer wieder vor mir, wie er in der Nacht im Auto sitzt. Wahrscheinlich war er betrunken und müde und hat die Kurve nicht rechtzeitig bemerkt.* Er rupft ein Büschel Gras aus und lässt die Halme zwischen den Fingern hindurchrieseln. *Ich mache mir vor allem Sorgen um die Kinder. Ich werde es überstehen, und du und Mutter und Rose auch. Aber was ist mit Kathleen und Jack? Ich weiß noch, wie mich Vaters Tod mitgenommen hat, und da war ich schon deutlich älter.*

Bea ist überrascht; das hat sie nicht geahnt. Sie hatte nicht den Eindruck, dass die beiden sich besonders nahestanden. *War es so schwer für dich?,* fragt sie und hat das Gefühl, sie hätte es wissen müssen. Er nickt. *Das war mit ein Grund, warum ich nach Berkeley gegangen bin,* sagt er. *Ich meine, ich habe Harvard durchgezogen und war während der zwei Jahre für Mutter da. Aber dann wollte ich nur noch weg, weit weg. Irgendwie habe ich überall nach ihm gesucht. Das verstehe ich,* sagt sie. *Aber ich würde mir wegen der Kinder keine Gedanken machen. Manchmal habe ich den Eindruck, Kinder kommen mit dem Tod besser zurecht als Erwachsene.*

Gerald schlägt sich gegen den Kopf. *Ich bin so ein Esel,* sagt er, *jammere hier herum und vergesse dabei ganz, dass du ja auch dei-*

nen Dad verloren hast. Damals warst du ungefähr so alt wie Kathleen, oder?* Bea hebt die Arme. *Und, sieh mich an*, sagt sie. *Mir geht's gut. Aber vor allem deshalb, weil ich euch alle hatte. Williams Kinder verkraften das*, sagt sie mehr zu sich selbst, wie zur Bekräftigung. *Sie verkraften das schon.*

Sie sitzen da und schweigen. Wie einfach das mit Gerald ist. Bei ihm musste sie sich noch nie verstellen. *Ich habe ein Gemälde aus Maine*, sagt sie schließlich, *von uns dreien auf dem Schwimmdock. Erinnerst du dich daran? Ich glaube schon*, sagt Gerald. *Hing das nicht im Wohnzimmer?* Bea nickt. *Ich mag es sehr*, sagt sie. *Wie William da liegt, die Hände hinterm Kopf, und in den Himmel guckt. So möchte ich ihn in Erinnerung behalten.*

Er hat auch irgendwann angefangen zu malen, sagt Gerald. *Wusstest du das?* Bea schüttelt den Kopf. *Kann ich mir gar nicht vorstellen. Dass er die Geduld für so etwas hatte. Die Kinder haben ihn verändert*, sagt Gerald. *Ich glaube, sie haben ihm Geduld beigebracht. Er hat die ganzen Malsachen von Vater mitgenommen – Staffeleien, Farben, Pinsel und so weiter – und sie bei sich in der Garage aufgebaut. Allerdings habe ich nicht viel von seinen Werken zu sehen bekommen. Mutter hat er ein paar gezeigt. Ich habe keine Ahnung, was Rose mit den Sachen vorhat. Vielleicht sollte ich alles wieder hierherholen. Was meinst du, Bea?*, fragt er und dreht sich zu ihr. Das ist der Gerald, den sie kennt: die Ernsthaftigkeit, die stille Offenheit. *Findest du nicht, dass die Sachen hierhergehören? Ich habe Angst, dass sie sie wegwirft. Ja*, sagt sie. *Du hast recht, das solltest du tun.* Hol alles nach Hause, denkt sie. Halte ihn so nah bei dir, wie du kannst. Gerald legt die Hände ins Gras, und sie ist überrascht, wie vertraut sie ihr sind. Die Narbe an seinem Zeigefinger. Die Sommersprossen. Sie blickt zu ihm hoch und lächelt.

Nancy

Nancy sitzt am Küchentisch und schreibt einen Einkaufszettel. Sie wünschte, sie könnte sich an ein paar von Beas Lieblingsgerichten erinnern, doch es gelingt ihr nicht. Aber sie ist sicher, dass Bea Apfelkuchen mag. Den mag schließlich jeder, oder? Den wird sie zum Nachtisch backen, mit ein paar von den Granny Smiths aus dem Garten. Und zum Abendessen vielleicht einen schönen Hackbraten mit Kartoffelpüree.

Sie hat Bea vorhin draußen im Garten gesehen, und kurz darauf klappte die Hintertür erneut, und sie verfolgte, wie Gerald über die Wiese zum Wald ging. Gut, dachte sie. Sie brauchen ein bisschen Zeit zu zweit, um wieder vertraut miteinander zu werden. Es muss seltsam für sie sein. Nicht nur, dass sie wieder zusammen hier sind, sondern dass William nicht dabei ist. Diese Sommer in Maine, diese paar wunderbaren Sommer, als die drei unzertrennlich waren. Diese Tage, die viel zu schnell vorbeigingen und von denen sie nur noch Bruchstücke in Erinnerung hat. Die drei, wie sie um die Wette zum Dock schwimmen, gefolgt von King. Wie sie in den Hügeln Blaubeeren sammeln. Wie sie draußen im Wald zelten. Spätabends, die Welt um sie herum ganz still, die Lichter vom Haus, die sich im dunklen Wasser spiegeln. Ach, warum kann man in solchen Momenten nicht die Zeit anhalten? Warum ist es so schwer zu begreifen, wie flüchtig alles ist?

Genau wie nach Ethans Tod verspürt Nancy das verzweifelte Bedürfnis, in die Vergangenheit zurückzureisen, alte Erinnerungen hervorzukramen, Augenblicke wiederzubeleben. Laut Gerald haben sie William zuletzt vor zwei Wochen gesehen.

Worüber hat sie mit ihm gesprochen? Hat sie daran gedacht, ihm zum Abschied einen Kuss zu geben? Hat sie ihn wegen etwas gescholten? Sie versucht sich die Begegnung zu vergegenwärtigen. Die Kinder kamen in die Küche gestürmt, wie immer. Sie hatte den Kuchenteig vorbereitet, damit Jack ihn ausrollen und Kathleen ihn in die Form drücken konnte. Kathleen sprach von einem Buch, das sie gerade las, und Jack erzählte Gerald von dem Baseballspiel, von dem er gerade kam. Genau, er hatte seine Sportsachen noch an, denn sie hat sie am selben Abend gewaschen und Mühe gehabt, die Flecken an den Knien rauszubekommen.

Aber William. Warum kann sie sich nicht an ihn erinnern? Ist er gar nicht mit ins Haus gekommen? Nancy schlägt sich gegen den Kopf. Dieses verflixte Gedächtnis. Früher, als sie jünger war, sind immer alle zu ihr gekommen und haben sie gefragt. Sie wusste alles. Sie merkte sich Namen und Orte, hatte kleinste Einzelheiten parat. Aber nun ist es, als würde nur das Jetzt existieren. Es fällt ihr furchtbar schwer, sich Namen einzuprägen oder Dinge, die erst vor Kurzem passiert sind. Aber alles Mögliche aus ihrer Kindheit ist noch da, klarer denn je. Rezepte. Wie der Garten aussah. Es erscheint ihr nicht recht, dass sie sich nicht an das letzte Gespräch mit ihrem Sohn erinnern kann, aber noch den Text eines albernen Lieds im Kopf hat, das sie in der Grundschule gesungen haben.

Bea und Gerald kommen zur Hintertür herein, und sie sieht an ihren Mienen, dass es ihnen gut miteinander geht. Sie schenkt beiden eine Tasse Kaffee ein, und sie setzen sich zusammen an den Küchentisch. Bea legt ihre Hand auf Nancys. *Ich habe Mr G besucht*, sagt sie. *Es war schön, mit ihm zu reden. Oh, gut*, sagt Nancy, *das freut mich*. In letzter Zeit ist sie nicht mehr so oft dort. Gerald hat sie erklärt, dass es an ihrem Knöchel liegt, daran, dass sie nicht mehr so gut laufen kann, aber das ist nicht der Grund. Sie weiß einfach nicht mehr, worüber sie mit ihm reden soll. Irgendwann erschien es ihr albern, ihm ihren ganzen Alltag zu schildern. Zumal ja gar nicht viel passierte. Außerdem kam ihr der Gedanke, dass er vielleicht ohnehin alles sah, und dann war es ja unsinnig, es noch einmal zu erzählen. Oh, die wichtigen Dinge erzählt sie ihm immer noch. Zum Beispiel das mit William. Aber sie geht nicht mehr jeden Tag hin.

Wie hast du ihn denn gefunden?, fragt sie. *Wusstest du, wo das Grab ist? Oder hat Gerald es dir gezeigt?* Bea lächelt. Ihr Gesicht hat sich verändert, es ist hagerer und zugleich weicher geworden. Die Angst von damals ist weg, und an ihre Stelle ist so etwas wie elegante Anmut getreten. *William hat es mir mal beschrieben. Er hat eine kleine Zeichnung vom Friedhof gemacht, mit dem Teich und der Weide. Gerald und ich haben uns dort getroffen.*

Wunderbar, sagt Nancy. *Es tut so gut, euch beide zusammen zu sehen und euch lachen zu hören. Das hat mir gefehlt. Gerald und ich verstehen uns gut, wenn er zum Tee oder zum Abendessen vorbeikommt, aber wir lachen nicht so viel, wie wir sollten, stimmt's, Gerald? Wir müssen uns da mehr Mühe geben, du und ich.* Ja, Mutter, erwidert er, und sie hört an seinem Tonfall, dass er es nur ihr zuliebe sagt. *Wir werden versuchen, mehr zu lachen. Aber ich bin eigentlich gar nicht so lustig. Vielleicht sollten wir einfach mehr fernsehen. Wir könnten sogar beim Abendessen fernsehen.* Er grinst sie an.

Nancy will ihn streng ansehen, aber es gelingt ihr nicht. Wie sehr er William ähnelt, wenn er sie aufzieht. Das war ein ewiger Streitpunkt zwischen ihr und William: Die Kinder wollen jedes Mal im Wohnzimmer zu Abend essen, damit sie dabei fernsehen können. Das machen wir zu Hause auch immer so, sagten sie, aber Nancy weigerte sich. Das Abendessen ist dazu da, sich nett zu unterhalten, erklärte sie ihnen, und Zeit mit der Familie zu verbringen. Nicht dazu, sich irgendeine alberne Fernsehshow anzusehen! Zahllose Male hat sie mit William darüber geredet, aber wenn sie das nächste Mal kamen, gingen die Diskussionen wieder von vorne los.

Ich mache das oft, sagt Bea. *Ich habe mir sogar eins von diesen Tabletts gekauft, die man sich auf den Schoß stellen kann. Aber ich lebe ja auch allein*, fügt sie rasch hinzu. *Da ist das etwas anderes. Du hast recht*, sagt Nancy, *dagegen ist nichts einzuwenden.* Und obwohl sie es niemals zugeben würde, tut sie das ebenfalls. *So*, sagt sie, *wo ist jetzt der Einkaufszettel hin? Ich will heute Abend etwas Besonderes kochen, extra für dich, Bea. Du bleibst doch noch ein bisschen länger bei uns, oder?* Sie sieht auf den Kalender an der Wand. *Du liebe Güte, wir haben ja schon September. September 1963. Wie ist das bloß möglich?*

Bea lächelt ihr zu. *Mein Flug geht am Mittwoch*, sagt sie. *Wenn es in Ordnung ist, bleibe ich bis dahin hier.* Gerald sieht zu Bea. *Wollen wir?*, fragt er und steht auf. *Wir fahren nach Quincy*, sagt er. *Damit Bea die Kinder sehen kann. Oh, großartig*, sagt Nancy. *Das freut mich.* Diese armen, lieben Kinder. Sie fragt sich, ob sie wohl je den Ausdruck auf Kathleens Gesicht vergessen wird, als sie in der Kirche waren. Sie müssen Williams Geist lebendig halten, für die Kinder. Und für sie alle.

Rose

Rose hört zwei Autotüren zuschlagen und späht zwischen den Vorhängen hindurch. Gerald und diese Engländerin kommen auf das Haus zu. Sie fährt sich durchs Haar und kneift sich in die Wangen. Sie weiß, sie sieht furchtbar aus, aber es ist ja nur Gerald. *Kinder*, ruft sie nach oben, *Onkel Gerald kommt uns besuchen.* Jack stürmt die Treppe herunter, immer zwei Stufen auf einmal, gefolgt von Kathleen, und sie reißen die Tür auf, als Gerald gerade auf die Klingel drücken will. Sie umarmen ihn, und er schwingt beide durch die Luft, bevor er sie wieder auf der Veranda absetzt.

Guten Morgen, sagt Rose zu der Engländerin und hofft, dass Gerald ihren Namen noch einmal nennt. *Schön, Sie wiederzusehen. Gleichfalls*, erwidert sie. Sie sieht nicht furchtbar aus. Ihre Haare hat sie erneut zu dem französischen Knoten hochgesteckt. Macht sie das jeden Morgen? Und heute hat sie ein hellblaues Kleid an, das oberhalb der Knie endet. *Bea und ich dachten, wir könnten mit den Kindern zum North Shore fahren*, sagt Gerald. *Wenn du nichts dagegen hast.* Rose könnte ihn umarmen. Er weiß immer, was gerade gebraucht wird. *Das wäre wunderbar, Gerald*, sagt sie. *Danke.* Bea lächelt sie an. *Wollen Sie nicht mitkommen?*

Gerald lacht. *Das ist nichts für Rose*, sagt er. *Wir nehmen sie dir mit Freuden für ein paar Stunden ab. Tatsächlich würde ich sehr gerne mitkommen*, sagt Rose. *Wenn es euch recht ist.* Im Auto sitzt sie, ein Kind an jeder Seite, auf der Rückbank und hält beide fest an der Hand. Sie fragt sich, ob sie je bereit sein wird, sie loszulassen.

Bea

In Gloucester gehen Bea und Gerald zusammen die Main Street hinunter Richtung Meer, vor ihnen Kathleen und Jack mit Rose, alle fünf mit einem Eis in der Hand. *Ich mag sie*, sagt Bea. *Hätte ich nicht gedacht. Aber sie hat etwas von William an sich, findest du nicht? Eine Art Feuer.*

Gerald nickt. *Auf jeden Fall brennt sie für das, was ihr am Herzen liegt.* Er grinst, und Bea muss den Blick abwenden. Manchmal sieht er William so ähnlich. *Sie ist geradezu besessen von den Kennedys*, sagt er. *Es hat William wahnsinnig gemacht. Aber sie hat unermüdlich für JFK die Werbetrommel gerührt. Und sie ist keineswegs nur eine vernarrte Hausfrau. Bin gespannt, was sie demnächst anstellt. Ich meine, in Sachen Arbeit. Ja, es ist großartig*, sagt Bea, *dass so viele Frauen jetzt ihr eigenes Geld verdienen.*

Es ist ein prachtvoller Spätsommertag, das Meer leuchtet in einem satten, samtigen Blau, gekrönt vom weißen Schaum der Wellen. Bea atmet tief ein. *Ich komme nur selten ans Meer*, sagt sie. *Das hier ist zwar nicht Maine, aber ziemlich nah dran.* Gerald nickt. *William ist oft mit den Kindern hier gewesen*, sagt er. *Er hat es bestimmt genauso empfunden.*

Die Kinder sind zu der Statue eines Fischers vorgelaufen, und Rose wartet, bis Bea und Gerald sie eingeholt haben. *Wir haben gerade über Maine gesprochen*, sagt Gerald zu Rose. *Ich glaube, dass William deshalb so oft hierhergekommen ist, dass es so eine Art Ersatz dafür war. Er hat diese Insel geliebt*, sagt Rose. *Es gab Zeiten, da dachte ich, der Verlust hat ihn mehr geschmerzt als der eures Vaters.*

Ist er mal mit Ihnen dort gewesen?, fragt Bea. Sie kennt die

Antwort, ist aber neugierig, wie sie reagiert. *Ein einziges Mal*, sagt Rose. *Vor langer Zeit. Kaum zu glauben, aber wir haben ein Boot gestohlen und sind in das Haus eingebrochen. Wir haben den Whiskey der Leute getrunken, uns Eiscreme aus dem Gefrierschrank genommen und sogar in ihrem Bett geschlafen!* Gerald lacht. *Das klingt ganz nach William*, sagt er. *Mannomann. Gut, dass er unserer Mutter das nie erzählt hat. Trotzdem beneide ich euch darum, dass ihr da wart. Ich fange an, alles zu vergessen. Manchmal kann ich mich nicht einmal mehr daran erinnern, wie das Wohnzimmer aussah oder welchen Weg wir immer durch den Wald genommen haben.*

Rose verzieht das Gesicht. *Mir gefiel es dort nicht besonders, und du kennst mich, Gerald, das habe ich William auch deutlich gezeigt. Er wollte es zurückkaufen, und ich habe ihm gesagt, wie schwachsinnig ich die Idee finde. Aber wer weiß?* Sie dreht sich zu Gerald, ohne Bea zu beachten. *Meinst du, er wäre glücklicher gewesen? Wenn er Maine noch gehabt hätte?* In ihrer Stimme liegt etwas Raues, Verzweifeltes. Nein, würde Bea gerne erwidern, und dass William einfach ein Mensch war, der nie wirklich glücklich sein konnte, ganz gleich, wo und mit wem. Aber sie will wissen, was Gerald dazu sagt.

Gerald legt die Hände auf Rose' Schultern und sieht ihr direkt in die Augen. *Rose*, sagt er leise. *William war immer auf der Suche, das weißt du. Maine hätte daran nichts geändert. Aber die Kinder. Sie haben geholfen, ihn in der Gegenwart zu halten. Laste dir das nicht an. Er hatte ein gutes Leben.* Rose nickt. *Das weiß ich*, sagt sie, *aber es ist schwer, solche Fragen zu verdrängen.*

Sie wendet sich zu Bea. *Wann haben Sie ihn zuletzt gesehen?*, fragt sie, und Bea spürt, dass Rose diese Frage schon länger beschäftigt, dass sie wissen will, was Bea für William war. *Damals bei Ihrer Abreise nach Kriegsende?* Bea spürt, wie die Röte ihr in den Hals steigt. Sie blickt verstohlen zu Gerald, unsicher, wie viel er weiß.

Nein, sagt sie rasch, weil sie womöglich im nächsten Moment lügen wird. *William hat mich in London besucht, kurz nachdem Mr G gestorben war.* Gerald schüttelt den Kopf, der Mund nur noch eine schmale Linie, und kickt mit überraschender Vehemenz einen Zigarettenstummel auf die Straße. *Ich wusste es*, sagt er frostig. *Ich habe William später gefragt, und er hat behauptet, ihr hättet euch nicht gesehen, aber ich wusste, dass es nicht stimmt. Ich wusste, dass er nicht nach Europa fahren würde, ohne dich zu besuchen. Ja*, sagt Bea. *Aber er hatte es nicht geplant – im Gegenteil, er war fest entschlossen, sich* nicht *mit mir zu treffen –, aber dann starb euer Vater, und ihm blieben noch ein paar Tage, bevor sein Schiff ging, und so ist er dann nach London gekommen.* Sie sieht, wie Rose nachdenkt.

Da war ich mit Kathleen schwanger, sagt sie, und Bea nickt. *Ja, das hat er mir erzählt. Er hat mir alles über Sie erzählt. Wie sehr er sich darauf freute zu heiraten. Und wie nervös er bei der Vorstellung war, Vater zu werden.* Sie deutet auf Kathleen und Jack, die bei der Statue auf sie warten. *Und für mich sieht es ganz danach aus, als hätte er – als hätten Sie beide Ihre Sache sehr gut gemacht.*

Alle drei winken den Kindern zu und setzen sich wieder in Bewegung. Rose fasst Bea am Arm. *Und danach?*, fragt sie. *Haben Sie ihn danach noch mal gesehen?* Wieder spürt Bea ihre Verzweiflung. *Nein*, sagt sie. *Wir haben uns im Lauf der Jahre ein paarmal geschrieben. Aber ich hatte mehr Kontakt mit Gerald und Mrs G.*

Später, als sie wieder bei Williams Haus sind, gehen Gerald, Rose und Bea in die kleine Garage, um all die Malsachen und Leinwände zusammenzupacken und in Geralds Auto zu laden. Da Bea die Bilder nicht sehen will, konzentriert sie sich darauf, die Utensilien in Kartons zu räumen. Unter einer Tasche mit Ölfarben findet sie eine Skizze von einem tanzenden Paar und sieht, dass es dasselbe Paar ist wie auf ihrem Bild zu Hause. Das unsignierte kleine Gemälde, das Mrs G ihr vor ein paar Jahren geschickt hat. Natürlich hatte es nicht Mr G gemalt. Dann findet sie noch die Zeichnung von einer Bahnhofsuhr und begreift überrascht, dass es die in der Victoria Station ist, dem Ort, an dem sie William zum letzten Mal gesehen hat. *Ich bin froh, wenn ich die Garage wieder nutzen kann*, sagt Rose. *Aber falls ihr irgendwelche Zeichnungen mit den Kindern darauf findet, gebt sie mir bitte zurück, ja? Die würde ich gerne behalten. Auf die ganzen Bilder vom Meer hingegen kann ich verzichten.*

Bevor sie aufbrechen, nimmt Kathleen Bea mit nach oben, um ihr das Kinderzimmer zu zeigen. *Das ist mein Bett*, sagt sie, *und da schläft Jack.* Zwischen den beiden Betten liegt ein schmaler Flickenteppich in Blau- und Rottönen. *Unterhaltet ihr zwei euch vor dem Einschlafen?*, fragt Bea. *Erzählt ihr euch Geschichten? Manchmal*, sagt Kathleen. *Manchmal muss ich aber auch Sachen nach ihm werfen, damit er aufhört zu schnarchen.* Sie lacht. Ihre Offenheit ähnelt so sehr Geralds. *Aber am schönsten war es, wenn Daddy irgendwann reingekommen ist, nachdem wir schon ewig lange eingeschlafen waren, und uns einen Gutenachtkuss gegeben hat. Bis zu dem Kuss hab ich immer so getan, als würde ich schlafen. Dann hat er sich hier zwischen den Betten auf den Fußboden gelegt und uns eine Geschichte erzählt, und dann ist er auch eingeschlafen. Ich hab ihm immer mein Extrakissen gegeben.*

Bea nickt nur, weil sie ihrer Stimme nicht traut. Sie blickt sich im Zimmer um. Auf der Kommode steht die Wackelfigur von Mickey Mantle. *Oh!*, sagt sie überrascht. *Das ist ja Mickey Mantle!* Dann dreht sie sich mit großen Augen zu Kathleen um. *Wo kommt der denn her? Ist so was in einem Red-Sox-Haus über-*

haupt erlaubt? Kathleen grinst. Das Gregory-Grinsen. *Daddy hat ihn Jack geschenkt. Er hat gesagt, wir müssen lernen, unsere Feinde zu lieben. Dein Vater,* sagt Bea, ohne Kathleen anzusehen, *war ein sehr kluger Mann.*

Gerald

Gerald besteht darauf, Bea zum Flughafen zu fahren. Er will Zeit mit ihr allein haben. Sie hat bisher fast gar nichts über sich erzählt. Sie haben sich zwar über ihre Arbeit unterhalten – wie eigenartig, dass sie nun beide mit Kindern zu tun haben! –, und sie hat ein bisschen über ihre Mutter gesprochen, aber wie Bea lebt, wer ihre Freunde sind, wer sie jetzt ist, darüber weiß er kaum etwas. Mutter hat gestern beim Abendessen ein paarmal auf den Busch geklopft, doch Bea hat immer wieder das Thema gewechselt. Darin ist sie gut, denkt Gerald. Wie geschickt ihre Reaktion auf Rose' Frage war, wann sie William zuletzt gesehen hat. Er wusste, dass die beiden sich in dem Sommer getroffen hatten, und wieder spürt er ein Gewicht auf seinem Herzen lasten. Er fragt sich, was zwischen ihnen vorgefallen ist. Aber er weiß, dass Bea ihm nichts sagen wird. Die Frage kann er sich sparen.

Bea steigt ins Auto, eine runde Blechdose im Arm. *Kekse,* sagt sie. *Was soll ich mit drei Dutzend Keksen?* Sie lacht und weint zugleich, und dann klopft Mutter an die Seitenscheibe. Bea kurbelt sie herunter. *Das Rezept,* sagt Mutter und reicht ihr eine zerfledderte, butterfleckige Karteikarte. *Aber dann haben Sie es doch nicht mehr.* Bea wischt sich die Tränen weg. *Ach,*

Kind, sagt Mutter. *Ich habe es im Kopf. Alles ist da oben drin. Ich brauche die Worte nicht mehr.* Mutter wirft Bea einen Luftkuss zu. *Gute Heimreise, meine Liebe. Komm bald mal wieder.*

Bea und Gerald schweigen, bis sie aus der Einfahrt hinaus und auf der Straße sind, die zum Highway führt. *Ich hasse Abschiede,* sagt Bea schließlich, den Blick aus dem Fenster gerichtet. *Am liebsten würde ich einfach verschwinden. Das geht uns wohl allen so,* sagt Gerald. *William war ein Meister darin,* sagt Bea. *Ich hab's von ihm gelernt.* Offenbar ist William in Beas Gedanken genauso präsent wie bei ihm. Nie mehr als einen Atemzug entfernt.

Bea wendet sich zu ihm. *Du brauchst später nicht ins Flughafengebäude mit reinzukommen, okay? Lass mich dann einfach am Eingang raus. So wird es leichter. Für uns beide.* Er nickt. *Dein Wunsch ist mir Befehl.* Wie seit jeher. Er setzt den Blinker, beschleunigt und fährt auf den Highway Richtung Norden. *Erzähl mir von Linda, Gerald,* sagt sie. *Ich glaube, sie ist jemand, mit dem ich mich gut verstehen würde.*

Gerald will nicht über Linda reden. Als er sie und Bea nach der Beerdigung miteinander bekannt gemacht hat, lag in Lindas Blick eine Kälte, die eine überraschend große Wut in ihm ausgelöst hat. In den Tagen danach hat er dafür gesorgt, dass sie sich nicht noch einmal begegnen. Er wollte Bea ganz für sich haben. *Sie ist wunderbar,* sagt er nur. *Dann ist sie also diejenige, welche?,* fragt Bea. Er wirft ihr einen kurzen Blick zu. Er wünschte, er könnte Ja sagen. *Ich weiß es nicht,* sagt er stattdessen. *Wie weiß man so was?* Bea zuckt die Achseln. *Keine Ahnung, G.* Sie sieht aufs Meer hinaus. *Und wie ist es bei dir?* Er will ihr nicht zu nahe treten, aber er muss es einfach wissen.

Na ja, sagt sie. *Ich war eine Zeit lang mit einem Mann namens Robert zusammen, aber wir haben uns vor ein paar Monaten ge-*

trennt. Er war nett, aber nicht mein Prinz. Und ich war nicht seine Cinderella. Sie schweigt lange, und er wünschte, er würde nicht sechzig Meilen in der Stunde fahren, sodass er sich umdrehen und ihr Gesicht ansehen könnte. Ihr wunderschönes Gesicht. *Ich habe William geliebt*, sagt sie schließlich. *Das weißt du.*

Auf dem Heimweg nimmt Gerald die längere Route, über den Quincy Shore Drive, der sich an der Küste entlangschlängelt. Am Flughafen hat er Bea das gerahmte Foto von ihnen dreien geschenkt, das all die Jahre bei ihm war. *Ich hab's dir versprochen*, sagte er. *Ich habe dir gesagt, ich gebe es dir zurück, wenn wir uns wiedersehen.* Bea brachte kein Wort heraus. Sie küsste ihn auf die Wange, und er umarmte sie mit geschlossenen Augen, wollte sie nie wieder loslassen. Jetzt hält er an der Stelle an, wo sie Williams Auto und seinen Leichnam gefunden haben. Er zieht Schuhe und Socken aus, krempelt die Hosenbeine hoch und geht über den harten, feuchten Sand, um aufs Meer hinauszusehen. Natürlich wusste er, was Bea für William empfand. Er hat nur nicht damit gerechnet, dass sie es aussprechen würde.

Millie

Millie hat nicht viel über die Reise in die Staaten erfahren. Seit ihrer Rückkehr ist Beatrix still und in sich gekehrt. Aber Millie hat ihr keine Fragen gestellt. Sie akzeptiert inzwischen, dass Beatrix ein verschlossener Mensch ist und dass sie es hasst, wenn sie als Mutter versucht, ein Teil ihres Lebens zu sein, insbesondere ihres Lebens mit den Gregorys. Dennoch war Millie so besorgt, dass sie ihr einen Wochenendausflug nach Schottland vorschlug, ohne auch nur anzudeuten, dass sie zusammen dorthin fahren könnten, obwohl sie sich das gewünscht hätte. Beatrix war allein dort und hat vermeldet, es sei sehr schön gewesen. Millie hat sie noch nicht wieder gesehen, seit sie zurück ist. Doch gestern Abend hat Beatrix angerufen und Millie gebeten, ihr bei den Weihnachtseinkäufen zu helfen. *Ich möchte Geschenke für Williams Kinder besorgen*, hat sie gesagt, und Millie hat sich riesig gefreut.

Für den Jungen nehmen sie ein paar von den Büchern über den Bären Paddington und für das Mädchen ein Stickset. *Nichts für die anderen?*, fragt Millie bemüht beiläufig. *Nein*, sagt Beatrix. *Ich wüsste nicht, was ich ihnen schenken sollte.* Dann sieht sie Millie mit Tränen in den Augen an. *Da ist so viel Kummer, Mum. Ich glaube nicht, dass irgendwer in der Stimmung für Geschenke ist.* Millie nickt. *Das verstehe ich*, sagt sie. *Das erste Weihnachten, nachdem dein Vater gestorben war, hat mich all das Fröhliche furchtbar wütend gemacht.*

Später, als sie durch die vollen Straßen gehen, erzählt Beatrix ihr von Rose' Schwärmerei für die Kennedys. *Als ich das mit der Ermordung gehört habe*, sagt sie, *musste ich sofort an Rose denken. Du hast früher für Prinzessin Margaret geschwärmt*, sagt Millie. *Weißt du das noch?* Beatrix lächelt. *Natürlich. Im ersten Jahr, als ich in Amerika war, ist Mrs G mit mir ein Partykleid kaufen gegangen. Und ich wollte unbedingt das haben, das wie ein Kleid von Prinzessin Margaret vom Jahr davor aussah.*

War es schön, drüben Zeit mit Gerald zu verbringen?, fragt Millie. Sie weiß, dass sie damit gegen ihre Vorsätze verstößt, aber sie kann einfach nicht anders. *Ja*, sagt Beatrix. *Es ist, als hätte ich einen neuen Freund gefunden. Einen neuen alten Freund. Und das verdanke ich dir, Mum. Es war richtig, zu Williams Beerdigung zu fahren. Mir war vorher nicht klar, wie wichtig es sein würde.*

Millie lächelt verstohlen. Sie kann die Zeit nicht zurückdrehen, kann die Dinge, die sie bereut, nicht rückgängig machen, aber wer weiß, vielleicht finden sie und Beatrix doch noch zusammen.

Gerald

Sobald es im Frühling warm genug ist, beschließt Gerald, nach Maine raufzufahren. Mutter und Linda sagt er, dass er Freunde in Connecticut besucht. Seit sie das Haus verkauft haben, ist er nie wieder dort gewesen, und er wird die Bilder von Rose und William auf der Insel einfach nicht los. Er ist sauer, dass William ihm nie davon erzählt hat.

In all den Jahren, auf all den Fahrten nach Maine hat er immer auf dem Rücksitz gesessen. Es fehlt ihm, rechts aus dem Fenster zu blicken, auf das Meer und die Tankstellen, Kirchtürme und Hummerbuden unterwegs. In der Stadt stellt er das Auto ab und geht zum Lebensmittelladen. *Mrs Lasky*, sagt er zu der ihm vertrauten Frau an der Kasse, die dünn und überraschend alt aussieht und ihn verwirrt anschaut. *Verzeihung*, sagt sie, *müsste ich Sie kennen? Ja, ich bin Gerald Gregory*, erwidert er und richtet sich zu seiner vollen Größe auf. *Ach, du liebe Güte*, sagt sie und schlägt die Hände vors Gesicht. *Ja, natürlich. Und ganz erwachsen! Ja*, sagt er. *Ganz erwachsen.*

Wir haben Sie und Ihre Familie vermisst, sagt sie. *Wie lange ist das jetzt her? Siebzehn Jahre*, sagt er. *Wir haben 1947 verkauft, kurz nach dem Krieg.* Er lächelt ihr zu. *Ich würde mir das Haus so gerne noch mal ansehen. Meinen Sie, ich könnte mir ein Boot leihen?*

Ganz bestimmt, sagt sie. *Drüben ist jetzt niemand. John kümmert sich um alles, er kann Ihnen den Schlüssel geben, und dann können Sie sich dort umsehen. Großartig*, sagt Gerald. *Vielen Dank.* Den Schlüssel, denkt er. Sie hatten nie einen Schlüssel. Wozu auch?

Mr Lasky geht mit ihm hinunter zum Anleger. *Hab grad die Boote für den Sommer frisch gestrichen*, sagt er. *Ihr Vater mochte die Farbe immer besonders.* Gerald guckt auf die Boote, die im Wasser schaukeln, und da ist das orange, das Vater immer wieder gemalt hat. In seinem Zimmer hängt eins von Vaters Bildern, und er blickt jeden Morgen darauf, während er sich die Krawatte bindet. *Wunderbar*, sagt er. *Schön zu sehen, wie wenig sich verändert hat.* Lasky gibt ihm den Schlüssel. *Sie könnten da draußen übernachten*, sagt er, *aber es wird verdammt kalt. Vielleicht sollten Sie besser in die Stadt zurückkommen.* Gerald nickt und gibt ihm die Hand, bevor er in das Boot steigt.

Er ist ewig nicht mehr gerudert, und es dauert eine Weile, bis seine Arme wieder in den Rhythmus finden. Auf halbem Weg zur Insel holt er die Ruder ein und lässt das Boot treiben. Doch die Strömung zieht ihn nach Süden. Es ist windig, und die Wolken gleiten rasch vorbei. Er wendet das Boot und rudert, so schnell er kann, zur Insel. Am Strand angekommen, geht Gerald auf den Wald zu. Die Wege, die sie vor so langer Zeit geschaffen haben, sind immer noch da. Trampelpfade, wie sein Vater sie genannt hat. Die Blätter beginnen gerade erst zu sprießen. Hier kommt der Frühling später. Ohne Laub wirkt der Wald irgendwie leer. Und doch ist es, als würde er zum Leben erwachen, während Gerald hindurchgeht. Es ist, als könnte er, wenn er stehen bliebe, zusehen, wie die Pflanzen sich auf der Suche nach der Sonne aus dem Boden schieben.

Hinter einer Biegung taucht das Haus auf, und er beschleunigt seinen Schritt. Es sieht erstaunlich unverändert aus. Braune

Holzschindeln, verblichene graue Farbe auf den Stufen und der Veranda. Er geht auf der Veranda ums Haus und setzt sich auf einen Stuhl. Er kann Vater förmlich vor sich sehen, wie er, in der einen Hand ein Glas Whiskey, in der anderen seine Pfeife, auf den Sonnenuntergang wartet, den Blick aufs Meer gerichtet.

Hineingehen will er nicht. Hier draußen ist alles wie früher, und er weiß, drinnen wird es anders sein. An den Haken werden andere Becher hängen. Ihre Sammlung von Steinen und Muscheln und Federn wird verschwunden sein. Statt der Kiefernzapfen, die, nach Größe geordnet, auf der Fensterbank im Wohnzimmer aufgereiht waren, wird etwas anderes dort liegen. Aber ist er nicht deshalb hergekommen? Um wieder im Haus zu sein? Um es zu riechen, um das Geländer zu berühren, um vor dem großen Fenster auf dem Boden zu liegen? Um sich an den Jungen zu erinnern, der er einst war, und zu versuchen zu verstehen, auf welche Weise dieser Junge mit dem Mann von heute verbunden ist.

Als er endlich bereit ist, steht die Sonne schon tief am Himmel. Er schließt die Tür auf, tritt mit geschlossenen Augen ins Haus und atmet den abgestandenen Geruch ein. Als er die Augen öffnet, sieht es tatsächlich anders aus, irgendwie heller. Aber da ist der alte Eiskasten mit der Zugschlaufe und dem Behälter obendrauf. Der Fenstersitz mit denselben ausgeblichenen Blümchenkissen. Das Bücherregal hinten an der Wand. Er geht nach oben und späht in jedes Zimmer. Er ist froh, dass die neuen Besitzer nur wenig verändert haben, und dennoch fühlt es sich anders an. Nicht mehr wie zu Hause.

Er weiß, dass er all das jetzt hinter sich lassen muss. Er kehrt auf die Veranda zurück und wartet darauf, dass die Sonne untergeht. Er hatte dieses Bedürfnis seines Vaters nie verstanden, jeden Abend einfach dazusitzen und zu warten. Damals hatte er nicht die Geduld dafür. Er sieht, wie die Sonne sich dem dunklen Umriss des Festlands nähert, kann tatsächlich ihre Bewegung wahrnehmen. Die Wolken sind aufs Meer hinausgeweht, der Himmel ist klar und blau. Als die Sonne verschwindet, färbt er sich in allen Schattierungen von Rosa und Purpur, und die Farben verändern sich und werden immer intensiver. Gerald sitzt reglos da und saugt alles in sich auf.

Nancy

Seit fast einem Jahr hat Nancy vor, Williams Zimmer auszuräumen. Sie hätte es schon vor Jahren tun sollen. Den Schrank und die Schubladen hat sie bereits geleert. Aber sie möchte, dass es Jacks Zimmer wird, ihm das Gefühl geben, dass er hier ein Zuhause hat. Er soll nicht im Schatten seines Vaters leben müssen.

Allerdings bringt sie es nicht fertig, Williams Sachen wegzuwerfen, und so nimmt sie ein paar leere Kartons vom Spirituosenladen mit nach oben. Irgendwann werden Kat und Jack sicher mehr über ihren Vater wissen wollen, und dann können sie in all diesen Dingen aus seiner Kindheit stöbern: Da sind gerahmte Fotos, Baseballhandschuhe, ein Schulwimpel, seine Urkunden und ein hölzerner Baseballschläger.

Gerald steckt den Kopf zur Tür herein. Er und Linda brechen morgen früh gen Süden auf, erst für eine Woche nach Baltimore und dann für den ganzen Juli nach Mississippi. Nancy hat darauf bestanden, dass sie ihr neues Auto nehmen, mit dem geräumigen Kofferraum und der luxuriösen Klimaanlage. Sie hatte angenommen, dass die beiden dort mit anderen zusammen daran arbeiten würden, dass die Rassentrennung in den Schulen aufgehoben wird. Stattdessen wollen sie in einer Sommerschule unterrichten. *Ich dachte, ihr interessiert euch für Bildungspolitik*, hat sie gestern beim Abendessen gesagt. *Wenn ihr einfach nur unterrichten wollt, warum tut ihr das nicht hier? Ich interessiere mich ja für Bildungspolitik*, erwiderte Gerald. *Aber auf diese Weise können wir tatsächlich etwas Sinnvolles tun. Indem wir mit Kindern arbeiten, die Hilfe brauchen. Und ihnen Dinge beibringen wie zum Beispiel ihre Grundrechte.* Nancy runzelte die Stirn. Ihr gefällt die Vorstellung von ihm in einem fremden Klassenzimmer nicht. Werden die Kinder dort alle schwarz sein?, hätte sie gerne gefragt, tat es aber nicht. Sie war noch nie in Mississippi. Sie kann sich nicht vorstellen, wie es dort ist, außer dass es heiß sein wird. *Seid ihr denn sicher da?*, fragte sie schließlich, an Linda gewandt, und sie fingen beide an zu lachen. *Bist du hier sicher, Mutter?*, entgegnete Gerald. *Mach dir um uns keine Sorgen.*

Aber das tut sie. Sie betrachtet ihn kritisch, versucht, ihn so zu sehen, wie er jetzt ist. Wie schwierig es beim eigenen Sohn ist, in ihm nicht immer den Jungen zu sehen, der er einst war. Sein Haar wird ein wenig dunkler, ist ihr kürzlich aufgefallen, und er hält sich oft krumm, genau wie Ethan, aber wie gut er aussieht! Er ist seit dem Beginn der Ferien ständig draußen gewesen, hat bei irgendwelchen Bauarbeiten auf dem Campus geholfen, und er strahlt eine neue Energie aus. Linda ist eine wunderbare Bereicherung in seinem Leben, aber müssen sie wirklich bis nach Mississippi fahren, um Veränderungen zu bewirken? Sie wird ihn schrecklich vermissen. Und es gefällt ihr nicht, dass sie auf diese Weise zusammen reisen, ohne verheiratet zu sein. Ihren Freundinnen hat sie gesagt, dass er alleine fährt. Worauf wartet der Junge bloß?

Am nächsten Morgen packt sie ihnen einen Picknickkorb, und als er nicht hinschaut, versteckt sie drei Dosen mit Keksen und Muffins im Kofferraum und sagt Linda flüsternd Bescheid, damit sie weiß, wo sie sind. Es ist eine lange Fahrt. Gerald und Linda kommen zusammen aus der Hintertür, beladen mit Büchern und Decken. Sie schwitzen jetzt schon, strahlen aber übers ganze Gesicht. Er öffnet die Beifahrertür für Linda und verneigt sich, als sie einsteigt. Was für ein Gentleman er ist. Eigentlich sollte sie zufrieden sein, ihn so zu sehen, so erwachsen und voll Selbstvertrauen, und das ist sie auch, aber zugleich ist ihr nach Weinen zumute. Sie reißt sich zusammen und stellt sich auf die Zehenspitzen, um ihm einen Abschiedskuss zu geben. Dann tritt sie zurück in den Schatten bei der Hintertür und winkt, bis sie außer Sichtweite sind.

Als sie sich die Gummihandschuhe überzieht, um das Frühstücksgeschirr abzuwaschen, fragt sie sich erneut, warum die beiden nicht heiraten. Sie hatte sofort gewusst, dass Ethan der Richtige für sie war. Oh, sie hatten ihre Hochs und Tiefs, und er konnte eine furchtbare Nervensäge sein, aber sie hat nie auch nur an einen anderen gedacht. Sie hatte es gewusst, als sie ihn damals bei dem Ball am Tisch sitzen sah. Als sie ihre Handfläche an seine gelegt hatte, Haut an Haut.

Bea

Jeden Sonntagnachmittag im Juli hat Bea sich an ihren Schreibtisch gesetzt, um Gerald zu schreiben. Er hat ihr seit seiner Ankunft in Mississippi allwöchentlich einen langen Brief geschickt und ihr alles geschildert, was er dort tut. Sie liebt seine Briefe. Seine Beschreibungen vom Klassenzimmer, von den Kindern und den anderen Freiwilligen sind lebendig, voll Begeisterung und Leidenschaft. »Freiheitsschule« heißt das Projekt. Sie ist froh, dass er dort offenbar sicherer ist als diejenigen, die bei der Registrierung der Wahlberechtigten arbeiten. Bea war besorgt, als sie erfuhr, dass dort Männer getötet worden waren, aber Gerald hatte ihr versichert, dass für ihn keine Gefahr bestand. *Alles, was ich hier gelernt und erlebt habe*, schrieb er in seinem letzten Brief, *wird mich zu einem besseren Tutor machen. Ich kann es kaum erwarten, all das Neue in der Schule anzuwenden.*

Bea liest jeden Brief mehrmals und bewahrt sie alle in ihrem Schreibtisch auf, nach Datum sortiert. Jetzt ist der Monat fast vorüber, und er wird bald nach Hause zurückfahren. Der Brief, den sie heute schreibt, wird der letzte sein, den sie nach Mississippi schickt. Es ist ihr nicht leichtgefallen, ihm zurückzuschreiben, weil ihr Leben ihr so lahm vorkommt. Am liebsten würde sie nur Fragen stellen, um mehr darüber zu erfahren, was er dort tut. Wer hätte gedacht, dass Gerald derjenige mit dem aufregenden Leben sein würde. William, der große Redenschwinger, hätte so etwas nie getan. Sie fragt sich, ob Gerald sich dafür entschieden hätte, wenn William noch am Leben wäre, und sie erkennt, dass der Tod auch Freiheit schenken kann.

Lieber G, schreibt sie, wie schade, dass Deine Zeit dort nun bald zu Ende ist. Ich habe Deine Briefe so genossen. Wenn ich sie lese, ist es, als wäre ich dabei. Was für eine großartige Gelegenheit das für Dich war. Sie muss daran denken, wie sie damals an ihre Eltern geschrieben und immerzu überlegt hat, was sie erzählen sollte und was nicht; was sie freuen und was sie traurig machen würde. Wie sie aus Einzelteilen ein Leben erschaffen hat. Sie fragt sich, was Gerald auslässt, was er ihr nicht erzählt. Er schreibt nur selten von Linda, obwohl Bea weiß, dass sie auch da ist. Leben sie zusammen? Hat er ihr einen Heiratsantrag gemacht? Sie nimmt das gerahmte Foto auf ihrem Schreibtisch in die Hand, das Gerald ihr beim Abschied gegeben hat, und betrachtet lächelnd die drei jungen Gesichter. Wie sicher sie sich gefühlt hat mit den beiden an ihrer Seite.

Rose

Rose biegt in die Einfahrt der Gregorys ein. Seit zwei Wochen schaut sie jeden Nachmittag vorbei, mit den Kindern oder ohne sie. Nancy benimmt sich eigenartig. Kathleen hat Rose erzählt, dass Nancy, als sie das letzte Mal bei ihr waren, morgens gleich nach dem Aufstehen das Radio eingeschaltet und es erst wieder ausgemacht hat, als sie zu Bett gegangen ist. Jeden Morgen und jeden Abend hat sie die Zeitung gelesen, Artikel ausgeschnitten und in ein Notizbuch geklebt. Sie hat sogar erlaubt, dass sie im Wohnzimmer zu Abend essen, damit sie die Nachrichten sehen konnte.

Als die Kinder nach dem Wochenende zurückkamen, hat

Jack gesagt, dass er nicht mehr dorthin will, bis Gerald wieder da ist. Kathleen ist auch nicht versessen darauf, aber da ist etwas in ihr, denkt Rose, das Nancy versteht. Das mit ihr fühlt. So war Kathleen schon immer, sie kann sich gut in jemand anderen hineinversetzen und seinen Schmerz spüren. William hatte sich deswegen Sorgen gemacht. *Sie ist zu empfindsam*, meinte er. *Wir müssen sie abhärten. Sonst wird sie noch wie Gerald.* Rose lächelt, als sie die Autotür zuschlägt. Wenn William Gerald jetzt sehen könnte. Sie weiß nicht, ob er schockiert oder stolz wäre. Wahrscheinlich ein bisschen von beidem. Noch eine Woche, dann kommt Gerald zurück.

Aber bis dahin will sie ein Auge auf Nancy haben, deshalb die täglichen Nachmittagsbesuche. Eigentlich ist es gar nicht so schlimm. Das Haus strahlt etwas Beruhigendes aus, trotz Nancys Angst. Nancy winkt ihr vom Küchenfenster aus zu, und Rose betritt das überraschend kühle Haus. Es ist ein heißer Sommer.

Hast du gesehen, sagt Nancy ohne jede Begrüßung. *Noch mehr Unruhen. Noch mehr Polizeihunde. Noch mehr Tränengas. Gerald geht's gut*, sagt Rose. Sie schenkt sich einen Kaffee ein und setzt sich an den Tisch. *Er kann auf sich aufpassen. Und bald ist er wieder zu Hause. Ich weiß*, sagt Nancy. *Ich bin dumm.* Sie blickt zur Tür. *Hast du die Kinder mitgebracht?* Rose schüttelt den Kopf. *Heute nicht. Vielleicht morgen.* Nancy trägt dasselbe Kleid wie gestern. Und sie war schon seit Wochen nicht mehr beim Friseur.

Wie wär's mit einem Spaziergang?, schlägt Rose vor. *Wir könnten zum Friedhof gehen und Ethans Grab besuchen.* Nancy verzieht das Gesicht. *Ist es draußen nicht schrecklich heiß? Das wird sicher sehr anstrengend. Nancy*, sagt Rose. *So weit ist es doch nicht. Früher bist du jeden Tag hingegangen. Ich weiß*, sagt Nancy und seufzt. *Ich weiß.* Rose steht auf und streckt ihr die Hand hin. *Na, komm.*

Rose hat ganz vergessen, wie schön der Friedhof ist. Nach Williams Tod gab es einen Streit darum, wo er beerdigt werden sollte. Nancy wollte, dass er neben Ethan lag, und hatte darauf bestanden, die Grabstelle zu nehmen, die eigentlich für sie reserviert war. Rose' Vater wiederum fand, dass er im Familiengrab beigesetzt werden sollte, damit sie alle beisammen sein konnten, wenn Rose dereinst starb. Rose hatte nicht gewusst, was sie tun sollte, wie William es gern gehabt hätte. Sie war nicht sicher, ob er in alle Ewigkeit bei ihr sein wollte. Oder überhaupt bei irgendjemandem. Wahrscheinlich wäre es ihm am liebsten gewesen, dass sie ihn einäscherten und seine Asche in Maine verstreuten, aber in jedem Fall ins Meer. Doch als sie nun über den Friedhof gehen, fragt sie sich, ob sie einen Fehler gemacht hat. Es fühlt sich so an, als gehörte er eher hierher.

Da ist es, sagt Nancy und zeigt den Hügel hinunter. *Es ist schon seltsam,* sagt Rose. *Ich habe Ethan gar nicht richtig kennengelernt. Wir sind uns ja nur ein paarmal begegnet. Aber trotzdem habe ich das Gefühl, dass ich ihn kenne, weil William mir so viel von ihm erzählt hat. Und unsere Kinder geben all das jetzt weiter. Es ist, als wäre er immer noch bei uns. Ist das nicht wunderbar?,* sagt Nancy lächelnd, und zum ersten Mal seit Wochen scheint sie Gerald zumindest für einen Moment vergessen zu haben. Schweigend gehen sie zum Grab.

Ich hoffe, sagt Nancy, *dass wir für William dasselbe tun können. Aber es ist schwerer, wenn jemand so jung stirbt, findest du nicht?* Rose zuckt die Achseln. *Ich weiß nicht. Ich versuche, mit den Kindern so oft wie möglich über ihn zu sprechen und ihnen Geschichten zu erzählen, damit sie ihn nicht vergessen. Oh, das weiß ich,* sagt Nancy. *Und ich bin dir sehr dankbar dafür. Aber trotzdem. Weni-*

ger Lebenszeit bedeutet weniger Momente, an die man sich erinnern kann.

Sie setzen sich auf die Bank bei Ethans Grab. *Ich liebe diese Bank*, sagt Nancy. *Was für ein glücklicher Zufall, dass jemand ausgerechnet hier eine Bank hingestellt hat!* Rose lächelt verstohlen. Gerald hat sie vor ein paar Jahren aufstellen lassen, als er merkte, dass Nancy nicht mehr so oft zum Friedhof ging, vermutlich weil es ihr schwerer fiel, auf dem Rasen zu sitzen. Aber er hat Nancy nichts davon erzählt. *Sie mag es nicht, wenn ich mich um sie kümmere*, erklärte er Rose. *Also halte ich mich zurück und erledige das Kümmern heimlich.*

Rose dreht sich um und sieht Nancy an. *Ich hätte William doch hier beerdigen lassen sollen*, sagt sie. *Es tut mir leid.* Nancy macht eine wegwerfende Handbewegung. *Ach was, Unsinn. Er hat deine Familie geliebt und hat sich bei ihr vielleicht sogar mehr zu Hause gefühlt als bei seiner eigenen Familie. Aber das ist alles Schnee von gestern.* Sie sieht auf die Uhr. *Lass uns zurückgehen, ja?*, sagt sie. *Ich will die Abendnachrichten nicht verpassen.* Sie folgen den gewundenen Wegen zurück zum Ausgang, während eine leichte Brise die obersten Äste der Bäume streift.

Millie

Millie hat Alan über gemeinsame Freunde kennengelernt, und als er sie beim siebten Treffen bittet, seine Frau zu werden, schnaubt sie nur. *Glaub mir, mich zu heiraten ist keine gute Idee*, sagt sie und schwenkt den Wein in ihrem Glas. *Ich habe das schon drei Mal probiert. Meine Trefferquote ist nicht sehr hoch, wie meine Tochter es ausdrückt. Das schreckt mich nicht ab*, sagt er und nimmt über den Tisch hinweg ihre Hand. Alan ist ein sehr netter Mann, ein wenig älter als sie, gerade fünfundsechzig geworden. Sie wird nächstes Jahr sechzig. *Ich möchte den Rest meines Lebens mit dir verbringen, Mil. Wir können reisen und am Kamin sitzen und Arm in Arm die Straße hinuntergehen, bis wir alt und grau sind. Das ist alles, was ich will. Bitte sag Ja.*

Sie sagt ihm, sie wird darüber nachdenken, und als sie wieder in ihrer Wohnung ist, wandert sie mit einem Becher Tee in der Hand hin und her und fragt sich, warum zum Teufel eigentlich nicht. Sie kommen gut miteinander aus. Er ist unterhaltsam. Er ist reich. Er ist nicht so gut aussehend wie Tommy. Oder so solide wie George. Und er ist nicht Reg. Niemand kann je Reg sein. Aber immerhin weiß sie das jetzt. Er ist Alan. *Warum nicht?*, sagt sie laut in den Raum. *Warum nicht?*, fragt sie das Foto von Beatrix. Es ist eine ziemlich neue Aufnahme, von der Hochzeit einer Freundin; Beatrix lacht darauf, und ihr Haar ist zu einer umwerfenden Frisur hochgesteckt. *Warum nicht?*, fragt sie Reg, der im Rahmen auf ihrem Nachttisch steht. *Er scheint mir ein guter Fang zu sein. Ich glaube, wir werden glücklich miteinander. Ist das nicht genug? Ist es nicht das, was wir uns alle wünschen?* Sie hat sich nie für eine Optimistin gehalten, aber mittlerweile weiß sie, dass sie eine ist, zumindest, was die Liebe angeht.

Gerald

Das Abendessen in Geralds Wohngemeinschaft beginnt nur selten pünktlich. Sie haben einen Plan an die Küchenwand gepinnt – wer mit Kochen dran ist und wer mit dem Abwasch –, aber meistens sitzen sie noch lange nach der Essenszeit im Wohnzimmer, die Füße auf dem mit Weinflaschen und überquellenden Aschenbechern vollgestellten Beistelltisch, und diskutieren über Politik oder tauschen den neuesten Schultratsch aus. Vier Männer und zwei Frauen wohnen hier. Stephen und Joy, die schon seit Jahren ein Paar sind; Gerald hört sie nachts zwischen ihren Zimmern hin und her schleichen. Dann sind da Ben, der Geschichte unterrichtet, und Mike, der Theaterlehrer. Und schließlich Annie. Sie ist dieses Jahr neu dazugekommen, noch recht jung, Lehrerin für Französisch, und Gerald wünschte, er hätte früher im Französischunterricht besser aufgepasst. Er erinnert sich nur noch an die Präsensformen, und damit zieht sie ihn auf. Sie haben ein bisschen geflirtet, einmal nach einem langen, weinseligen Abend sogar herumgeknutscht; Gerald ist auf dem Sofa aufgewacht, die Arme um ihre Taille. Aber er ist noch nicht bereit für eine neue Beziehung.

Er vermisst Linda. Sie hat aus heiterem Himmel eine Stelle an einer Schule in Baltimore angenommen. Er hatte nicht damit gerechnet, dass sie diejenige sein würde, die Schluss macht. Das Bewerbungsgespräch hat auf ihrem Weg nach Mississippi stattgefunden, und das Angebot ist gekommen, während sie dort waren. Als sie ihn ansah, den Brief in der Hand, wusste er, was sie von ihm erwartete: Er sollte ihr sagen, dass sie die Stelle nicht annehmen, sondern ihn heiraten und für immer bei ihm bleiben sollte. Aber er konnte es nicht. Er versuchte es gar nicht erst. Irgendwie hatte er nie das Gefühl gehabt, dass sie einander ebenbürtig waren; sie war ihm immer einen Schritt voraus. Sie waren für den Rest des Monats zusammengeblieben, hatten sogar miteinander geschlafen, aber beiden war bewusst gewesen, dass es vorbei war. Es gab nicht mehr viel zu sagen. Als er sie auf dem Rückweg absetzte, berührte sie sein Gesicht, dann wandte sie sich ab, und er schämte sich zutiefst. Schließlich hatte er sein Leben damit zugebracht, das Richtige zu tun.

Er erzählte es Mutter, hielt sich danach jedoch so oft wie möglich von ihr fern. Sie und Linda waren recht eng miteinander gewesen, und er wusste, dass sie sehr enttäuscht war. Er hatte keine Lust darauf, das jeden Tag zu spüren zu bekommen. Doch wie sich zeigte, tat Mutter der Abstand sogar gut. *Was war ich für ein Idiot*, schrieb er Bea. *Es ist, als hätte mein Wegbleiben die Uhr zurückgedreht und ihr neue Energie geschenkt. Das hätte ich schon vor Jahren tun sollen.* Wenn er jetzt ab und zu bei ihr vorbeischaut, trifft er sie meist gar nicht an, sie ist mit ihren Freundinnen essen gegangen oder in der Stadt, Besorgungen erledigen. Neulich ist er durchs ganze Haus gewandert und hat sie schließlich im Garten gefunden, wo sie auf allen vieren die letzten Kartoffeln aus dem Beet geholt hat, die Wangen von der Kälte gerötet.

Heute Abend jedoch kommt sie zum ersten Mal seit Langem zu ihm zum Essen, und er steht am Wohnzimmerfenster und wartet. Schließlich sieht er sie den Gehweg entlanglaufen. Sie benutzt ihren Stock nicht mehr, und ihm fällt auf, dass sie abgenommen hat. Er öffnet die Haustür weit. *Willkommen*, ruft er. *Willkommen in unserer bescheidenen Hütte.* Alle versammeln sich, um sie zu begrüßen. Stephen und Joy kochen heute Abend, und sie winken aus der Küche herüber. *Wir haben ein bisschen spät angefangen*, ruft Joy, *aber machen Sie es sich schon mal bequem. Wir sehen zu, dass wir schnell etwas auf den Tisch kriegen.*

Mutter setzt sich in den Sessel beim Kamin und nimmt dankend ein Glas Wein. *Wirklich schön bei euch*, sagt sie, obwohl Gerald weiß, dass es nicht stimmt. Die Möbel sind ein zusammengewürfelter Mischmasch aus Aussortiertem und Flohmarktfunden. Trotzdem ist es gemütlich. Nach dem Abendessen sitzen sie oft alle zusammen im Wohnzimmer und korrigieren oder planen den Unterricht für den nächsten Tag. Mehr als ein Mal hat er versucht, die Flecken wegzubekommen, die sein Weinglas auf einem Bericht oder den Hausaufgaben eines Schülers hinterlassen hat.

Annie setzt sich neben Mutter. *Erzählen Sie uns etwas über Gerald. Wir sind alle schon sehr gespannt.* Gerald schließt die Augen. Großer Gott. Mutter einzuladen war keine gute Idee. Welche peinlichen Dinge wird sie hervorkramen? Seine Spielzeugsoldaten? Seine Briefmarkensammlung? Er will über die anstehende Wahl sprechen, die Johnson vermutlich haushoch gewinnen wird. Oder irgendetwas anderes, nur nicht über früher. Mutter blickt zu ihm hinüber, und erleichtert sieht er, dass sie versteht. *Er war ein wunderbarer Junge*, sagt sie leise. *Und das ist er immer noch. Er ist meine Stütze, seit mein Mann gestorben ist und dann auch mein anderer Sohn, sein Bruder. Aber wie war er als Kind?*, bohrt Annie nach, und da verliert Gerald jedes Interesse an ihr. *Wir wollen wissen, wie er als Kind war. Voller Energie*, sagt Mutter. *Er liebte Spiele. Er und Bea haben oft stundenlang Monopoly gespielt.*

Bea?, fragt Annie, zu Gerald gewandt. *War das eure Haushaltshilfe?* Gerald und Mutter sehen sich an und lachen. *Nein*, sagt Gerald. *Bea war ein Mädchen, das während des Krieges bei uns gewohnt hat. Aus London. Die beiden waren sich so nah*, sagt

Mutter. *Ich glaube, sogar näher als Gerald und sein Bruder. Meinst du nicht auch?*, sagt sie zu Gerald. Er nickt nur. *Was ist aus ihr geworden?*, fragt Annie. *Habt ihr noch Kontakt?*

O ja, sagt Mutter. *Sie lebt wieder in London und ist zu Williams Beerdigung herübergekommen. Es war so schön, sie wiederzusehen. Wie eigenartig*, sagt Ben. *Eine Schwester und doch wieder nicht. Ein Teil der Familie und doch wieder nicht. Hast du auch noch Kontakt zu ihr?*, fragt er Gerald, und Gerald weiß nicht, was er darauf antworten soll. *Ich glaube schon*, sagt Annie. Gerald sieht sie überrascht an. *Da kommen doch immer Briefe aus London. Ich hatte mich schon gefragt, was es damit auf sich hat.* Gerald wird rot, und alle lachen. *Essen ist fertig*, ruft Joy. *Und dann erzählt ihr uns, was so lustig ist.*

Später, nachdem Gerald Mutter nach Hause begleitet und es sich anschließend mit seinem Planer auf dem Sofa bequem gemacht hat, kommt Joy herein, setzt sich zu ihm und schiebt die Füße unter eine Decke. Er mag sie. Sie und Stephen waren bei Williams Beerdigung, und seitdem ist sie für ihn da.

Joy berührt ihn am Arm. *Deine Mutter sieht gut aus, Gerald*, sagt sie. *Vielleicht ein Neubeginn.* Er lächelt ihr zu. *Ja, vielleicht*, sagt er. *Wenn ich es nicht besser wüsste*, sagt Joy, *würde ich denken, sie wird jünger.* Sie drückt seinen Arm. *Muss hart für dich gewesen sein, erst deinen Vater zu verlieren und dann auch noch deinen Bruder. Aber man hat dir nichts angemerkt. Du ruhst immer so in dir.* Er umarmt sie. Doch er weiß nicht, ob sie recht hat. Wie sehr er sich nach dem sehnt, was sie und Stephen gefunden haben.

Bea

Bea steckt den Brief in den Kasten, bevor sie es sich anders überlegen kann. Sie hat Gerald eingeladen, zur Hochzeit ihrer Mutter im Dezember nach London zu kommen. Schon seit Wochen hat sie darüber nachgedacht. Sie möchte ihn sehen. Sie haben während der letzten Monate über das Schreiben so viel Zeit miteinander verbracht. Nichts macht sie glücklicher, als wenn sie beim Nachhausekommen einen Brief von ihm auf dem Fußboden findet. Sie zieht sich um, isst etwas, und dann macht sie es sich auf dem Sofa gemütlich und öffnet den Umschlag. Seine rundliche Schrift, seine klugen Gedanken, seine Ehrlichkeit. Seine Offenheit, die es ihr gestattet, ebenso freimütig zu antworten. Sie schreibt ihm immer noch am gleichen Abend zurück.

Sie wünschte, sie könnte noch mal nach Amerika fliegen, aber dafür fehlt ihr das Geld. Deshalb hat sie Mum gefragt, ob sie ihn zur Hochzeit einladen darf. Ihr graut bei der Vorstellung, allein dort zu sein, ohne männliche Begleitung. Sie würde sich – wieder einmal – vorkommen wie das fünfte Rad am Wagen. Und sie ist es leid. Es ist, als hätte sie stillgestanden, während alle anderen an ihr vorbeigeeilt sind, neuen Zielen entgegen. Ihre Freundinnen haben nicht nur Babys, sie haben kleine Mädchen, die zur Schule gehen und Teepartys abhalten und sogar schon anfangen, über Jungs nachzudenken. Und sie versuchen gar nicht mehr, sie zu verkuppeln. Sie ist ein hoffnungsloser Fall. *Oh*, sagen ihre Freundinnen, *aber du hast doch deine wunderbare Karriere, Trix. Du leitest eine Schule. Das ist eine enorme Leistung!* Und sie weiß, dass es stimmt. Wirklich. Doch wenn sie abends in ihrer Wohnung sitzt und ihre Bücher und Bilder und Töpfe und Pfannen betrachtet, fragt sie sich, wozu das alles gut ist. So hat sie sich ihr Leben nicht vorgestellt.

Immerhin kommen sie und Mum jetzt viel besser miteinander aus. Sie telefonieren fast jeden Tag, und sie haben einander für viele ihrer Fehler um Verzeihung gebeten. Bea hat lange gebraucht, um einzusehen, dass auch sie Teil des Problems war. Jahrelang hat sie ihrer Mutter die Schuld an so vielem gegeben, und jetzt begreift sie, wie viel unnötiger Schmerz daraus entstanden ist. Die Mauer zwischen ihnen haben sie Stein um Stein abgebaut. Aber manchmal kracht es immer noch. Zum Beispiel, als Mum ihr während eines Restaurantbesuchs eröffnet hat, dass sie noch einmal heiraten wird. Doch als sie das Restaurant verließen, haben sie sich umarmt, bevor sie ihrer getrennten Wege gingen, und Bea hatte zum ersten Mal das Gefühl, sie nicht wieder loslassen zu wollen.

Am Sonntagabend klingelt das Telefon wie so oft. Wahrscheinlich ist jemand aus dem Kollegium krank geworden und kann Montagmorgen nicht unterrichten. *Ja, hier ist Trix*, sagt Bea in den Hörer. Stille. *Bea? Bist du das?* Diese Stimme. Diese wunderbare, vertraute Stimme. *Gerald*, sagt sie. *Entschuldige, ich dachte, es wäre jemand von der Arbeit. Mit dir habe ich nicht gerechnet. Ist alles in Ordnung? Mit deiner Mutter?*

Ja, keine Sorge, sagt er. *Es geht uns allen gut. Es ist nur.* Er hält inne. *Ich habe deinen Brief bekommen*, beginnt er erneut. *Und ich komme sehr gerne. Oh, großartig*, sprudelt es aus Bea hervor. *Weißt du, ich bin noch nie im Ausland gewesen*, sagt Gerald. *Dann bleib doch ein paar Tage länger, damit wir noch etwas unternehmen können*, erwidert Bea. *Alles, worauf du Lust hast.* Sie will nicht übereifrig klingen. *Mum wird sich riesig freuen*, sagt sie. *Sie schickt dir bestimmt noch eine offizielle Einladung. Meinst du, dies-*

mal ist es der Richtige für sie?, fragt Gerald, und Bea lacht. *Das hoffe ich inständig,* sagt sie. *Ich glaube, noch eine Hochzeit schaffe ich nicht.* Nachdem sie aufgelegt hat, steht sie auf und betrachtet Williams kleines Gemälde über ihrem Schreibtisch, die beiden Körper, die sich wie ein einziger zur Musik bewegen.

Nancy

Nancy wedelt mit dem Umschlag, als Gerald zur Hintertür hereinkommt und die Stiefel auf der Fußmatte abtritt. Sie hat ihn angerufen und gebeten vorbeizukommen. Sie hat es nicht geschafft, alle Sturmfenster anzubringen, und morgen Nacht sollen die Temperaturen deutlich unter den Gefrierpunkt fallen. Sie haben erst Anfang November; es könnte ein harter Winter werden.

Was ist das?, fragt Gerald, während er den Schal von seinem Hals wickelt. Seine Nase ist von der Kälte leuchtend rot. *Ich mache dir erst mal einen Tee,* sagt Nancy. *Und Kekse sind auch noch da.* Sie schaltet den Herd ein und setzt Wasser auf, dann dreht sie sich wieder um. *Es ist eine Hochzeitseinladung,* sagt sie staunend. *Von Millie. Sie heiratet noch mal!* Gerald lächelt. *Ja,* sagt er, *das habe ich gehört. Und sie hat dich eingeladen, Mutter? Wie nett von ihr! Ja, nicht?*, sagt Nancy. Sie schwebt auf Wolke sieben, seit sie den Brief bekommen hat. Was natürlich albern ist. Sie kann auf keinen Fall hinfliegen. Aber trotzdem, was für eine reizende Geste.

Gerald setzt sich an den Tisch, und sie stellt ihm eine Teetasse hin und einen Teller mit Keksen. Er nimmt die Einladung und klappt sie auf. *Am zwanzigsten Dezember*, sagt Nancy. So kurz vor Weihnachten. *Du fährst doch hin, oder?*, fragt Gerald. *O Himmel, nein. So eine weite Reise, nur wegen einer Hochzeit. Noch dazu von jemandem, den ich kaum kenne. Das ist doch Unsinn.* Seit Ethans Tod ist sie kaum noch verreist, nur ein paarmal nach New York, um Sarah zu besuchen. Und in Europa war sie nur ein einziges Mal vor ihrer eigenen Hochzeit. Sie ist noch nie mit einem Flugzeug geflogen. Aber London, im Dezember, wenn alles für Weihnachten geschmückt ist. Das muss zauberhaft sein. *Mutter*, sagt Gerald, und da ist er wieder, dieser Tonfall. *Sie hat dich eingeladen. Das ist etwas Besonderes. Ihr seid euch noch nie begegnet. Und du würdest Bea wiedersehen.*

Das kann ich doch nicht machen, sagt sie, während sie überlegt, was sie anziehen könnte. *Viel zu teuer. Allein der Flug.* Doch das Geld vom Verkauf des Maine-Hauses hat sich im Lauf der Jahre ordentlich vermehrt, zumindest hat das der nette Mr O'Connor von der Bank zu ihr gesagt. Vielleicht könnte sie sich sogar ein neues Kleid kaufen. Was trägt man denn überhaupt zu einer Hochzeit am Nachmittag? Noch dazu im schicken London? *Du könntest sicher bei Bea wohnen*, sagt Gerald, *oder wir suchen uns ein Hotel in der Nähe. Sie wird sich so freuen, uns alles zu zeigen!*

Nun ja, sagt Nancy, und dann stutzt sie. *Wir? Uns? Bist du auch eingeladen?* Gerald lächelt. *Allerdings*, sagt er. *Meine Einladung ist gestern gekommen. Du liebe Güte*, sagt Nancy. Damit ist es entschieden. Eine Reise nach London, mit ihrem Sohn. *Sind wir nicht zwei Weltreisende? Richtige Jetsetter*, sagt Gerald augenzwinkernd.

Nancy hebt ihre Teetasse, und sie stoßen miteinander an. *Auf uns*, sagt sie.

Später, als sie in ihrem Zimmer all die schönen Kleider um

sich herum ausgebreitet hat, staunt sie über das Leben, das sie sich zurechtgebastelt haben. Es ist ganz gewiss nicht das, was sie sich einmal vorgestellt hätte, falls sie damals danach gefragt worden wäre. Wer hätte gedacht, dass sie Ethan so früh verlieren würden, und William dann auch noch. Und doch haben sie es irgendwie hinbekommen, sie und Gerald. Warum sollten sie nicht ein bisschen Spaß haben? Sie schlüpft in das blutrote Samtkleid, das sie sich vor Jahrzehnten für irgendeine Party in Harvard gekauft hat. Der Reißverschluss lässt sich problemlos hochziehen, und sie lächelt ihrem Spiegelbild zu, dann tanzt sie durch den Raum, in Ethans Armen.

Rose

Das zweite Weihnachten ohne William ist fast vorbei, und Rose ist erleichtert. Feiertage können die Vergangenheit auf unerwartete Weise in die Gegenwart holen, und sie hat sich vor allem um Kathleen Sorgen gemacht. Sie weiß, wie sehr sie William vermisst. Sie hört sie unter der Dusche weinen, sieht die Trauer um ihren Mund. Und in der Schule läuft es auch nicht mehr so gut. Aber heute war ein schöner Tag. Morgens waren sie nur zu dritt, am Nachmittag ist ihre Familie gekommen, und nun sind sie bei Williams Familie zum Abendessen. So wie immer.

Nancy hat den Kindern Geschenke aus London mitgebracht, unter anderem ein Puzzle von Big Ben, das sie gleich auf dem Küchentisch angefangen haben; sie sitzen eifrig daran und versuchen, den Rand fertig zu kriegen, bevor sie ins Bett müssen.

Rose hat von Nancy einen wunderschönen Stoff von Liberty bekommen. *Erzähl doch mal*, sagt Rose, während sie den Stoff auf dem abgeräumten Esstisch ausbreitet und überlegt, was sie daraus nähen könnte. Einen Rock vielleicht? Oder etwas für Kathleen? *Erzähl mir von der Hochzeit.*

Es war ganz zauberhaft, sagt Nancy. *Ich hatte keine Ahnung, was mich erwartet, und ich kannte die Frau ja nicht mal, aber es war wirklich schön. Ich hoffe, dass die Ehe diesmal hält.* Rose nickt. Bevor die beiden aufgebrochen waren, hatte Nancy immer wieder davon geredet, wie töricht sie es fand, dass diese Frau noch ein viertes Mal heiratete. Jetzt scheint sie es anders zu sehen. *Wie ist sie denn so?*, fragt Rose. *So, wie du sie dir vorgestellt hast?*

Nancy überlegt einen Moment. *Ja und nein. Es ist seltsam, jemandem persönlich zu begegnen, wenn man ihn vorher nur durch Briefe gekannt hat. Sie war nett, aber ziemlich geradeheraus. Ein bisschen ungeschliffen vielleicht.* Gerald lacht. *Was hast du denn erwartet?*, fragt er. *Du hast doch Bea damals erlebt. Was denkst du, woher sie das hat? Also, ich weiß nicht*, sagt Nancy. *Bea ist viel kultivierter, finde ich. Und umgänglicher. Tja*, sagt Gerald grinsend, *das muss an deinem guten Einfluss liegen.* Rose lacht, und Nancy streckt Gerald die Zunge heraus. *Schluss jetzt*, sagt sie. *Es gehört sich nicht, eine alte Dame aufzuziehen.*

Hat es dich inspiriert, vielleicht auch noch mal zu heiraten?, fragt Gerald und zwinkert Rose zu. *Um Himmels willen, Gerald, was für eine Idee*, erwidert Nancy. *Natürlich nicht.* Rose glaubt ihr aufs Wort. Sie kann sich nicht vorstellen, dass Nancy noch einmal heiratet. Sie kann es sich ja nicht einmal für sich selbst vorstellen, obwohl alle ihre Freundinnen und Verwandten an nichts anderes zu denken scheinen. Immer wieder haben sie versucht, sie zu verkuppeln, aber vergebens. Sie ist nicht interessiert. Es erscheint ihr zu kompliziert, mit den Kindern und allem.

Und du?, fragt Rose Gerald. *Hast du die Tage genossen? Ja*, sagt er, den Blick auf den Tisch gerichtet. *Die Hochzeit war sehr schön.* Dann sieht er Rose in die Augen, und da begreift sie. Er ist in diese Bea verliebt. *Als Nächstes bist du an der Reihe*, sagt Nancy, ohne zu merken, was sich zwischen Rose und Gerald abspielt. *Oh*, sagt Rose, *das glaube ich nicht.* Dann begreift sie, dass Nancy vom Reisen spricht. *Ich bin eigentlich noch nie irgendwo gewesen. Vielleicht, wenn die Kinder größer sind. Irgendwann möchte ich gerne mal nach Paris. William hat es dort sehr gefallen.*

Wie läuft's bei der Arbeit?, fragt Gerald, offensichtlich bemüht, das Thema zu wechseln. *Sie gefällt mir*, antwortet Rose, und das tut sie tatsächlich. Sie ist im Büro eines Staatssenators angestellt. Es ist nicht weit von ihrem Haus und der Schule der Kinder. Anfangs hatte sie Sorge, dass sie nicht alles unter einen Hut bekommen würde. Was, wenn die Kinder krank wurden? Was, wenn sie sie früher abholen musste? Die ersten paar Wochen waren schwierig. Oft endete das Abendessen damit, dass sie alle drei in Tränen aufgelöst waren. Doch mittlerweile ist es besser geworden. Es ist eine abwechslungsreiche Arbeit, und nun, da sie sich eingewöhnt hat, macht sie ihr Freude. Die Leute dort verlassen sich auf sie. Sie schätzen es, dass sie weiß, was zu tun ist. Senator McIntyre hat ihr neulich sogar auf die Schulter geklopft und gesagt, dass sie einen großartigen Job macht. Einen großartigen Job! Sie hat den ganzen Heimweg über gelächelt.

Erzähl doch noch ein bisschen von eurer Reise, sagt sie. *Wart ihr auch außerhalb von London? Nein*, sagt Nancy. *Wir sind in der Stadt geblieben. Mir gefiel dieser ganze Pomp, der Wachwechsel am Palast und all das. Aber Gerald und Bea sind stundenlang herum-*

gelaufen. Was war das noch für ein Museum, was dir so gut gefallen hat, Gerald? Das Kriegsmuseum? Gerald nickt. *Das Imperial War Museum,* sagt er. *Einfach faszinierend.*

Rose lacht. *Das ist so typisch Gerald,* sagt sie. *Kannst du dir vorstellen, wie William dich aufziehen würde, wenn er das gehört hätte?* Geralds Gesicht verschließt sich ein wenig, und Rose könnte sich in den Hintern beißen, doch dann lacht er ebenfalls und lehnt sich in seinem Stuhl zurück. *Ja,* sagt er. *Er wäre gnadenlos. Würde nicht verstehen, warum ich meine Zeit nicht lieber in der Tate Gallery oder im Victoria & Albert Museum verbringe. Ihr beide,* sagt Nancy, *wart schon immer wie Feuer und Wasser. Wenn einer von euch irgendetwas mochte, war klar, dass der andere es hassen würde. Es war wie ein Naturgesetz.*

Ich habe mich oft gefragt, sagt Gerald, *was wohl passiert wäre, wenn wir die Chance gehabt hätten, zusammen alt zu werden. Hätten wir irgendwann eine gemeinsame Basis gefunden? Oder hätten wir uns bis zum bitteren Ende gestritten? Menschen verändern sich im Grunde nicht,* sagt Nancy, und obwohl Rose anderer Meinung ist, schweigt sie. Natürlich verändern sich Menschen. Damals, mit fünfzehn, sechzehn, hätte sie sich niemals dieses Leben für sich vorstellen können. Selbst dass sie den Gregorys zwei Jahre nach Williams Tod immer noch so nah sein würde, hätte sie bei der Beerdigung nicht gedacht. Oder dass sie eine richtige Arbeit haben würde. Und doch ist es so. Im Rückblick ist es so leicht, den Weg zu erkennen, den man zurückgelegt hat. Aber beim Blick nach vorne sind da nur Träume und Ängste.

Sie blickt auf und sieht, wie Gerald sich ein paar Tränen wegwischt. *Trotz der ganzen Kabbelei vermisse ich ihn,* sagt er. *Ich wünschte, er wäre hier. Ich auch,* sagt Rose und steht auf, um ihn zu umarmen. So vieles hätte sie im Nachhinein anders gemacht. Die Reue verfolgt sie auf Schritt und Tritt.

Millie

Millie und Alan treffen sich mit Beatrix in einem Restaurant im Zentrum zum Abendessen. Das tun sie jetzt regelmäßig ein- oder zweimal im Monat. *Was gibt's Neues von Nancy und Gerald?*, fragt Millie. Sie war so erfreut gewesen, die beiden kennenzulernen und sie bei der Hochzeit dabeizuhaben. *Was für ein netter Junge*, hat Millie zu Beatrix gesagt, als die ihr am Tag der Hochzeit mit dem Kleid half. *Wirklich. Ganz wie Nancy, immer so offen und freundlich. Ja, so ist Gerald*, hat Beatrix erwidert, während sie all die kleinen Knöpfe an Millies Rücken zuknöpfte. *Mrs G hat immer gesagt, dass er ganz nach ihr kommt. Aber ich glaube, das war eher damals so, als er ein Kind war. Jetzt sehe ich manchmal Mr G in ihm, zum Beispiel in der Art, wie er beim Lesen von seinem Buch aufschaut oder wie er erst mal innehält und seine Gedanken sammelt, bevor er antwortet.*

Millie fragt sich, was es mit dieser Freundschaft auf sich hat, die offenbar neu erwacht ist, während Beatrix zu Williams Beerdigung in den Staaten war. Als Beatrix ihr sagte, dass sie Gerald gerne zur Hochzeit einladen würde, war Millies Neugier geweckt. Beatrix behauptete zwar, das sei nötig, weil Nancy auf keinen Fall ohne ihn kommen würde, aber Millie wusste, das war nicht der wahre Grund. Beatrix wollte ihn wiedersehen.

Allerdings wirkten die beiden eher wie gute Freunde oder Geschwister. Sie hat auch immer angenommen, dass sie das sind. William war derjenige, welcher, gewesen. Doch bei der Hochzeit sah Millie sie mit anderen Augen. Sie tanzten miteinander, und Beatrix legte den Kopf an seine Schulter. Er sah auf eine Weise auf sie hinunter, die Millie an Reg erinnerte, daran, wie sie und Reg als Paar gewesen waren, wie er sie angesehen hatte. Da war eine Vertrautheit, eine Zärtlichkeit, die Millie unversehens Tränen in die Augen trieb.

Denen geht's gut, sagt Beatrix jetzt zu ihr. *Alles wie immer, nehme ich an. Aber ...* Sie verstummt. *Aber was?*, fragt Millie. *Komm schon, spuck's aus. Na ja*, sagt Beatrix und spielt mit ihrer Serviette, *sie haben mich über Ostern eingeladen. Dann sind hier Ferien, theoretisch könnte ich also hinfahren. Aber die Flüge sind furchtbar teuer. Unsinn*, sagt Alan. *Was bedeutet schon ein bisschen Geld, wenn du Zeit mit deinen Freunden verbringen willst? Betrachte es einfach als ein vorgezogenes Geburtstagsgeschenk von uns beiden.* Er lacht und zwinkert Beatrix zu. *Wann hast du noch gleich Geburtstag?* Der gute Alan, was ist er doch für ein Schatz. Millie nimmt unter dem Tisch seine Hand und drückt sie.

Später auf der Damentoilette sieht Millie Beatrix im Spiegel an. *Du nimmst sein Angebot doch an, oder? Ja, Mum*, sagt Beatrix. *Ich wäre ja dumm, wenn nicht.* Dann lächelt sie ihr zu. *Ich glaube, mit ihm hast du wirklich einen Glückstreffer gelandet. Wurde auch Zeit*, entgegnet Millie. Sie dreht sich um und sieht Beatrix direkt in die Augen. *Wir lieben Menschen aus ganz unterschiedlichen Gründen und auf ganz unterschiedliche Weise*, sagt sie. *Vergiss das nicht. Und es wird immer besser, je älter man wird. Junge Liebe ist nicht unbedingt die beste Liebe.* Beatrix nickt, und Millie weiß, dass sie beide an denselben Abend vor so vielen Jahren denken: die Sektgläser in der Spüle, das ungemachte Bett. Es ist an der Zeit, dass sie William loslässt. Millie trägt frischen Lippenstift auf, tupft die überschüssige Farbe mit einem Papiertuch ab und lächelt Beatrix im Spiegel zu.

Bea

Es ist das erste Spiel der Saison, und Bea sitzt auf dem Rang im Fenway-Park-Stadion. Es ist ein bisschen kühl, aber es ist ein großartiges Gefühl, wieder hier zu sein. Sie muss an ihren letzten Frühling in Amerika denken, als sie in einem großen Pulk zum Eröffnungsspiel gegangen waren. Es war ein Freitag, daran erinnert sie sich, ein bisschen feucht und diesig, aber relativ warm. Sie hatten sich aus dem Schulgebäude geschlichen und waren den Hügel hinunter zur Bushaltestelle gerannt. Sie weiß nicht mehr, wer noch dabei war oder wie das Spiel gelaufen ist, aber sie erinnert sich an den Duft nach Frühling. Das Gefühl von Freiheit. Das übermütige Kribbeln, weil sie etwas Verbotenes tat. Sie war so lange ein braves Mädchen gewesen.

Gerald kommt mit Hotdogs und Bier zurück. Sie beißt in ihren Hotdog und wischt sich mit der Serviette den Senf von der Oberlippe. *So was gibt's bei uns einfach nicht*, sagt sie. *Ich bin so froh, dass ich hergekommen bin. Ich auch*, sagt Gerald. *Zwanzig Jahre*, sagt Bea. *Zwanzig Jahre, seit ich zuletzt in Fenway war. Warst du damals eigentlich auch dabei?* Gerald zuckt die Achseln. *Ich weiß nicht. Ich glaube nicht. Hast du nicht gesagt, du hättest deswegen die Schule geschwänzt? Das war nicht so mein Ding.* Bea lacht. *Stimmt*, sagt sie, *meins eigentlich auch nicht. Aber es war das einzige Mal, und es hat Spaß gemacht. Ich weiß nicht mehr, ob wir deswegen Ärger gekriegt haben. Wahrscheinlich hat dein Vater mir einen strengen Vortrag über die Bedeutung von Regeln gehalten.* Beide lächeln und feuern den Runner an, der zur ersten Base läuft.

William war wahrscheinlich dabei, oder, sagt Gerald. *Kann sein*, sagt Bea, *ich erinnere mich nicht mehr.* Sie weiß, dass er dabei war. *Das war ein harter Frühling für ihn*, sagt Gerald. *Die ganzen Streitereien ums College.* Bea nickt, erwidert aber nichts darauf.

Was war zwischen euch beiden?, fragt Gerald nach einer Weile, den Blick aufs Spielfeld gerichtet. *Was ist in London passiert?* Bea weiß, dass ihn die Frage schon länger umtreibt. Als er in London war, zur Hochzeit ihrer Mutter, hat er immer wieder Anlauf genommen. Sie konnte spüren, wie er versuchte, den richtigen Moment, die richtigen Worte zu finden. Und sie hat immer wieder überlegt, wie sie darauf antworten soll. Was die richtige Antwort wäre. *Was meinst du?*, entgegnet sie ausweichend. *Er hatte ein paar Tage Zeit, er war durcheinander wegen eures Vaters, also hat er mich besucht. Bea*, sagt Gerald. *Ich bin's. Nicht deine Mutter, nicht meine Mutter und schon gar nicht Rose, nur ich. Was ist passiert? Es ist wichtig.*

Jetzt dreht er sich zu ihr und sieht sie an. Seine Nase ist immer noch mit Sommersprossen übersät. Sein offener Blick ist immer noch derselbe. *Nichts*, sagt sie. *Nichts ist passiert.* Gerald schaut wieder zum Spielfeld. *Als du zur Beerdigung hier warst, hast du gesagt, du liebst ihn.* Um sie herum bricht Jubel aus; die Red Sox haben den Punktausgleich geschafft. *Ich habe ihn geliebt*, sagt sie. *Ich liebe ihn immer noch. Er war meine erste Liebe, Gerald, das weißt du. Aber 1951 in London waren wir nicht mehr dieselben, obwohl nur sechs Jahre vergangen waren. Er wollte heiraten. Rose war schwanger. Wir waren keine sechzehn mehr. Wir hätten nicht mehr zusammen sein können, selbst wenn wir es gewollt hätten.* Sie hält inne, trinkt einen Schluck Bier. Sie kann ihm nicht die Wahrheit sagen. Diese Tage in London für sich zu behalten ist die einzige Möglichkeit, William für sich zu bewahren. Sie will sie mit niemandem teilen, nicht einmal mit Gerald. *Als er nach London kam*, sagt sie, *war es zu spät.*

Wirklich?, fragt er. Jetzt sieht er aus wie der Gerald von früher, so ernst und unverstellt. *Es ist wirklich nichts passiert?* Bea schüttelt den Kopf und zwingt sich, ihm in die Augen zu sehen. *Im Ernst, G. Du weißt doch, wie er war. Wir haben uns fast die ganze Zeit gestritten.* Sie sieht, wie Gerald zu lächeln versucht. *Trotzdem hatten wir eine schöne Zeit zusammen*, sagt sie. *Wenn wir uns nicht gestritten haben. Aber er war traurig, und ich war traurig, und dann war da ja auch noch meine Mutter.*

Moment mal, sagt Gerald. *Deine Mutter war da?* Bea nickt. *Sie war mit ein paar Freundinnen in Urlaub gefahren. Ans Meer. Aber sie ist eher nach Hause gekommen, zur gleichen Zeit, als William auftauchte. Also haben wir die Tage zusammen verbracht. Das wusste ich nicht*, sagt Gerald. *Irgendwie dachte ich immer, ihr wärt allein gewesen. Wir haben zu dritt in der Küche gesessen*, sagt Bea, *und sie hat es ihm nicht gerade leicht gemacht. Und dann ist er gegangen?*, fragt Gerald. Bea nickt. *Er hat den Zug nach Southampton genommen. Wir haben uns an der Wohnungstür verabschiedet. Und das war's. Kaum zu glauben, dass das schon fast vierzehn Jahre her ist.*

Bea sieht, wie Geralds Kiefer sich entspannt. Dass sie es ihm nicht sagt, hat nichts mit ihren Gefühlen für ihn zu tun. Sie will einfach nur schützen, was sie und William zusammen hatten. Und dann springen sie beide auf. Ein Lauf gelingt, der Knoten ist geplatzt, und sie gewinnen doch noch.

Gerald

Nachdem Rose und die Kinder gegangen sind und der Abwasch gemacht ist, räumt Mutter noch ein paar Sachen weg, dann verabschiedet sie sich ins Bett. *Ich weiß, es ist noch nicht mal dunkel*, sagt sie, *aber ich bin fix und fertig. Was war das für ein schöner Tag. Ja, das war es*, sagt Bea und hebt die Arme, um Mutter von ihrem Küchenstuhl aus zu drücken. *Und der Zitronenbaiserkuchen war köstlich. Da haben Sie sich selbst übertroffen. Danke, meine Liebe*, sagt Mutter. Sie legt die Hände auf Geralds Schultern und küsst ihn auf den Kopf. *Wir sehen uns morgen früh*, sagt sie zu Bea, *und Gerald, du holst Bea doch ab und bringst sie zum Flughafen? Na klar*, sagt Gerald. *Ich bin rechtzeitig hier.*

Wollen wir ins Wohnzimmer gehen?, sagt Bea. Gerald nickt, holt zwei Bier aus dem Kühlschrank und folgt ihr. Draußen setzt die Dämmerung ein, und von den beiden Sesseln am großen Fenster sieht man die Bäume, deren oberste Zweige sich wie ein Scherenschnitt vom Himmel abheben. *Ich liebe diesen Ausblick*, sagt Bea und zieht die Beine unter sich. *Er ist immer noch derselbe. All dieses Land. Ich liebe meinen Garten zu Hause, aber das ist einfach kein Vergleich. Man hat nicht dieses Gefühl von Weite.* Sie dreht sich zu Gerald. *Ich wünschte, du hättest meinen Garten in voller Blüte gesehen. Ich bin da mittlerweile richtig aktiv. Vielleicht kannst du ja im Sommer mal rüberkommen?*

Würde ich sehr gerne, sagt er, *obwohl ich auch wieder nach Mississippi runter will. Wirklich toll von dir*, sagt Bea. *Dein Vater wäre stolz auf dich. Meinst du wirklich?*, entgegnet Gerald. *Ich bin mir da nicht so sicher. Er ist wie Mutter, eine andere Generation. Sie denkt wahrscheinlich, das ist nur eine Phase, und nächstes Jahr fange ich stattdessen mit Golf an oder so. Ich glaube, da tust du ihr unrecht*, sagt Bea. *Du weißt, woher sie kommt. Und sieh dir an, wie gut es ihr geht. Das hier ist nicht das Leben, das sie erwartet hat, aber sie hat sich angepasst, sich darin eingerichtet. Hast du gesehen, wie sie nach dem Essen mit Kat getanzt hat?*

Beide lächeln. *Kathleen hat den Grips deines Vaters*, fährt Bea fort. *Hab ich dir erzählt, dass wir per Post Schach spielen? Ihre Züge sind clever – und denen deines Vaters so ähnlich. Aber sie sieht aus wie du und verhält sich auch so. Jack hingegen erinnert mich an William. Ich habe Rose vorhin gewarnt, dass sie mit ihm in ein paar Jahren alle Hände voll zu tun haben wird.* Gerald schmunzelt. *Und wie hat sie reagiert?*, fragt er. *Sie hat gelacht und gesagt, das hätte sie jetzt schon.*

Beide trinken einen Schluck Bier. Bea zieht sich ihren Pullover um die Schultern und gähnt. *Sollen wir für heute Schluss machen?*, fragt Gerald, doch Bea schüttelt den Kopf. *Ich will so lange wie möglich aufbleiben. Ich will keine Minute verpassen.* Gerald nickt. *Was denkst du, nach wem du kommst?*, fragt er nach einer Weile. *Nach deinem Vater oder deiner Mutter? Ich weiß nicht*, sagt Bea. *Das ist für mich nicht so eindeutig.*

Warum nicht?, fragt Gerald. *Ich hatte zwei Väter und zwei Mütter*, sagt sie. *Und ich glaube, ich habe auf die eine oder andere Weise von jedem etwas in mir. Das ist eigentlich ein hübscher Gedanke, findest du nicht?* Sie wendet den Blick vom dunkler werdenden Himmel ab und sieht ihn an. *Auch wenn sie nicht mehr leben, tragen wir diese Menschen in uns. Dein Vater ist immer bei mir. Das ist schön*, sagt Gerald. *Das freut mich.*

Weißt du, sagt Bea nach kurzem Schweigen, *das hier fühlt sich wie mein Zuhause an, egal, was ich mir einrede oder wie sehr ich mich bemühe, mir drüben ein Zuhause zu schaffen. Das, was ich bin, bin ich hier geworden. Und ich freue mich so sehr, dass ich wieder herkommen kann. Tut mir leid, dass William erst sterben musste, um das möglich zu machen, aber so ist es nun mal.*

Wie gerne würde Gerald ihr liebes, vertrautes Gesicht in seine Hände nehmen. Sie haben kein Licht eingeschaltet, und es ist jetzt so dunkel, dass sie von Schatten bedeckt sind und er die Umrisse ihres Gesichts nur erahnen kann. Er spürt das Kästchen mit dem Ring, das Mutter ihm vor ein paar Jahren gegeben hat, in seiner Tasche. Er trägt es schon seit gestern Abend mit sich herum, hat aber nicht die richtigen Worte gefunden. *Bea*, sagt er, und er merkt, wie seine Wangen rot werden, aber er weiß, dass der Moment gekommen ist, dass er es jetzt tun muss oder nie. *Könntest du dir vorstellen hierzubleiben? Dies wirklich zu deinem Zuhause zu machen?* Sie beugt sich zu ihm, und jetzt kann er im Licht des Mondes ihre Wangenknochen sehen, ihr breites Lächeln. Sie steht auf und streckt die Hand aus, und er nimmt sie, seine Handfläche an ihrer. *Lass uns spazieren gehen*, sagt sie. *Lass uns zusammen spazieren gehen.*

Epilog

August 1977

Gerald

Heute ist das Meer ruhig. Von dort, wo Gerald sitzt, auf der Veranda des Hauses in Maine, sieht er, wie ein paar kleine Wolken langsam zum Horizont wandern. Er sitzt fast jeden Nachmittag hier, betrachtet das Wasser und den Himmel, genießt die salzige Luft. Es ist ein warmer Sommer, dennoch geht stets eine leichte Brise. Er kann immer noch nicht glauben, dass sie wieder hier sind, dass das Haus ihnen wieder gehört.

Sie haben es im Frühjahr gekauft, nachdem die Laskys ihnen Bescheid gegeben hatten, dass es zum Verkauf steht. Gleich am nächsten Tag ist Gerald raufgefahren, um ein Angebot zu machen und die Anzahlung zu leisten. Es war, als wäre es vorherbestimmt gewesen. Es gibt noch viel zu tun, bis es wieder so aussieht wie in seiner Erinnerung. Und ohne Vater, ohne William wird es nicht dasselbe sein. Aber was für eine Freude es ist, hier zu sein, auf der Veranda zu sitzen, das Wasser gegen die Felsen schlagen zu hören. Er denkt an Vater, während er auf dessen Stuhl sitzt, daran, wie er geduldig darauf wartete, dass die Sonne unterging und der Tag sich dem Ende zuneigte. Was für eine seltsame Vorstellung, dass er jetzt älter ist als Vater damals.

Heute wäre Williams fünfzigster Geburtstag. Ein halbes Jahrhundert ist vergangen, seit er geboren wurde. Er ist hier überall präsent. An dem Tag, als sie zum ersten Mal nach dem Kauf hergekommen waren und Lasky sie hinübergerudert hatte, hatte Gerald immerzu auf die Insel gestarrt, auf das Grün des Waldes, der sich immer deutlicher abzeichnete, je näher sie kamen. Während er Lasky half, das Boot auf das felsige Ufer zu ziehen, rechnete er fast damit, dass William dort wartete, hinter einem Baum versteckt. *Wer zuerst beim Haus ist*, würde er rufen und losrennen, ein kurzer Blick über die Schulter, mit diesem Halblächeln, und Gerald würde ihm folgen. Wie er es fast immer getan hatte. Doch nun ist Gerald derjenige, der vorangeht, den Weg bahnt. Er ist derjenige, der noch da ist. Vor zehn Jahren hat er seine Stelle an der Schule gekündigt und in Dorchester ein Unterrichts- und Beratungszentrum eröffnet, und jetzt leitet er sieben solche Zentren und ein Team aus jungen, engagierten Angestellten. Seine Arbeit ist schwierig und frustrierend und anstrengend, aber er liebt sie.

Mutter ist in der Küche und backt einen Himbeerkuchen als Nachtisch. Der Boden dafür ist gerade im Ofen, und er kann die Butter und den Zucker riechen. Wie glücklich sie ist, wieder hier zu sein, Speisepläne zu machen, im Garten zu arbeiten und im Badeanzug mit heruntergestreiften Trägern in der Sonne zu sitzen. Sie möchte das Haus wintertauglich machen, damit sie das ganze Jahr hier leben kann. *Zu Hause*, sagte sie bei der ersten Überfahrt, so leise, dass Gerald sie kaum hören konnte, die Hände fest um den Bootsrand geklammert. *Zu Hause*.

Heute Morgen ist er zeitig rausgefahren, um einen Blaubarsch fürs Abendessen zu fangen. Da war das Wasser ganz ruhig, eine kühle graue Fläche. Er brauchte nicht lange, um den richtigen zu finden. Auf dem Rückweg schien die aufgehende Sonne auf das Haus, und er ruderte schnell, weil er nichts wie hineinwollte und die Wärme der Sonne durch die Fenster spüren. Nachdem er den Fisch auf Eis gelegt und seine Hände mit Zitronensaft bespritzt hatte, sah er kurz nach Nell, dann schlüpfte er wieder ins Bett und legte die Arme um Beas vertrauten Körper. Ja, zu Hause.

Bea

Bea winkt Gerald von ihrem Liegestuhl unten am Strand zu, ein Handtuch um ihre Mitte geschlungen, während sie beide zusehen, wie Nell zum Dock hinausschwimmt. Nächste Woche wird sie elf; sie ist, ein knappes Jahr nachdem sie und Gerald geheiratet hatten, zur Welt gekommen. Mit ihrem kupferroten Haar, den Sommersprossen und dem breiten, offenen Lächeln ist sie eindeutig eine Gregory, und sie sieht die Insel bereits als ihr Zuhause an. Die Vergangenheit ist hier gegenwärtiger, und Nell fängt an, nach denen zu fragen, die nicht mehr da sind, will Geschichten von früher hören.

Nach Maine zurückzukehren war ein Traum gewesen, einer der wenigen, die William und Gerald geteilt hatten. Nach der Heirat und Beas Anstellung als Leiterin der Grundschule hatten sie begonnen, jeden Monat Geld beiseitezulegen, in der wenn auch vagen Hoffnung, dass das Haus eines Tages ihnen gehören könnte. Nun, da sie tatsächlich wieder hier sind, begreift Bea, dass sie das Haus nicht nur für sich selbst gekauft haben, sondern auch für die, die nicht mehr da sind. In gewisser Weise sind sie hier jetzt alle wieder vereint. Vor allem William ist in ihren Gedanken oft bei ihr. Wenn sie morgens schwimmen geht, wenn sie zur Stadt rudert oder wenn sie durch den Wald streift. Auch Mr G ist hier. Und selbst ihr Vater, auf seine Weise. Doch es ist nicht alles nur von der Vergangenheit besetzt. Hier auf der Insel vermischt sich das Alte mit dem Neuen.

Anfang des Sommers waren Rose und Frank für ein Wochenende aus Boston hergekommen. Sie wohnen dort in Back Bay, sodass sie zu Fuß zur Arbeit ins State House gehen können. *Wieso habe ich nie geahnt, dass ich eine Karrierefrau bin?*, hat Rose spätabends zu Bea gesagt. Sie ist zu einer guten Freundin geworden, und Bea fragt sich oft mit einem Lächeln, was William wohl davon halten würde. Rose hat sich gefreut, hier zu sein, an diesem Ort, der ihnen allen so viel bedeutet. Und an dem William weiterlebt. Als Einweihungsgeschenk hat sie ein Schild mitgebracht, auf dem ein Shakespeare-Zitat steht: Das Vergang'ne ist Vorspiel nur. Sie sagte, William würde es verstehen. Jetzt hängt es über der Eingangstür, als Willkommensgruß. Bea hofft, dass sie Mum nächstes Jahr überreden kann, mit Alan herüberzukommen.

Für später haben sich noch Kathleen und Jack angekündigt, unter anderem, um Williams Geburtstag zu feiern. Sie kennen die Insel natürlich nicht von früher, aber dafür all die Geschichten. Am Telefon hat Kathleen neulich zu Bea gesagt, sie hat das Gefühl, als würde auch sie nach Hause kommen. Jack freut sich schon darauf, mit Kathleen um die Wette um die Insel zu schwimmen. Beide sind inzwischen in New York und wohnen nur drei Blocks voneinander entfernt an der Upper West Side. Was hat sie veranlasst, gerade dorthin zu gehen? Bea fragt sich, ob ihnen klar ist, dass sie einen von Williams Träumen leben.

Nell winkt vom Dock herüber, und Bea ruft ihr etwas zu, doch der Wind trägt ihre Worte davon. Morgen wird Kathleen mit ihr da draußen sein. Beide werden in ihren Bikinis auf dem warmen Holz liegen, das Haar nass und wirr, und einander Geheimnisse erzählen und lachen. Sie sehen aus wie Schwestern. Vierzehn Jahre auseinander und doch beste Freundinnen. Nell winkt erneut und springt dann ins Wasser. Bea sieht zu, wie sie mit gleichmäßigen, sicheren Zügen ans Ufer schwimmt, und Bea wird wie immer bereitstehen, um sie in das große gestreifte Handtuch zu hüllen. Dann werden sie ins Haus gehen, die Treppe hinauf, und Bea wird ihr in der alten Wanne mit den Klauenfüßen ein Bad einlassen. Sie wird die Hand unter den Hahn halten, bis das Wasser die richtige Temperatur hat. Nell wird in die Wanne steigen, sich zurücklehnen und die Augen schließen. Das kleine Bad wird sich mit warmem Dampf und dem Duft nach Zitronenseife füllen. Bea wird neben ihr auf dem verwitterten Holzschemel sitzen, und sie werden Pläne für den Besuch von Kathleen und Jack machen und darüber sprechen, was alles noch kommen wird.

Dank

Einen ganz besonderen Dank an meine Agentin Gail Hochman, meine Lektorin Deb Futter und meine Co-Lektorin Randi Kramer dafür, dass sie dieses Buch geliebt, ihm ein Zuhause gegeben und geholfen haben, es so gut wie nur irgend möglich zu machen. Rachel Chou, Jennifer Jackson, Sandra Moore, Christine Mykityshyn, Jaime Noven, Rebecca Ritchey und Karen Xia – danke, dass ihr euch unermüdlich für mein Werk eingesetzt habt. Anne Twomey und Erin Cahill – danke für das wunderschöne Cover. Und danke an Morgan Mitchell und alle anderen, die sich so sorgfältig um alle meine Worte gekümmert haben. Danke auch an alle von Brandt & Hochman und Celadon Books für ihren Einsatz, ihre harte Arbeit und ihre Begeisterung.

Meine Reise als Schriftstellerin begann bei der *One Story*-Tagung 2013. Will Allison und Hannah Tinti – ohne euch wäre ich jetzt nicht hier. Jon Durbin – ich freue mich so, dass wir diesen Weg gemeinsam gegangen sind. Maribeth Batcha, Kerry Cullen, Ann Napolitano, Patrick Ryan, Lena Valencia und alle anderen von *One Story*, damals und heute – danke, dass ihr meine erste Erzählung in eurer Zeitschrift veröffentlicht habt, und danke für all die Liebe und Unterstützung. Es ist eine Freude, zu eurer Familie zu gehören. Ich kann es kaum erwarten, mein Debüt bei euch zu feiern.

Die Rutgers University in Newark war ein wunderbarer Ort,

um meinen Master of Fine Arts zu machen. Vielen Dank an die Lehrenden dort, insbesondere Jayne Anne Phillips, Rigoberto González, James Goodman, A. Van Jordan, John Keene, Akhil Sharma und Brenda Shaughnessy. Ein ganz besonders herzliches Dankeschön an Alice Elliott Dark, meine großartige Lehrerin und Beraterin bei der Abschlussarbeit. Danke auch an Megan Cummins, Michelle Hart, Leslie Jones, Mel King, Aarti Monteiro, Anisa Rahim, Evan Gill Smith, Laura Villareal, Matt B. Weir und Angela Workoff für ihre Freundschaft und kollegiale Unterstützung.

Dieser Roman wäre ohne die Hilfe des einjährigen Kurses »The Novel Generator« von Catapult niemals fertig geworden. Danke an Julie Buntin dafür, dass sie diesen Kurs geschaffen hat, und an Lynn Steger Strong für all das, was sie ist. Danke auch an die anderen, die am Kurs teilgenommen haben, für ihre Unterstützung und Ermunterung. Meghan Daniels und Rebecca Flint Marx – ihr seid die Besten. Ich bin so froh, meine Arbeit mit euch teilen zu können.

Viel verdanke ich auch den zahlreichen Lehrer*innen, von denen ich im Lauf der Jahre lernen durfte, insbesondere Robin Black, Andrea Chapin, Elizabeth Gaffney, Lauren Groff, Bret Anthony Johnston, Meghan Kenny, Ada Limón, Claire Messud, Ann Packer, Jim Shepard, Claire Vaye Watkins und Meg Wolitzer. Danke an die Schriftsteller*innen, die mich inspirieren, insbesondere Jamel Brinkley, Claire Keegan, Jhumpa Lahiri, Yiyun Li, Susan Minot, Elizabeth Strout, Colm Tóibín und William Trevor.

Michael Hendersons Memoir *See You After the Duration* ist ein wunderbarer Bericht über seine Erlebnisse als britischer Junge, der während des Zweiten Weltkriegs in die Vereinigten Staaten evakuiert wurde. Er war der Zündfunke für diesen Roman. Das Imperial War Museum in London und das Story Archive der BBC waren die reinsten Fundgruben, was Details und Ideen anging.

Danke an die Organisationen, die mir finanzielle Unterstützung und einen Ort zum Schreiben und Lernen gegeben haben: die Rutgers University in Newark, Catapult, das Kimmel Harding Nelson Center for the Arts, die Sewanee Writers' Conference, das Virginia Center for the Creative Arts und die VQR Writers' Conference. Danke auch an die Zeitschriften, die meine Werke veröffentlicht haben: *One Story*, *New England Review*, *Crazyhorse* und das Blog *Ploughshares*.

An all die Schriftsteller*innen, mit denen ich im Lauf der Jahre in Workshops gewesen bin – es war eine Freude, eure Werke zu lesen, und euer Feedback war mir eine große Hilfe. Danke auch an meine Student*innen, von denen ich so viel gelernt habe. An alle meine Freund*innen und meine Familie – euer Glaube an mich und eure Unterstützung waren wunderbar. Danke an die Sonntagnachmittags-Zoom-Truppe dafür, dass sie sich dieses Buch in all seinen Entstehungsstadien angehört hat. Und ein ganz besonderes Dankeschön an Lorna Strassler, meine größte Cheerleaderin. Ich bin überzeugt, ihr Geist war im Raum, als Gail den Roman zum ersten Mal gelesen hat.

Meine Eltern, Mary und Donald Spence, sind gestorben, bevor meine Reise als Schriftstellerin richtig begann. Wie sehr wünschte ich, sie hätten diesen Teil meines Lebens noch miterleben können. Wie gerne würde ich ihnen ein Exemplar dieses Buches geben, die Freudenrufe meiner Mutter hören, wenn sie den Einband sieht, und sehen, wie mein Vater lächelt, nickt und zu lesen beginnt. Dieser Roman ist für sie und über sie; sie sind auf jeder Seite.

An Hannah und Nate – ihr seid meine Welt. An Adam – danke für über vierzig Jahre unerschöpflicher Liebe und Unterstützung.

Und an Sie, liebe Leserin, lieber Leser: danke, danke, danke.

»Diese exquisite Familiensaga umspannt Kulturen und Kontinente.«
The New York Times

Als sich in den 1920ern die Stimmung in Europa verdunkelt, beginnt die Odyssee Rebecca Cohens von Istanbul über Barcelona und Havanna bis nach New York. Unterwegs wird sie zur Ehefrau und Witwe, muss ihre Eltern zurücklassen, um ihren Kindern eine Zukunft zu bieten, und ihr Schicksal einem Mann anvertrauen, den sie nur aus Briefen kennt. Doch überallhin trägt sie ihre Erinnerung und ihre Lieder und baut sich daraus gegen alle Widerstände eine neue Heimat.

»Die leuchtende Geschichte einer sephardischen Familie. Fans epischer Generationenromane werden sie lieben.«
Publishers Weekly

Elizabeth Graver
KANTIKA
Roman
Aus dem amerikanischen Englisch
von Juliane Zaubitzer

368 Seiten,
gebunden mit Schutzumschlag
und Lesebändchen
€ 25,– [D]
ISBN 978-3-86648-710-9